Qianxun-Culture
—图书·影视—

甜蜜制作人
外星先生在线撒糖……

with白 著

广东旅游出版社
中国·广州

图书在版编目（CIP）数据

甜蜜制作人 / with白著. —— 广州：广东旅游出版社，2019.10
ISBN 978-7-5570-1885-6

Ⅰ.①甜… Ⅱ.①w… Ⅲ.①中篇小说—中国—当代 Ⅳ.①I247.5

中国版本图书馆CIP数据核字（2019）第127690号

出　　品：千寻文化
总 策 划：调　调
出版监制：唐　昕　杨芝波
责任编辑：江丽芝　李　丹
特约编辑：菜菜菜　糖小优
封面设计：猫禾视觉（喜多丸子　Alaim阿赖）
内页设计：猫禾视觉（喜多丸子）
封面绘制：汤　汤

甜蜜制作人
TIANMI ZHIZUO REN

广东旅游出版社出版发行
（广州市环市东路338号银政大厦西楼12楼　邮编：510180）
邮购地址：广州市环市东路338号银政大厦西楼12楼
联系电话：020-87347732　邮编：510180
长沙鸿发印务实业有限公司
（地址：湖南省长沙市长沙县黄花工业园3号）
880毫米×1230毫米　32开　10印张　321千字
2019年10月第1版第1次印刷
定价：39.80元

本书如有错页倒装等质量问题，请直接与印刷厂联系换书。

目录
contents

第一章　不许辞职　001

第二章　他能听见　023

第三章　做个交易　045

第四章　她的价值　059

第五章　你怕我吗　077

第六章　跟着我吧　093

第七章　外星先生　107

第八章　悄悄喜欢　127

第九章　我动心了　145

第十章　年终展会　161

目录
contents

第十一章	我必须走	175
第十二章	想见到你	195
第十三章	在一起吧	211
第十四章	体验时光	233
第十五章	我要等你	257
第十六章	我不后悔	281
番外一	被跟踪了	297
番外二	要个名分	305
番外三	多年以后	311

第一章

不许辞职

甜蜜制作人

墨甜不是第一次忘带钥匙了。

然而这一次,她独自站在宿舍门口,有点傻眼。

以往宿舍里总会有人的,可临近毕业,大家搬得七七八八,她的宿舍里除了她,就剩一个喜欢关机学习的学霸,隔壁宿舍甚至已经搬空了。

现在,学霸手机关机,她一个人飘荡在夜晚的走廊里,凄凄惨惨,冷冷清清。

墨甜苦恼地抓抓头,边回忆边自言自语道:"我记得上班时还见过钥匙来着。"

难道钥匙落在办公室了?

与其等一个行踪不定的学霸,还是回公司找钥匙比较靠谱。看了一眼时间,晚八点四十,墨甜毅然出了校门,等公交车。

由于专业不同,墨甜没像其他舍友一样听从学校安排,而是自主向一家科技公司投了简历。

这家名为星罗科技的公司是业内知名黑马,在外口碑好,内部福利高,收到录用通知后,墨甜几乎是拼了命地想要挺过试用期。于是忙着忙着,她就忘了拿钥匙。

二十分钟后,墨甜安全到达公司楼下,抬头望去,发现三楼竟然亮着灯,她讶然道："老板还在加班？"

忘带钥匙已经很蠢，要是再打扰老板加班，那她就不用在公司混了。墨甜叹气，捶了自己一下，蹑手蹑脚刷卡进入二楼办公区，摸黑在办公桌上找钥匙。

"吱呀——"

她还没摸到钥匙，虚掩的门先开了，她嘀咕着："风这么大吗？"说着下意识回身去看。

而后，她被眼前发生的一幕给惊呆了：皎洁的月光下，一沓文件正平缓地飘进办公室，接着稳当地落在了她对面的办公桌上。

墨甜："……"

"吱呀……"办公室门又关上了。

头皮陡然发麻，墨甜喘了两下，蓦地抱住桌子尖叫："有鬼啊——"

脑袋里一片混乱，求生本能促使墨甜抄起水杯就往外跑。门开时，外面似乎有一个人影，墨甜尖叫一声，抬手就砸！

"砰！"

水杯没砸下去，竟然被人接在了手里。同时，墨甜听见一个冷硬的声音在质问："你都看到了？"

难道是老板？墨甜松开水杯，双腿发软着往后退。男人则匀速向前逼近，直到墨甜退回了自己的办公桌旁，她随手一摸，竟然摸到了她的钥匙。

"我……我就是回来找钥匙的。"墨甜浑身颤抖着举起了手中的钥匙。

男人随手把她的水杯放在桌上，稍稍歪头看她，问道："所以你是看到了，对吧？"

没人动，头顶的灯却自行亮起了，效果和刚才一样让人惊骇，墨甜都要被吓出眼泪了。

"我……我只看到一点。"她小声说。

现在灯开了，她又多看到了一点，可这不是她主动想看的！

"那个……白……白总，咱们公司这么高科技了吗？全……全自动？"墨甜试图挽回什么。

白应辰面无表情地看了她许久，声音毫无温度地说："如果我说是，你会信吗？"

信就怪了……墨甜心虚地移开眼。

长久对峙下来,墨甜的小细腿根本坚持不住,她顺着办公桌滑坐在地上,强忍着去抱对方大腿的冲动,求饶道:"白总,我不是故意看到的!我保证出了门就全忘掉,绝对不跟任何人说!"

见白应辰没有回答,墨甜转而拍自己的手背:"让你忘记拿钥匙!出事了吧!"

她这样旁敲侧击表明自己不是故意来偷窥,也不知道对方能不能领悟,半晌过去,她没得到答复。

终于,墨甜忍不住窥视对方,结果抬头就发现,白应辰看着她的表情,像是在烦恼着怎么处决一个犯人。

墨甜心都凉了半截,不敢再看,讪讪地把目光收回去。

过了许久,白应辰开口道:"回去吧,周一照常上班。"语气虽然淡淡的,但是里面分明掺着犹豫。

墨甜愣住。

白应辰说完话就离开了她的办公区,往门外走,但是走到一半,他又停下,转过头冷冷道:"记住你说过的话,我会留意你的。"

没有温度的语气,衬极了现在的气氛。四肢寒意渐起,墨甜紧贴着办公桌吞口水,问:"你会伤害我吗?"

白应辰沉默了一会儿,说:"看你表现吧。"

求生欲使然,墨甜顿时就悟了,立即双手合十放在胸前,说:"您放心!我绝对不会说出去的!"

"……"

白应辰嫌弃又无奈,最后给她一个"你自己思量"的眼神。墨甜目送他出门上楼,自己在地上坐了很久才拿上钥匙,关灯退出公司。

夏末的晚风一吹,身上凉飕飕的,墨甜才发觉自己出了一身冷汗。墨甜擦着额头坐上末班车,精神恍惚的她嘀咕道:"我是最近没休息好,出现幻觉了吗?"

"叮——"

来短信了?墨甜掏出手机,上面的号码是陌生的,却赫然写着:请不要把这当成一场幻觉并随意地说出去。

"……"

墨甜捂住手机屏幕惊慌四望，只有几个乘客的公交车正行驶在空荡荡的公路上。确定目标人物不在附近，墨甜渐渐绝望了。

他说会留意她……难道他还有监听或者监视功能吗？墨甜在座椅里缩成一团，紧张地环视四周，喃喃道："他不会正在看着我吧？"

"叮——"信息来自白总：你不是说过要当作没看见吗？

完了完了，惹恼他了？墨甜含泪点头："好好好！这就当作没看见！"

她干脆放弃了用手机答复，心想反正那人也能听见。

之后白应辰没再回复。

墨甜浑浑噩噩地坐到学校门口，下车前还听见有人低语："好好的姑娘，咋看着精神不大正常呢？"

墨甜心里苦，她现在也怀疑自己是不是精神出了问题。

宿舍仍然空无一人。想到公司里自动亮起的灯，墨甜心里一紧，干脆摸黑爬上床。

在星罗科技实习的两个月，她见到白应辰的次数寥寥无几。毕竟对方是本市分部的总负责人，忙碌得很，在她印象里，只有这个人穿着正装路过的背影和侧脸，如今天这般面对面还是第一次。

这第一次也太惊悚了！墨甜心里还慌得厉害，窝在床角把白应辰有关的事在脑袋里搜罗一遍，结果无非是一些同事的评判：温和、博学、低调……还有想嫁之类的。

没人说过他是异类。

这一整晚，墨甜都无法止住自己的胡思乱想，从今晚一直回忆到两个月前，她还没进入星罗科技的时候。

蓦地灵光一闪，墨甜在黑暗里摸出手机，搜到一款名为《当我入梦》的手游，手游下面写着：开发者，星罗科技。

《当我入梦》是星罗科技的成名之作，虽然墨甜没玩过，也不是因为它才想在星罗工作，但《当我入梦》从去年出品一直风靡至今，墨甜对它还是有着一定的了解。

毕竟她仅剩的舍友萌萌就在玩。

两个月前，墨甜向星罗科技投递简历时，萌萌没少吐槽她没玩过星罗最火的游戏这件事。墨甜则解释，她是觉得和纸片人谈恋爱太苦，毕竟再喜欢也无法与之见面。

于是萌萌向她讲解了《当我入梦》这款游戏里一个最劲爆的设定：素人养成。

游戏里，女主人公梦见的帅哥们最后都出现在了她面前。

而在现实世界，刚好也有这样几个人，他们如同游戏里那样，是单身的总裁、校草、运动员……他们共同的身份，则是《当我入梦》男主人公们的原型。据说未来星罗还会安排他们与玩家进行真人互动。

萌萌讲述这些时，完全是一副憧憬的模样。墨甜在意的却是《当我入梦》的女主人公梦里不仅有许多地球帅哥，还有一位身负异能的外星来客。

"星罗去哪找个会特异功能的外星人？"

萌萌回答道："那就不知道了，虽然挺多人在关心这个，但我对他没什么兴趣。"

墨甜捧脸："要是我玩这个游戏，可能也就冲着这个外星人了吧。我倒是想试试，代表地球攻略他！"

"行啦，你这个幻想派，那你冲着他也要来玩玩看啊！"萌萌咧着嘴，用手肘捅了她一下。

那时她嬉笑着答应的事情，很快就因为收到简历回复、忙碌的实习生活而淡忘了。直到今日想起，墨甜直掐自己大腿："让你感兴趣！真遇上……了吧！"

说到一半，又怕被有特异功能的老板听见，墨甜含着悔恨的热泪把脑袋蒙进被子里。

饶了她吧，她一点也不想被监视着过一辈子啊！

到了周一，各部门员工刚开始打卡上班，墨甜就已经站在了前台门口等着。虽然有点舍不得这份同事好、待遇高的工作，但是保命要紧，她决定辞职了。

好在每个周一白应辰都很忙，几乎不来公司。墨甜暗暗呼着气，等着一个又一个人走过，终于等来了半谢顶的人事经理。

墨甜简直像是等来了失散多年的亲人，双眼发亮地冲过去："经理！"

"呃……"人事经理被她惊得推了下眼镜，连忙问，"这位同事，有什么事吗？"

"啊，是……"墨甜握拳，"我想……"

"嘀嘀嘀！"突如其来的消息提示音吓得墨甜一个激灵。

这是她刚给老板改的专属铃声！方才攒齐的勇气霎时烟消云散，墨甜嘴上说着"抱歉"，然后哆哆嗦嗦地掏出手机。

"无关人员不要堵在门口。"

声音有如寒风夹着细雪刮过，透着一股子寒意。墨甜颤颤巍巍地回身，白应辰正推门走入公司，推门时微微向后侧着头，还与后面的助理低声交代了两句。

视线落在他开合的薄唇，又移到他的眼睫，随即墨甜慌忙收回目光："白白白……白总。"发出微弱声音的她像是被人掐住了脖子。

她看出来了！白应辰的脸色很难看！

"来我办公室一趟。"

白应辰说完，直接越过她往里走。

墨甜心头一跳，看着清癯的身影径直上楼，她转身飞快地朝人事经理点头道歉，而后跟了上去。

白应辰在二楼和三楼都有办公室，两个办公室由一个室内楼梯连在一起。其中二楼的办公室就嵌在墨甜所处的策划C组里。墨甜平日只在二楼的办公区活动，今天却跟白应辰上了三楼，陌生的环境更让她感到不安。

老板办公室的门关上，墨甜把双手背在身后，垂下头，自主摆出认错姿势。

白应辰在办公桌后脱去外套，随手搭在椅背，问："墨小姐是吗？"

"是……"墨甜的声音大概比不脑子里嗡嗡响的声音大多少。

白应辰看她一眼，声音淡漠道："听说你想辞职。"

好一个听说！墨甜敢肯定"辞职"这两个字她只在周末对萌萌说过。果然，面前这人连她宿舍里的声音都能听到……墨甜有种掉头就跑的冲动，然而腿像被灌了铅，根本挪不动。

白应辰看着墨甜忽然睁大眼、又惊又怕的模样，叹了口气，尽量缓和语气，说："很抱歉，你还不能辞职。"

墨甜差点哭出来："不是，为什么呀白总？"

顿了顿，她左顾右盼，改为极小声地说："我一点都不好奇您的事情！我只想好好活着，之前看到的我绝对不说出去，真的！"

"可我并不信任你。"冷漠的声音透着失望之意，白应辰从座位绕出来，"尤其是在你决定辞职之后。"

墨甜不敢作声，对方毫不遮掩的审视令她如芒在背。

"墨小姐，你现在对我而言，实用价值已经低得可怜。"白应辰接着开口道。

墨甜一愣，接着脸色大变，赶紧附和："是的是的，人肉真的不好吃！我一点食用价值都没有，您别吃我！"

白应辰："……"

食指点了点桌面，白应辰头疼地回答："对，因为人肉很难吃，所以如何处理你还是个问题。在这之前，为确保自身安全，我会把你控制在身边，懂了吗，墨小姐？"

他明显已经不耐烦，话语里满是威慑成分。

墨甜一缩，小声道："……懂了。"反正就是不让她辞职嘛……就是，她还得提心吊胆地过日子，随时可能小命不保嘛……

"咚咚咚。"敲门声打破了屋内紧张的气氛，门外白应辰的助理说："白总，请您留意时间。"

"知道了。"白应辰回去拿起外套，又步履从容地走回墨甜身边，"好好工作吧。"

如果这时候被他拍一下肩膀，墨甜肯定会直接坐到地上。白应辰看出来了，所以说完这句话，便直接出了门。

墨甜张了张嘴，做鹌鹑状跟着他往外走，心里慌乱得不行。

放在平时，白应辰颜值极高，亲和、优雅又年轻有为，墨甜都会忍不住花痴一下，自己竟然有个这么厉害的老板。

然而现在……老板太厉害了，她承受不来啊！

墨甜这一天都过得十分痛苦，时不时就会想到自己从老板办公室出来时，同事们看她的怪异眼神。

回到宿舍，她就浑身无力地倒在了床上。

萌萌赶紧过来关心道："甜甜你怎么了？"

墨甜望天良久，强颜欢笑："没怎么呀，我就是不打算辞职了。"

萌萌嘴角抽搐，不满道："你这是折腾什么呢？之前是谁哭丧着脸跟我说想辞职的？"

墨甜一哽，忍着快要冲出眼眶的泪水，勉强维持着笑容："我就是忽然发现，我公司的老板真是又帅又强大！公司氛围又好，同事都很关照我，我要是辞职，不就成白眼狼了吗？"

萌萌看傻子似的看着她："你是不是最近太累了？要不你来陪我玩《当我入梦》缓解压力吧？就之前你说的那个外星人，他人设特别温和……"

"别！"墨甜一把捂住萌萌的嘴，十分郑重、肃穆，"他再温和也不会有我老板温和的，我现在心里只有工作，没有其他！"

萌萌："……"

墨甜飞快地缩进了被窝："现在，我要睡了。"

萌萌哭笑不得："你再神经兮兮的，我可要打120了！"

与此同时，本市某家高档餐厅，白应辰连着被酒呛了两次，终于禁不住站起来说："失陪一下。"

助理忙替他善后，说他身体不适。

白应辰径直走到露台，表情沉郁地拨了一个电话。

电话很快接通："老白？"

"出了点意外。"白应辰直接说，"我的事情被一个实习生知道了。"

"什么？！"

白应辰叹气："我尝试过把她控制在身边，但是好像把她吓得不轻。"

电话那边安静了一会儿，突然爆发出大笑声："怎么回事？你不是挺谨慎的吗？"

想到之前发生的事，白应辰揉了揉太阳穴："防不胜防吧。"

蓦地，脑海里传出了一声"阿嚏"，还跟着类似"别吃了我，我真的不好吃"的呓语，白应辰当即黑了脸色："总之这次的事我不擅长处理，你抽个时间过来，帮我解决她。"

甜蜜制作人

挂掉电话，白应辰还是不放心。

隔天一早他就到了公司，坐在二楼的私人办公室里，随手翻看着美术组刚交上来的原画集。

他二楼和三楼的办公室是用一个内置螺旋梯相连的，三楼日常办公用，二楼则放置了很多资料书。

以往他只有在写程序时才会在二楼。而在这一批实习生被招进公司期间，他基本都在忙着应酬以及和手下的几位主策开研讨会，以至于策划C组的员工们一推门发现老板竟然在里面，普遍露出了不适的表情。

尤其是刚被噩梦困扰了一晚上的墨甜，她拖着疲惫的身子推开门，一抬眼看到玻璃门后坐着的白应辰，她小腿一软，差点趴在地上。

白总是来亲自监控她的！

类似小动物的直觉给了她这样一个结论，她吞了吞口水，全当没看到，迅速挪去了自己的座位。

"小墨，最近作业做得怎么样？不会的地方多吗？"组长老牛在她后面到了公司，先冲白应辰点了一下头，便转身问她。

墨甜抬头，强行挤出一个笑容："挺……挺好的，我有认真查资料。"

"行……"老牛大手一挥，"好好做，争取挺过试用期啊！"

墨甜点头如捣蒜，赶紧从包里掏出笔记本。隐约听见背后有玻璃门被推开的声音，墨甜暗暗松了口气，把目光放在自己做的笔记上，直到一双长腿停在她桌旁。

"好好做，争取挺过试用期。"

温和的鼓励语说完，白应辰才离开C组。

墨甜顿觉毛骨悚然，注视着他离开的背影。

旁边的热心同事看了她一眼，说："小墨，你也别给自己太大压力，白总都鼓励你了，证明他很看好你，加油啊！"

小脸煞白的墨甜"嗯"了一声，忍不住腹诽，白总哪里是看好她，白总只是单纯地想把她看好吧……

好在白应辰走了就没再回来，听说是出去办事了。墨甜背靠着他的私人办公室，一旦有脚步声就能听得一清二楚，也不用担心老板大人忽然从三楼下来视察。

她以前都没想这么多的，可自从白应辰在她背后坐镇了那么一次，她再看老板办公桌后的那个小螺旋梯，只觉得头皮发麻。

就这样，在夹缝中生存了一个星期，周五的下午，墨甜总算可以长舒一口气。

"哎，小墨，准备下班了？"白应辰的助理先生和老牛交谈完毕，路过时习惯性地和墨甜打招呼。

游戏公司的气氛向来轻松，严助理也很和气，看着完全就是普通人的样子，因此墨甜也不怕他，笑眯眯地点头："嗯！"

严助理走了，墨甜的笑容一点点放大。

周末！双休！终于不用直视老板时不时在她面前路过的画面了！前面五天过得有多痛苦，眼下她就有多快乐。她轻轻哼着歌，看着严助理又走了回来："对了小墨，白总找你，让你去他办公室一趟。"

墨甜的笑容僵在了脸上。

俗话说一回生，二回熟。这次上三楼，墨甜完全不觉得陌生了。下班铃声早就打响，公司里的同事已经走得差不多，墨甜神不知鬼不觉地溜上三楼，蹑手蹑脚关好门，回身小心翼翼地瞄了一眼白应辰，迅速把视线收回。

"白总。"

"嗯。"白应辰敲了两下键盘，稍稍歪头看她，"过来。"

墨甜往前小小地挪了几步，在他办公桌前停住。

白应辰看着她："墨小姐，我很清楚你不愿意见到我，但是有些事情，我认为我们需要面谈一下。"

墨甜茫然道："什么事？"

白应辰抬起手，水平旋转了自己的电脑屏幕。墨甜看了一眼就惊呆了，接着森森冷意从背后蔓延到四肢百骸……墨甜慌忙摆手："不，您听我解释，我没有恶意的！"

"我知道你可能没有恶意，但是无心之过也会害人。"白应辰站起来，单手撑桌，微微前倾看着她，"墨小姐，我记得你亲口说过，对我不感兴趣。但是……"

白应辰停顿得恰到好处，用另一只手点了点屏幕："墨小姐，你的信誉度又降低了。"

墨甜哭丧了脸："我……"

她该怎么解释呢？她就是睡不着时用手机搜了一下"身边有人会用超能力怎么办"和"白应辰"……怎么就被发现了呢？

而且她搜他的名字，只搜到了一些有关公司和游戏的事情，压根就没什么关于私人的资料。

墨甜站在原地，不知所措。

白应辰看了她一会儿，叹着气捏了捏眉心。

"墨小姐，我希望你知道，不管是吓你、为难你还是伤害你，这些事情都不会给我带来什么好处。所以可以的话，我希望我们和平共处，好吗？"

墨甜的嘴唇抖了抖，她为难地小声道："可是，我们怎么才能和平共处啊？白总您这么厉害，我说的话您知道，我查的东西您也知道，我现在每天一上班就能看到您，我……我真的有点怕……"

白应辰放下捏眉心的手，重新操作了几下键盘鼠标，对着墨甜的显示屏变换了两下，竟然退出了远程操控。

"你说的暂且不提，关于你查的内容，墨小姐，你应该记得你在公司的浏览器上登录过自己的账号吧？"白应辰皮笑肉不笑，"你的手机上是不是也登录了同样的账号，并且没有取消同账号下搜索数据互通？"

墨甜震惊得脑袋里嗡嗡作响，好像，真的是这样？！她在两边都登录了账号，于是手机一搜，公司这边的浏览器就会同时出现她的搜索记录……

且不说老板可以远程操控公司的电脑，这可是科技公司！老板身为传说中麻省理工的计算机科学院精英，黑个电脑不是轻而易举的事吗？

墨甜彻底蔫儿了。

"对不起……"她认真地进行了一番反思，"我以后不会这样了。"以后她就算查也会退出账号再查。

白应辰扫她两眼，把屏幕转回去。和墨甜对峙半晌，他说："这方面的话题，我比较敏感。"

墨甜悄悄抬起眼，见他坐回了椅子上，修长的手指敲了敲桌面："如果是别人看到这两个搜索记录，或许不会产生什么想法，但是我会。就像你，墨小姐，你不喜欢面临危险，我也不希望周围有能威胁到我的麻烦，你能理解吗？"

墨甜咬唇："……能。"

"这次真的懂了？"

"真的懂了。"

"那好。"白应辰吐了口气，颔首，"我再相信你一次，并且之后，除了必要情况，我会尽量和你保持距离。"

随后，墨甜被请出了老板办公室。

夏天的傍晚，天还亮着，墨甜抚着胸脯走下楼梯，想到白应辰刚才的一番话，算是彻底松了口气。好在老板还是讲道理的，也算是替她考虑了？他知道她不想见到他。

当然可能他也不想看到她吧。

虽然过程很忐忑，但是结局还不错。墨甜坐上公交车的第一件事，就是先把手机浏览器的账号退出登录了。她打开车窗，微风灌进来，将她的负面情绪冲散了些。她终于度过了一个稍微放松的晚上。

估计是最近精神绷得太紧，哪怕只是稍微放松了些，墨甜也一觉睡到了第二天中午。

她起床时萌萌已经不在，大概是又去图书馆泡着了。墨甜简单洗漱一通，擦脸时听见微信消息提示音，她放下毛巾过去看。

严助理通过星罗N市分部群向您发出私聊：小墨在吗？

墨甜眨眨眼，回复：在。

严助理：小墨你今天下午有没有空？

啊？今天可是周六！严助理问这个干吗？墨甜抓了抓头，踌躇半天才据实回答：有空。

严助理：那好，你来这里一趟，车费我报销，包晚餐！

严助理迅速发来一个定位以及红包，连具体事情是什么都没说就消失了，连她接下来的询问都没回复。

墨甜疑惑不已，翻看群聊记录时吓了一跳。公司群里全是在问严助理情况的，还在讨论着什么病情，零星掺着两个安慰的声音。墨甜连饭都顾不得吃，换上衣服便拦车去了定位的地方。

好在离得不是很远，墨甜很快就到了目的地。只是下了车，墨甜更疑惑了，她以为自己会到某个医院，结果……迎面是个百货店？

"严助理，请问你让我来这儿是要做什么？"墨甜给严助理发了条语音消息。

对方还是没有回复，她等得有点焦心，正四处看呢，一个眼熟的人影进入了她的视野。

白应辰根本没有停顿，直直地向她走过来，满眼无奈。墨甜好像在他眼里看到了"怎么又是你"，然而现在她也很想问，怎么他会在这里啊？

跑又跑不了，墨甜只能硬着头皮站在原地，看白应辰边向她走，边拨了一个电话。

"我见到了，没事，好，你忙。"电话挂断时，他刚好停在墨甜身前，"严谨说没说你来是要做什么？"

墨甜一脸无辜地摇头："没有。"

白应辰满脸无奈："那你就来？"

墨甜更无辜了："严助理好像很急的样子，我以为他有什么事……"

"他是有事……"白应辰无奈道，"算了，你跟我来。"

昨天还说着要保持距离的人，莫名在休息日又走到了一起，墨甜想想都觉得天要亡她。跟着白应辰进了商场，她才了解到，本来白应辰今天是打算让严助理来帮他挑选一些东西，结果严助理家临时有事，严助理就把住在N市的女同事们都找了一遍，而她刚好很及时地回复了消息。

白应辰在说这些时语气有些不悦："你要是再晚几秒钟回复，你就不用过来了。"

墨甜撇了撇嘴，心想她要是知道真相，肯定会装自己还在睡觉啊……

"哎对了，白总您不是可以听……到吗？"墨甜刻意放轻了声音，贼兮兮地看他，"你及时阻止严助理，或者及时阻止我不就行了？"

白应辰认真地看着她，徐徐道："那就穿帮了。"

"……哦。"说得也是。

这么说来，严助理也不知道他有超能力吗？不会这个世界上只有她知道这件事吧？墨甜烦恼地捶了两下额头，跟着白应辰来到百货商场二楼的化妆品专柜。

"白总，您要挑什么？"

"化妆品吧。"

"男士的？"

"女士。"

"呃……"墨甜福至心灵，"您要买化妆品送人？"

白应辰点头，说道："随便选吧，不用在意价格，只要是适合做礼物的就行。"

虽然不用在意价格，但是随便选，是不是太敷衍了？这跟他亲自跑一趟的情况不符啊！

各种想法在脑子里乱转，可墨甜不敢多问，在各家专柜之间晃悠了半天，她敲定："就选口红吧！不知道对方喜欢的色号还可以多来几支，反正女人都是属龙的，喜欢收集宝物，不管用不用得到，拥有了就会很开心。"

白应辰挑眉，稍加思忖后点了下头："你自由发挥吧。"顿了顿，他眯眼看着一个方向，低声说，"那家不要去，里面基本都是假货。"

"咦？"墨甜很吃惊，"您还会辨别假货？"

白应辰："算是吧。"

他倒不是会辨出物品真假，而是能看出店员的大概品质。这也是他虽然恼怒墨甜撞见他的秘密，却没有采取过激防卫措施的原因。

不过这些事他没必要告诉她。

最终，墨甜挑了三支某品牌最新色号的口红。白应辰陪在她身边时，店员小姐简直羡慕死了，结果白应辰在结账前说："同样的我一共要四份，分开装四个礼盒。"

然后店员小姐看他俩的眼神就完全不一样了。

墨甜也很诧异："四份？"

"嗯。"白应辰平静地应下，结好账后拎着袋子出去，"本来打算下午和严谨处理一下公司的事，顺便请他吃晚饭。他来不了，你要替他吃吗？"

"呃，不用了吧……"墨甜略微不安地绞着手指。

同样的礼物要了四份，白总这是渣男行为，还是要拿口红去引诱无辜女性做些不可告人的事情？那样她岂不是成了帮凶……等一下，她这是想哪去了，白总可是她的老板！她不应该这样想！

墨甜赶紧晃了晃脑袋，想要把那些疯狂的想法给晃出去。她深吸一口气，说："要是没别的事，我先回宿舍了啊！"

眼见白应辰有点头的倾向，她就不由分说地挥挥手，转身拦车溜了，速度之快，让白应辰啼笑皆非。

自然，白应辰不知道墨甜在回去的路上内心有多慌，脑子里都是后知后觉的恐惧。而她又不想每天都提心吊胆地活着，只能自己安慰自己，或许事情没她想得这么糟，或许她还能和白应辰再好好沟通一下。

夜晚，白应辰处理好了日程上的所有事情，终于抵达自家楼下，打算解安全带下车。

"白总？"意识里忽地传来带有针对性的话语，"你听得到吗？"

白应辰一顿，拿起手机打字：听得到。

消息发送成功后是短暂的沉默，之后远在自己宿舍的墨甜小声说："我……能不能问问您究竟是何方神圣呀？现在宿舍没别人！我……我也把自己蒙在被子里了！"

听得出那头的人声音闷闷的，极其小心。白应辰想了想，回复她：现在不能告诉你。

现在？是指这样发送消息，会留下把柄吗？墨甜猜测。

墨甜也确定了一件事：白应辰能听见她的声音，但应该听不到她的心里话，也不能远远地直接对她说话，只像是在她身上装了窃听器。

她悄悄钻出被窝，在本子上记录下这些特性，轻轻呼了口气。

"好吧！"墨甜双手合十，"天都黑了，那白总，现在开始我就尽量少说话，不打扰您了，祝您生活愉快！"说完她还拍了两下手，也不知道白应辰会不会听见。

或许是多了一点底气,墨甜似乎没那么害怕了。虽然一直不出声有点憋屈,但站在窗口深呼吸后,她脸上还是有了一点笑意。

她的处境,好像也不算太糟嘛。

至于另一头,白应辰在没能思考出墨甜怎么突然有胆子主动呼唤他后,掉转方向回了一趟公司。

在地球的二十五年,对他而言就如同一次有助于学术研究的度假。在母星时,他曾听前辈形容:"地球是个神奇的地方,它蕴含着复杂又细腻的情感,千丝万缕,瞬息万变,迷人又危险。"

如此笼统的描述,他完全无法理解,干脆就亲身来体验一番。

凭借母星的技术,他完美地拥有了地球人的体态、思维和情感。可尽管如此,很多感情的转变,他还是很难理解和体会。

不过好在还是有所收获,这二十五年里,他结识了可以信赖的好友,创造了属于自己的事业,目睹了地球的文明发展,还意外受到了安全威胁。

嘴角不自觉地抿出一个无奈的笑容,白应辰来到公司档案室,取出墨甜的实习观察记录。

这一批五个实习生,公司只会留下两个。虽然他早知道墨甜不算差,但看到目前的评估,墨甜竟然排名第一,他还是有点意外。合上记录,白应辰拨通了助理的电话。

"明天下午你不用跟我去B市了,好好照顾你母亲。"他淡然说,"顺便帮我留意一下,这五天如果策划组有任何人要辞职,都不批准。"

"策划组?好的。"电话挂断,严助理边做备忘录边嘀咕,"策划组出什么事了吗?"

听见助理的嘀咕,白应辰揉了揉眉心,能让自己下达这种奇怪指令的人,墨甜还是头一个。

公司条例里明确写过,员工在非加班期间,超过晚九点不能出现在公司。而他平时也很少在公司动用能力。

那天他刚好有一个程序要临时修改,查论文资料一下忙得忘了时间。墨甜趁着他最忙时来了公司，撞见了那一幕，简直就是命运跟他开了个玩笑。

"只剩不到一年。"几乎是从牙缝里挤出这句话，白应辰抬手划出一面晶蓝色屏幕，在上面添加了一条备注：当我离开，继任研究人员可来观察Z国地球人墨甜的后续发展，作出报告回执母星心理科研院副院长，回执有奖金。

他有点好奇，在他走后，生活恢复正常的墨甜会有怎样一番人生。

周一上班，墨甜才得知白应辰出差的事，星罗科技总部在B市，而她在N市的分部上班，三天后，总部廖老板结婚，白应辰应邀去当伴郎。

"我也好想看白总当伴郎的样子啊！"午休时分，员工食堂里，不少女生都在边憧憬边哀怨，"可惜是在B市！"

墨甜混在里头，羡慕着这些无知无畏的人。如果那天她没忘带钥匙，多半也能成为白应辰的小粉丝之一。

可惜好看的东西都是有毒的，白总已经把她毒哑了！现在听着同事们的讨论，她擦着汗，满脑子想的都是，同事们的讨论，白总是不是都能听见？反正她的话他是能听见的，所以她还是别说话了，命要紧。

话题参与不进去，墨甜使劲儿扒了两口饭，便笑着站起来："我先回去了，你们慢慢吃。"

策划C组在她来之前素有"和尚庙"之称，起初没个女性同伴一起，她还有些孤单，现在倒是习惯了。走到门外发现鞋带松了，墨甜顺势蹲下来系，系到一半，忽然有声音飘入她的耳中："哎，你说那个墨甜是不是有什么背景？"

墨甜一愣，又听见其他人的声音："不会吧，没听说过啊！"

"可我之前看到人事经理找她，白总直接就把她从人事经理面前带走了！你看她平时话都很少说，估计是不稀罕跟咱们掺和在一起呢。指不定哪天人家就去二楼食堂了。"

几分钟后，墨甜回到自己的电脑前，却没像往常一样立刻开始工作，而是毫无干劲地趴在桌子上。

她自认为已经很努力，该写该背一样也不敢松懈，原本她对挺过试用期挺有信心，可这莫须有的名头是怎么回事？公司里的人怎么这样看她？

直到下班坐公交车回学校，墨甜也没能止住心里的沮丧，反而越发郁结。要是她和白应辰去百货店的画面也被同事看到了，她就给自己一刀，来个痛快算了。

公交车到站时，手机铃声响了起来，墨甜怏怏地掏出手机，瞬间被来电显示惊得瞪大了眼。

"白……白总？"

电话接通，那边起初有些嘈杂，等渐渐静下来，便有略显清冷的声音响起："是我。"

我还不知道是你？墨甜在心里吐槽，颤颤巍巍地回应："白总，您竟然打电话了……"

"嗯，在忙，不方便发信息。"白应辰说。

忙您还打电话！墨甜翻了个白眼，强装乖巧地问道："请问，您有什么事吗？"

"你似乎被人误会了。"白应辰直接点题，"需要我帮你澄清吗？"

一时间没反应过来，墨甜疑惑地问："澄清？"

对方徐徐地解释说："因为我的身份，你今天被人误会了吧？如果需要，我可以替你澄清的。"

虽然白应辰的语气很温和，可他话里的内容着实让人愉快不起来。

"这种事情哪有澄清的可能，只会越描越黑吧？"墨甜有点来气，感觉自己被耍了，"白总，您的事情我真的不会说出去，我也真的是想好好工作，所以您能不能……"

猛然发现自己语气过激，墨甜立即止住了话语。虽然最后的话是想恳求他放过她，别再和她有交集了，让她安心工作，可是哭腔一出来，她就不好意思说出后面的内容了。墨甜咬了咬唇瓣，沉默了。

白应辰也沉默了一会儿，才问："能不能什么？你怎么不说了？"

墨甜也知道她话说一半不太好，可她刚张开嘴，呜咽声就止不住地冲出了喉咙。这是她最怕的事情。她这个人，一旦说正事就容易尿，一尿就容易说话带哭腔，完全控制不住自己。

呜咽声颇有愈演愈烈的趋势，墨甜捂着嘴频频用鼻子吸气，当下只想挂掉电话。就在她下决心的时候，白应辰忽然说："对不起。"

墨甜被噎得突然打了个嗝儿，过了半天才颤抖地发出一个音："啊？"

白应辰一如之前那样冷静地说："听了你说的，我想了想，今天他们说的事情，确实不好澄清。"

他说得很认真，语气也很诚恳，一下子就浇灭了墨甜心中的火焰。墨甜不禁犹豫地想，自己刚刚的态度是不是不大好？

电话里突然又嘈杂起来，白应辰的声音也跟着变得有些模糊："我去忙了，先挂了。"

"噢，好……"

"至于今天的事，等我回去再说吧。"

白应辰话音刚落，忙音便响了起来，墨甜没忍住呜咽了一声，这怂样，她想想都觉得脸热。墨甜抬起手背抹了抹眼睛，悄悄地说："好。"

"路上注意安全"几个字已经到了嘴边，又被她生生咽了回去。

烦闷的情绪在胸腔里乱撞，让人不知道怎么办才好。墨甜回到宿舍就在床上打起滚来，想仰天长啸发泄情绪，又怕吓着白应辰。最终她搂着抱枕思考了一会儿，毅然打开手机微信，打字给一个联系人发消息。

重要提示：在看到我的短信内容时，千万不要念出内容，嘀咕也不行，而且所有内容都要绝对保密，求你了，顾大教授！

消息发送出去，墨甜紧张得直拿手机敲额头。

顾闻悉：发生什么事了？

对方回得很快，看来没在忙。

墨甜松了口气，稳住情绪，打字道：你先看提示！

顾闻悉：看了，让我管住嘴？

墨甜流下欣慰的眼泪：对！

她答应了白应辰不把事情说出去，但她打字向人请教还是可以的吧？

心里默念两遍"这不算违规"，墨甜稳了稳神，继续打字：其实我在揣摩一个工作内容，大概就是，如果我在生活中撞见了拥有异能的人，我该怎么办？

看到微信提示对方正在输入，她却半天没有收到消息，想来对方是被问住了。墨甜谨慎地补充：就是，如果他是个很危险的存在，比如他会吃人，而我身为知情者，该如何处理？报警吗？给专业机构发匿名信？请专家来处理他？

键入"处理"这两个字时，墨甜有些于心不忍，可她实在找不出更好的词来表达。

过了一会儿，顾闻悉回复：如果要认真思考这个问题，要看你站在理性层面还是感性层面。

墨甜：那你的建议呢，最好是找专门的人来对付他吗？

顾闻悉：如果对方很危险，建议这样。

墨甜：那如果，他其实没多危险，我却把他举报了……

顾闻悉：这个要具体情况具体分析，你最好描述得详细些。

呃，不好再详细了吧？万一……万一……

墨甜内心挣扎不已。

不知情者顾闻悉继续发来消息：你不是在实习吗？公司竟然安排这种难度的工作？看来我们甜甜很受重视啊！

"什么我们甜甜……"墨甜嫌弃地嘀咕，倒不在意这句白应辰会不会听见。她噼里啪啦按键盘：快别这么叫我了，要是被你女朋友看见，你又要换新手机。

顾闻悉悠悠回复：早就分了，反正也是家里强迫相亲的。

墨甜撇嘴：行吧，看来下次我妈念叨的时候，我就可以反问她，着急结婚有什么好？看看隔壁顾教授，相亲那么多次都黄了。

顾闻悉：嘿，你很皮啊，不是虚心提问的时候了？

墨甜：呵呵，你什么时候来我学校开讲座记得说一声，我会请假去捧场充数的！

顾闻悉：谢谢，顾教授我向来座无虚席。

墨甜：没事，反正我也不是很想听。

变着法地调节完心情，墨甜心里舒坦了，伸伸懒腰打算去洗个澡，正找拖鞋呢，手机又"嘀嘀嘀"地响了。

是老板的专属铃声！想到刚才那些聊天内容，墨甜僵在床边，过了好半天才僵硬地转身拿手机。

她心脏都要跳出嗓子眼了，生怕手机里突然钻出个人把她吃了。她一边想着该怎么解释，一边滑开手机屏幕。

白总：听你笑得很开心，心情好些了？

"……"墨甜欲哭无泪地倒在床上。

老板就没点自觉吗？想想她心情不好是因为谁好吗？

第二章

他能听见

甜蜜制作人

· ★ ·

"报告白总,我和朋友随便聊了几句而已。"

心虚地回完消息,墨甜顺手拿来床边的工作手册翻看,想让自己不要满脑子都是刚刚和顾闻悉的聊天内容。

手册是严助理今天给她的,同样的手册她也在老牛那儿看到过一次。只是为了排解压力,墨甜翻得不是很走心,直到再次翻回扉页,墨甜才若有所觉,凝住了目光。

"二十一点后,员工不能擅自出入公司?"疑惑地默读完这句话,墨甜内心崩溃了。之前老牛给她的那本,扉页被他儿子贴了一张大大的卡通贴纸!看到两边露出的"二十一……公司",她还疑惑过,难道上面写的是二十一岁以上才能进入公司?

贴纸下面怎么藏着这么可怕的内容?难怪只有她犯错了!

这些话她该怎么和白应辰解释?会被当成狡辩吧……墨甜愁眉苦脸地盯着手机,半天没等来短信,倒是微信有了提示。墨甜切过界面,登时眼前一黑。

【Chen】添加你为好友,备注:我是白应辰。

墨甜直拿头撞床板,含泪同意申请,白应辰立即发来消息:你应该更习惯这样。

不不不,您误会了,我更习惯不和您交流!这般想着,墨甜把眼泪往肚子里咽：好的。

Chen：打字麻烦的话，你可以直接说话。

墨甜：不不不，不麻烦，总说话会打扰到您吧？那多不好。

Chen：不会。我忙完了。

墨甜咬唇，忽然视线定格在"直接说话"四个字上，仿佛抓到了可以举报他的证据。结果她转念一想，这软件是有语音消息功能的！虽然白应辰未必是这个意思，但她要是凭着这句话就跑去说这个人是异类的话，想想后果……还是算了。

时间已然不早了，磨蹭到这会儿还没洗澡，墨甜有点急。然而她盯了聊天记录半响，也没分析出对话结没结束，只觉得把一个有杀伤力的老板晾在这儿不大好，她又斟酌着客套了一句：您是不是该休息了？

白应辰回复得飞快：确实，明天需要见个客户。

噢噢，他要见客户，难怪还要两天才回来呢。墨甜点头，随口说："那您辛苦了。"说完才想起是在聊微信呢，她又赶紧打字补上一句：那您快休息吧！注意身体！

Chen：好，你也是。

聊天结束，墨甜劫后余生般松了口气，唇畔噙起笑意，习惯性地把聊天记录回顾一下。只是翻着翻着，她的笑容就淡了。她点开白应辰的头像，他的资料无比简洁，朋友圈也什么内容都没有，看得她莫名就有些落寞。

在她的眼里，老板最近都很危险、很凶恶。但她发觉只要她没做错事，老板的态度好像就挺温和的？

萌萌捧着书回宿舍时，眼前的墨甜正是一副怀着少女心事的模样。萌萌诧异地问："甜甜你干什么呢？"

墨甜这才反应过来，丢下手里揉着的毛巾说："我准备去洗澡！"

狐疑地扫了墨甜两眼，萌萌不明白，质疑道："那你脸红什么？"

"有吗？"墨甜摸了摸脸，应对自如，"可能是想到后天上班，我就容光焕发？"

萌萌："……"

她发现了，墨甜最近越来越狗腿，没事就夸公司、夸老板，表明自己热爱工作。要是在上班时谄媚吧,她还能理解,可都下班了还这样⋯⋯

作为好室友,萌萌做了一个决定。深夜,趁着墨甜已经处于熟睡状态,萌萌悄悄摸到墨甜旁边推了她一把:"甜甜?"

"嗯?"墨甜翻了个身,萌萌立刻笑着贴上去问:"我这个《当我入梦》的忠实玩家,下周一想去参观一下你们公司,好不好?"

"嗯⋯⋯"墨甜在睡梦里抓了抓脸。

萌萌欣然:"那你到时等我消息哦!"说完她往上铺爬去,暗暗嘀咕,"我倒要看看这家公司是怎么回事,把我家甜甜变得这么奇怪!"

墨甜毫无意识地咂了一下嘴,完全不知道萌萌笑得多阴险狡诈,更不知道在城市的另一头,白应辰听着她俩的"对话",简直要被气笑了,墨甜就不能让他省心一点?!

星罗科技创始人与他的视频会议已经开完了。见白应辰忽然表情古怪,创始人不禁疑惑:"还有问题吗?"

"嗯?"白应辰收起不该有的情绪,双臂环胸靠在椅背上,"没,年展会就用这个UI(界面)吧,不过游戏内测的DEMO(展示动画)原稿还需要再修一修。"

创始人先生挑眉:"UI没问题你还摆黑脸,是那位'防不胜防'又让你头疼了?"

不然还有谁?其余让他不满意的人和事,早被他逐出交际圈了。白应辰心烦意乱,赶在对方刨根问底之前把鼠标移到了"关闭"按钮上。

"明天事多,先睡了。"

墨甜完全不记得自己在迷迷糊糊间被萌萌套路过。隔天上班,她先严肃地向老牛提出了换新工作手册的事。老牛听得讶然:"怎么你也让我换?昨天严谨就让我换过了。"

"啊,换过了就好。"墨甜不好意思地笑笑,"因为有些地方被挡住了嘛,有点影响阅读。"

墨甜看他的工作手册是两个多月前的事了,这会儿才过来说,显然有点古怪。不过老牛点点头,并没多问,只是说:"严谨不说我都没注意,我已经训过我家那小子了，以后手册就放公司。"

老牛身为主策之一，向来忙碌，没说两句就去做别的了。不知道白总能不能通过刚才的对话，意识到她不是故意违规的。还是白总早就猜到事情的原委，才让严助理来换了新工作手册？

墨甜回到座位上打开电脑，又看了看自己的手机，手机上没有任何白总的新消息。她叹了口气，继续她的工作。

两天后，公司创始人廖先生结婚，婚礼相关视频照片第一时间传到了下面的分公司。不少同事都凑到了放映室，就为看一眼白应辰的伴郎装束。结果也不负众望，老板颜值爆表，气度不凡，连摄像师都多给了他若干镜头，看得几个花痴同事直嗷嗷叫唤。

墨甜也跟着大家去了放映室，不过看着拥入的同事越来越多，她就早早离开了。

一出门，她稍稍侧一下头，就看到了老板的私人办公室。想想已经几天没见到白应辰，墨甜忽然发觉她好像也没有很开心。

虽然她只瞄了视频几眼，但那几眼里的画面是完全属于白应辰的。他穿着笔挺的西服在人群里从容来去，一举一动令人赏心悦目，简直不像是威胁过她的那个人。

她的手机里依旧没有白总的新消息。想想也是，就算没说过保持距离，她和他这上下级关系，私下也不该有过多联系。墨甜怏怏地撑着下巴发了一会儿呆，忽而灵机一动，到公司资料库里翻出了星罗科技发展史。

知己知彼，百战不殆！她不如趁着老板不在，想办法多了解他一点！

白应辰不在的这一周，日子过得飞快，等轮到墨甜感叹时，已经又是一个周一。

听闻老板周末就出差回来了，不过墨甜正在实习期，周末不用加班，所以直到周一她也没见到过白应辰。而周一又是公司约定俗成的放松日，老板基本不来，下班也准时，铃声一响，同事们就会蜂拥似的离开公司。

每每这时候，墨甜就会避开拥挤的人潮，稍稍晚点离开。离开前她看了一眼白应辰的办公室，心想明天老板就要露脸了吧？所以她的好日子也要到头了？

手机振动起来，竟然是萌萌。墨甜接起电话就听见对方焦急地问："墨甜甜你怎么还没出公司？你不会今天加班吧？"

"啊？你怎么知道我没出公司？"墨甜一脸茫然。

"我在你公司门外啊！"萌萌大声说道，"咱们上周约好了的，我今天来你公司参观！"

两分钟后，一头雾水的墨甜当面质问萌萌："我们什么时候约好的？"

"哎呀，估计你当时太困，就把这事给忘了？"萌萌一脸正直地分析，又道，"不过没关系，我老早就想来看看你的工作环境了，顺便参观一下星罗科技，毕竟我可是《当我入梦》的忠实玩家！"

墨甜一阵无语，摆摆手道："那你看吧，不过只能在外面看哦，我们公司不让无关人员进去的。"

"唉，这么小气吗？"萌萌有点不满道，"我可给《当我入梦》充过不少钱呢。"

墨甜干笑两声，心说她现在都不敢在公司里乱逛，这不是小不小气，这是要命的事情！

不过她还是指着面前这座三十二层的商厦讲解了一下："因为我们是分公司，所以只在这里占了四层，我平时都在二楼工作。"

"嘀嘀嘀……"消息提示音不合时宜地响了。这会儿来的消息……墨甜的心头当即涌上了不好的预感，赶紧点开手机："等等，我看一眼短……"

白总：可以简单看看。

"啊？"盯着手机上的文字，墨甜不明所以。

"甜甜……"萌萌不知道墨甜看到了什么，但特意地给墨甜指出了她看到的人，"那是谁？"

"谁？"墨甜维持着呆呆的表情转身，面向公司大门……随即她手一松，手机从掌心滑了下去。

她一通手忙脚乱，竟然又把手机抓了回来。于是维持着狼狈的姿态，墨甜面红耳赤地对着白应辰打招呼："白……白总……"这个点，他怎么来公司了？

不过让她更惊讶的是白应辰垂头看了一眼腕表，对她说："你们有一刻钟的时间。"

不同于萌萌一脸兴奋的模样，回到公司，墨甜脸都青了，她抓着萌萌就问："你和我约定来看我，说了是今天？"

萌萌开心不已，答："是啊，不是你说的你们周一下班之后公司没人吗？话说门口那个就是你老板？好帅喔，而且还挺通情达理的！有这样的老板，你也太幸福了吧！"

"哈哈……"墨甜忍泪附和，"啊，我老板人超好，我也超幸福的。"

呜呜，老板一定是提前知道了萌萌会来，可他为什么会答应让她们进来参观？

公司人去楼空，墨甜带路带得提心吊胆，总怕走着走着，她们两人就悄无声息地消失了。好在N市分部主要负责的项目是一款名为《时光》的新游戏，关于《当我入梦》只有一个小展览室。大致看过一圈，墨甜就把萌萌往外拉。

"你急个啥？"萌萌意犹未尽。

"我饿了！"墨甜急忙说，"就算我不饿，我老板也会饿，饿到我老板怎么办？"

"你老板又不一定在等……哎，还真在等呢？"一出现在外人眼前，萌萌立刻就恢复端庄贤淑了，出宫似的摆好姿势，说道，"行，出去吧。"就差喊一句"小甜子"。

墨甜担惊受怕地走出大门，临时露出假笑行礼："谢谢白总。"

萌萌："……"总觉得她的小甜子一副要死了的样子。

但见白应辰神色如常，萌萌恨铁不成钢地捏了墨甜一下，微笑着说："身为《当我入梦》的资深玩家，能够参观贵公司，不胜荣幸！"

白应辰平静地点头，转头看墨甜："你玩过吗？"

墨甜的假笑僵在了脸上，萌萌也是眉心一跳，她赶紧拿眼神暗示墨甜：你玩了吗？

还没！墨甜也拿眼神回答，答完她赶紧清了清嗓，做乖巧状："那个，老板，其实……《当我入梦》我打算过了试用期就玩的，毕竟现在努力工作转正要紧。"

萌萌也赶紧附和道："对的，对的！甜甜还说她对Mr.陈很感兴趣，想专门攻略他来着！"

白应辰若有所思，点了点头，接着对墨甜说道："时间不早了，你们去吃饭吧。"

"谢谢老板！"墨甜赶紧拉着萌萌溜了。

夏末逐步迈向早秋，天气依然不时热得出奇。墨甜劫后余生般累瘫在板凳上，终于想起擦一擦额头的汗。

萌萌要来烤肉店的排队单号，出来坐到墨甜旁边，说道："甜甜，你不对劲儿！"

"哪里不对？"墨甜装傻。

萌萌意味深长地看着室友："你还记得大一社长给你取的外号吗？"

墨甜："……勇猛大白兔？"

"对！"萌萌用力点头，"虽说是大一那一年，但我还记得很清楚呢，我们娇小甜软的小甜甜为了抢回展位，单枪匹马去怼武术社，还跟灭绝师太打包票，一路神挡杀神，佛挡杀佛！怎么自从上了班，你胆子小成这样？你老板能吃了你不成？"

当然了！她可是每天都在顶着要被老板吃的压力！墨甜在心里咆哮，选择岔开话题，微信打字问萌萌：话说Mr.陈是谁？

萌萌看异类似的盯着她身边的墨甜："就是那个外……呜！"

墨甜条件反射地捂住了萌萌的嘴，另一只手打字回复：我明白了！

就是那个外星人嘛！Mr.陈，Chen，辰……啊，烤肉，把她撑死吧！

不过很遗憾，烤肉的味道实在一般，墨甜没能被撑死，只能继续过她的苦日子，反复推敲和修改上头交代的东西。最终赶在实习期的最后一周，她成功交了作业。

老实说，墨甜真的有用功，但是看了一遍自己的作业，她心里还是有些没底。

来到公司她才知道剧情策划需要做的不仅仅是写剧本，还要她们运用软件程序，把自己写出来的剧情安排进游戏，并且把控好对应NPC的语言动作甚至是神情，还要和关卡策划沟通好，来确保这个宏大虚拟世界可以运行得万无一失。这些对她而言无比复杂的操作，经常让她一个头两个大。

星罗科技向来精益求精，现在也不算缺人，最后的五进二啊……墨甜捏着存着她自制任务链作业的U盘来到茶水间，投币取出一罐可乐，仰头灌了一大口。

"墨甜。"

"噗——"

两个声音相继响起，墨甜惊愕地看着被她喷出的可乐飞进了排水口。

"白……总。"墨甜小心翼翼地抽出纸巾擦了擦嘴。什么叫冤家路窄？什么叫狭路相逢？此刻她算是明白了！

白应辰平静地看着墨甜说："抱歉，没注意到你在喝水。"

正是工作的黄金时间，要不是刚刚交了作业，墨甜也不会跑来茶水间里唉声叹气。她想了想，笑着摆摆手："没……没事的，那我先回去了……"

"等等，我是来找你的。"

一句话就把墨甜叫住了。白应辰从她身边走过，从容地接了一杯温开水，喝了一小口，平静地看着她说："你舍友的事情，算是之前你陪我选礼物的谢礼。"

墨甜呆呆地张了张嘴，又听他继续说："至于你给我出主意的谢礼，我现在给你一个选择的机会。"

"选……选什么？"墨甜突然不安。

白应辰扫她一眼，淡然道："调组。"

墨甜呆住，过了好一会儿才消化掉这两个字，她问："调到哪儿？"

白应辰抿唇沉默了一下，开口道："我们虽是主要负责研发《时光》，但公司还有两个手游项目正在进行，如果你成功转正了，可以考虑先去那边适应一阵子。那两个项目组在一楼，离我比较远，可以避免我们抬头不见低头见。如果你不执着于剧情策划，还有其他兴趣，也可以先去一个离我远些的部门。"

后面原本还有一些利弊要讲，但白应辰看着墨甜的表情变化，思忖片刻，选择了不再多说。

墨甜一副受伤了的样子。

"我……我很喜欢《时光》。"她有些局促地捏着可乐罐，说道，"我……

我一开始就是奔着做《时光》的剧情策划来的……"

喉咙哽了一下,墨甜勉强笑着抬头:"您……您给我一天时间考虑一下吧,我现在还做不了决定。"

"好。"白应辰又深深看了她一眼,拿着水杯转身离去。

墨甜颓废地度过了一个下午。

按理说交完作业,她就可以提早下班回去等结果了。然而现在,她感觉自己心态崩了,动也不想动,干脆就在二楼的休息区坐着。

休息区不知走过了多少同事,认出她的都会和她打声招呼,还有一个美术组的实习生妹子,和她是老乡,拉着她抱怨了很久自己的作业。

美术组的妹子说:"星罗的要求真是太高了,我一张原画,细节改了八十几遍,改得我要吐了,组长还是不满意,我现在都怀疑组长是不是故意在劝退我……呵,要不是星罗工资高,我才不受这个委屈。"

墨甜听完,打起精神安慰了美术组的妹子两句。眼看着快要下班,她回到办公室收拾东西,却鬼使神差地打开电脑,再次翻到了星罗科技发展史。

星罗的工资待遇在同行中确实算得上是顶尖。她能来这个公司实习,不少学长学姐都很羡慕。

但是墨甜滚动鼠标滚轮,看着星罗科技发起人一栏后面一排名字里赫然也有"白应辰"三个字,她垂下眼帘咬了咬唇。

高三毕业那阵子,她在家里无聊透顶,便开始写起了故事。然而爸妈知道了这件事后,不理解也不支持,还说如果不是被这些古怪的想法占据了心思,她的成绩还能提高一个层次。

那时的她委屈得厉害。直到在星罗本部工作的表姐来她家玩,听了她的诉苦并对她说,她的故事很有意思,想法也很好,如果她对创作真的感兴趣,却因为家人的反对就放弃,那就实在可惜了。

表姐告诉她,星罗最新发起的项目,起初做得也很艰难,因为没人看好,创始人只能从别处赚钱来养它。后来随着项目计划的逐渐完善,才开始有了投资人,因为创始人一直没有放弃,所以才有了今天的《时光》。

《时光》,一个已然拥有上百工作人员的游戏项目,墨甜目前所在的项目组就负责这个项目。

据表姐介绍，起初《时光》并不算是游戏，而是公司发起人们在大学时心血来潮编纂出的"地球大事记"。比起游戏，它更像是一个谱写了地球文明进程的3D历史图文集，所以也叫"时光计划"。

然而发起人们逐渐发现，将历史还原成3D模式这个工作会令人更有成就感，可他们花费的人力、物力、财力，和所得的收益实在难成正比，也不容易推广。

想要收益和人气怎么办？他们果断把目标放在了精品越来越少的游戏市场上，于是星罗科技成立了。

他们用开发手游来积累经验和人气，很快就把"时光计划"也提上了日程。而即将作为电脑游戏诞生的《时光》不仅记录了能够考证到的最真实的历史变迁，还添加了很多幻想元素，游戏制作人们就像是在建造一架时光机器，带领玩家在各种玩法中游历那些已经远逝的时代。

"那些瑰丽的年代不应该被遗忘，我们亦不满足于它只被记录在历史的书册上。"

当她看到"时光计划"图文集扉页上的这句话时，当她看到那些远去的历史与无数天马行空的衍生想法跃然于眼前，她就心潮澎湃地确定了她要成为时光的一员，而这也成了她的梦想。

然而在她大三时，加入星罗科技的门槛已经很高了，能被选进来，还如愿以偿地进了时光项目组，她可是兴奋得几天都没睡好觉。

现在，老板给她机会，离开这个项目组或者离开这个她喜欢的职位……这等于就是让她放弃自己的梦想啊！

墨甜双手捂脸做了个深呼吸，关掉电脑提包走人。

墨甜下楼时，白应辰也在一楼。他在和音乐组的组长懒羊说着话，手里还拿着一本精美的原画集。见她下来，他竟然瞄了她一眼。墨甜原本想假装自己不存在的，结果条件反射地也回了白应辰一个眼神。

仅两秒，白应辰便收回了目光，淡然地说："配套原画集发售的曲子，质量必须做到最好，要能让购书者在听到这些曲子后，更加期待纸质书上的画面成为立体影像。"

甜蜜制作人

他对别人说话时温和的语气，与和她单独说话时那冷淡的语调截然不同。想到这里，墨甜不由得有些郁闷，连偷瞄她期待已久的原画集的心情都没了，加快脚步匆匆离开了公司。

刚好晚上系里有个聚会，同学拉了她一起去。墨甜最近话都很少说，憋得正难受，便跟着去了，饭后同学却要拉着她去KTV。

想到KTV里吵闹的环境，墨甜有点犹豫，发消息请示白应辰：白总，我可以进KTV吗？

"哇，墨甜你是不是谈恋爱了？"旁边女同学兴奋地问，"出来玩还要请示男朋友哦！"她瞄到墨甜手机上的内容，更兴奋了，"你平时都是这么称呼你男朋友的吗？还是……难道你男朋友是你上司？"

"不是……不是你想的那样！"墨甜根本挡不住对方的追问，吓得直冒冷汗，"你别瞎说！"

老板他会听到吧？惨了惨了……墨甜正急着想该怎么解释，白应辰的消息就来了。

Chen：可以，你也可以唱歌，这些事情我不约束你。

捂着手机屏幕悄悄看完消息，墨甜心跳如擂鼓，斟酌半天，她回了一句"谢谢"。

话虽如此，让她现在唱歌却是完全不可能的。虽然她很想宣泄情绪，也没五音不全，但是自己的歌声会被别人远远听到，对方还是自己老板。这种情况太羞耻，她接受不了。

于是，这一晚，远在家中的白应辰听到了无数次某人无意识的低哼，某人偶尔发现，还会立即停止，小声道歉："对不起，打扰您了。"

白应辰不止一次拿起手机，在聊天框里输入"我不会被打扰到"之类的话。但想到墨甜每次收到他的消息都是那样胆战心惊、坐立不安，他便放下了手机，操作投影重复播放墨甜刚刚上交的自制任务链，然后看着今年五个实习生的总结分数，再次陷入沉思。

墨甜没想到实习总分会出来得这么快，周二交了作业，周三下午，五个实习生就被叫进了大会议室。白应辰坐镇上首，麾下主管们各显神通，一个个评定角度刁钻，饶是言语风趣幽默，也说红了几个实习生的脸，都是给羞红的。

墨甜也很羞愧，她知道自己做得不够好，但能顺利演示出任务流程，她当时就很开心了。现在听着组长把她的任务角色的动作语言那些毛病一一挑出来，她恨不得找条地缝钻进去。

两个小时后，点评总结完毕，墨甜高出第三名实习生七分，排名第二，顺利留在了星罗科技。

走出大会议室，墨甜不免在脑内拿自己的作品与第一名的作品对比。虽然两者不在一个领域，但那个音乐组男生谱的曲子，听得她这不懂音乐的人都振奋不已，相比之下，她的作品平平无奇，还有瑕疵，完全不值一提。

因此，在去老板办公室的路上，和刚从办公室出来的音乐组男生擦肩而过，墨甜连抬着的头都低下了些，进门后也没有发声。

"恭喜你，顺利留下了。"白应辰的声音从办公桌后传来。

墨甜轻轻"嗯"了一声，局促地抬眼看了看白应辰，几番欲言又止。

接着，白应辰竟然从桌子后面走了出来，站在她面前，声音低沉地问："想好了吗？"

墨甜紧张地抓住衣角，吞吞吐吐道："我……我……"

深呼吸两下，墨甜心里默念，对方可是《时光》发起人之一！专门负责考证历史、复原遗址的那个大神，她曾经最崇拜的人之一！

眼神蓦地坚定起来，她压低声音，飞快地问："您既然很讨厌我，就不能让我彻底离开公司吗？白总您可以控制我呀，您可以让我在公司周边找份别的工作，这样以后还是离得很近，但很少见到。"

白应辰眉头微蹙，目光陡然落在她脸上。

"我不会做那种事。"顿了顿，他又道，"但是我给过你机会，如果这次你的作业分数再低一些，公司自然不会留下你。所以说，不是你自己想要留在公司吗？"

"啊？那个分数是真实的？"墨甜喉咙干涩，"您没放水吗？"

"没有。"白应辰回答得很果断，"我只考虑过要不要微调你的分数，让之前有关你的流言不攻自破。只是不管怎么考虑都觉得会弄巧成拙，我就放弃了这个打算。所以墨小姐，既然你是愿意留在星罗的，关于我昨天提出的事情，你打算怎么处理？"

门外的走廊里十分安静，墨甜背靠门板，再次被面前这个高大男人的气场压得有些喘不过气。

"我……如果我不能离开公司的话，我想继续留在《时光》这边，留在策划组。"她可怜巴巴地抬起眼，"我可以这样选吗？"

白应辰动了动嘴唇，最终淡然道："这是你自己选的，当然可以。"

他移开视线，回到办公桌后，情绪难辨："周六上午十点来我办公室一趟吧。"

墨甜上楼前听老牛说过，找老板谈完话后，她就可以回去放个小长假了，周一开始正式上班。不过在那之前，她得来公司签一份合同。

竟然是在周六吗？好奇怪的时间。墨甜心里泛着嘀咕，但不敢有片刻迟疑，于是答道："好，那……"顿了顿，她小声说，"以后，就麻烦您忍耐着看到我了。"

白应辰略一抬眼，忽地笑起来："还好。我还是很欣赏你能留下来的勇气，有点勇猛大白兔的意思。"

墨甜："……"老板您怎么连这个称呼都听到了……

白应辰的话，配合他几乎没有温度的笑，看得墨甜生生打了个寒战。被放出办公室时，她才恍然发觉天阴了，气温一下子降了很多，穿着短袖的她走在外面还觉得有些冷。

当晚，N市下了一场大雨。墨甜缩在被窝里，下载了《当我入梦》这个游戏。

她看着登录界面上的男主角们，指肚缓缓滑过画面，最终停在一个穿着白色衬衫的角色身上。干净利落的短发，温和平静的表情，似蕴藏着广袤宇宙的双眸……萌萌向她介绍过，这位就是Mr.陈。

不知道是不是心里暗示作用，明明他的人物形象和白应辰并不能对上号，可她越看，却越觉得二者极为相似。心脏怦怦地跳动着，墨甜按下退出键，把自己蒙进了黑暗的被窝里。

南方的雨经常一下就是很久，周六雨又下了起来，只是小了很多，墨甜准时来到公司门口,收伞、刷卡、推门的动作一气呵成,转身轻轻关门时,背后一阵森凉。

果然,她转身就看见白应辰正拿着一份文件从楼梯下来。对方也看见了她,却只视若无睹地扫过一眼,便把文件交给前台:"一会儿有人来取,直接给他。"

男人黑色衬衫的袖子挽了起来,递文件时会露出好看的腕骨,手腕内侧的青色血管也和她的一样清晰可见。

至少从外表看来,他和正常人类没什么区别呀……

墨甜完全没发觉,自己这观察对方的行为有多明目张胆。而白应辰,注视对他没有一丝的影响,交完文件他便回身上楼,走上几个台阶才皱着眉开口:"过来拿东西。"

这声音很有针对性,独自站在门口的墨甜一愣,赶紧跟了上去。

周六的公司,工作人员很少,很多办公室都没开灯。穿过幽暗的走廊,墨甜又开始紧张,直到进办公室后,发现里面还有一个穿着十分休闲的男人在,她的内心才轻松些。

有别的客人在,她就可以快点闪人了。

她进门后,白应辰果然没有多说别的,直接递给她一份劳务合同。签好后,他又把一个档案袋交到她手上,说道:"这是你的排班表,未来半年的工作走向以及你师父的大致信息都在里面。"

"麻烦白总了。"有外人在,墨甜表现得专业极了,"那白总,如果没有事的话,我就先不打扰了。"

"墨小姐别急着走。"陌生的男人突然发声。

墨甜一顿,身边的白应辰竟然伸手按上了她背后的办公室门,还落了锁。气氛突变,墨甜吞了下口水,紧张兮兮地问道:"你们……请问……"

"果然催着要录像什么的,都是奔着你这伴郎来的,没人注意已婚男人了啊!"廖一罗戏谑地对白应辰说完,大步上前朝墨甜伸手,"鄙姓廖,驻星罗总部,最近常听老白谈起你,正式员工墨小姐,幸会。"

"X……"墨甜已经震惊得只能发出声母。过了半天才回过神来,墨甜赶紧回应,与对方握手:"幸会幸会,廖总好!"

老天究竟要给她多大的生存考验？她刚惹了白总，又怠慢大老板！眼前的人可不就是星罗科技的CEO？她不久前刚看过他的婚礼视频，竟然转头就忘了人家长啥样！

死定了……墨甜在心里哀号，做好了挨骂的准备。

然而廖一罗并没有在意她的迟钝，反而给了白应辰一个蔑视的眼神："一个小姑娘你都搞不定？"

墨甜没听懂他的意思，白应辰却懂了，点头说道："所以她就交给你处理了。"

处理？墨甜满头问号地夹在两人中间，张了半天嘴，突然心一沉，难道白总其实不会吃人，真正会吃人的是大老板？廖总和白总是狼狈为奸！白总一直在拖延时间，就是等着大老板过来吃她！

外面雨声忽然大了起来，还夹着闪电和雷声。一阵阴风从窗口灌进来，墨甜顿时冷得牙齿打战。

"老白，确定不会有人听见吧？"廖一罗问。

白应辰说："暂时不会有，你尽量小声些。"

"OK！"廖一罗比了个手势，双臂环胸靠近墨甜，带着意味不明的笑，"那么墨小姐……"

"……"墨甜不由自主地后退一步，脚跟直接抵到了门上。

她再不跑……再不跑的话……

不知道脑袋里哪根弦断了，也不知道哪里来的勇气，墨甜假笑着慢慢抬起背后的手，反手拧开门锁，转身就往外跑！

然而，门槛这种东西就是这么奇妙，它不一定要多高，但只要在你不经意时路过……

"啊……"

"砰！"

接连两声巨响中，墨甜重重地摔在了地上，手里的档案袋甚至飞出了好远，穿过大厅撞在了对面的办公室门上。

"上面什么情况？"二楼加班的同事闻声直接从办公室里冲了出来，想上楼看，但刚上两级台阶，前路就被人挡住了。

白应辰温和的神色一如既往，嘴角亦牵着一些淡淡的笑意："只是有人摔倒了，没什么大碍。"言语里劝退之意已经很明显。

搁在平时，老板这副不动如山的模样，看着是让人很有安全感，然而不知道是不是因为今天下了大雨，楼梯里阴森一片，值班同事看着白应辰的笑容，竟然感觉浑身凉飕飕的，还打了个寒战，莫名其妙就想到了什么奇奇怪怪的事情。

真的是有人摔倒了吗？如果是……老板又为什么要刻意挡在楼梯上？

N市星罗分部的第一个未解之谜就这样诞生了。然而……楼上真的只是有人摔倒了。

只不过这一跤摔得有点惨，虽然侥幸避免了脸着地，可两条胳膊重重磕在地上，墨甜半天都没缓过来，惊魂未定地维持着伏地的姿势。

直到一只漂亮的手出现在她的视野里，做出类似邀请的动作，墨甜才缓缓抬头。

"能不能少给我惹一点麻烦？"

听着白应辰不满的声音，墨甜又把头低下去了，连他的表情也不敢看。这一摔，把刚才的恐惧摔掉了不少，眼下墨甜更多的感觉是无地自容：她的临阵脱逃计划失败了，形象……怕是也彻底毁了。

呜，她这不是自掘坟墓吗？墨甜心里泪流成河，完全不敢让白应辰多等，小心地把胳膊抬起来。白应辰顺势抓住她的手腕，轻巧地把她拉起来。

勉强站住后，又是一阵无言，墨甜无比希望自己能够再次倒下去，最好砸碎地板，让她掉到一楼去。

就在她不知道怎么解释的时候，白应辰开口了："刚才急着离开，你是有什么急事吗？"

墨甜愣了愣，才反应过来他是在问她，或者……她不会是被嘲讽了吧？

一对上白应辰，她冷静思考的能力就不见了。墨甜揉了揉摔疼的地方，两番欲言又止，最后垂下了头。

多说多错啊……反正按照现在的情形，她应该是跑不掉了，那就少错一点吧。

尽管努力维持着镇定，墨甜也能够想到，此时的自己肯定是一副心如死灰的模样。

她恨死了不争气的自己！她已经在脑内模拟了无数次自己一抖披风，高昂头颅宣言自己不会畏惧黑恶势力的画面，无奈对面是两个不管能力还是权力都狠狠压她好几头的人……或许她应该说点软话？

最后倒是廖一罗看不下去了，见着一个欲言又止，一个不耐烦地皱着眉，他终于忍不住一掌拍在白应辰的肩膀上："我说老白，你看你把人家小姑娘吓成什么样了？刚出校门的小姑娘是要细心对待、温柔呵护的，知道吗？作为她的领导，你要以德立身、以理服人，知道吗？"

白应辰皱眉："我没有……"

"唉，难怪我老婆的枕边飓风都要吹不动了，她怕是已经发现了，你比较适合孤独终老。"廖一罗根本不让白应辰说完话，自己说完转身又对墨甜清了清嗓，"墨小姐你不用怕，我不吃人的，他也不吃。"

墨甜早在一旁听得无语了，简直有点接受不了，她的大老板，全球知名软件开发公司创立者，竟然是个跳脱的妻奴？这家公司是怎么在短短几年里发展到现在这个规模的？

是不是……果然她还是想办法辞职比较好？

"墨小姐，墨小姐？"

"啊！在！"

不得不说，大老板的打岔能力一流。从遐想里被叫回来，墨甜明显感觉自己的恐惧已经消退了不少，对待面前的人，也终于恢复到正常员工的姿态。顺带着，她感觉大老板好像还挺和善的。

廖一罗侧头对白应辰低语了两句，又转头对墨甜说："这样吧，墨小姐，你先到名片上的地址开个包厢，我和老白随后就到，车费公司报销。"说完他便从皮夹里掏出了一张卡片。

墨甜赶紧接过，瞄了一眼，黑色的卡片上印着Hear U字样，下面的小字则是写着详细地址。

Hear U是市中心广场的一家高档咖啡厅。墨甜记得很清楚，这家咖啡厅看着太高端大气上档次了，导致她和室友们虽无数次路过，却一次都没敢进去，光是往里看两眼都觉得钱包承受不住。

今天她终于要托老板们的福，进入这个令她好奇已久的高档消费场所了吗？墨甜试图乐观地开导自己，可她还是一点都开心不起来。在余光里瞄见白应辰依旧皱着眉，她的小心脏有点承受不住，她赶紧点头说："好的，我这就去！"

为了保证工作效率，公司里隔音做得很好，可想而知刚才一下她摔得有多重。终于放松下来，墨甜揉着膝盖下了楼，走到楼梯转角时回身看，三楼办公室的门关着，她已经听不见里面的任何声音了。

坐车时，墨甜在脑内拿两个老板做了一下对比，明显感觉白应辰无论是行为举止还是情绪控制，都要比廖一罗欠缺一些。墨甜以这个作为假设构思了许多，最后脑袋里反而更加乱了，她靠着车窗叹了口气。

"怎么着小姑娘，周末加班累了？"司机大叔忽然问道。

"没有，不是加班。"墨甜赶紧扬起档案袋，生怕被人看出什么，"我是来公司取东西的。"

司机大叔"噢"了一声，可能看出她不想说话，就没再问。墨甜也乐得消停，盯着手里的档案袋发了会儿呆，忽然想到自己未来师父的信息也在里面。凶猛增长的好奇心促使她打开了档案袋，脑海里不断涌现着"白应辰"这三个字，一边祈祷着别是他，一边飞快地翻页，终于看到"师父"一栏……她迷惑地歪了歪头，砖师父？谁啊？这起的什么名？

就这名字，应该……不是白总吧？

她不确信地再看一眼，"砖师父"赫然印在"师父"一栏后面，绝对不是她看错。墨甜眼皮跳了跳，此时心里说不清是什么滋味，她垂头丧气地捏着卡片到了 Hear U。入门时，服务生一边说着欢迎语一边向她伸手，她顺手把廖一罗给的卡片给了服务生，服务生也耿直，接过卡片看都没看一眼就给撕了。

墨甜满脸疑惑，服务生小哥哥却笑容可掬道："请随我到二楼。"

走到二楼包厢，墨甜终于忍不住了："请问，那张卡片撕了没事吗？我老板给我的……"

服务生小哥哥继续笑容可掬："没事的，那张卡就是用来撕的。"

墨甜："哦……"

看着服务生小哥哥一脸撕得很爽的表情，墨甜扶了扶额。等到包厢里只有她一人，她便趁机趴在了桌子上，一边支着耳朵听门外的动静，一边抓紧时间放松她疲惫的小心灵。

白总……砖师父……如果白总没有亲自做她的师父,那他把她分配给了谁呢?以后的白总,又会怎么处理她……呸,怎么对待她呢?

不知不觉,"白应辰"这三个字好像已经占据了她大部分时间的思想,一直在她脑内盘旋。

太可怕了,真是太可怕了!难道白总还有影响脑电波这种技能?她有些头疼,揉了揉太阳穴,掏出手机,恰好手机在这时响了起来,加之外面碰巧打了一个雷,她吓得心里一突。

"高萌萌,你怎么这个时候给我打电话?"她接通便问道。

萌萌声音哽咽:"你还没回来吗?"

包厢有窗,眼下雨打玻璃正噼里啪啦作响。墨甜用脚尖踢了踢地上的折叠伞,说:"还没呢,我还有些事要办……啊,你怎么哭了?"

被她一问,电话那边呜呜的低泣瞬间转为嘶喊:"Mr.陈死了!虽然他不是我的最爱,但他真的是个大好人啊!"萌萌歇斯底里地喊,"你公司怎么回事?这么快就把他给写死了!亏我今天一更新好游戏就赶紧刷剧情,结果玩着玩着我都蒙了!"

墨甜听得啼笑皆非:"那就是个游戏……"

呃,虽说是游戏,不过里面的男主角们的原型好像都是现实里活生生的人吧?墨甜重新组织了一下语言,改为语重心长道:"毕竟,我们公司是不可能拿出一个活生生的外星人放到你面前的,Mr.陈他死就死吧,别人没死就行。"

"这我倒是知道。"萌萌默默掉泪,"玩家也讨论过,所有从女主梦里走出来的帅哥在我们的世界是有原型,但Mr.陈,他其实一直只是活在女主的梦里,并没有走出来过。而且要是真有外星人,那不得被抓去做解剖吗……可是大家就是觉得不甘心,你说如果这个Mr.陈真的有原型,如果我们的世界里真有一个外星人,那该多好啊!所以大家一直都期待着他走出梦境呢,没想到这次更新,他就为救梦里的女主死掉了!"

"哈哈哈……"墨甜干笑几声,"这都是剧情,是虚构的。"

"嗟,你一点都不能感同身受,不知道我的痛!"萌萌痛斥,"你说说你,说好了试用期过了就玩,结果人家都死了,你还没能见上他一面!墨甜甜,我跟你说你这样是会被你老板减印象分的!赶紧的,赶紧的,下了游戏加我好友给我送体力!今天就玩!"

"好好好,今天就玩,今天就送,我回宿舍带你从第一章剧情重温一下他好吗?"墨甜哄孩子似的。

萌宝宝哼唧两声:"他第五章才出来。"

墨甜耐心逐渐减少,翻了个白眼说:"行,那玩到第五章我会叫你的。OK?"

话音落下,门锁咔嗒一声被人拧开。雨声渐大,颇有倾盆的趋势,电话那头,萌萌说了什么,墨甜再也听不清了。

"我老板来了。"低声说完,墨甜不动声色地挂掉电话站起来,绷紧神经看着房门。

廖一罗推门而入。

墨甜还没来得及往外看呢,廖一罗就反手把门关上了。随意扫了一眼她的神色,廖一罗笑着问道:"在等老白?"

"哈,没有,没有!"墨甜恭敬地目视大老板坐在沙发上,自己像个服务生一样站在对角,"我以为白总也会来。"

"他只是不在附近而已。"廖一罗笑着摆摆手,"你知道的,他不在这儿也听得见。"

明显听到胸腔里"咯噔"一声,墨甜不动声色地攥紧了拳头。

廖总果然也知道。

"坐吧,墨小姐。关于老白的事情,我必须和你谈谈,谈开了对我们大家都好。"廖一罗抬手示意,举手投足都很悠闲。但也正是因为这个随意的态度,莫名让墨甜嗅到了一丝危险的气息。

商厦天台,白应辰站在雨幕中,头顶的伞棚正被雨水打得砰砰作响,雨水顺着排水管道咕咚咕咚向下涌。

尽管如此,在他解放了"接受全部"的精神系统之后,由近及远,无数生物发出的声音还是会被他张开的网一点一点地收拢,每时每刻,各种不一样的音色,认识的、不认识的,所有生物的声音都被有条不紊地刻录在脑海,全部接纳,自动分类,毫不紊乱。

即便下着大雨,即便隔得再远,他还是能听到。即便声音再低,他还是听得见,比如楼下墨甜微不可闻的询问。

"他果然是外星人吗?"

第三章

做个交易

甜蜜制作人

透明玻璃杯里的果茶升腾着热气，包厢中的气氛沉闷至极。不知过了多久，墨甜从沉默中抬起头，轻轻地说："我还没想过，原来在我害怕的时候，白总也很顾忌我？"

她一直以为，自己是被单方面地控制着，却从没想过，白应辰也不是无所畏惧。顺便了解了此前白应辰说的"实用"并非"食用"，她羞得恨不得一口果茶呛死自己。

是她自己挖的坑，白总只是顺水推舟了！

廖一罗喝过热咖啡，把手插进衣兜里，拿出了一张名片和一支笔。

"老白看人准，警惕心强，所以这些年，我是唯一知道他秘密的人。"随手在名片上写了一串号码，廖一罗似笑非笑，把名片递给墨甜，"墨小姐你也是运气好，老白说不是每个外星生物都会和人讲条件的。"

听出他语气里稍许嘲讽的意味，墨甜咬了咬下唇，然后说道："廖总，这件事是我的错，可我一直想说，我不是故意不遵守公司条例，是组长给我拿的册子，扉页……"

观察到廖一罗表情渐变，墨甜赶紧解释："我不是推卸责任，就是觉得，为了避免以后再发生这样的事情，咱们这条规矩可以出现得再显眼一点，次数再多一点……"

"应该不用了。"廖一罗说，"等到明年公司招新的时候，老白差不多也该走了。"

"走？去哪儿？"

"回他自己的星球……"廖一罗云淡风轻地说，"明年八月，老白就会离开，所以墨小姐你大可放心，等他走后，你就没有后顾之忧了。"

白总会离开？不过也对，他不属于这里，他迟早要回到自己的家乡。

不得不说这一次谈话，大老板着实打消了她不少的疑虑。墨甜借着喝果茶，轻轻舒了口气："我明白了。"

廖一罗点头："所以好好保密吧，如果外星生物出现的消息被传开，老白就危险了。他要是反抗，还会被误解成危害人类，引起更大的麻烦，得不偿失。"

墨甜也点头："我明白的，我会保守好这个秘密。"

廖一罗挑眉一笑："这不挺好吗？多听话的一个小姑娘，好好沟通完全没问题，果然还是老白不行。"

这位大老板的话，墨甜总是半懂半不懂的，但也没好意思问所谓"不行"是什么意思。不过她确定了白总不是地球人，而且只要她老实本分，白总就不会伤害她。

人家的文明比他们高出好多呢，也不是什么野蛮种族，就向往大家都和和气气的，不会刻意破坏地球原生态进化演变进程。

尽管心里还盘旋着很多问题，但踏出包厢的门时，墨甜还是开心得忍不住在心底哼歌，满心彻底活过来了的畅快。

廖一罗和她一起走到大门口，说："名片上我写了私人电话，以后你想问我关于老白的事，就打这个。"顿了顿，他招来一辆出租车，"老白该下来了，你跟他一起吧，我还得回去见我家宝贝老婆。"

雨还在下，墨甜心情复杂地目送出租车离开，才发觉自己的折叠伞还没拿，赶紧跟服务生打了声招呼，然后往二楼跑。

白应辰就在这时从楼上走了下来，手里还拿着她的折叠伞。

"白总。"墨甜赶紧往下退了一个台阶。

白应辰轻抿着唇，目光里带着一些无奈，把伞递给她时，声音淡淡的："丢三落四，减分。"

墨甜接过伞，耳根有点发烫。她心虚地抬了抬手里的档案袋："重要的东西我没忘记。"

而白应辰显然不会因为这种事情就表扬她一下,他侧身越过墨甜向下走,淡然留下一句:"门口等我,我送你回去。"

"不……"墨甜像是定在了楼梯上,直到白应辰撑伞走出店门,她才缓过神来,小跑过去,"不用了"三个字到底没敢说完。

或许白应辰应该能从她的一个"不"字里听出端倪?可他什么也没说,已经走出去了。

墨甜瞬间没了哼歌的兴致,无助地立在玻璃门前,算是想清楚了一件事:她惧怕白应辰,不完全是因为他的身份,还有他的气场。

在同事们眼里温和、低调的白总,怎么到了她这儿,总是这么高冷、神圣不可侵犯呢?是因为她怕被伤害的同时,白总也很头疼被她发现秘密这件事,所以下意识有了防备吗?

垂头丧气地等来白应辰的车,墨甜径直钻到后座,完全不敢碰副驾驶的位置。白应辰也没有什么表示,甚至没问她是哪个学校,住在哪个宿舍,径自把她送到了离宿舍最近的侧门。

"明天好好休息,周一照常上班,注意事项都在档案里。"

渐渐变小的雨滴落在伞面,嗒嗒作响。

墨甜小心观察着白应辰,见他覆着一层阴霾的俊朗五官中,明亮的双眼里似乎藏着什么情绪,薄唇依旧轻抿着,线条真是好看,让人忍不住就多看了一会儿……

猛然反应过来自己的无礼举动,哪怕白应辰没有任何表现,墨甜还是比以往更加恭敬地朝他点了下头,然后说:"谢谢您送我,档案我会一字不落地认真看的。"

白应辰的手一直搭在方向盘上,目光也没有转向她:"最好是这样。"说完,他启动了车子。

"白总!"墨甜鬼使神差地叫住他,"之前……之前的口红,您送出去了吗?她……她们喜欢吗?"

白应辰一顿,淡然道:"当时很喜欢,不过后来知道她们得的都一样,就都把我拉黑了。"说完他的表情阴沉了几分,不耐烦地说,"走了。"言罢就扬长而去。

墨甜在原地愣了一会儿,发现雨势又要加大,赶紧撑着伞往宿舍楼走。

墨甜回到自己的地盘,发现萌萌正一脸不甘心地摆弄着手机,嘴里嘟囔:

"我就知道大家都得抗议，Mr.陈付出了那么多，凭什么女主只把他当成彻头彻尾的梦！"

墨甜拖着疲累的身子趴在萌萌床边："还在玩，你不学习啦？"

萌萌看她一眼，气鼓鼓地说："老娘要休息一天，好好问问星罗这些剧情策划安的是什么心，赚人眼泪也不带这么虐的！"

"我打你哦！"墨甜挥挥拳头，"我现在也是星罗的剧情策划！"

"喊，知道你光荣转正了，可你又不是《当我入梦》的策划！"萌萌显然还一肚子气，"你不知道，我们刚去抗议Mr.陈的死，官网立马放出了真人联动预告，还说有个关于Mr.陈的彩蛋待发掘，气死我们这群忠实玩家了！"

"哎呀，真过分，真过分，看把我们萌萌气得。"墨甜摸摸萌萌的头，"萌萌乖，不气了，不气了，我去洗个澡啊！"

萌萌才发现墨甜身上有被雨水淋湿的痕迹，就没拦着，自己继续看微博吐槽。然而墨甜放好档案袋，钻进浴室里，却没急着清洗，而是先抵着门蹲了下来。

"白总，对不起啊……"

思来想去，她还是决定说点什么，于是尽量压低了声音，吹气一般将声音从齿缝里挤出去："我当时真不是故意的，要是能重来，我肯定多在走廊等一会儿，等萌萌从外面回来。自身安全受到威胁的感觉很不好受，我知道的，所以我很理解你讨厌我、吓唬我这件事情，所以……所以……"

"墨甜甜你手机响了！"萌萌的声音隔着门灌入耳朵，墨甜慌忙站起来，出门看手机，上面显示内容为：您的咖啡豆已经出仓，追踪物流××××……

墨甜翻了个白眼，果断选择了立刻洗澡。

她刚刚在期待什么？又自作主张地跟上司倾诉什么弱者思想？就算白总对她有所顾忌，人家也是很强大的人啊！说不定不出手只是觉得会引起不必要的麻烦呢？

不管怎么样，白总是她的老板，是上司！她怎么可以以一种朋友的语气和他说话？对白总太不尊敬了！以后工作上被穿小鞋了怎么办？

"呃……还是算了，白总您就当我刚刚什么都没说吧，打扰了，打扰了，您继续忙。"

期期艾艾的声音在脑内消失，白应辰皱了皱眉，看了一眼自己微信页面还未发送的"所以什么？"最终选择了全部删掉。

　　他将胳膊搭在落下玻璃的车窗上，表情略微懊恼。墨甜刚才把话说到一半，后面的内容他着实好奇，可又觉得自己不该追问。

　　母星的前辈说，他们来到地球就拥有了属于地球的情感，但因为思想文化的差异，他们普遍会轻微地缺乏共情能力。而这种现象，只有在他们接触到一些特别的人时，才会逐渐好转。

　　特别的人……他已经来不及遇到了吧。唇畔溢出苦笑，白应辰抬头看向天空，此时雨已经停了，天边还出现了彩虹。这种奇妙的自然现象，是他的母星没有的。

　　不算繁华的地区，街上偶尔有车驶过，没人注意这里停着一辆车，而它的主人正在感受这个世界：一个即使用心去听、去看过，可能也无法探究完的世界。

　　"老白大致跟我形容过，他的母星上的人都感情淡漠，不会生气，不会开心，也没有难过。那里的人们认为所有已发生和即将发生的事情都是必然，因此不管出现什么事情都能平静地接受，小到家族添加成员，大到陨石带来灾难……他们最大的情绪波动应该是好奇，好奇激励他们开拓文明，不断前行。

　　"后来随着科学文明不断进步，他们的身体也顺应环境开始进化，他们拥有了第二次生命，就是在融入另一个星球时，他们的身体结构会仿照那个星球的最高等生物发生改变，并且还能保留一些本身具有的能力。

　　"他们不断地向其他星系发展，终于有人在地球上发现了最为复杂的情感结构。地球人的情绪变动之快，令他们想要探索和体验。据老白说，与他同行的还有很多同伴，分散在各地体验地球人丰富的情绪。

　　"他们隐藏得很好，过着各自想要经历的人生，本分到让我觉得这样也没什么不好。

　　"所以，我们也没必要将他们视为异类对吧，墨小姐？"

　　夜里，墨甜抱着枕头翻了个身。难得的周六，却因为一次谈话，活生生让她像是多加了一天班，即使已经过了几个小时，她也没对白天的谈话释然，脑子里反复思量着一些事情，都和公司的人有关。

　　廖总把白总在地球的目的解释得很清楚，什么青年才俊，什么高层管理，原来对白总来说都是可有可无的。准确来说，他只是一个潜伏得很好的科研人员……至少在遇到她之前潜伏得很好。

"嗯……"墨甜忍不住翻她和白应辰的聊天记录。

一个天生几乎没有感情，即使在地球时身体被同化，也无法完全适应地球情感的外星人啊……这样一个外星人，对地球人的情感转变并不在行。那这样的他，之后会怎么对待她呢？

时间已经是晚上十点，墨甜辗转反侧，脑袋里又闪过自己白日里擅作主张对白总发起的那段对话，怎么想都觉得当时太欠考虑。可怕的是，她发觉她越是觉得不该，就越想再对白应辰说点什么话来挽回白天的不妥。

在说话和发消息哪个方式会更打扰人之间犹豫了一下，墨甜把自己蒙进了被子。

"咳咳……"她小心翼翼地清嗓，一边想着"墨甜你真是没救了"，一边闭眼等死般接受自己没救了的事实，一鼓作气地把疑惑倾诉出口。

"白总，《当我入梦》的Mr.陈，是不是以你为原型打造的？"

被窝里有点缺氧，墨甜问完就从里面钻了出来，把自己裹起来，只留个脑袋在外面。黑漆漆的宿舍，只有窗外依稀透进来昏黄的光亮。她眼睛一眨不眨地盯着墙壁，心跳得飞快，很快就又有点想退却了。

如果白总没有回复，她该说什么好呢？就说自己只是好奇？她该使劲儿道歉，还是该当白总睡着了，自己赶紧闭嘴？

手机屏幕忽然亮了，没有声音，但是盈盈的光异常耀眼。墨甜一骨碌扑向手机，双眼盯着弹出的微信消息。

Chen：不全是。

心跳渐缓，却一下较一下沉重起来，墨甜抿抿唇，打字：我没打扰到您休息吧？

Chen：还好。

墨甜头疼，老板这模棱两可的回答，让她不知道怎么接话了，果然她该老实睡觉的！

过了一会儿，可能是白应辰见她没有回复，便主动发来了消息：是有什么问题要问吗？不方便打字的话，你可以直接开口，这样比较方便。

墨甜赶紧摇头，打字说：不不不，我打字就好！

Chen：一罗以前也这么说。

虽然白应辰没说"后来"，但是看着他的话，墨甜也能想到……后来廖总可能觉得，直接说话真的更方便。

嗯……这么一想，她还有点心动。可是有萌萌在，她躲在被窝里和老板悄悄说话，这行为怎么想都不大好吧？

在心中纠结了一会儿，墨甜的手机屏幕又亮了。

Chen：所以你想问什么？

怕对方不耐烦，墨甜赶紧打字回他：没有了，没有了，我就不打扰您休息了。

对方正在输入……两分钟后……

Chen：好。

这一个"好"字，白应辰足足隔了两分钟才回复。墨甜盯着这个简短的回复，欲言又止，整理语言，最后放弃了回答……

廖总说她不用害怕白总的，但是她觉得吧，面对白总，她好像还是有那么一点点怵的。她每每想到他，首先出现的一定是他冷漠、疏离、带着一点嫌弃的目光。那双好看的眼睛看向她时，总是和看别人的时候不一样，一点都不友善。如此被区别对待，怎么能怪她胆子小呢！

转正的第一个周末不用加班，墨甜夜里有些失眠，快到早上才睡着，中午被萌萌拉出去吃饭，才猛然想起她还不知道自己的师父是谁。

她可以肯定，C组没有叫砖师父的人。那如果师父是别组的，到时候她要跟过去吗？

跟过去的话，她就要离开C组这个惯有"天子脚下"之称的位置了。虽然AB两组就在隔壁，但多少也能离老板远一点……墨甜已经开始怀疑，白应辰是不是故意把她调远一些的。

墨甜心里莫名沉闷，跟着萌萌在学校外面的店里点了一碗面。每到这时，萌萌就会打开《当我入梦》清体力。听着游戏背景音乐，墨甜也掏出手机，看的却是自己前一晚和白应辰的对话。

"官方说的彩蛋到底在哪儿啊？怎么还是没人发现？"萌萌唉声叹气。

墨甜看了萌萌一会儿，低头切换界面，手机外放打开，熟悉的背景音立刻交错在一起。

萌萌立刻激动地凑过去："甜甜你终于玩了啊！快加我！"

墨甜笑笑，加完无意一看，惊了，问："你都满级了？"

萌萌哼了一声："你又不是不知道，自从我选了考研这条不归路，那是天天蓬头垢面、以泪洗面，头发掉到精神崩溃，还得吃着褪黑素安慰自己一觉醒来又是一条好汉……我现在全靠《当我入梦》的男主角们安抚心灵呢。"说完她还做了一个西子捧心的动作。

墨甜嘲讽道："你再这么贪玩，我们公司还要背个误人子弟的锅。"

"呵呵，转正了就一口一个我们公司，当初谁说的想辞职来着？"萌萌回怼。

墨甜："我那是……一时被红尘的纷纷扰扰迷了眼！静下心才发现只有这公司才是我最好的归宿！"

点的面做好了，被服务员捧上来，香气让人食指大动。萌萌贵妇一样挑出两根筷子擦了擦，扭头看墨甜："现在只夸公司不夸老板了啊？病情有所好转啊！"

墨甜扶额，萌某人真是哪壶不开提哪壶！

"老板那么优秀，根本不需要我做过多的修饰好吗？"好像拍马屁都不需要酝酿了，墨甜点点桌子，迎着萌萌"对不起，我刚刚看走眼了"的眼神，觍着脸说，"好好吃面啦！"

她一想到这种随时被人监听的状态还要持续将近一年，美味的牛肉面都无法拯救她绝望的心情。

下午，墨甜泡在了《当我入梦》里。

不得不说，这个手游的玩法和剧情真的很吸引人，难怪在各个应用市场都保持着靠前的排名，评分也在同类游戏里极高。很难想象这个游戏项目竟然是由廖总发起，由白总完善的……他们俩是在哪里出了力？不会是在这到处冒着粉红少女气息的剧情上吧？

怀着无比疑惑的心情，墨甜飞快地做着剧情任务，直到第四章末尾才停下来。

因为第四章的末尾，Mr.陈出现了。这位拥有异能的外星来客在替女主抵挡了梦里怪物的袭击后，回过了身，回身时的目光，竟然和白应辰看她时的目光极为相似，抵触、漠然、不信任。

这让已经知道了后面Mr.陈会为救梦里的女主而死的墨甜看得心里一揪。分明是个陌生的声音，她却凭着那个眼神，把白应辰和画面里的人联系在了一起。

甜蜜制作人

按照这个游戏的规则,只有梦里和现实均出现过的人物才可以被女主攻略。但Mr.陈是个例外,可以直接在梦境中攻略。眼看着下一章就能刷好感,墨甜还是没能按下那个按钮。每当想到对方的原型是白应辰,她的心里就有些别扭。

其他男主她又提不起兴趣,她干脆退出了游戏,好好休息过后,隔天一早就到了公司。

"策划组有叫砖师父的吗?"她问同组的前辈阿瓜。

阿瓜茫然答:"没听过这个人啊!"

墨甜头顶升起一个问号,又问资历更老的鸽子。鸽子也说:"三个组都没听过这么号人。"

呃……不会真是白总亲自操刀吧?墨甜慌了。偏偏白应辰这个周一没来,老牛也恰好请了一天假,想到白应辰可能在外应酬,墨甜也不敢打扰他,结果这一个上午,她都感觉格外的孤单。

没人知道砖师父是谁,也没人来认领她。

就在她终于忍不住,打算改改自己之前的小任务链时,懒羊从音乐组过来了,找鸽子沟通事情。看见墨甜一脸菜色地坐着,她好奇地打听了下,接着就笑了:"我怎么觉得你的师父是白总?"

"啊?"墨甜心一颤。

"白总曾经也是《时光》的主策之一哦……"懒羊说着说着,被墨甜的脸色惊到了,"哇,你的表情要不要这么恐怖?"

这位音乐组的组长平时一点架子也没有,墨甜和她坐在一起吃过两次饭,于是说起话来也比较轻松:"不是,你想太多啦,我的师父怎么可能是……"

懒羊:"白总。"

墨甜"嗯嗯"点头,怎么可能是白总。

懒羊忽地轻咳了一声,使劲拿眼神暗示她。

墨甜眼皮跳了跳,转头一看,屁股差点从凳子上弹起来。她缓缓起身:"白……白总……"

"严谨家里出了急事,他刚跟我请了三天假。"

白应辰刚从外面赶回来,小臂上挂着西服外套,额头渗着细密的汗珠,领口也被汗水浸湿了一些。饶是如此,他站在那儿,也丝毫不会让人感受到一丝狼狈。

笔挺的身姿,与平时一般遇事不乱的态度,还有他温和的眼神和语气……那个平日里大家所熟悉的白应辰就站在她面前。

"严……严助理?"在反应过来白应辰的话后,墨甜震惊了,"他是我的师父吗?"

"嗯。"白应辰微微转头,向二楼他的办公室瞥去,"我这里有严谨的授课规划备份,这三天我替他教你。你先跟我去拿东西吧。"

"噢,好。"既然已经知道了他没什么危险,叫她进办公室的理由也没什么毛病,她就放心大胆地跟了上去。但在进门之前,她还是下意识回头看了一眼同事们,紧接着起了一身鸡皮疙瘩。

大家为什么要以一种看待烈士的目光看着她?上一个被白总教的人究竟是怎么了?

"还是很紧张?"白应辰关好门,问。

他在二楼的办公室远没有三楼的大,且大部分墙壁都是用隔音玻璃替代的。虽然有镂空隔断遮挡了大半,但从外面还是可以依稀看到里面的情况。

他没打算上楼,把西服挂在了二楼衣帽架上。

墨甜看了他两眼就不敢再看,讪笑着回答:"还……还好。"实际上她有种无处安身的窘迫感,站在办公室中间不知如何是好。

白应辰的感知系统其实很敏锐,平日里所有人落在他身上的目光,他几乎都能察觉,包括墨甜的。只是他一向不怎么在乎,因为他们的目光并不会干扰到他,更遑论改变他,那些人注定不会与他有太多的交集。

他以为他和墨甜也不会有太多交集,可对方实在是不大争气,自打闯进他的领域,就频频对他发来强烈的干扰波。

鬼使神差地,他开口说了与自己叫她来的初衷无关的话:"你上学时不是叫勇猛大白兔吗?你的勇猛都去哪儿了?"

墨甜有点想捂脸,这个绰号被老板叫出口,真的太让她感到羞耻了!脸上阵阵发热,她埋着头,支支吾吾道:"我只是……只是对您比较尊敬、敬畏!我对您绝对没有种族排斥!"

"我并不认为你有资格排斥我。"和她在独立的空间里,白应辰的语气便没那么温和了,"但是你可以看到,在你身后是你的同事们。你现在的反应,他们同样可以看到。我不希望因为你的关系而使他们对我产生什么误解。这也是我希望和你保持距离的原因。不然再这样下去,或许他们真的会认为,他们的老板会吃人。"

墨甜暗暗流泪:"您说得对……"

白应辰无奈地按了按额角,说:"能不能把你的省略号收起来,果断一点?对于把你招进来这件事我已经很后悔了,别让我更后悔了好吗?"

省略号他都听得出吗?墨甜在心里嗷嗷直叫,完全想象得到自己在白应辰那儿的印象分有多低。鼓了鼓勇气,她抬起头,颇有壮士赴死之感:"您说得对!"

白应辰看着她,沉默了一会儿,低声问:"你知道我在想什么吗?"

墨甜老实摇头。

白应辰勾了勾嘴角,表情却是十分不悦,语气亦冷得几乎带着冰碴:"快打下班铃吧,我现在很后悔从外面赶回来。"

然而天不遂人愿是一种基本常识,此时距离下班还有半个小时。墨甜最后被安排在了办公室角落的电脑前,仍然是自学,自学的内容,还是修改她之前的小任务链……

不过稍微不同的是,白应辰给她的文件上写满了批注,上面不仅指出了她在程序排列上的错误,还有剧情人物对话上一些不明显但是在游戏里不允许出现的语病。

师父不愧叫严谨啊,写得真严谨。墨甜暗暗感叹,并努力地汲取着知识,几乎用尽浑身解数麻痹自己,就当她没有单独和老板在一个空间里。

此时的她并不知道,这些内容是白应辰写出来的。对她而言,白应辰刚从外面赶回来,没有时间写,这些只是严谨提前写好发送给老板的。

而重视公司如白应辰,其实早在他听见"师父没来"时就已经从助理那儿听到了原因。于是他顺手拿出商用本打开墨甜的作业文件备份,等最后的注解写完,洽谈融资的人也到了餐厅楼下。融资谈得很顺利,餐后助理的电话打来,他开车回公司。所有事情他都安排得恰到好处。

可以说,在地球的二十五年,白应辰都活得一切尽在掌握中,包括很早就告诉了廖一罗他的秘密,也是因为他从潜在价值看出廖一罗是他可以信任的人。

墨甜的出现,真是彻头彻尾的意外。

墨甜终于熬过了她生命里最漫长的半个小时。下班铃响时,她立刻从角落里站了起来,但又怕老板觉得她是不想上班,于是假模假样地看了看自己的作业,最后装作意犹未尽的模样,问白应辰:"白总,我这个没改完怎么办?"

"存档吧,明天继续,还有不会的问我就是。"白应辰也在收拾东西,简单规整了一下书桌,便告诉墨甜,"你先看微信。"

"啊?"老板在旁边,她把手机调成了静音,所以完全不知道自己收到了消息。打开看到有白应辰发的内容,她愣了一下。

看时间,显然是刚发来的消息:之所以没有提前告诉你严谨的事情,是因为严谨忙到下午才来得及碰手机。我如果提早通知你他不会来,就穿帮了。一罗应该说过,我不希望在任何人面前留下疑点。

墨甜把嘴巴张成了"O"形,求生欲极强的她向白应辰投去理解的目光,点了两下头。

总算让人省了点心。白应辰操作着手机说:"你下班吧。"

"好。"墨甜推门出去整理自己的东西。不过出门时她下意识又看了看自己的手机,发现白应辰刚给她发的消息竟然被撤回了!

这么滴水不漏的吗?墨甜吃惊地往回望。

白应辰像是知道了什么,取西服的动作一顿,也朝她看来。对视两秒,墨甜心虚一笑,飞快地溜了。

白应辰心情复杂地穿好外套,也往外走。刚到门口,脑内竟然飘来了声音极轻的一句:"明天也要在办公室里改吗?"他皱了皱眉,发消息回复:我承诺严谨,在这三天里教你把任务完全修整好。你改好任务是要在我面前运行的,或者你认为我专门去你的办公桌前看你运行任务比较好?

消息发送成功,那边墨甜几乎是立刻回答的:"不用了,我在办公室里就好,来回出行会耽误您的宝贵时间!还有白总,我刚才就是自言自语了一下,没想耽误您的宝贵时间,您继续,继续忙您的事就好!"

白应辰:"……"他面无表情地放下手机,想了想,再次拿起来,在通讯录里找到"墨甜"二字后,将电话拨了出去。

墨甜已经在公交车上,见白应辰打来电话,她登时就吓坏了,赶紧接起:"白总?"

"嗯。"电话那头,白应辰的声音比以往都低沉一些,他问,"你在车上了?"

"对的。"墨甜回头望望车里黑压压的人头,不乏紧张地说,"已经离开两站地了。"

"戴着耳机?"

"啊,是。"墨甜尽量没把省略号拖出来。

耳机里突然静了,静到她以为自己是不是又哪里惹到了白应辰。但也只是静了一会儿,白应辰的声音便重新出现:"我想和你做个交易。"

"啊?"交易?

她立刻想到了什么不好的东西,连呼吸都轻了一点,只听着白应辰徐徐道:"我承认在之前的事情上,我也存在着一定过错,因此完全否定了你的价值,这对你不公平。"

呃……不愧是经常进行商业洽谈的人,总把"价值"两个字挂在嘴边。

随着公交车的转弯她的身体跟着晃动,墨甜违心地说:"没关系白总,我不介意的。"

"我介意。"白应辰不留情面地说,"有一个对自己价值极低的人每天在跟前出现是一件很不舒服的事。所以我希望你能静下心来好好工作,让你对我的价值有所回升。相对应的,我也会把我的一些信息按照你努力的程度讲解给你,作为奖励。"

墨甜花了好一会儿才消化掉白应辰的话。她消化完的第一反应,竟然是大逆不道地认为老板也太抠了!不愧是做生意的,竟然把讲他自己的故事作为奖励!

不过转念一想,好好工作原来就是她的本分,如果老板能额外给她讲些她不知道的东西,她也不亏嘛。

白应辰继续说:"我知道你一下子听不懂,过两天我会把整理好的文件发给你。"

墨甜"噢噢"两声,想说她听懂了,不用麻烦老板大人还把内容写成文件发给她。可是老板都热情……就当是热情地开口了,她也不好拒绝。

当然,这个思想在她真正收到文件的那天,发生了翻天覆地的转变。也证实了,身为一个外星人,能在地球上安稳过着自己理想的生活,绝对不只是因为他来自一个科技发达的星球……

人家的神通广大,是墨甜不曾想象过的。

第四章

她的价值

甜蜜制作人

· ★ ·

起初墨甜还很单纯地认为,老板虽然没有单手推停火车、"嗖"的一声飞上天空这样给她视觉上的震撼,但能随时随地听见她的声音,就足够不可思议了。况且她一开始发现白总的秘密,不就是因为那沓会飞的文件吗?或许人家也能单手推火车,只不过还没出现这种机会而已!

但是,当墨甜收到白应辰发来的文件后,她直接在电脑前瞪酸了双眼,并狠狠地为自己的"价值"掬了一把泪。

事情要从前几天说起。

经过两天零半个小时在老板办公室里的煎熬,墨甜终于踩点完成了自己独立创作的第一个任务。在确认了从人物走动、动作到对话终于都挑不出一点毛病后,她几乎是从公司逃回宿舍的,倒到床上就是一阵心脏狂跳。

实在是老板太没有身为颜值爆表人物的自觉了!躬身在她旁边,操作她的鼠标做检测就已经很过分了,检测完成后,他竟然低低"嗯"了一声,对她说:"这次做得很好。"

这是老板第一次当面跟她和颜悦色地说话!

整张脸在被子里拱了好一会儿才解放出来,墨甜拿被子垫着下巴,哭笑不得地发现,她竟然有点开心。

到底是因为被长得帅的人夸赞是一件令人开心的事,还是因为这样一来老板对她的印象就会好一点?总之终于被人承认了,对她这种长期在底层工作的人来说,可以说是激动到灵魂都要发抖。

为了犒劳自己,她难得地亲自下楼,去学校外的超市买了一大包零食回来。到了快门禁的时候,萌萌回来看到零食自然很惊讶。墨甜还笑嘻嘻地把两包零食分别放在了已经搬走的舍友的床位上。

"先放着,等她们回来找我们玩时自己认领!"

萌萌眼里闪着精光,哼笑一声,将薯片嚼得咔嚓作响:"墨甜甜你今天很大气啊,发工资了?"

"没有啊,我们十号才发呢。"墨甜吞着果冻。

萌萌哼哼:"那你开心什么?"

"嗯……咯咯!"突然想到自己是不是又拖出省略号了,墨甜猛地被果冻呛住,过了半天才缓过来,"哈,可能因为我师父明天回来?或者因为明天下班后有聚餐?哦对,明天大老板要请我们项目组吃大餐噢!"

"那就是因为吃大餐。"萌萌断定,"你和你师父都没怎么相处过,感情都没有,哪会这么激动!"

顿了顿,萌萌狐疑地从上铺垂个头下来:"还是说你师父特别帅?该不会比你老板都帅吧?"

墨甜打了个激灵,立刻否定她的猜测:"怎么可能,没人能在颜值上超过我老板!"

萌萌翻了个白眼,幽幽地说:"行吧,明晚你去吃大餐,老娘一个人在宿舍啃馒头。"

"我都补偿你零食了!"墨甜的好心情并没有被破坏,仍然调皮得很,"大不了一会儿我再给你买包榨菜,明天就着馒头好下咽!"

"墨甜甜!"

"怎么啦?"

"我说你是皮卡丘的妹妹皮在痒吗?老娘要把你掐得明天吃不下饭!"萌萌"噔噔噔"爬着梯子下来了。

"哈哈哈哈!"

"还笑,还笑!"

"哈哈哈哈哈！"

欢快的笑声回荡不绝。

分明是无差别收纳进信息库的声音，在接收的同时不会对白应辰造成一点影响，他却觉得，此时墨甜的笑声有点吵，吵得他很久没有翻动手里的书，在想着"她原来可以这么活泼"时，头一次生出了一种想法：自己这样每时每刻听着她的一举一动会不会不大好？

虽然对他而言，从来没有不能听的声音。不管那声音是什么机密情报，或者多么不堪入耳，在他听来都没有特别的意义，只是方便他融入这个星球、保护自己的手段而已。他不会用听来的内容，对这个星球造成任何改变。这是母星的规定，也是他与同胞们一致认为要做到的事情。

但是……

铃声忽然响起，白应辰随手拿起手机接通，里面立刻有一个响亮的声音传出来："老白，出来喝酒吗？"

一下便听出了话筒里其他混杂的音色，白应辰捏捏鼻梁，回道："不了。"

对方笑着说："他不来，你们知道他不喜欢这种吵闹的地方。"这话显然是对着那边在场的人说的。

结果话筒沙沙作响一阵，到了另一个人手里，对方因酒精作用而有些吐字不清，说："老白，你和老廖多少年的交情了，都不给他面子？那你给我个面子，快出来喝几杯！"

"谢谢，我有份表格要做，你们喝就可以了。"白应辰说着，放下了手里的书，接着打开了笔记本电脑。

电话里对方还在喋喋不休地邀请，最后还是被廖一罗抢回手机做和事佬才罢休。白应辰将手机丢远了些，操作鼠标打开文档，之后却看向落地窗前严丝合缝的窗帘。

无声中，一杯温水从客厅飞来他的手边。

"老白，你别生气啊，我也是被念得烦了才给你打电话。"廖一罗应该是离开了酒席，在某个地方低声地对他说，"我知道你不愿意跟他打交道，但你也知道，我没你那么大本事，多个朋友多条路。"

廖一罗既然直接说了，肯定是没带手机找借口出去的。二十几年的交情，彼此都懂，白应辰只淡淡说了一句"我知道"，便结束了这段对话。

廖一罗听不见他的回答,但也没再多说。他自然也懂白应辰的作风。

世界回归了安静,白应辰用温水润了润喉咙,敲打起键盘。

即便身体细致到每一处神经都能完全仿照地球人类,但他对喜怒哀乐并不怎么敏感,平时的笑多半只是一种保护自身的手段。

现在,他会为朋友结交一些低价值的人感到遗憾,为自己不得不应付那样的人感到愠怒,为自己的秘密被人发现感到烦躁。

啧,能让他情绪有所起伏的,竟然都是些负面情绪。而他还要为给自己造成负面情绪的家伙制作表格……

"阿嚏!"

"哟,有人想你啦?"

"什么呀,我就是有点冷,可能因为降温了?你也加件衣服吧,可别感冒了!"

墨甜的声音在脑中响起,指尖一顿,白应辰皱了皱眉,过了须臾,继续码起字来。

隔天,严谨终于处理好个人事务,回到了公司,顺便他把自己的群名片也改成了"砖师父"。

砖师父回来时,其实是很不好意思的。因为刚收了人生的第一个徒弟,他就连着音信全无地放了徒弟三天鸽子。殊不知墨甜看到他时,不仅没有一丝不悦情绪,甚至激动得泪花都要闪起来了。

她终于不用再去白总的办公室里搞特殊化了!墨甜心里直撒花,在认真汇报完自己这三天的理论收获后,甚至热情地提出了帮他搬东西来策划组。

砖师父差点被她的热情吓到,连忙谢绝道:"小墨你不用出手,我自己来就行。"

"师父你不用客气,早点搬完你好给我讲讲《时光》的事情嘛,我有挺多地方想问你呢。"墨甜嘿嘿笑着抓抓她的小卷发,难以掩饰眼里的兴奋。

砖师父释然:"看来你是真喜欢这个游戏。"

墨甜正在帮他往架子上码书,听后不以为然地耸肩道:"项目组里的人应该都一样吧。"

砖师父笑了:"这倒不一定,有人把它当工作,有人把它当兴趣,虽然都在卖力,但大家对它的热情程度是不一样的。可以说像你这么有热情的,基本都是热爱游戏的新人。"

"为什么要加上新人两个字?"

"就算你再喜欢这款游戏,等到反反复复测试了某个副本一百次,再连着加几天班后,估计都得吐了。"

"呃……"

"不过也有例外,比如白总的耐心就很强。希望你对《时光》的热情和耐心能向白总看齐吧。"砖师父说完看了看手上的灰,"我去洗手。"

"好的。"

因为即日起砖师父就要搬到C组了,新座位加在墨甜右手边,紧挨着过道。为了不打扰同事工作,他还特意早到了些,抓紧时间搬东西。而墨甜也是提前收到了消息,比以往来得都早。所以直到东西全部搬完,C组的办公室才走进来第三个工作人员。

严助理之前就很好相处,让他当师父,墨甜心情极好。听到推门声,她笑盈盈地看过去,还打算打声招呼,结果看到走进来的人时,那声招呼被活生生咽了回去。

"已经搬好了?"白应辰泰然步入,在砖师父的办公桌旁站定,接着伸出手抓住砖师父的办公桌边沿,轻轻一拉。

"咔"的一声,两张桌子叠压的部分被扯开,又被他缓缓推得严丝合缝。

墨甜本来只是不小心看了一眼,却被他垂眸那一瞬认真的神情晃乱心跳,慌忙地站了起来。她也不知道自己是怎么想的,竟敢在白应辰的眼皮子底下伸出手,指了指刚刚被推齐的缝隙:"现在,完全搬好了。"

"嗯"

"……"

空荡荡的办公室里,气氛说不出的诡异。墨甜有点后悔刚才调皮那一下,人家根本不觉得好笑啊!

而且她还被白应辰给盯住了!办公室、男老板、女员工、近距离且长时间对视……天知道这个画面被别人看见的话,他们能用这些关键词拼出什么不可思议的八卦!

脑补出自己又要成为众矢之的,墨甜绝望得要哭了。

白应辰自然不知道墨甜的心理活动，他只是忽然有些好奇，墨甜总是带着无辜、胆怯的眼睛，怎么今天忽然亮得像是星子？

不过一被他观察，那星子就散乱破碎了，像是化成了泉水，波光晃动。

这种变化也是因为心境影响吧……如此生动，很有趣。不自知地微微勾了一下嘴角，白应辰转动目光，改看自己的腕表，说道："今天起，你好好表现吧。"

墨甜连连点头，刚在心里吐槽她一直都在努力表现，白应辰又突然上前一步，一只手撑在她的桌面，另一只手扶着她的椅背，微微侧头压低了声音说："虽然只有两天，但你也算唯一能在教书育人方面证明我作为的人，所以别给我丢脸。"

墨甜呆住了，小心脏不要命地扑腾了一阵。

"我会努力的！"她不自觉地学着他放低了声音，就连目光也学了他，平静而又认真。

重云几经来去，终于把光芒让进了有些阴冷的办公室。

白应辰走后，墨甜把泛凉的手按在鼠标垫上，一边经受阳光曝晒，一边回想老板刚刚探究地看着她的眼神，胸腔里的小心脏还在不断扑腾着。

听见椅子的拖动声，她扭过头："师父你洗了好久啊！"

"噢，我顺便去了趟三楼。"砖师父笑得有点局促，打开电脑的同时说，"还有小墨，因为我在教你的同时，也得兼顾白总那边，所以我不在时，你有问题就直接发消息给我。"

墨甜眨了眨眼，下意识往白应辰的办公室看去，回道："好的。"

砖师父见她脸上泛着可疑的红晕，不由就想到了刚才在门外看到的老板和墨甜对话的画面。他沉思片刻，又郑重地补充："其实如果你想问白总，也是可以的。"

墨甜纳闷："啊？还能这样吗？"

砖师父也被她的态度弄得有点犹豫，"说不定……能呢？"

新晋师徒俩对视片刻，默契地选择了结束掉这个话题。墨甜还趁着去洗手间的工夫表明了一下态度："白总您不用太担心我，我会跟着砖师父好好努力，尽量少打扰您的。"

她以为是白应辰和师父交代过什么，类似于师父教不好她的话，就转到他手下的内容。那可太吓人了，不行不行，绝对不行！

殊不知白应辰在三楼听着她的话，有种下楼去掰开她的小脑瓜看看的冲动。她是怎么误会出他在担心的？他担心也不是担心这个方面好吗？她脑袋里都装着什么东西？

白应辰：严谨曾经是其他游戏的主策之一，也了解《时光》的进度，把你交给他，我很放心。

他面无表情地发出这条消息，听见墨甜立刻颤颤巍巍地回答"好的，辛苦了，谢谢您"，他心累地叹了口气。

随着下班铃声响起，时光组的员工们终于迎来了期盼已久的聚餐。

《时光》毕竟是个大项目，廖老板几乎每次来N市都要请全组上百号人进行一次大型聚餐，顺便讲解接下来的发展。

墨甜刚转正，对于游戏目前的发展几乎一无所知，便特意请教了同事，比如聚餐需要注意什么，老板会不会突然点人提问什么的。然后她就得来了一句："你只需要吃好喝好。"

开始她还有些纠结，她怎么着也要为公司做出一点头脑贡献吧？结果听完领导讲话和主管讨论后，职场新人墨小姐幡然醒悟，前辈果然有经验，这场聚餐下来，她能贡献的怕是只有胃了。

好在聚餐采用的是自助模式，同组的同事对她也很关照，尤其热心的阿瓜前辈，不仅把不好意思主动和一群大男人坐在一起的她带回了C组聚集地，还把她安排在了中心位置……

然后听着喝了点酒的前辈们说起她，还就"我们每次看你进老板办公室都为你捏了把汗，怕你被辞退了，我们组又得被隔壁笑话是和尚庙"的话题讨论得热火朝天，墨甜差点把嘴里的果酒都喷出去。

不过能和大家一起畅所欲言，她也真的很开心，感觉平时没怎么说过话的同事，此刻也不觉得疏离了。

蓦地，好像因为大老板说了什么激动人心的话，全场人爆发出掌声和欢呼声。墨甜果酒喝得有点多，思维迟缓起来，老板的话也没听进去，完全是条件反射性地跟着鼓掌。鼓着鼓着，似乎感受到一股极有针对性的目光朝她射来，她迷茫地看过去。

白应辰在不远处侧身站着，带着不悦的目光从她脸上移到她的手上。墨甜愣了愣，扬起手里的杯子低声说："您想喝？"

那声音小得连旁边坐着的同事都没听到，白应辰的脸色却一下子阴沉了下去，他怒气冲冲地走了。

墨甜茫然地抓抓脸，恰逢手机铃声响起，她赶紧翻出来看，然后血液一下子就沸腾了。

屏息看了看周围的同事，她做贼一样接起电话，声音都不敢出，只听里面冷漠的声音说："一会儿聚餐结束，你记得出门左转，看见小路再左转。"

左转，再左转……聚餐结束，趁着大家已经喝得晕晕乎乎，餐厅门口没人注意，墨甜偷鸡摸狗似的拿着包包跑了出去。

"白总！"墨甜喘着气在白应辰的车边站定，赶紧从包里掏出刚向服务生小哥哥要来带走的果酒，双手奉上，"给您！"

看到女生的一系列动作，白应辰开车门的动作停住了。

"这是什么？"

"这是您想喝的酒啊！"墨甜得意地说道，"我特意帮您要的，还没开封呢。"

白应辰扶额，鬼使神差地接过酒，说了声"谢谢"，而后道："上车，我送你回去。"

啊？酒又不是她买的，她还可以免费蹭车吗？墨甜抓了抓头，不明所以地开了后车门。不过车门一开，她立刻被吓到了。

后车座上，廖老板正躺在一双女人的腿上睡觉！女人还冲她笑了笑，指着副驾驶位说："你坐前面吧。"

墨甜木讷地点点头，乖乖坐到了副驾驶位。

"你叫墨甜对吧？一罗和老白都提起过你。"后面的女人友好地探头打招呼。

"啊？是的！"墨甜连连点头，紧张得不行。

女人介绍自己："我姓纪，前阵子刚和一罗结婚，现在在星罗总部的美术组工作。"

墨甜赶紧回应："廖太太，您好、您好！"

短暂的寒暄结束后,墨甜转回身去,默默思忖还要不要和大老板的夫人交流。虽然廖太太看上去是很友好,但是廖老板好像挺怕她的。

啊,拜某位外星老板所赐,她现在都有点怕和领导交谈了……

"老白,靠边停吧。"

"好。"

"哎?"

三个人依次开口,墨甜看着后车门被打开,然后在她的注视下,白应辰下车帮廖太太把廖老板搬出了车。

"你在这等一会儿,我把他送上去。"他说。

墨甜怔怔地点头,只在廖太太含笑道别时干巴巴地说了句"再见"。

这也到得太快了吧?墨甜忽然沮丧地靠着车窗,她这一点也不热情的表现,算不算是给分公司丢脸了?

"老白……"另一头,廖太太开门时眼里满是揶揄的笑,"看来你是有目标了?"

"什么目标?"白应辰扛着廖一罗往里走。

"当然是感情目标了!"廖太太辅助白应辰把自家老公放在床上,累得直喘粗气,接着换上一脸意味深长的笑容,指指窗外,"原来你喜欢可爱一点的,难怪之前我的四个伴娘小姐妹,你一个都没看上。"

白应辰微怔,继而说:"墨甜只是同事,而且,难道不是她们拉黑了我?"

"还不是因为你送她们礼物都送一样的!"廖太太抛白眼,无奈道,"虽然她们四个私下里都要我帮着约你出来,我也挺不好意思的……但是你也太不走心了,就算看不上,好歹也送点不一样的东西,不然你敷衍的意思也太明显了吧。"

白应辰沉默不语,廖太太无奈地笑了:"不过也是我的错,知道你不感兴趣就不该强求。好在老白你还不算无药可救,送姑娘回家这招,一罗追我时我还挺受用的。"

如果说不是送回家,而是送回学校,事情会不会更麻烦?白应辰最终还是坚持了自己的说法:"我和她,不是你想的那样。"

楼下，墨甜维持着靠窗的姿势，快要睡着了。

直到车门重新被人打开，有凉风灌进来，她才抬起沉重的眼皮坐直身子，赶紧说出她在等待时酝酿的问题："白总，您为什么要送我回去啊？"不会真的是因为那瓶酒吧？

"你喝多了。"白应辰不假思索地回答道，"你的舍友不会相信你乱说的话，但是别人我不确定。如果你在街上乱喊你遇到了外星人……会给我带来麻烦。"

还真不是因为酒。墨甜抓抓头，继续倾诉疑惑："那您为什么把严助理安排成了我的师父？"

"是他自己申请的。"白应辰转头看窗外的风景，"他的母亲急需手术，借了不少钱。原本他想出去兼职，我说我需要助理的地方不多，可以放他平时在策划组也尽一份力，相应地，我会多发些工资给他。"

墨甜依稀听懂了，低低地"嗯"了一声，揪着安全带在座椅上缩成一团。

白应辰："还有想问的吗？"

墨甜摇摇头。

借着余光瞄她一眼，白应辰继续开车，说："那就给你室友打电话，让她接你上去。"

墨甜掏出手机攥在手里，嘀咕道："我以为，我的师父是你。"

白应辰睨她一眼，轻嗤道："我不认为自己该在你身上浪费时间。"

"嗯……"墨甜点点头，迷迷糊糊地抬了抬眼皮看他，困意终于抵达极致，她静静地靠在车窗上，很快就睡了过去。

冷清的街道上，忽然传来了急刹车声。白应辰有所察觉，从墨甜手里扯出手机，按下Home键，果然，上面显示着操作需要输入密码。

墨甜还用着哪一年的手机？连指纹锁都没有！

白应辰头疼地捏了捏眉心。他怎么就没生在食人族？这个小麻烦精，与其留着她惹事，不如把她吃掉算了！

"醒醒。"他拨弄墨甜的小脑瓜。

可惜如他所预料，眼下酒劲儿完全上来，墨甜已经睡得不省人事了。被他拨弄时，她的头还向他歪了歪，靠在他的手掌上。

白应辰嫌弃地拧眉，又把墨甜的头给按回了车窗上。

睡梦里的墨甜吧唧两下嘴，然后肩膀无意识地缩了缩，看得白应辰的脸都黑了一个色号。他阴沉地凝视远方，最终将手搭上方向盘，转去了相反的方向。

因为聚餐时肯定要喝酒，而且大部分人都会为了缓解压力喝个七荤八素，廖老板很有先见之明，开喝之前就在工作群里发过公告，所有员工隔天可以晚两个小时上班。

虽然隔壁组同事都馋哭了，只恨自己不在时光组，不过能晚点上班也好。于是群里最后说话的基本都是时光组以外的同事，内容统一是"谢谢老板，你们吃好喝好"，外配一个大哭的表情。

不过这东西向来是风水轮流转，谁都有得酸，也就没人当真。

等到第二天，墨甜醒来打开手机，看到屏幕上一水儿的"勤劳的我要上班打卡了，某组有人醒过来没？"再看看周围的环境，她愣住了。

"这是哪里？"头重脚轻地从睡袋里钻出来，墨甜抓抓自己翘起来的头发，低头检查了一遍，衣服有些压皱了，不过还好好地穿着……所以这到底是哪儿？

正当她慌乱无措时，手机响了，她赶紧接起来，手机刚贴近耳朵就有熟悉的声音传来。

"清醒了吗？"

"我我我……醒了！"墨甜在陌生还没窗户的房间里乱窜，最后溜到门口，心里直打鼓，问道，"白总，我这是在哪儿？"

"公司休息室。很少有女性在公司加班一整晚，所以分出的休息室比较小。"白应辰淡然地说，"你还有大约一刻钟的时间，可以销毁自己在公司住过的痕迹。"

"啊？"墨甜刚醒过来，脑子有点转不过弯。不过老板都这么说了，她也没多想，满口答应着开门出去，果然开门后的场景让她稍稍放了心。

"一次性洗漱用品在休息室门口的柜子里，鞋在外面的鞋柜上。"白应辰在电话那头慢条斯理地指示。

"好！"墨甜挨个儿取货，一直取到门口自己的鞋，僵住了。

她依稀记得昨晚自己上了老板的车，老板在送她的路上先送了大老板夫妇，然后……然后她等着等着就睡着了？所以是老板把她送来了公司？难道是老板帮她脱下鞋，把她塞进睡袋的？

"啪"地一下拍向自己的额头，墨甜一脸绝望地说："白总，我先换鞋去洗漱。"

"去吧。"白应辰说完率先挂了电话。

墨甜晕头转向地蹲在鞋柜前，双手扶住鞋柜两侧，有一种想要一头撞上去的冲动。强忍着那股冲动，她在心里一遍一遍地安慰自己：好在袜子没有破洞，好在没有脚臭，好在……

啊啊啊啊，她现在感觉一点都不好！

在心底嘶吼半天，墨甜灰头土脸地换上鞋子钻进了公司盥洗室。

这才第四天上班！她就在公司过夜了！如果被有心之人知道，再传出去，她毫不怀疑自己会成为公司一个新的笑料。

比如太过热爱工作，喝醉了竟然回公司加班什么的……然后还要连带着她的直属领导一起丢脸。

"我明明没喝多少啊！"墨甜几乎要哭出来了。

此时办公室里已经来了不少人，阿瓜看她一眼，说："那果酒后劲儿挺大的，我以为你知道呢。"

墨甜眼含热泪地栽倒在办公桌上，她以后再也不喝酒了！

算了，忘了它吧，忘了不堪回首的往事！墨甜决定打起精神检查她前一天写的文档。

只是她刚检查完第一行，组长老牛就过来敲桌子打断了她的思路："小墨，上三楼，拿东西。"

迎着墨甜惊疑不定的眼神，老牛没忍住逗了她一句："老地方，你找得到吧？"

见鬼的老地方！墨甜悲壮地上了三楼，强忍着内心抓狂的情绪，敲开了老板办公室的门。

"把门关好。"白应辰正在电脑屏幕后敲着键盘。

墨甜无声照做。

敲键盘的声音又持续了半分钟，白应辰合上他的笔记本电脑，又看了一眼旁边的曲屏显示器，才把目光投向墨甜："今天严谨也请了假，他表示了歉意，并让我先拿几个《时光》最基础的单子给你看看。"

甜蜜制作人

师父又请假了？不过也不怪他，家人急着做手术呢。

咦？她是怎么知道的？

墨甜这厢兀自疑惑，那头白应辰坐在转椅上没动，手边装订好的文件自行飞起来，停在了墨甜面前。墨甜乍一下震惊得小退了一步，接着她伸出手，东西便落在了她手里。

"着重看一下书写格式与运用手法，这两个方面是你的弱项。"白应辰说完，已经做出了摆手的姿势，只是手刚抬起，又落了回去，按在桌面上。

室内一阵安静，安静到墨甜下意识屏住了呼吸，白应辰才压抑着恼怒说："昨晚你的室友给你打过电话。"

墨甜眨了眨眼，接着猛地瞪大眼，狠吸一口凉气："萌萌打电话？"

"嗯。"白应辰的脸色到底还是沉了下来，隐约间，墨甜似乎读懂了他脸上写的是：地球上怎么会有这么麻烦的人？

"所以……"墨甜一天里第二次绝望地开了口，问了她一点也不想知道答案的问题，"然后呢？"

"然后……"白应辰耐着性子，认真地给她描述了当时的经过，"她问我是谁，我说我是你的老板，她就把电话挂断了。"

"……"

墨甜一个没绷住，表情扭曲了。

从老板办公室出来，墨甜感觉脑袋四周仿佛围绕着一万只苍蝇，嗡嗡地驱赶着她的理智。

"高萌萌……"她回去翻出手机，果然看到在昨夜有一个萌萌的已接电话。她怒气冲冲地到了阳台，恨不得隔着电话咬萌萌一口："你昨天晚上怎么回事？"

"什么我昨晚？"萌萌被她吼得耳朵疼，随即又吼回去，"啊，你还说我！老实交代你昨晚又是怎么回事！"

"我……我能怎么？"墨甜不知为何立马心虚了起来。

萌萌哼哼两声，开始数落她："你昨晚夜不归宿！不是说就出去吃大餐吗？怎么吃到你老板身上了？"

"什……什么就身……你不要乱说！"尽管周围没人，墨甜还是紧张得脸红了一圈,捂着话筒小声说,"我老……他……哎呀,反正就是他要送我回学校的,我当时喝多了睡了过去,手机密码解不开,他没法联系你下楼接我,谁想到你打来电话又挂断了……"

"哦。"

"哦什么呀你!"墨甜跺脚。

萌萌在那头连哼几声,清了清嗓表示无辜:"主要是我当时也没办法嘛,你看,我给你打电话的时候大门都关了,我总不能飞檐走壁下去接你吧?还是你老板能飞檐走壁把你送上来?"

"……"墨甜要被气死了。

"所以呢?所以呢?你昨晚住哪儿了?"萌萌好奇地追问完,又怕墨甜被气炸,赶紧补充,"别误会,我这是在关心你。"

墨甜哪能听不出她的好奇?"现在关心已经没用了。"她故意冷冷地说,"你永远不会知道我昨晚住在了哪儿。"

"喂……"

"好了,我先上班了。"幽怨地挂掉电话,墨甜垂头丧气地趴在栏杆上,想到刚才和萌萌的对话,耳根就一阵阵泛红。

完了,她已经完了!萌萌也真敢说,什么吃到老板身上……她再也没脸面对老板了!

估计白应辰也不想再见到她了,给她的东西真是厚厚一沓,她翻了翻,感觉里面有一多半都是她之前完全没接触过的硬货……

在那之后,她也确实一连几天都没见到白应辰,倒不是因为别的,是他出差了。

这在以往是很常见的事情,不过墨甜这次得到通知,却比以往多收获了快乐。虽然声音还是会被他听到,但是不用和他抬头不见低头见了!

于是墨甜快乐着,快乐着,完全忘记了一件早就说好的事情。要不是白应辰在回来之前给她打了电话,她还浑然不觉,有一份文件已经在她的邮箱里躺了十几天。

在电话挂断后,墨甜几乎是以飞一样的速度从楼下跑上了宿舍,丢掉怀里的零食,打开自己的笔记本电脑,登录邮箱,下载文件……在看到文件的内容后,墨甜的心脏几乎要跳出嗓子眼，连萌萌说的话都听不清了。

"怎么啦甜甜，又傻了？"萌萌好奇地凑上来，疑惑地看着她的电脑屏幕，"这什么东西？还打着马赛克？"

"啊？没什么。"墨甜拿起电脑，缩进了床角，"你先吃东西，我看看这个。"

"喊，神神秘秘的，搞不懂你！"萌萌翻了个白眼，然后在自己的书桌前坐下。

宿舍里安静了，墨甜看着那份来自一个多星期前的文件，呼吸都轻了些，只有心跳重得不行。在萌萌看来，这只是一份普通的员工资料表，但她知道，这是公司一部分同事的资料信息。

上面的个人信息基本都被打了马赛克，但这不重要，重要的是每个人的资料后面都被加了三条杠杠，这才是白应辰想给她看的东西。

"第一条是个人的价值，第二条是他对公司的价值，第三条是他对我的价值。

"一般情况下，我只会看前两条。因为前面两条是以我和同胞收集整理的庞大数据库作为参考总结出的，而第三条，多半是建立在我的主观上。

"也就是说，他们此前大致是一个什么样的人，帮助过的人多还是伤害过的人多，以及以他们个人的能力，能为我的公司做多少事情……这些东西在你听来可能有点虚，但在我这里，这些价值是可以具现化的参考数据。

"自然，我能看到的数据不止这些。但是你只需要知道这三条，尤其第三条，是我在与人接触后，得出是否还要与其接触的主动判断。

"顺带一提，先前的数据只能做参考处理。在公司聚餐之后，你的第三条数值仍然有所降低，嗯，包括今天我得知你一直没看这个文件也是一样。"

很难想象老板在遥远的某个城市给她打电话时的表情，也很难想象，她的第三条价值竟然还有降低的余地。

墨甜都惊呆了，当她看到唯一没打码的自己的资料时，第一反应就是先看第三条。结果她把文档里的字体放大了三倍，才勉强能看到属于她的红色杠杠……

都已经只剩一丝了！再降不是就没有了吗？

墨甜很难受，尤其其他同事的红色条条或多或少也有其他两条价值的一半长……这鲜明的对比，真让她郁闷不已。

虽然她的其他两条价值不低,而且第一条还挺高的,但她还是很难受。

白应辰有着可以趋利避害的天赋,那他是以什么样的心态,容忍她这个小祸害留在身边的?她现在只怀疑自己还活着是不是有祖先在庇佑。

"甜甜,甜甜?"萌萌的声音遥遥传来,她不解道,"你真不吃?鸡米花都要凉了!"

墨甜默默关掉眼前的文档,关完又不死心地重新看了一遍,然后更加哀伤地点击关闭。

"不吃了……"她说,"没什么胃口,我先看会儿书。"

明明之前她还在为工作顺利而沾沾自喜,可现在她发现自己书也看不进去,干脆打开了手游。

她几乎每天都有登录《当我入梦》,但基本都是上去送了萌萌体力就下线,偶尔看一眼卡住的剧情也不想往下进行。可现在,她想继续把剧情推下去了。哪怕只有一点点相似,她也想从Mr.陈身上找到一些白应辰的影子,找到一个让她好感度回升的办法。

游戏这东西,向来都是不玩则已,一玩,墨甜就连着熬了两个通宵,直接把剧情通到了第十六章,也就是看完了Mr.陈的两章专属故事情节。为了快点过剧情,她甚至充了钱,相当于刚发的工资给公司退回去了十分之一,后面她靠在办公椅上思考人生时,怎么想怎么觉得不对。

她要是找萌萌借账号回顾剧情,把这笔钱省下来,给白应辰买个小礼物赔礼道歉,效果会不会更好?

手里捏着刚刚得来也不知真假的情报,墨甜准备再迂回一下,下班回去做做支线,仔细研究一下Mr.陈和老板的共通点。

墨甜一边这么想着,一边打开电脑,连办公室门开了也没在意。墨甜专心地浏览着工作群里大家的最新情报,渴望找到一些蛛丝马迹。直到有人蹑手蹑脚地溜到办公区,小声说了一句"白总回来了,好像很生气",墨甜的耳朵立刻竖了起来。

办公室的门已经被那人关上了,大家立刻嘀嘀咕咕地八卦起来,墨甜也掺了一脚。自然,她没有发出一点声音。毕竟大家说的话,白总他全部都能听见啊!

"好像是和S市分公司的老总产生了分歧吧。"分享情报的同事说,"S市老总说咱们的开发周期太紧张了,游戏计划的内容太庞大,很多东西都不一定能按时做出来。但是白总坚决不同意外包,然后就着这事,两个老总争执起来了,所以白总才晚回来一天。"

办公室里一片唏嘘声,大家神色各异,大部分都不怎么愉快。

墨甜也是,虽然她入行时间不长,但也明白项目外包虽然能省很多力气,但是外包公司良莠不齐,水深得很,做出次品是小事,更有甚者还会惹上官司。前一阵子她就有听说有个同城的游戏公司被外包公司设计陷害,告到了破产。

《时光》这么具有开拓意义的游戏,还是由他们公司的人亲力亲为比较好吧。

墨甜在心里叹气。她只参与了《时光》的冰山一角,听了尚且不开心,那么很多年前便在为了《时光》不停奔波劳累的白总听到后,心情更是可想而知。

对情绪转变不敏感的外星生物竟然和人争执起来了,原来她不是唯一能让他动怒的人!

想到这一点,墨甜扯扯嘴角,却一点也笑不出来。

他就算来自不同的星球,就算没多久后就会离开,就算离开了可能就不会再回来,但此时他一定很不好受吧?

第五章

你怕我吗

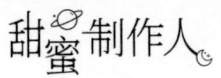

办公室里还在激烈讨论着两位老板起争执的事。

有人问:"廖总怎么说?"

掌握着第一手情报的人立马答道:"廖总当时不在,所以也没人帮白总说话。"

说完他还重重地叹了口气:"要不是咱们白总在国外进修了几年,S市那位才没有资格反驳白总!《时光》这个项目可是白总和廖总在上学时就拟定的!"

"我记得S市老总来头也不小……白总出国的第一年他就来咱公司了吧,好像还是从小项目开始,一点点跟着廖总做起来的。"有人补充道。

"唉!"众人齐齐发出叹息。

领导的事情,他们哪里插得上手,也只能在心里为自家老板鸣个不平。众人不欢而散,各回各位,每个人脸上都写着惆怅。

办公室里安静得过分,墨甜撑着下巴忧伤了一会儿,悄悄地问回来报信的鸽子前辈:"我们真的赶不上原定进度吗?"

大家心情都不好,鸽子摇摇头,也尽量小声地说:"咱们剧情策划还算轻松,但是音乐和美术那边压力确实大。今年音乐组不是捡着个好苗子吗?听说他正式上班第一天就跟着紧锣密鼓地忙活了。"

哇……墨甜暗暗吃惊。他们同期进来的,她还在这儿过着连师父都不常见到的悠闲日子呢，虽然她没怎么松懈，但是和那位仁兄比起来……

"既然这么忙，为什么五个实习生只留两个？"墨甜不理解，"被淘汰的三个里，两个都是美术组的呢。"

"没达到要求就不能留呗，咱公司可把前途都赌在《时光》上了！白总自己在技术这边都尽了全力，对下面要求肯定也是精益求精。"

见鸽子说得口干舌燥，墨甜轻叹着去给他接了一杯水，回来时办公室门又开了，是老牛和阿瓜。

老牛和阿瓜是代替家事繁忙的严助理陪着白总去开会的，鸽子则是刚刚开车去机场接他们的人。见到刚进门的两人脸色黑成一片，众人连敲键盘的声音都小了一点。

墨甜灰溜溜地把水给了鸽子，接着就坐在自己的电脑前，安静地看起资料来。

没过多久，坐她对面的阿瓜忽然发出了细微的声音："嘿！"

声音虽然细微，但也足够周围几个人听见了，大家一齐朝着阿瓜挤眉弄眼的方向看，原来是老板从办公室内的螺旋梯走了下来，接着一动不动地在书架前捧着书站了好一会儿。

墨甜自然也注意到了。但这十来个人都齐刷刷地盯着他，他竟然都不为所动，最后还是大家自主收回了目光。

墨甜的座位背对着白应辰的办公室，扭回头便什么都看不见了。不知又过去多久，占据有利观察地形的阿瓜低声感叹了一句："无形发怒可最为致命啊……"

墨甜飞快地回头，却只看见白应辰往螺旋梯上走的两条长腿……上身已经看不见了。

"白总什么表情？"没能目睹刚才情形的同事立刻提问。

阿瓜五官都皱在了一起，过了半晌才挤出一句："白总和平时没什么不一样，就是那眼神……真吓人啊！"

"就和笑着炒人鱿鱼时一样？"

"可能差不多。"

众人哗然。

这时，从回来开始就在窗前眺望的老牛忽然转身摔门而出。众人又纷纷往阿瓜这边探头："牛哥怎么了？"

"生闷气吧。"阿瓜的脸都皱成了苦瓜，"S市的孙总把咱们这边能损的都损了一遍，不能损的也鸡蛋里挑骨头地说了一顿，老牛的脾气你们都知道的，碍着白总在没能发火，这会儿估计是忍不住要去天台抽烟了。"

"他别跳下去就行。"鸽子嘀咕。

众人啼笑皆非。

墨甜听着他们从说话到安静地回去工作，总忍不住往白应辰空荡的二楼办公室看，连着看了几次，桌子忽然被人敲了敲，墨甜吓了一跳，赶紧回头，原来是阿瓜从对面伸了手过来："小墨！"

墨甜小声询问："怎么啦，阿瓜前辈？"

"小墨你有话要找白总说？顺便帮我把这个给白总拿过去吧！"阿瓜把一沓打印稿推了过来，"顺便帮我给白总说点好话，就说剩下的剧情我马上就能写完了！"

墨甜给了阿瓜一个震惊的表情，她什么时候说要找白总说话了？

阿瓜却以为她是不愿意被麻烦，便飞快地添了个条件："下班想喝什么？奶茶我请！"

不是奶茶的事情啊……为什么你不自己跑一趟啊？

她心里一万个不情愿，又不敢说"我没想找白总"，生怕白应辰会误会她做了什么，只好闷闷地接过东西。

嗯，有话要找白总说……她有什么话要找白总说呢？

上三楼时，墨甜被这个问题困扰了一路，推门时想到阿瓜的"说好话"，更是内心充满绝望。墨甜心想自己都站在悬崖边上呢，还能说什么好话，最终她强行收起绝望的表情，敲开了办公室门。

从白应辰那一声"进"根本听不出什么，但他的心情一定不怎么样吧？她可千万不能点着他。

墨甜在心里默念着"冷静冷静"，从进门到把东西放在白应辰的桌角，都保持着和平时差不多的正常状态，只有心跳跳得异常快。

"这是，阿瓜让我帮忙送来的。"她说。

"我知道。"白应辰淡然答完，拿过打印稿随意翻看了两眼，便把东西放回了刚才的位置，"让他全都弄完后一起交上来。"

墨甜看着他的神情，欲言又止。

阿瓜显然是超时了。听说如果任务没在规定时间内完成，白总是会记过的，记得多了就要被辞退，也难怪阿瓜不敢自己上来。

从眼里的情绪来看，白应辰确实有点焦躁。墨甜踌躇了一会儿，最终还是以"反正我的价值已经那么低了，我不入地狱谁入地狱"的心情开了口："白总，阿瓜他已经尽力了，他最近不是陪你出差吗，可能状态不大好，东西就没来得及赶出来。"

白应辰抬眸看了她一眼。

隐约从他眼里读出了"你还好意思帮他说话"，墨甜的肝儿都抖了抖。最后她死马当作活马医，往前走了两步，抓住白应辰的水杯说："我帮您接杯水吧。"

来公司这三个多月，她最熟练的可能就是端茶倒水。墨甜转身就要往外走，问："您要喝茶还是咖啡？"

"这也是替阿瓜说好话的步骤？"白应辰不耐烦地问。

墨甜动作一滞，仿佛此时手里的水杯成了烫手山芋，拿走也不是，放下也不是。

"不是啊！"她勉强笑了笑，"阿瓜那里我该说的都说完了，现在就想勉强给自己找回一点印象分。"

"做无用功。"白应辰的声音冷了许多，"我对你已经不会强求别的，只希望你占着公司的一个位置，能够好好工作就谢天谢地了，其他讨好是无意义的。"

"……"

到底把水杯放回了桌上，墨甜轻轻点头，说道："我知道了，对不起，白总。"

意识到自己刚才的语气有点尖锐，白应辰微敛眉头，稍稍放缓了语气："如果你还有什么话想对我说……"

"没有了。您忙吧！"墨甜都不知道自己怎么想的，下意识就打断了他，说完拿起阿瓜的东西飞快退出了办公室。

回到楼梯上,墨甜大口地喘着粗气。

失去理智快,冷静得也快,现在她觉得按照萌萌的话说,她可能……不,是一定完犊子了!敢在白总面前耍脾气,她死定了!

她痛不欲生地把东西交还给阿瓜,后者自然被她脸色吓得够呛。墨甜一点也不想和他解释,只在心里抱怨,说什么关照后辈都是假的,还让她去白总面前送死……

"晚上给我带小笼包!"

给萌萌发了消息过去,墨甜再也看不进书。想到白应辰对她恢复了冷漠至极的态度,她就沮丧得想仰天长啸。

她连是自己惹怒他了,还是单纯被迁怒了都不敢问,只觉得心里特别的难过。

是夜,打嗝还有包子味的墨甜睡不着,在床上"烙烧饼",最后起身问萌萌:"Mr.陈是第几章死的?"

"第三十五章。"萌萌迷迷糊糊地回答她。

还有不到二十章就死了?

有些新角色从第十五章才开始出现,有些角色却已经要退出了……墨甜惆怅地打开手机,打开《当我入梦》,指肚滑过从小就被各种噩梦困扰的女主,停顿到Mr.陈的身上。

下午那股无力又难过的情绪卷土重来,冷风一样包裹着她。墨甜关掉手机缩在被窝里,眼睛眨着眨着,眼眶就湿润了。

"对不起……"泪水顺着鼻翼滑下来,脑子里乱哄哄的,墨甜轻念着自己也不知道从何说起的"对不起",很快就进入了梦乡。

只不过这梦乡不怎么好,是个噩梦。

梦境里她跌跌撞撞地走在黑暗中,可见距离只有伸手能够碰到的范围,丝毫看不清远处,只觉得这是个自己见过的地方。她无意识地不断向前走,被岩石划破了双脚,还险些跌下悬崖。

忽然,探路的手碰到一片软乎乎的东西,她被吓得飞快缩回手,用力瞪着前方,才看清面前是一团淤泥怪。淤泥怪也发现了她,一边吐着诡异的声音,一边用身上的若干只眼睛盯着她……

她猛地睁开了眼。

"哟,醒啦?又做噩梦了?"萌萌在床边斜眼看她。

墨甜被那眼神看得心里发毛,好像那双眼睛能和淤泥怪身上的眼睛重合在一起,她从床上挣扎着起来:"你怎……咯咯!"

"你发烧了!"萌萌无奈,"我早上就发现你不对,电话响了你都不接,嘴里呜噜呜噜地说着什么,我下床看你,你就抓着我不撒手,身上滚烫滚烫的!"

"来,把药吃了,现在提名感谢你的Z国好室友还来得及!"萌萌把药丢到墨甜床上,又去给她拿水。

墨甜当然连声道谢,只是话语里夹着几声咳嗽。

看着她吃完药,萌萌说:"还有,我就看了一眼啊,你的未接来电是你老板。我看今天是周六,就没叫醒你。"

"什么?"猛地剧烈咳嗽起来,墨甜扑腾着掀开被子找手机,而后看着未接来电陷入了沉默,"今天是我加班?"她竟然记不清了,狐疑地问自己,"我要不要加班?"

"你之前没说啊!"Z国好室友条件反射般撇清关系,"我以为你老板骚扰你呢!"

墨甜无语地看她一眼,默默钻出被窝查排班表,今天还真不是她加班,看完她也想起来了,自己第一次加班应该是排在下周六的。

"我给我老板回个电话,你先别说话啊!"她说完钻进了洗手间。

电话刚响,对方就接通了,想也知道他是听说了她会打电话过去。墨甜舔舔干燥的嘴唇,沙哑着嗓音开口:"对不起,白总,我……"

"我知道。所以没事了,你休息吧。"白应辰在电话那头说。

难道她听错了?墨甜感觉他的语气没有前一天那么疏离了。

也可能是因为知道她现在病着?墨甜紧张地抓抓自己的领口:"您找我有什么事吗?"

"我说过没事了。"白应辰说,"既然发烧了就好好休息。"

"不……"墨甜有些急促地阻止他挂电话,"白总您要是有什么想说,或者有事情安排给我,您尽管说!千万别不说,我会不安的。"

她拿手把自己的嘴和话筒圈了起来,极其小声地说:"您知道我一不安就会惹您生气,我不想再惹您生气了,所以您有事就说,我会好好听的!就当是增加点好感……"

倏地一顿,墨甜被莫名划过脑海的内容烧红了脸:"啊,您别误会,我绝对不是要攻略的意思!"

"攻略?"

白应辰用温润的嗓音重复了这个词,语气里带着些许疑惑,好似一个无辜的清白男子被人惦记上却不自知,听得墨甜更心虚了。

"就是……就是我以前随口说的那个话,您别当真啊!"

"……嗯。"

摸摸羞赧的脸,墨甜低声道:"所以您给指示吧。"

"我没有强迫病人的习惯,所以你今天好好休息。如果明天你退烧了,我再……"

电话那头的人突然停顿,墨甜也随之屏住了呼吸,听到对方继续说:"到时候再说吧。"

墨甜差点一头撞在洗手间的门上。

她简直难以置信,老板怎么能吊人胃口?太过分了!

白应辰显然是没打算再说下去,一句话便打发了她。

墨甜气鼓鼓地想着明天她退烧了能怎么样,想着想着又不禁想到自己刚才脑中一闪而过的内容。

"我倒想试试,代表地球攻略他。"

这句"豪言壮语"太过顺口,导致她无意间说过一次,就再也没忘掉,刚刚突然从脑袋里冒出来,吓了她一跳。

白总可是旁听全球的人啊!如果他那时候也听到了……墨甜捂脸。

没脸见人了,没脸见人了!她当时就是瞎说的,她一点也不想攻略他了。还有那个Mr.陈,对,Mr.陈她也不攻略了,她现在就删游戏!

墨甜毅然打开手游,发现她有一条新的属于Mr.陈的梦境记录还没有读取,她下意识就点开了。

半个小时后,她一只手扶着退烧贴,另一只手操作着女主人公跟Mr.陈对话,禁不住仰天长叹。

呜呜呜,Mr.陈也太温柔了吧!她不删游戏了,不删了!

她承认她没救了!

在墨甜无声谴责自己的同时,白应辰刚忙完手头的事情。

他在洒满阳光的落地窗前坐了一会儿,窗帘开始自两头向中间并拢。直到屋子完全被厚重的窗帘阻隔了光芒,他抬手划出了蓝色的屏幕。

浮空的屏幕上,是与地球完全不相通的文明产物。他将类似文件夹的东西放大开来,里面数据自行归类后,屏幕上出现了墨甜的照片,旁边还记录着他所储存的她的资料。

"攻略。"他淡然开口。

屏幕上的字体又是自动上滚,最后出现的信息只有寥寥几个有关"攻略"二字,而且都在他的已知范围内,判断下来和《当我入梦》有关。

其实早在很久以前,他就关闭了接受全部声音的状态。因为当他了解了模拟地球生态所需的信息,之后便对这个世界的声音不再那么关心。他开始和其他同胞一样,只在接收系统预留了一些关键词,这样当某个地球人提到会对他造成影响的词汇时,声音才会传入他的脑海。

如此,既然没有记录,就证明墨甜在他开启了对她全部监听之前,没说过什么他有必要听的话。

那就不用理会了,他关掉蓝色屏幕,重新打开窗帘。温暖的阳光洒进来时,白应辰仰躺在沙发椅上,享受地闭上了眼。

"维持只接收关键词状态。"他淡然地说,"同样,重点监听对象墨甜除外。"

墨甜的小身板显然有点不争气,明明吃了药,也好好休息了一天,可烧就是不退,整个周日,她还是在床上度过的。

虽然她真的很好奇白应辰没说完的话是什么,但是人家没发任何消息过来,她自己又发着烧,自然没脸去骚扰他……

满怀怨气地躺在床上敲敲脑袋，墨甜暗暗告诫自己：周一一定要退烧，她还要上班的！

还有……她蓦地底气全无，继续敲脑袋，暗暗质问自己：能不能争点气？那天的梦，让我接着做好不好？我好想知道后面会发生什么！

因为她醒后想起来梦里的场景，不就是《当我入梦》女主人公第一次见到Mr.陈的地方吗？按照剧情发展，之后就该是Mr.陈突然由光粒子组合成实体出现在她眼前了啊！

她竟然卡在那个地方醒了……真不甘心，肯定错过了很壮观的场面！

可惜梦断了就很难再接上。相对来讲简单一些的是，周一这天，墨甜终于退烧了。于是她一早爬了起来，挤上塞满乘客的公交车去了公司。

公司的气氛仍旧很低迷，墨甜一路走来慌得不行，连进办公室都小心翼翼的，生怕突然收到什么沉重的消息，比如老牛真的想不开跳天台了……

好在她一进门就看到了老牛，于是她舒了一口气，笑着打招呼道："牛哥早！"

"啊，早啊小墨。"老牛照例笑呵呵地回答，只是神情看起来比以往疲惫不少。

实在想不到她例休这两天公司发生了什么事，问又不敢问，她只能乖巧地上班，等着每天燃烧八卦之魂的同事们自主传播消息。

不过上班铃都响了，办公室里竟然还有一半同事没来，墨甜无措地坐在椅子上四处张望。

"别看了，他们今天休假。"有同事擦着眼镜说，"连着加了两天班，吃不消了。"

"啊？"墨甜震惊，"连着加班？"

"白总周六临时发的通知。"同事打了个哈欠，戴好眼镜打开电脑，"白总不想妥协，廖总也不想，所以大家开始疯狂加班赶进度。我们过来整理一下东西，今天下午休息。"

他说完，又看墨甜："小墨你收到指示了吗？"

"没有啊！"墨甜一头雾水，"没人联系……"话说到一半，忽然卡住，她回忆起她发烧那天白应辰打的电话，嘴巴缓缓张大。

难道说，白总是想叫她加班？但是听说她发烧，就没让她来？

她心里正泛嘀咕，同事又开口了："也是，你刚转正，还没分配活，不加班也没事。"

墨甜看了看他，平静地点点头，心中却已然兵荒马乱了。

午休之前，老牛回到了办公室。

"下午咱们组放假，小墨你也回去吧。"语气里尽显疲惫，老牛边说边收拾东西。

同时走廊里有妹子对着话筒路过："你要哪个咖啡？"

"一样来一杯吧⋯⋯"回答的人似乎昏昏欲睡，墨甜一听就知道这次加班的状况有多惨烈。

公司里的妹子一大半都在美术组，所以两人应该是美术组的，想到美术组和音乐组的压力，墨甜对他们都心生同情。

过了须臾，老牛和同组几个同事拎包走了，走前不忘嘱咐："小墨你也收拾收拾回去吧！明天照常上班！"

墨甜满口答应，收拾东西时顺便拿起手机看了一眼。

"嗡嗡。"消息很合时宜地传了过来。

Chen：下午有空吗？

墨甜斟酌了几秒钟，没想出白应辰怎么这么问，也没想出自己能拿什么理由搪塞他说自己没空，只能回答：有的。

Chen：那好，你现在来Hear U。车费我报销。

呃⋯⋯墨甜在心里打了一个问号，但没多问，直接拿上包包往外跑去，回了一个"好"。

从公司到Hear U没有公交车直达，不过N市不是一线城市，坐出租车也不贵，墨甜便拦了一辆出租车，顺便在车上补了个淡妆。

她倒不是有什么意图，只是不想让白应辰看见她还不大好的脸色，再减个印象分什么的。

一切都是为了生存！

忽然发现腮红还没打，小镜子映着自己的脸颊红扑扑的，墨甜抬手碰了碰自己的脸。

怎么……又脸有点烫了？心跳也有点快，难道烧还没退？还是，她还惧怕白总吗？可她之前都敢打断白总说话了呢！

回想起那天突然闹脾气的自己，墨甜一直觉得挺难堪。因为那天白应辰说的也没什么不对，如果自己是一个公司的领导，看着一个自己看不顺眼却不能开除的员工企图用倒水这种方式讨好自己，她也会更觉得对方无能。

说到底，的确是她的错。从和白应辰打交道开始，她的表现一直都太差劲了。

"姑娘，一会儿靠边停吗？"司机等红灯时问道。

墨甜坐直身子掏钱包："嗯，就靠边停。"她已经想好了，车钱嘛还是自己付了吧，反正下午不上班，她不如就在市中心逛逛，提前给家人准备新年礼物。

红灯变绿，墨甜伸手给司机指了个大致的地方，在车子停稳时把钱递了过去。然而巧了，就在墨甜伸出手的时候，还有两根修长的手指夹着一张人民币递了进来。

墨甜头皮一麻，在司机疑惑的目光里，她抢先说："我给就好！"

白应辰看了车里的墨甜一眼，墨甜习惯性泄了底气。司机笑着收了白应辰的钱："现在的小年轻啊！"

大叔，那是我老板啊！是我老板！惹不起的老板！墨甜心里绝望地流着泪，从出租车里钻了出去。

"白总，您不会是一直在这儿等我吧？"她亦步亦趋地跟在白应辰身后问道。

"是。"白应辰回答得干脆，一下就把她的侥幸心理打了个七零八落。

她何德何能啊，让外星老板站在路边等，还没能抢着付钱……越想越忐忑，墨甜忽然抱着包包紧追了两步，小跑到白应辰面前："白总，刚才的车费，我还是还给您吧，反正我下午也想在这边逛逛……您不用报销的。"

白应辰停下脚步站定，接着垂下视线看着眼前的女生。

被高自己一个半头的人俯视着，墨甜压力有点大，不好意思地挤出个笑："我是不是又拖省略号了？"

白应辰轻吸一口气，双臂环胸，反问道："你就这么怕我吗？"

"呃……"墨甜别开视线,"其实,也没有很怕。"

白应辰的表情多了几分无奈,他点点头:"行,走吧。"

街上偶尔有行人来往,墨甜跟在后面,悄悄地打量着白应辰,不由感叹她到公司工作竟然快四个月了。距她发现白应辰的秘密,已经过去两个月,回忆起来,这段日子仿佛像梦一样不真实。

"你就这么怕我吗?"

应该也没有很怕吧?

原本墨甜是这么认为的,直到今天被白应辰问道,墨甜才发现她的想法和表现完全是两回事。

她的表现真的很差。

商厦顶楼阳光充足,洒在身上,却赶不走墨甜低落的情绪。她甚至开始了自我检讨,难道她真的有星球歧视?不过这一反思从产生开始就被她坚决地否定了,她哪来的资格歧视人家?

所以她就是单纯地还在惧怕自己的老板,可小员工怕老板不是很正常的事情吗?

怀抱包包坐在椅子上,墨甜看向不远处的白应辰,只要他稍稍一动,她就立刻收回视线,过一会儿才再看过去。如此反复两次,白应辰拿着果汁回来了。墨甜声音细细地问他:"您带我来这儿,是要做什么?"

"不是你说的Hear U里太闷吗?露台不会闷了吧?"说完,白应辰翻了一下桌上的立牌,"想吃什么?这有自助点单器。"

"不……不是!"墨甜赶忙摆手,"我的意思是,我们要在这儿点餐?在这儿吃饭?"

白应辰点单的手一顿:"不然呢?你想在这儿叫外卖?"

墨甜:"……"

"或者你想换个地方吃饭,也可以说出来。"

"不,不用了,这儿就挺好!"

墨某人你别戾了!噼里啪啦按了几个甜点小食,墨甜调整好心态,而后毅然决定:"白总,这顿我请了!"

白应辰看她一眼，淡淡道：“没必要。”

"当然有必要！"墨甜一鼓作气道，"我要给您道歉，这顿饭就当是在赔礼！"

听到这话，白应辰忽然沉默了，气氛一下冷却下来。就在墨甜的底气快要消失殆尽的时候，她忽然听到他说：“心意我领了，赔礼不用，公司上层拒绝受贿。"

墨甜想要抬起的手一抖，又飞快地缩了回去。

“……这不算贿赂吧？”

"不清楚。"白应辰说完，冲着墨甜面前的草莓汁抬了抬下巴，"我只希望你能别这么拘谨，否则有些话，我也不知道怎么说出口。"

"啊？噢！"墨甜稳了稳玻璃桌下微微发颤的双手，拿起草莓汁小小抿了一口，目光有意无意地飘向外面又移回白应辰身上，"您今天不忙吗？"

"今天还好。你知道我刚和分公司的管理产生了分歧，所以就把原定今天和他们一起的饭局给推掉了。"

墨甜惊讶道：“那岂不是闹僵了？”

"或许吧。"白应辰竟然是一副不为所动的神情，好像发生的根本不是什么大事。但是两个分公司的老总闹僵了，这样不会出问题吗？

看到墨甜的反应不小，白应辰沉默了一会儿，才问她：“你觉得我是不是很任性？”

"啊？"墨甜更惊了，过了半天才捏着杯子挤出一句，"还好吧……"

不等白应辰说别的，她自己就做了解释：“这个我也不确定，毕竟您是老板，您应该比我们这些底层员工更有主意的。"

白应辰听得挑眉，开口道：“继续说。”

"啊？"墨甜咬了下下唇，脑子飞速地运转起来，"就是，如果是别人，我可能会觉得任性，但如果是您……呃，我慎重地考虑了一下，想说如果是您，我一点都不认为您是在任性！"

白应辰听罢，半垂了眸子。

他无意间听人讨论过墨甜，说她长得不算很美，但属于可爱型的，很讨喜、很耐看。

就在刚才,他的心底却突然生出了一个想法:墨甜最讨喜的地方,不是她的外表,而是她处事的态度。他看得出,墨甜虽然还是很怕他,但她已经在尝试着克服了。

工作上遭遇坎坷,她会更加努力;被他批评教育后,她也很快就走出了沮丧,尝试挽回局面。虽然他对她的印象分极低,但只要她的这种心态还在,那价值就还有回升的余地。

不过他并没有把这些想法说出来,只是淡然接过墨甜的话说:"能这么想,只是因为你比他们了解我,但又不见得是真的了解我。"

他说:"其实我就是很任性,擅自否决那边反复斟酌后的结果,给自己的员工施加压力,也给一罗添麻烦。"

这时,墨甜的甜点先被端了上来。白应辰瞥一眼那小巧精致的蛋糕,道:"你先吃吧。"他把目光投向了远处。

墨甜却没急着动蛋糕,而是长长吐出了一口气,才开口道:"白总,您可能听到过我很喜欢《时光》这个项目吧?"

白应辰把目光收回来,投在她脸上,没有言语。

墨甜稍稍垂着头,视线定格在玻璃罩里的蛋糕上,考虑了一会儿才说:"我也没什么特别的经历,遇到您可能就是我这辈子最不可思议的事情了,但我也和其他人一样抱着很多幻想,总想着那些幻想或者说是梦想,如果哪一天能够实现就好了。"

"可当我进了大学,慢慢了解和接触了一些事情后,才从学长那里知道,即使游戏可以把一些现实生活中不可能的东西变成可能,可这世上还有很多想法,是游戏实现不了的。"

"有人说,你把你的想法写成小说不就得了,何必执着在游戏制作上呢?"墨甜绘声绘色地学着这样对她说话的人,说完自己便笑了,"我没办法反驳,可我知道看文字,和真实看到那些画面的感觉不一样。我知道很多人都在被各种各样的难题难倒后选择了放弃,所以得知《时光》从来都没被放弃时,我真的很开心。

"其他人都在随波逐流放弃创新时,你们坚持了下来,肯花费大量的时间和人力收集建议,将地球上已知的每一段重要历史文明都还原在我们眼前。通过各种各样的玩法，让我们接触那些以前只能靠文字描述来遐想的历史事件……这对很多游戏公司来说都是无法做到的吧？而且一旦做到这一点，《时光》就不仅是个游戏了，它还是一个记录历史文明的时光机，它的存在，会超出原本游戏的定义。想把这个世界的历史呈现给大家……这种想法是任性吗？"

想到白应辰他们最初只是定下了一个小目标，结果竟然一点一点地开拓出了更长远的路，慢慢把一本历史书制成了立体的世界，墨甜就觉得浑身热血沸腾。

"决定要做到最好，就坚定不移地去努力，这不是一种很好的品质吗？"她举起果汁杯，探到白应辰面前，认真地总结，"我认为拥有这样气度和觉悟的人应该被尊敬，我以你们为荣，这才不是任性！"

第六章

跟着我吧

★

墨甜丝毫没有发觉，刚才她雄赳赳、气昂昂的一个举杯，吓得她身后的服务生差点扔了盘子。白应辰和她相对而坐，自然是看到了的。他忍俊不禁地举起杯子和墨甜碰了一下，用眼神示意服务生。

服务生小心地把餐盘呈了上来，甚至一句话都没说就溜了。

墨甜看到服务生之后，脸红到了耳尖："他什么时候来的？"

"刚来。"

就算是刚来，也会觉得她刚才的举动很奇怪吧……她小小啜了一口果汁，还是忍不住捂了捂脸："那个，我刚才……就是……我好像话有点多？我现在有点紧张了。"

"还好。"白应辰切起刚放在他面前的牛排，"你不用把每个情绪都解释出来，我看得出。"

"还有……"眼看着墨甜都在找地缝了，他补充道，"你刚才的话，比起之前那些毫无灵性的奉承，听起来受用多了。"

哦……

墨甜继续找地缝。

好在两人点的东西很快就陆续上齐了，吃饭时谁也没说话，基本只有刀叉碰撞盘子的声音。因为是坐在角落，工作日人也少，墨甜吃着吃着，忽然就有一种自己和白应辰已经进了另一个空间的感觉。

只有他们两个人的空间，共进午餐……墨甜瞬间牙齿打战，如坐针毡地挺到了午餐结束，问："白总您约我出来，就是谈公司的事？"

"嗯。"回答她的只有低低一声。

白应辰差不多和她同时吃完，此时正试图把吸管按在果汁杯的侧壁上。然而果汁杯是弧形的，所以不管他怎么按，笔直的吸管还是有一部分无法贴住杯壁。

就算在做这种看似很无聊的事情时，他的表情依旧平静而专注，让人忍不住猜测他是不是在认真研究什么东西。而他认真了几次之后，却皱了皱眉，无奈地说："在我们那里，很多物体可以根据意识操控而改变形态。"

嗯？墨甜眼波流转，好奇地问："那主要因素究竟是你们的意识呢，还是你们那儿的物体？"

"可以说是意识，也可以说是文明发展到某一程度后产生的改变。"白应辰说，"就比如在这里，我能做到的事情很多，但为了不破坏这里的平衡，那些事情在可做可不做的情况下，我都会选择不做。"

墨甜了然，点点头，接着托腮沉默了一会儿，才问："您能用手推停火车吗？"

白应辰："……"

感觉此时的白应辰看着自己就像在看一个傻子，墨甜不好意思地抓抓后颈，连忙解释："我就是随便问问，您别在意。"

白应辰发出一声轻笑。

听不出这笑声里是无奈多一些还是嘲弄多一些，而墨甜将目光转向他，他脸上的笑意已经很淡了，只有目光一如既往的亲和，就和对待其他同事没什么两样。

"吃饱了吗？"他问。

墨甜忙说："吃饱了！"心里不禁想，难道她的价值已经开始回升了？

不过白应辰并没有过多的表示，只是抬起手机扫码结了账。墨甜第一次来这上面，不熟悉情况，钱包刚掏出一半又只能讪讪地收回去。迟疑片刻，她问："您还要不要喝点什么？我请……"

"暂时不用再摄入水分。"白应辰说完，起身整理衣装，"你下午要逛街对吧？"

墨甜控制不住拘谨，点头："是。"

白应辰沉吟了一下，说："那我送你下楼。"

"……好。"墨甜复如来时那般亦步亦趋地跟在他身后。趁他看不见,她闭了闭眼睛,长长地轻舒一口气。

吓死她了,她还以为他会陪她逛街……真要是这么发展,估计她会当场离世。

下楼时,升降梯前挤着不少人,反而扶梯上行人寥寥,墨甜往人少的地方看了两眼,回头时便见着白应辰问她:"可以走那边吗?"

"啊?当然……可以啊!"

"那就走那边。"

白应辰带头过去,墨甜紧随其后,手握着滚动扶手,目光从有意无意到最后肆无忌惮地留在了白应辰的背后。

他说,她比他们了解他,但不见得是真的了解他。

好像确实是这样?

面前的人真是不可思议,分明有着一些不仅她闻所未闻甚至影视剧里都不曾出现过的本事,却一直就这么本分地活着,优秀而低调,甚至比许多土生土长的地球人还要懂得尊重别人。

但他没有完全超尘脱俗,也实实在在地活在这个灿烂而混乱的星球上,有着想要坚持的事情。

所以,他会不会如她这样小心翼翼对他一样,也在谨慎地对待着这个不属于他的世界?

"墨甜。"

某一层电梯上,白应辰忽然侧过脸唤她。

墨甜站得比他高一个台阶,但在身高差距下,一个台阶的高度也没能让她拥有俯视他的机会,倒是让她看清了他几近完美的侧颜。

是不是离得太近了?墨甜不由得生出几分羞怯,微微低着头,含混不清地应道:"怎么了,白总?"

白应辰沉默片刻,清了清嗓。

"你认为我拒绝公司项目外包这件事,对公司里的同事们来说是好还是坏呢?"

墨甜一愣。

"这种事……"她无奈地歪着头,有点为难地回道,"如果您是在意大家的想法,那您只要去听他们人前人后的反应就行了吧?我只是一个新人……"

"你也是公司的一员。而且,从明天开始,你的工作就不会像之前那么简单了。你要迅速适应忙碌的工作节奏,和其他人一起加入战斗,甚至会牺牲很多个人时间,可能短期内都不会有时间像今天下午这样闲逛了。"

话落,白应辰从电梯踏上大理石地面,转身:"这样也没关系吗?"

"呃……"

墨甜苦恼地抿唇,想说的话酝酿了半天才敢说出口:"如果我没记错,您是给我们发工资的老板吧?而且我们公司的福利,在同行里算高吧?"

白应辰有点疑惑她为什么这样问,但还是点了点头:"是这样。"

墨甜得到鼓舞,后面的观点就发表得安心多了:"而且,就算会有一些像我这样让人头痛的意外出现,公司里的人,好歹也是您精心筛选出来的吧?只要您认为您的选择没错,只要您觉得按照您自己的想法来做,《时光》才能做到最好,那您就这样做啊!既然有幸参与《时光》的制作,我个人肯定希望它能被做得最好。"

墨甜认真把话说完后,白应辰还没什么表示,倒是忽然有一辆商场清扫车挤进了两人之间,一人被迫后退到电梯外,一人不得不重新踩在电梯的边沿。两人目送着大妈操纵清扫车嗡嗡驶过,忽地听见不远处的柜台处发出了两声哄笑。

"这大妈是不是故意隔开小情侣玩呢?这都好几次了!"

"谁知道呢,可能是个有故事的大妈?"年轻的导购员悄声笑道。

墨甜一赧,从电梯处弹开一般冲到了白应辰前面:"能说的我都说完了,要是没别的事,那白总,我先去逛街了?"

"病刚好就穿这么少,你还想发烧吗?"白应辰脱下自己的牛仔外套,不容拒绝地披在墨甜身上,接着轻按着她的双肩,稍稍俯下身子压低了声音说,"按照交易规则,这次我要告诉你的是,我只能无限距离听见生物发出的声音,那些汽车鸣笛、音响发出的声音,我是听不到的。"

微微一顿,白应辰轻轻拍了拍墨甜的肩:"如果接下来的工作,你能让我满意,我就告诉你一条更完整的信息。"

"……"

听完白应辰的话,墨甜已经傻到只会张嘴了。

"让让,清扫车!"刚才的大妈转了个圈,又回到两人旁边。墨甜反应过来,赶紧向后退开,捏着白应辰外套的两襟向外小跑出两步,才转身摆了摆手。

"那，白……我……我先走了！"

白应辰双手插在黑色牛仔裤口袋里，冲着墨甜点头："注意安全。"

呼吸漏了一拍，墨甜胡乱地点头，不顾安危，横冲直撞地出了商场大门。直到跑出好远，转进一家自选超市，她才按着领口慢下步子，接着被烫到似的猛然松开手。

白应辰的外套对她来说太大了，披在身上像披风一样，松开就要往下掉，没办法，她只能重新抓住。

轻轻踏着步子在自选超市里晃悠，最后停在了一面落地镜前，墨甜看着镜子里脸颊通红的自己，以及她身上披着的浅蓝色牛仔外套……

啊！

蹲地、抱头一气呵成，墨甜狼狈地按着自己滚烫的耳朵，艰难控制着自己想要尖叫出声的情绪。

墨甜！墨甜你冷静下来！你一定是想多了！对情感不敏感的生物，怎么可能吃顿饭就对你从讨厌变成了喜欢？你清醒一点啊，不要被色所迷乱了方寸，你的好感度真的已经低得不能再低了！千万！千万不要自作多情！你不要再让他讨厌了！

傍晚，白应辰回了一趟公司。在地下停车场里看见一辆有些眼熟的车时，他挑了挑眉，待进入公司，果然一眼就看到两个他不想见的人。

其中一人见到他，猛拍扶手站了起来，气势汹汹。

"白总……"前台妹子看见他回来，终于松了口气，小声汇报，"孙总来了有一会儿了，但是您的电话一直打不通，孙总就说在这儿等，等到您来为止。"

她还以为白总不来的话，自己就要一直加班到第二天了。

"我下午在忙，没开机。"白应辰说完，目光平静地看着刚刚站起来的孙景志。

孙景志比他在地球的年龄大上两轮，如今年近半百，在业内很有威信，被廖一罗挖来星罗科技已经有七年之久。

那年他在地球的年龄是十八岁，刚高中毕业，应廖一罗的约定出国进修。而二十一岁的廖一罗则留在国内开了一家小型科技公司。可以说星罗能有今天，孙景志功不可没，但他也曾因为力求稳妥、不愿创新而使公司错过了很多继续壮大的机会。要不是前年廖一罗坚决出品了《当我入梦》，以最强黑马姿态在国内市场站住了脚，《时光》的出世可能还要再缓上两年。

"白总。"孙景志笑着伸手。

白应辰抿唇，与他客气地握过手后，淡然说："孙总，会议室谈吧。"

"今天本来说是在外面谈，可白总面子大，老头子我亲自来，你都说推就推了。"孙景志笑眯眯地拍拍白应辰的手臂，"上了年纪的人啊，身子骨不好，会议室那阴冷的地儿待不惯，白总能不能赏老头子一个薄面，赶着今天天儿好，找个亮堂的地方说？"

要说公司采光好，又没人忙碌的地方，就只有二楼休息区了。但休息区人来人往，绝不是一个谈正事的好地方。

见白应辰微微皱眉，没说话，孙景志笑着继续说："我看你们的休息区就不错，以前来参观就觉得比我们那边设计得有品位。"

孙景志的几句话，连前台妹子都听出了不友好的意思。虽然人来时就没给什么好脸色，可在他们白总面前还这么冷嘲热讽……对方这么过分，她一定要发朋友圈。

而在她酝酿着内容的时候，白应辰已经带着孙景志上了二楼。

"公共休息区，比起会议室可能有点吵，孙总见谅。"

"白总客气了，游戏公司嘛，有人气儿才好。不然你看这儿，我从来时就没见着几个人，大周一的冷冷清清像什么样子？"孙景志撑着大腿笑看白应辰，"不知道的还以为你这儿没人了呢。"

说罢，孙景志看看两边空荡的楼梯，眼中明显写着嘲讽："白总呀，你年轻气盛，还不知道给梦想买单是要承担风险的。这发号施令一张嘴，下头的人跑断腿，你提的那些要求，明年八月之前根本就完成不了。承诺投资商的时间不好改，我的建议你也不听，你这是在拿公司的未来开玩笑！"

白应辰与孙景志相对而坐。由于严谨最近不在，白应辰这一方只有他自己，与带着人的孙景志相比，明显势单力薄。

上次在S市，白应辰带着两个人手，一个膀大腰圆，一个看着猴精，三人强硬的态度让孙景志在手下面前掉了不少面子。

这次孙景志带着人来，不乏得意地看着白应辰，已经在暗暗期待着这休息区能走过两个小员工，目睹一下他们的老板被施以威压后无力还击的颓败模样。

他事先听说了，白应辰手下几个得力干将今天都不在，否则他也不会直接找过来。

甜蜜制作人

"怎么……"见白应辰久久没有言语,孙景志双臂环胸,跷起二郎腿,"白总是不是觉得我说得有点道理?前几天你一时冲动驳回了我的建议,我也可以理解,年轻人嘛!可当这班真的加起来,其中的压力,你就知道了。尤其……"

孙景志的话匣子一开,颇有没完没了的趋势,俨然一个身经百战的老前辈在说教无知后辈。白应辰耐心地听着,其间休息区路过几个员工,他也眼神示意他们先回去了。

但有一个声音,因为接受不到他的示意,此时正在他脑内欢快地跳动。

"白总,您能听到吗?呃,应该可以吧?那个……就是……我知道S市的老总现在在您那儿,不知道你们是不是在说什么,不过听廖总说我的声音是不会对您造成干扰的,所以我就说了?"

顿了顿,墨甜轻咳了一声,柔软却又带着活力的嗓音继续流入他的脑海:"嗯,其实我现在,是在代表一些同事与您交流。当然您可能已经听到了他们的话,但因为我是在朋友圈里看到了他们的态度,所以,还是想要及时地和您说一声。"

墨甜的声音无比认真,里面夹杂的情绪,白应辰听不出是激动还是紧张:"……他们说,白总,我们从一开始就说好的,我们要做的这个游戏,它是跨时代的巨作,它要横空出世,告诉人们,一个游戏也可以给我们带来很多东西……它不是商品,它是梦想。"

扣在膝盖上的手指微微弯曲,最后缓缓握成拳,白应辰轻轻吸气,而后微微挑了一下嘴角。

"啊,还有,还得打扰您一下。"本来已经消失的声音忽然又冒出来,墨甜焦急地说,"有人把老牛叫醒了,老牛现在好像已经往公司赶了!"

眉头微不可察地蹙了一下,白应辰抿了抿唇,终于打断了孙景志的话。

"孙总,综上所述,您的顾虑还是怕这个游戏无法在内测的规定时间里做出想要的效果对吧?"

"是饼画得太大了!"孙景志愤愤地说,"首测很重要,口碑和后续发展全在上面!要是首测带来的反响不好,后面再怎么赶也追不回之前的名声!还有《当我入梦》,初期我就问过,那个外星人的梗怎么圆?我们去哪儿找一个外星人给玩家消费?现在把人写死了,你去论坛逛逛,看看多少玩家在谩骂,在等我们给个解释!"

末了，孙景志哼笑一声，摇头说："年轻人，做事只顾冲动不顾后果是不行的。"

"如果我没记错，孙总从《当我入梦》开发初期就宣布了不参与这个项目。所以迄今为止，《当我入梦》的好坏并不需要孙总担忧。"

指头在沙发扶手上敲了敲，白应辰一如既往笑得温和："自然，如果孙总认为自己在《时光》上同样与我和廖总理念不合，现在也可以宣布退出，S市未做完的后续由N市和总部分摊，已经做好的东西也会按照最高的外包价格折算好，一分不差地补给你们。"

"你……"孙景志听得直瞪眼。

白应辰并没有在意他的脸色，而是勾了勾嘴角，语气平和地继续道："《时光》不容妥协，我会在限期内完成所有的规划。这件事情，今天下午我已经和廖总在视频会议里敲定。如果您认为自己手上的任务难以完成，可以尽快提交给廖总。"

孙景志老脸一红，双手撑着沙发站了起来，怒瞪白应辰道："少不更事，有你后悔的一天！"

白应辰不置可否地淡然一笑。

接着，楼梯方向忽然传来了一声惊喜的赞叹："哇！这曲子超棒！"

"是吧！"另一个声音随之出现，"阿叶造诣超高的！"

两个声音有点大，引得休息区几人的目光纷纷投了过去。白应辰早就从声音听出了是懒羊正带着音乐组的人在往下走，一边走还一边说："今年有阿叶进组，咱们音乐这边肯定稳了！"

孙景志立刻拉长了脸，朝着那边瞪过去。

很快，老牛又顶着一双熊猫眼从另一头的楼梯爬上了二楼。

"孙总啊！"他别有深意地一笑，伸出手说，"幸会幸会，没想到您这个大忙人竟然亲自送上门……嘿嘿，亲自莅临咱N市分部了。"

孙景志："……"

原本白应辰已经打算结束这次对话，但显然刚刚赶来的老牛还有些话想说，他便没拦着。而老牛的目标极其明确：把事往成了谈难，但把事往崩了谈还不容易吗？于是十分钟后，老牛成功运用激将法送走了不速之客。

"白总，您放心……"瘫倒在沙发上，老牛撑着眼皮说，"S市要做的就那点不重要的东西，他们要是不好好做，咱这也不差多辛苦一点。"

甜蜜制作人

"他会做好的吧,毕竟东西最后都要交给廖总,他不会给自己抹黑。"白应辰说。

"呵呵!"老牛冷笑,"要我说,他管好自己的项目就行了,来咱们这儿瞎掺和什么?非得分一杯羹,完了还要指手画脚、挑拨离间!"

"他的坚持不无道理,只是他不清楚我们的实力,不知道我们手里握着什么牌,也就不想跟着我们涉险。"白应辰在零食贩卖机前回头,"喝点什么?"

"不喝了,我得先歇会儿。"老牛打着哈欠说,"就休息室吧,人老了,肝功能有点儿跟不上。"

白应辰点头:"辛苦。"

"我自己想来的。"老牛摆摆手,不在意地说,"小墨那丫头都那么用心,我这从头跟到现在的老员工,哪能关键时刻给你掉链子?"

说着他又打了个大大的哈欠:"睡去了啊!"

原本休息区周围零星站着几个旁听的员工,在老牛走后,也都悄悄回到了各自的工作岗位上。

白应辰走到巨大的玻璃墙后看了片刻夜景,拨通了一个号码。

墨甜正在床上看书。

"甜甜,你终于开始跟我一起用功了!"萌萌很感动,"我不用一个人秃头了!"

墨甜撑着下巴翻书页,借着空暇瞄了萌萌一眼:"放心,我过会儿就睡,你一个人秃就好。"

"哼!"萌萌生气,"白感动了!"

正式工作后,墨甜一直都睡得很早,今天突然出现了例外,萌萌不好奇是不可能的,想着想着,她把主意打到了墨甜床头挂着的外套上:"所以说那到底是谁的衣服?哪个帅哥的?"

"……你别问啦,我不会说的。"墨甜抬手拍灭台灯,往被窝里一钻,"我睡了!"

"嘿!你!"萌萌叉腰,"说,你是不是有情况了?"

"没有的事。"墨甜嘟囔。

萌萌连哼几声:"那你躲被窝里干吗?哦!是不是又脸红了?不行,我要摸摸烫不烫!"

"哎呀，你走开啦！我要睡了！"墨甜挣扎。

忽然，黑暗里亮起了一束光，墨甜翻坐起来，表情严肃，对萌萌摆手。萌萌不情不愿地回到座位上，看着墨甜的小脸儿在手机光照下紧紧绷着，嘴唇都抿成了一条线。

"那衣服也不像你老板会穿的啊，难道是你那个'竹马'，那什么顾教授来看你了？"萌萌猜测。

"你快看书，不然可真要秃了！"墨甜转移话题，之后在床上坐了一会儿，猛地下床趿拉着鞋出了门，"我打个电话。"

好在学校管得严，宿舍楼下没有男生，墨甜穿着薄绒睡衣站在宿舍前的花坛旁，主动给白应辰打了电话。

电话很快便被接通，墨甜没等白应辰开口，自己先打了招呼："白总晚上好！"

"嗯，晚上好。"电话的那头传来他和煦的声音。

墨甜忽地紧张起来，紧紧握着手机望天："那个……您想问我什么，现在就可以说。"

刚才收到消息，白应辰简要地对她说了孙景志已经离开的事。不过这事早在两三个小时前就已经有同事透露过，她有点在意的是那句"白总说有话要问你"。

是什么呢？墨甜绷着身子等待，终于听见声音从手机里传来："老牛说你很用心，我很好奇，你做了什么？"

呃……果然白总最大的情绪波动是好奇吗？

说不出哪里失望，墨甜咬咬嘴唇，踢着脚下的小石子说："最近砖师父比较忙，我的进步一直太慢了，所以我向牛哥申请了下，先到他旁边跟那些有资历的师兄学学。反正牛哥徒弟多，我也承诺了他会尽量独立办公，少给他添麻烦。"

本公司年度小可怜。

脑海里突然出现个不知道什么时候听来的称号，但白应辰记得这个称号说的就是墨甜。

电话那头没传来白应辰的回答，墨甜犹豫了一会儿又开始解释起，自己绝对会照顾砖师父的感受，等有他要回来的消息就立刻从老牛那搬走，也不会耽误别人，延误工期。

甜蜜制作人

白应辰从三楼的螺旋梯下到二楼，取出一个U盘后，看了一眼玻璃门外墨甜的座位。

公司里已经很安静了。

接着他关好大门，在夜空下对墨甜说："老牛最近力不从心，你不要麻烦他。"

"啊？"

稍不注意，脚上的拖鞋飞出了老远，墨甜单脚蹦着过去捡，心情已然一落千丈："好的，那我自……"

话未说完，白应辰先说："明天起，你来我这儿。"

"……"

墨甜差点跪在地上，她赶紧穿好拖鞋，脑子有点乱："白总，我……"

"我没打算教你，只是一些东西要完成了，暂时有空闲指点你一下。以你的悟性和已经积累的经验，你现在也不需要人手把手地教了。"

"就这样吧。"不等墨甜再回应，白应辰淡然结束了话题，"晚安。"

"……晚安！"赶在电话被挂之前，墨甜迅速地回答。之后细细回味起白应辰说的话，她心里的滋味却越发怪怪的。

果然，白总对个人感情不敏感，也不会在意萌萌对她说的那些话……

其实这样也好，以免惹得他误会。

辗转一圈，墨甜还是坐回了白应辰二楼办公室的角落。不过不同于上一次，这次她进去，同事们俨然已经见怪不怪了，不仅不担心，还鼓舞道："小墨，跟着白总好好学！学好回来跟着我们报效祖国！"

墨甜哭笑不得。

还有一个令她没想到的事情，是懒羊说她前阵子替音乐组在老板面前求了不少情，要主动约她出去吃饭表示感谢。吃饭的地方在他们公司后身的西大街，也就是墨甜之前和萌萌吃烤肉的那条街。

这次来时，墨甜还眼尖地注意到了，那家烤肉店竟然换了店名，变成了一家火锅店，但柜台后面的老板还是原来的老板。

"这家店……最好还是别进。"墨甜善意地给了提示。

"你去过？不好吃吗？"懒羊笑了，"没事，我们不在这儿吃。"

隐约觉得懒羊在等着谁似的，完全在漫无目地地拉着她乱逛，她也没多想，毕竟懒羊性格很好，堪称公司交际花，和谁都能友好相处，她只当懒羊也约了别组的女生，正等着一起。

反正在懒羊挑化妆品、看衣服的时候，她都在心不在焉地想着另一个人：那个在她离开公司时，还在加班敲键盘的人。

听说他最近已经到了忙碌的末尾，也就是说，他们这些小员工的忙碌生活就要开始了。

《时光》是个元素多样的游戏，内测首批放出来的内容必然要有重头戏，而那些重头戏，等的就是白应辰即将开发出的3D引擎。一旦白应辰交付出引擎，在他手下的各组员工就要整天加班加点，为明年的游戏内测服务。比起那时候，他们现在的忙碌顶多算热身。

半晌后，懒羊逛累了，就在路边的长椅上坐着等。等了一会儿，她看墨甜："小墨你是不是不舒服？"

"啊？没有啊！"墨甜摇头。

"可我看你脸色不大好呢。"

"有吗？"墨甜正努力拉着衣服的下摆，使自己能少沾到些凉椅子，结果小腹忽然一痛，她皱紧了眉头，"那个，我……"

"哎，时间差不多了，小墨我们走吧！"

两个声音重叠，墨甜细微的声音直接被盖了过去，她几乎已经崩溃，被懒羊拉到附近的另一家火锅店后，直奔厕所。

"完了……"完了呀！她怎么提早了这么多天？难怪前几天还发烧了，她一到例假的时候抵抗力就会特别弱。

墨甜欲哭无泪地拿纸巾擦拭了几遍，可是无济于事，她快绝望了。她已经看过，这个厕所间并没有什么贴心的提示，于是她只能把希望寄托在外面的懒羊身上。

"对不起，您所拨打的电话暂时无法接通……"对了！懒羊逛街的时候就说她手机没电了。

这可怎么办？墨甜把她已经用掉的最后一张纸巾丢进垃圾桶，一头磕在了厕所门上。

五分钟过去。

懒羊是不是在点菜了？自己蹲这么久，她都不好奇吗？明明座位离厕所不远啊！

甜蜜制作人

墨甜腿都蹲麻了，甚至已经有点自暴自弃的倾向，想着先出去拿个纸巾得了，大不了回来再擦一遍，可她下不去那个手。

"咚咚。"

厕所门忽然被人敲响，一个大妈在外面问："里面有没有人？"

墨甜眼睛一亮："啊！有！那个……"

"噢，姑娘是你吧？"大妈说了一句墨甜没听懂的话，接着把一包纸巾并着一个独立包装的卫生棉从厕所门下的缝隙里塞了进来。

墨甜张了张嘴，干巴巴地说："谢谢！"

但是大妈好像已经走了，等她收拾好自己，出门洗手时，甚至连大妈的影子都没看到。

越想越觉得不对，越想越觉得惊悚，墨甜心里泛着嘀咕走出洗手间，往懒羊那边走。一路她魂不守舍的，也没怎么注意，等到有人叫着"让一下"时，她已经和一盆热气腾腾的汤锅擦过。

好在有人伸手拉了她一把。

"谢……"墨甜赶紧对那人道谢，不过刚说一半，她就愣住了。

尽管已经猜出一些苗头，但她还是觉得不可思议，甚至内心出现了前所未有的惊慌。白总真的在这里！

可他怎么会在这里？他怎么能在这里？！

"白……"墨甜满脸通红地低头，眼珠乱转，愣是连"总"字都没能说出口。

白应辰却已经习惯了。

"不用跟我拜拜，我还没打算走。"带着些许戏谑地说完，他松了松西装的领口，"你先上去，懒羊把位置换到了楼上。"

"噢……好。"墨甜胡乱点头，然后埋着头上了楼梯。上到转角时，她回头想要悄悄瞄一眼，白应辰竟然和她对上了视线，似乎在询问她怎么还不上去。

狠狠在心里"嘤嘤嘤"了一顿，墨甜迈着沉重的步伐，硬是把平底鞋踩出了小高跟的声音，一路冲上了二楼。

第七章

外星先生

甜蜜制作人

・★・

二楼，懒羊和老牛正在点菜。看见墨甜上来，老牛还乐呵呵地和她打了一声招呼。

懒羊则说："我们点了鸳鸯锅，小墨你再添些菜。"

墨甜已经完全蒙了，机械地在懒羊和老牛对面坐下，机械地在菜单上勾了两个素菜，然后机械地开口："你们……"

懒羊见她完全不明所以的样子，笑着解释起来："我刚刚在楼下等你，刚好见到白总和牛哥过来，于是凑成一桌了，反正大家都是一个公司的，人多吃着也热闹。"

老牛和……白总？！墨甜瞄到身边仅剩的一个位置，头皮一麻。

她怎么依稀觉得，事情不像懒羊说的那么简单？懒羊之前不是在等人吗，怎么和老牛他们拼成一桌了？是她想多了吗？现在她看着老牛和懒羊，竟然觉得他们笑得别有用心……

"啊，白总！"坐在过道的懒羊忽然道。

墨甜和老牛也应声看了过去，白应辰正从一楼走上来，臂弯里还搭着他的外套。

"久等了。"他来到桌前，顺手将外套搭在了墨甜旁边的沙发背上。

墨甜身子一抖，目光下意识溜到她旁边的空位，也就是她这条长沙发椅的另一头……她有种叫服务员加个凳子的冲动。

可是她都坐在里面了,不管是加个凳子自己坐出去,还是让白总坐在外面的凳子上,似乎都不大合适。

墨甜在脑内纠结的工夫,白应辰已经淡定地坐在了她旁边。

"点好菜了?"

"嗯嗯,白总您真没什么想吃的?酒也不喝?"

"不用。"

白应辰一如既往的寡言,跟他时间久的同事们都比较习惯这件事。然而墨甜还不习惯,导致吃火锅时,一块肉都能嚼三分钟,也很难参与其他三人的话题。

老牛讲《时光》测试趋势,她半懂不懂。白总讲年后目标,她一知半解。懒羊讲音乐组的进度,她也只能当八卦来听。唯一让她意外的是,白总在公事上竟然很健谈,虽然回答得都比较官方,不掺一点个人感情。

这比起昨天和她单独吃的那顿饭,还是有区别的吧……好像和她吃饭的白总,更真实些?墨甜恍恍惚惚地吃到一半,白应辰便要回去加班了。墨甜这才发现他拿起的西服外套竟然脏了一小块。

好像是他伸手拦她时蹭上的汤汁?

"小墨,想什么呢?!"白应辰走后,懒羊催促,"多吃点!你看你吃的还没我一半多,想减肥也不要留在吃火锅的时候嘛!"

墨甜回过神来,把目光从自己的餐碟上移开,不好意思地笑道:"我有点不舒服,没什么胃口。"

懒羊遗憾地耸耸肩,又开始撺掇老牛吃。老牛毫无压力地嚼着肉,顺便和懒羊开始了饭后八卦。

"话说,白总还是老样子啊,每天除了工作,都不会说些别的什么。"

"前阵子白总不是去当伴郎吗,我听说廖太太的四个伴娘早就盯上他了,趁着那几天跟他去相亲,结果四个都黄了。"

"啊?为什么呀?"

"白总给那四个姑娘的礼物是一模一样的,人家四个姑娘互相还都认识,一个人在朋友圈晒礼物,被另外三个人看着了,那不黄才怪!"

"噗,严谨还会犯这种错误?"

"听说严谨那天没去,好像是白总自己去选的?这我倒是不清楚。"懒羊笑着说完,又道,"不过我看白总也是没那个心思,能去一趟全是看在廖总的面子上吧。"

墨甜默默地听着,心里哭笑不得地默念"罪过啊罪过",一点一点把头低了下去。

从火锅店出来,老牛和懒羊各自准备打车离开,墨甜则要去坐公交车,便和他们挥手道了别。

直到墨甜走远,老牛才问:"你说的靠谱吗?"

"怎么不靠谱,我昨天可是亲眼见到白总在商场里给小墨披外套!照这个情况,他俩哪怕还没成,我看也八九不离十了!"懒羊跺脚拦车,"反正啊,我看白总和小墨挺搭。"

老牛笑了:"我看你是总让小墨帮着说好话,才护小墨的短。"

"喊!"懒羊梗着脖子,"咱俩跟着白总多少年了?你看除了小墨,还有哪个人敢在白总面前替人说话?换句话说,白总听得进别人的劝吗?"

老牛一想,好像真没什么可反驳的,并且还发现了一点,"好像自从小墨到了公司,白总确实和以前不大一样了,多了不少人情味。"

"行吧。"他说,"反正我早就准备好了给白总的份子钱。"

另一头,对外界言论浑然不知的墨甜已经在公交车站旁站了十几分钟,几乎都没动过。不是没有车经过,只是连着两辆公交车上的人都超多,经过她面前时停都没停就开走了。

墨甜好气,可是又没办法。等半天也等不来第三辆,再看看手机上的时间,她眺望了一会儿,鬼使神差地往公司走去。

三楼的办公室果然还亮着灯,其他的灯却几乎都暗了。想到白应辰昨天向她透露的消息,她这次并没有太轻手轻脚,而是正常地刷卡进了公司。

只是……这会儿进公司的理由是什么呢?墨甜一时没想出来,索性先推了自己办公室的门。结果,她一推开就看到白应辰在二楼的办公室也亮着灯,而他本人正在电脑后面敲打着键盘。

他没看见吧?没看见吧?

墨甜轻轻往后退了一步,打算转身离开,只是"咔嗒"一声,她身后的门竟然自己关上了!她再抬眼,办公桌后的白应辰正以手肘撑着桌面,歪过身子看着她,然后面无表情地向她招了招手。

墨甜心虚地走上去:"晚上好,白总……"

"又落下什么东西了?"白应辰语气稍冷。

墨甜打了个哆嗦,过了半天才挤出一句:"没有。"

白应辰最后敲了几下键盘,便把笔记本电脑合上了,一副等她解释的模样。墨甜被他看得满头大汗,小声说:"我就是来看看您还在不在。"

发现自己好像找到了具有说服力的理由,墨甜又点了两下头:"对,就是看您在不在!我想说今天您帮了我……衣服不是蹭脏了吗?"

白应辰一言不发地看着她,接着白天穿过的西服外套凌空飞到了他面前。他伸手抓住外套,垂眸找出蹭脏的地方,展现在墨甜眼前。

于是,墨甜亲眼见证了上面的污渍一点点从面料里脱离、浮空,最后自主进入了垃圾桶……

接着外套飞回衣架上,他看着目瞪口呆的墨甜笑笑:"在外面不方便这么做而已。"

"噢。"墨甜吞吞口水,想恭维都觉得词穷,最后只能干巴巴地说,"这也太方便了。"

"这种方便,只能用在小事上。而且每件事都是单独完成的,不会同时进行。"白应辰说,"至于一些大事,比如获取知识、创造劳动成果,我都与地球人无异。嗯,可能最多只是比一些人勤劳、比一些人能抵抗得住外界诱惑。"

他是在解释,他没有破坏平衡?真是认真又谨慎的人啊……

"既然这样,那我……我还有什么能帮您做的吗?"

迎着白应辰不理解的目光,墨甜显得有点窘迫:"我知道您可能不需要,但是今天您帮了我,还是两次……嗯,就,我的那个东西和纸巾是您帮着买的吧?反正是您给我的吧……"

顿了顿,墨甜双手背在身后,垂下了头:"反正,我是真的没想到,您会帮我。"

和她比起来,白应辰果真淡然得和平时没两样,他起身在旁边的书架上抽出一个档案袋,说:"恰好要吃饭了而已。"

或许对他来说真的是恰好要吃饭了,那只是举手之劳,但他也不是对每个女同事都会这样吧?

"那您昨天找我出去吃饭，问我的那些事……"墨甜脱口说道。

白应辰拆档案袋的动作一顿，好像已经知道了她要问什么似的，转身看着她。

"你是真心喜欢《时光》，又没有投入太深，能站在一个公正的角度看问题，比较有发言权。"他想了想，又说，"而且，至少你比他们多了解我一些。"

多中肯的答案！意料之中的答案！可明明在意料之中，墨甜莫名还是有点沮丧，喉咙里有一句话快要脱口而出。

我能不能，再多了解您一些？

这话她光想想都觉得要命，是一点也不敢问出口的。毕竟这么说了，白总会误会她对他……会误会吧？

而她只是好奇这个外星生物，觉得既然都能接触了，不妨就多了解。

白应辰无奈地看着墨甜在他的不远处兀自纠结，淡淡叹了口气，不止一次觉得自己真是惹上了一个小麻烦精。好在麻烦精品质不坏，而她对他的价值已经在稳定回升了。

这个情况他自然没打算告诉她，而是留在了个人考察记录里。

只要他们不说话，公司里就静悄悄的。白应辰拆完档案袋就回到了办公桌后面，拿出文件一份一份地看。

他没有赶墨甜走，但是墨甜孤零零地站在办公桌后，总是不知道手脚往哪儿放。毕竟这时候，她面对的更像是自己的上司而不是一个外星来客……于是急中生智了一下，墨甜再次拿过白应辰的杯子，给他倒了杯水。

这次她没敢问他要喝茶还是咖啡，反正先倒了再说。

白应辰起初在认真地翻看文件，并没有开口，不过在水杯落在桌面上时，他抬起了眼，开口道："你最近做得很好，不需要讨好我。"

墨甜抿抿唇，有点无辜地说："我知道我最近很努力，只是……我觉得在您看文件的时候，我又没事做，不如就倒杯水给您，还能节约一点您的时间。"

知道节约时间，白应辰表示赞同。只是转念一想，他微不可察地皱了皱眉头："但我相信有这对话的工夫，足够我自己倒三杯水了。"

墨甜噎了下，好像确实是这样。

外面的夜色已经很浓了,虽然离末班车还有半个小时,但是自己在这儿待着,可能真的不大好吧,墨甜一时间有些丧气:"那白总,我先回去了,今天的救命之恩,以后我会想办法报答您的!"

"没那么严重。"白应辰从文件里挑出两张,冲着墨甜举起来,"这个你拿去,能好好填写就是报答我了。"

墨甜好奇地接过,看了一眼上面的内容,差点背过气去。

《时光世界观架构意见与建议问答卷》……白总给她的东西真是越来越不可思议了!

"严谨大概还要半个月回来,在这之前你好好用功。既然是我把你分配给他的,我会想办法把你少学的东西补回来。"

敢情您的补回来,就是让我自己钻研到头破血流啊……

"不会的你随时问我就好,我这边有语言记录,可以在忙完后统一给你答案。"

哦,还可以留言的……

墨甜心里嘀咕来嘀咕去,末了点点头:"那我走啦。"

走到门口,她忽然顿住脚步,探回头说:"白总,我前阵子买的咖啡豆还不错,以后我可以做现磨咖啡给您,这样比较之下,我就能给您节约更多的时间啦!"

说完,墨甜赶紧灰溜溜地逃了,就像有个雀跃的小鹿在带着她向前,又让她时不时回头看一眼。

她刚刚好像说了傻话。

……哎呀,不管了,死就死吧!反正,她现在莫名很开心就是了。

而另一头,白应辰被墨甜诡异的计算方式弄得有些哭笑不得。不过,他今晚的工作量已经完成了,如此被耽误一些时间也无伤大雅。

手边的水杯握起来还有些温热,大概是水的温度。毕竟他看得出来,入夜降温后,墨甜是有些冷的。思及此处,他在脑内纠结了一番是否该给她加件衣服,之后又觉得,他对她也无须处处关怀,否则会惹来误会。

白应辰抿了口水,接着转动办公椅,使自己面向广袤的夜空。

既然她对他只有惧怕和讨好,那么他也把握着尺度,努力和她缓和关系,保证自己的安全就是了。

如此，他似乎没什么可烦恼的吧……

之后的日子对墨甜来说，和之前并没有什么不同。

公司里的八卦系统似乎格外发达，传着传着大家就都知道，砖师父是请长假陪着母亲去外地做手术了，于是过了两天，好像所有人都接受了墨甜在老板办公室补课的事实。只是不知为何，墨甜发现，似乎找她帮忙说好话的人多了起来。砖师父不在后，都很少有人进出老板的办公室，于是她每次有事出去，基本都会带着什么东西回到办公室。

"这次的是什么？"

偶尔白总能听到时，他是不会问的。但像刚才那样，懒羊挤眉弄眼地把东西交给她，只小声地说了一句："拜托了，回头请你吃车厘子！"他就听不出懒羊拜托的是什么。

墨甜摆着无奈的表情，把像请假条一样的小字条呈给白应辰。

嗯，说好话，说好话……酝酿了一下，她说："音乐组真的很吃力了，他们的人数没法和我们比，团队的要求又很高……"

"我理解。"白应辰当然知道孙景志来的时候，懒羊是刻意出现去说那些话的，音乐组的压力他知道，那么大的工作量绝不是多来一个新人就能解决的。

他手上忙着自己的事情，头也不抬地说："年前公司会组织公费旅游，到时候我让严谨去和他们沟通，安排个适合采风的地方。还有，让他们不用太急，眼下先把所有主城的BGM做出来，其他内容，我已经物色了两个著名的音乐制作人来帮忙。"

"好的。"墨甜认真记住，想想干脆直接先去回复一下，反正她的小任务剧情已经写完了，正等着白总得空给她审核。

"等一下。"

忽地被叫住，墨甜回头："怎么了白总？"

白应辰表情平静地说："记得车厘子分我一半。"

墨甜："……哦。"

越来越多的接触，让墨甜更加了解白应辰了，比如帮忙说好话时，对方要请她喝奶茶、吃小蛋糕，白总就不会开口。

但如果对方要请她吃水果，白总就会毫不客气地开口，每次都要一半。甚至有一次她得了一个大红苹果，白总都暗暗地掰了一半过去，之后不知道藏在了哪儿，也不知道是什么时候吃的。

这样下去我会不会胖啊？

周末和萌萌出门买衣服时，墨甜捏了捏自己腰间的肉，有点幽怨地想着，如果白应辰能把她所有得到的食物都分走一半就好了。

反正她的功劳都只占一半，怎么能在甜食上独享劳动成果？要是白总他喜欢养生，那她下次给他泡个枸杞茶好了！

"啊啊！"墨甜忍不住趴在萌萌身上哀号，直吸鼻子，"萌萌，我好像真的胖了！"

"没事，本来你也不瘦。"萌萌对她在公司的事情一知半解，只知道她好像和同事关系不错，没事就被投喂什么的……

顿了顿，萌萌说："不行你下次把奶茶带回来，我喝！我替你胖！"

"还是算了吧，你保持你的身材就好，免得你再胖起来，我才真的遭殃。"墨甜撇嘴，"某些人嚷嚷起减肥真是太可怕了！"

"喊！"萌萌抛白眼，"来帮我看看这件衣服合不合适，居不居家。"

"居家，我萌最美，天天在宿舍里蓬头垢面都美！"墨甜敷衍着。

萌萌早就习惯了，反正最后她也信不过墨甜的审美。试了一件衣服出来，萌萌忽然问："说起来，你老板最近对你怎么样？"

墨甜被她问得一愣，接着视线飘忽地答："没怎么样呀，我老板他人挺好的。"

萌萌倚在试衣间的玻璃门上，又问："那你的砖师父什么时候回来？"

"快了吧？"墨甜掐指头算，"两三天？三四天？"

哇，她之前还没注意，砖师父竟然快回来了！

"那就好。"萌萌看不进她内心，但也从她的表情上看到了些端倪，想想还是语重心长地说，"总之啊，甜甜，我虽然不了解职场吧，但也知道你这么一直跟着你的大老板，不大好。"

墨甜："我知道的。"

萌萌给了她一个"你这小崽崽知道什么啊"的眼神，说："甜甜，昨天老谭给我打电话，说她单位有个姑娘出事了，过程挺狗血，就是被她人模狗样的老板给骗了,一顿威逼利诱加强迫打胎,后来那姑娘闹得里外不是人,最后被逼得割腕呢。"

墨甜瞠目结舌:"真的假的?我们公司好像没出现过这种负面新闻。"

"等有就晚了,说不定那个人就是你!"萌萌敲墨甜的头,又不好多说,只能作罢,"对了,老谭打电话说打算找咱们年前聚一聚,可惜思瑶不方便回来。"

"反正以后都有机会见到的嘛。"墨甜保持乐观,又被萌萌怼了一句"没心没肺",墨甜嘻嘻哈哈一笑而过。

只是在手碰到口袋里的手机时,想起里面还存着白应辰最近的一条短信,墨甜的心情就有点沉闷。他说:在公司里,你怎样都可以,但是不要露出恐惧的情绪,以免被有心之人看到制造谣言。

然而,她现在在公司哪里还会害怕?她每天都盼着自己能被领导重用好不好?这样才更容易让人误会吧……

她怎么就开始想要多接触白应辰一点了呢?

每次听见他表扬……嗯,也不算表扬,就是很寻常地说我哪里做得不错,或者哪里规避了常犯的错误这样,每次听他这么说,我都觉得好开心。

我忍不住想,这样在他的眼里,我的价值是不是又回升了一点?

哎呀,一定因为是初始价值太低了吧?所以只要能回升一点价值也好,只要能回升一点点,我就满足了。

嗯,有机会一定要问问他,我现在的价值是多少。

之前用来记录某外星生物特性的本子,如今演变成了墨甜的日记本。她起初只是随手拿了个没怎么用过的本子记录在公司里的事,记得多了,再看之前自己紧张兮兮时写下的内容,她不禁觉得有点好笑。

尤其这段时间的记录,大部分都是和白应辰有关的。虽然不外乎工作见闻,但看见自己最新记下的,墨甜愣了许久,还下意识摸了摸自己的心口。

她不敢说出来,就深深吸一口气,再缓缓吐出,一字一字地写在本子上:别想了,墨甜,你只需要好好工作,别瞎想,砖师父可要回来了。就算被白总的盛世美颜迷了眼,也要认清现实呀,只是一时好奇心过盛而引起的心头悸动罢了,你们不可能的。

　　风和日丽的天气持续了半个秋天,这天突然就降了温,猛地让人有种"冬天近了"的感觉。
　　墨甜自诩是个理智占上风的人,于是在得到通知砖师父会于三天后准时到公司报到时,墨甜就开始做准备了。从书本杂物到电脑文件,她搬得一样不留,顺便还写了一份自己这段时间的成长记录,叙述了她学会的一些技能,还有白应辰平时安排给她的事情。
　　"白总,之后我也会很认真,不会松懈的!"墨甜在做好总结后,对着空气说。
　　虽然白总一早就有事没来公司,但她知道,她的语气和决心他都可以听见的!
　　嗯,真方便。
　　漫无目的地在白应辰的办公室里游荡了两圈,墨甜还是有点感叹,这竟然是最后一天了。
　　一个下午就快过去,外头同事们的工作已经开始收尾,墨甜终于把最后一样她自己的东西给搬出了白应辰的办公室。
　　"欢迎回来,有没有舍不得独立办公室啊?"鸽子探头揶揄。
　　"怎么会舍不得,我可是早就盼着回来了!"墨甜拍拍自己原座位上的灰,"还是外面自在!"
　　"哦?是吗?"
　　"当然!"
　　不过话虽这么说着,趁鸽子不注意时,墨甜还是悄悄瞄了一眼身后的玻璃门。
　　可能是她已经习惯了待在里面,现在搬出来,难免有些不适应。明明搬出来时离她下班还有半个小时,可她硬是发了半个小时的呆,以至于她打算在下班之前归类的文件还是散乱状态。她干脆就多在公司待了一会儿,直到把计划的事情做好,她才关掉电脑。
　　"准备走了?"
　　墨甜动作一顿,稍显僵硬地回身,看着靠在她身后玻璃门上的白应辰,点了点头:"嗯。"

难道外星生物也会怕冷?还是他遵循着正常人的身体状态?今天的白应辰竟然换了一件稍厚的米色长风衣,里面一贯的白衬衫也换成了浅灰色高领毛衣。比起平时,今天的他给人一种温暖亲切的感觉。就是,如果一个人好看得过分了,反而会让别人有些紧张……

墨甜调整着心态匆匆收拾好东西,来到白应辰面前:"白总您这是回来加班?"

"今天不加班。"白应辰说完,他身后私人办公室的灯先亮了,接着他转身推门进去,说,"我来公司找你。"

墨甜心里一悸,小心地问:"您……还带定位的吗?"

白应辰回身平静地看了她一眼,没有去办公桌,而是在圆茶几旁坐下,然后看了一眼腕表。

"大概从一个小时前,你就在小声念叨着规整文件的事情,中间几乎没有间断,这些足够判断你一直都在公司。"

霎时脸红成一片,墨甜难堪地揪手指:"我……有吗?"

白应辰"委婉"地回答:"你似乎,确实有这个习惯。"

也就是说,她可能还是个"惯犯"?墨甜秒怂:"那我以后会注意的!您可千万别因为这个再给我'降价'!"

白应辰没回答,她不禁提心吊胆,生怕自己好不容易有价值回升的可能又给弄没了。

就在她有点忍受不住僵硬的气氛,想去给白应辰倒杯水缓解压力时,她听见白应辰在玻璃桌面上敲了敲。

"我并不是随时都在听着所有人的声音。"

神情恍惚了一下,墨甜抬眼看白应辰。

默认为她没有听清,白应辰刻意认真地重复了一遍刚才的内容,并且简而言之地解释:"目前,我只听取条件里留了一些关键词,也就是说除了涉及我的内容,其他内容我不一定会接收。"

顿了顿,他又补充:"当然,你是个例外。"

墨甜眨了眨眼。半晌后,她"噢"了一声,轻轻点头:"那……那您这功能还挺先进的。"

白应辰只是自己的情绪反应比较微弱，但他还是看得出，墨甜的情绪一下子就走了下坡。

她在为自己被区别对待而感到失落？

他蹙眉问："你不开心了？"

墨甜微怔，赶紧摆手："没有，没有！"

"说出你的真实想法，我做个记录。"白应辰说完，外面大办公室的门"咔嚓"一声，显然是上了锁。接着，他一如往常，划出了蓝色的屏幕。

墨甜还是第一次见，乍一下惊讶地瞪圆了眼睛，手忙脚乱地绕到白应辰旁边，才遗憾地发觉她根本看不懂上面的东西。

"这是？"

"母星的科技。"白应辰回答完，看向墨甜，目光耐人寻味，"你现在不难过了？"

墨甜张了张嘴，不好意思地退开些，背着手说："我刚才也没有怎么难过。反正已经习惯了不是吗？"说完她释然地笑笑，"就是想到原来这么长时间以来，几乎只有我在打扰您，就有点不好意思。"

"……"

复杂的目光从她脸上移开，白应辰在他的屏幕上做起总结。

虽然看不懂内容，但还是看得出他很认真，墨甜一会儿看白应辰，一会儿看屏幕，在那屏幕消失后好奇地问："您那里，休假还要做总结的？"

白应辰弯了弯嘴角，说："虽说相当于休假，但我来到这里，更多是为了体验和研究地球生物的情绪变化规律，以及生成契机，之后还要整理成报告带回母星心理科研机构。"

墨甜悄悄看了他几眼，暗暗思索，比起做游戏写程序，他应该更喜欢他从母星带来的任务吧，谈及此，他的目光都要柔和很多。

不过不管是哪一样，她都看得出他是很认真的。

在听白应辰对他工作内容的概述时，墨甜被批准了坐在他的对面。她想了想，又问："白总，今天公司加班的人多吗？"

"天气不好，我让他们都回去了。"不过安全起见他还是锁了门，免得再出意外。

"那好。"不再等白应辰做出回应，墨甜离开凳子，去自己的办公桌里拿出一个袋子说,"这个我之前喝了感觉很棒,这是新买的,还没拆封呢,第一杯就给您啦。"

白应辰坐在原处没动,但在墨甜来回忙碌的时候,又划开屏幕多记录了几笔。

约莫一刻钟过后,墨甜回来取了他的杯子,接着再出去,回来时已然端着一杯热咖啡。

"好在公司有磨豆机。"小心地把杯子放在桌上,墨甜开心地搓搓手,"也好在您今天来公司了,我以为没有机会了呢。"

以后加班的人越来越多,她和他也没什么机会像现在这样独处了吧?想到这儿,她就禁不住暗暗失落。

快十二月了,还有八个月,她面前的这个人就要走了,回到他的故乡去,那个不知道离她多少光年,对她而言遥不可及的地方。

洗刷完煮咖啡的器具,墨甜准备离开。

"白总,咖啡您喝吧,我得回去了。"微笑着朝白应辰点了一下头,她摆手道别。但在推开玻璃门的时候,她听见了一声低唤。

墨甜回头:"您要加糖?"

白应辰要碰咖啡杯的动作一顿,接着他无奈地笑笑:"我今天告诉你的那些,不是让你听听就完事的。"

"什么?"墨甜一脸茫然。

白应辰只好解释道:"我的意思是,从今天起,我也将对你开启关键词捕捉机制,只是对你设立的关键词会比其他人稍微多一些。"

墨甜愣了半天才明白过来,她这是"劳改积极,可以提前出狱了"?

"关键词是什么?"

"不能告诉你。"

"那我以后说的话,您都听不见了?"

"只要不涉及关键词。"

飞快地进行了两轮对话,墨甜扳着玻璃门陷入了短暂的沉思,而后开口问道:"那是不是……我以后想和您说话都只能发消息了?"

白应辰挑眉,回答她:"你可以学习一罗,开发一个特殊的关键词。之后就通过那个关键词，开启对我的短时间内'音源输出有效'。"

墨甜苦恼，问道："我要自己想？"

"不然难道要我帮你？剧情策划墨小姐？"

呃……

墨甜秒怂，维持着把自己夹在门缝里的姿势，歪头想了一会儿，斟酌着开口："那就……外……外星先生？外星先生？"嘀咕了两遍，她看向白应辰，"这样行吗？音量合适吗？"

音量？她真当自己是音源输出装置吗？白应辰啼笑皆非地端起杯子吹了吹上面的热气，说："已经可以了。"

从公司走出去，一直到公交站牌底下，墨甜的心情都维持着不曾有过的轻快感，真的有种"自由了"的感觉，终于可以在不开心的时候大喊出声又不用担心白总觉得她是个神经病！

"我自由了。"

趁着周围没人，墨甜在夜幕下，从低声叨念，到稍微克制着，一字一句地轻声喊起来："我自由啦！"

一阵大风忽然袭来，吹得墨甜直往后退。墨甜开心地顺着风向小步后退着，看着远远而来的公交车张开双臂低呼："我终于'出狱'啦！"

墨甜几乎是被风吹回了学校。刚打开宿舍门，窗外又打了几道闪电，墨甜赶紧钻进屋里，看了看门口的伞架，萌萌的伞不在，她放心了。

宿舍外开始雷声轰隆、大雨倾盆，像极了她得知白应辰身份的那天。墨甜躺在床上翻了半天外卖列表，最后还是放弃外卖，选择了泡面。

只是一切恢复正常，她却忽然有点不习惯了，总感觉有一股莫名的孤独感围绕着自己。

"嘿嘿，我的运气真好，今天没带伞呢，差点就被淋湿了。"对着空气说完，墨甜拿过手机，顺手掀开泡面盖子，在浓郁的香气里翻开微信，点开Chen的对话框，聊天记录还停留在很久之前。

吃了两口面，墨甜撑着下巴，百无聊赖地点着手机屏幕，忽然清了一下嗓，开口问："你真的听不到了？"

"嗡"的一声，忽然有消息过来。墨甜赶紧稳住险些被她撞翻的泡面，点开消息。

甜蜜制作人

Chen：到宿舍了吗？

突然有些按捺不住激动的心情，墨甜弯了弯嘴角，小声呼唤："外星先生？"

消息又来了。

Chen：怎么了？

"嗯……我已经到宿舍了，没淋到雨。"

Chen：那就好。

短暂的沉默。

Chen：你早些睡，我这边先断开了。

"噢！好！"墨甜犹豫了下，接着飞快地说，"谢谢你关心我！"

对方没再回复她，然而托了微信功能的福，墨甜有幸注意到了刚刚存在过"对方正在输入"的字样。虽然最后没收到消息，可是墨甜的心情似乎好了那么一点。

"应该听不到了吧？"墨甜狼吞虎咽吃了两口泡面，最后叉着里面的牛肉块深深吸了一口气。

"谢谢你，谢谢你，谢谢你，谢谢、谢谢、谢谢你啊外……白总。"

声音渐渐小下去，墨甜摸了摸自己发烫的脸颊，怅然地看着窗外笑了笑："如果能早点遇到你就好了。"

不过，能遇到他，对她来说，就已经很幸运。

砖师父回到公司后，策划C组特意出去聚了个餐，庆祝他家人无事，平安归来。

打来到C组，出场次数便寥寥无几，还丢下了自己请命接手的徒弟，砖师父又感动又自责，饭后说什么也要自己来付账。结果闹着闹着不知道怎么，最后变成了牛哥付账，于是他在组群里发两百块的随机红包，大家沾一沾光。

"小墨，你抢了多少？我抢了十二块！"在组里和墨甜交流最多的阿瓜喝了些酒，玩得也很开心，抢完红包便满面红光地来问墨甜。

墨甜惨兮兮地举起手机："一分。"

"噗！"阿瓜差点喷酒，"小墨你也太惨了，哈哈哈！"

阿瓜的笑声立刻引来了所有目光，接着鸽子也"嗨"了一声，盯着手机笑：

"两百块,抢一分,小墨这是要接替知秋成为C组非酋(形容运气极差的人)了?"

"你想什么呢,非酋永远是非酋。"C组知名非酋知秋同志亮出自己的屏幕,"我还故意晚点抢,结果……哎,果然结局都是一样的。"

"你也是一分?"鸽子惊了,敲着脑袋想了想,"不对啊,咱十五个人在场,十五个人都抢了红包,可还剩下一个最大的没人领……老砖你咋发了十六个?"

闹腾的气氛静了静,砖师父无辜地说:"我是按照群成员数发的。"

众人纷纷朝他抛白眼,开始排查谁是不在场的群员。没过多久,大家面面相觑道:"是白总?"

有人恍然大悟道:"之前白总不是进群跟咱们说过事情吗?估计那次他没退!"

"得嘞,那这最后一个就让白总抢吧!"老牛拍板,"这阵子白总也挺辛苦,天天替老砖拉扯小墨。"

鉴于白应辰并不是什么无良上司,在公司的口碑还不错,这事提出来,大家都没什么意见,立刻撺掇老牛打电话。

不多时,白应辰出来问:确定给我了?

大家起着哄借花献佛:白总别客气!快拿!这是我们大家的一点心意!

墨甜也在盯着手机看,明明没喝酒,她的脸颊却变得红扑扑的。看着白应辰默不作声地领了红包,竟然有九十九块,她不自觉地弯了弯嘴角,好像一下子就扫尽了阴霾。

"哇,九十九吗?"知秋酸溜溜地说,"白总真不给人活路啊!"

"是你们不争气才给了白总机会!"鸽子说完放下手机,"行了,大家接着喝!"

结果刚过两秒钟,他的手机在桌面"嗡"地振动了一下。

"等等,白总发红包了?九百九十九?我的天哪,白总散财了!"

"哇,这么多吗?赶紧抢,我手机呢?我手机呢?"

大家又是一通手忙脚乱地收红包,墨甜自然也在其中。结果这次知秋抢了三块两毛二,墨甜看着自己的一分钱,陷入了沉默。

"哈哈,小墨又是一分!"

甜蜜制作人

"小墨你也太惨了,哈哈哈哈,不行我要笑死了!"

墨甜直翻白眼,继而在一片"不管了,先祝白总999"、"白总心情这么好吗"和"白总这是给砖哥发的红包吧,大家沾喜气了"的声音里,她选择了关机。

但在关机的前一秒,她忽然收到一条消息,下一秒,手机屏幕灭了。

不算宽敞的包厢里,空气有些稀薄,有些闷热,墨甜疑惑地想着刚刚一晃而过的消息是什么,再看周围的同事们,拇指在开机键上僵持了一会儿。

顿了顿,她提起包包说道:"你们先聊,我得回去了,学校最近查得比较严。"

"嗯,没事,住校生还是早点回去的好!"老牛摆手,"要不要给你配个保镖?"

"不用麻烦了。"墨甜笑着出门,在贪婪地呼吸了外面的冷空气后,才发现阿瓜跟她一起走了出来。

"老牛让我送你上车。"阿瓜说,"我帮你记车牌号,安全点。"

"啊,谢谢。"墨甜含蓄地点头,转身时阿瓜已经替她拦了一辆车,还在她上车时说:"那小墨,记得到了打电话给我报平安!"

墨甜:"好。"

不好当着司机的面拆台,但当出租车远远地离开,墨甜还是忍不住怀疑,阿瓜怕是真喝多了,她明明没有他的号码。

出租车平稳地行驶在路上,墨甜习惯性地歪头靠着车窗,看了看夜景,再看了眼黑着的手机屏幕,终究没有开机。

从聚餐之初发现白应辰不在开始,她对这场聚餐便有些心不在焉。

白总不是C组的人,甚至不是策划组的人,他是老板啊,就算办公室离得很近,他也是老板。

明明一直都知道这件事,明明她也想通了,可是他没来,她就是开心不起来。

"小姐,到地儿了!"

要不是司机说话,墨甜都没注意到已经到了校门口。令人尴尬的是,本来她都抱着今天一晚不开机的决心了,结果司机大叔找不开零钱。她只能开了手机扫码支付,接着垂头丧气地开门出去,手肘偶然碰到了身后路过的人,她赶紧回头道歉:"不好意思啊!"

"没关系。"

墨甜蓦地一僵。白应辰就站在她的身边。

"你……您怎么在这里?"墨甜神情恍惚地看了看四周,生怕自己是不小心坐到了公司。

白应辰说:"你没有回复我的消息,之后又关机了。"

他应该是站了有一会儿了,咫尺的距离,墨甜还能从他身上感受到一丝冷夜的气息。墨甜咬了咬唇,小退一步,离他远些。

"您的消息吗?可能当时我已经关机了。"她赶紧开机翻记录,在看见Chen说"你知道运气守恒定律吗?"后,不解地看着白应辰。

"运气守恒定律?"

"嗯。"白应辰颔首,"没有人会永远好运,也没有人会一直不幸。不幸之后,总会发生一些好事,就比如这个。"

"这个?"浏览起白应辰给她看的手机拍摄画面,她眼前一亮,惊讶道,"通过了?"

"嗯。"

墨甜瞬间喜不自胜。她给《时光》写的第一个支线剧情通过了!会加进游戏里了!

"恭喜你,新进员工墨小姐,第一次正式过审。"

"呃,这个……"墨甜甚至有点想发表获奖感言。

不过在她冷静之前,白应辰已经收起了手机,问:"心情好些了?"

"啥?"墨甜抬眼看他。

"看起来是心情不错了。"白应辰将手插进大衣口袋,微笑看着墨甜道,"所以现在,回去休息吧。你应该没有阿瓜的电话,那么在群里报一下平安就好了。"

"你都听到了?"

白应辰坦然地说:"是他们说到关键词时,有人说阿瓜的服务不到位,应该连车费一起帮你付掉。"

"……哦。"墨甜抓抓头,一下有些失望,"他们都喝多了……瞎搞事,我又不是没带钱。"

　　白应辰静静地看了墨甜一会儿,突地,短促地笑出声。

　　"快回去吧……"他柔声催促,"外面很冷。"

　　被那笑容晃得失了神,墨甜头脑发热地抬手:"等等,您在这儿稍等一下!"说罢她转身急促地往校内跑去。

　　再回来时,墨甜的手里拿着他之前的外套。把装着外套的袋子交到白应辰手里,墨甜气喘吁吁地说:"我宿舍条件一般,万一过年回去赶上水管爆开,衣服就都遭殃了,我还是在那之前,把它平平安安地交给你吧。"

　　顿了顿,她又跑远了:"那我先回去啦!"

　　"嗯……"摆了摆手,白应辰无奈地看了一眼手里提着的袋子,嘴角弯了弯。

　　你有没有担心过一个人?你有没有想让一个人开心?

　　忘了曾经是谁问了他这些,今天忽然想起来,他刚才似乎做了自己曾经无法理解的事情?

　　虽是莫名其妙的情绪,但似乎并不令他讨厌。

第八章

悄悄喜欢

★

甜蜜制作人

聚餐之后，C组的同志们恢复了紧张忙碌的工作。不过渐渐地，他们发现，他们组最忙的人竟然是新人墨甜。

"墨甜，上来拿报告，给老牛的。"

"墨甜，C组进度统筹好后拿给我。"

"墨甜，去A组……"

在第无数次从三楼回到办公室后，墨甜忍不住问："师父，你是不是把自己归到C组的时候，把你助理的工作也转给我了？"

如果说一开始是因为离得近，她这个组内任务最少的人帮着跑跑腿还情有可原，但是白总忙完了在二楼的事，重新回了三楼，为什么还要找她跑腿？她现在每天都在楼上楼下地跑，这已经超出工作范围了吧？

砖师父在电脑屏幕前噼里啪地敲了一大段代码，才转头看墨甜，眼神竟然有点闪躲。

"呃……"他支吾了一下子才说，"我前阵子回来和白总说过，想先把积压在这边的工作做完。白总说我帮他处理应酬就行，跑腿的事情他找个资历浅的来做……我以为他跟你说过这事的。"

墨甜："……"

他没有！

她真就资历浅到白总连声招呼都不需要打,就把她招呼着来回跑腿?不过墨甜也不得不承认,她的资历好像就是这么的浅。

但是白总呢?以白总的为人,他会不讲清楚就随便使唤她吗?

明明他不是那种人,可他真的一个字都没和她说过。每次她出入他的办公室取送物品,他们几乎没有什么交流,他也完全没解释过点名让她跑腿的原因。

那天晚上在校门口等我的他,真的像梦一样,至今我还在怀疑,那晚我是不是喝了酒。

可是他的衣服已经不见了,我清楚地记得我把它叠好放进袋子后,交到了他手里。

还不小心碰到了他温暖的指尖。

那些不是梦吧?现在又是怎么一回事呢?我甚至怀疑,我是不是一直在一个梦里,没醒来过?

照例写完日记,墨甜合上本子趴在上面发起呆来。

最近她和白应辰见面的次数太多了,虽然是正常的上下属见面,虽然年末每个部门都很忙,每天都有很多人出入白应辰的办公室,但策划组里整天被呼来喝去的似乎只有她。

就算她不讨厌这样,但也会觉得很奇怪啊,是他不能理解这种诡异的感受吗?

想到自己对白应辰的了解还是太少了,墨甜不禁唉声叹气。这时手机在床上欢快地唱起歌来,墨甜顺手按了接通。

"甜甜吗?"电话那头的声音,她已经有一阵子没听到了。

"你打我的电话,不是我还有谁?"墨甜趴在床上闷闷地反问。

对面爽朗地笑了:"怎么,心情不好啊?"

"嗯,是的呀。"墨甜也不隐瞒,在床上打了个滚,仰躺着看着上铺的床板,"所以你找我干吗?"

"喂,小甜甜,你以前很黏我的!"顾闻悉不满地说,"怎么长大了你还嫌弃起我了?"

"那是我小时候傻,不知道你是在坑我,现在你年年回来还要拉着我去陪你相亲,你说我为什么嫌弃你?"平时还好,一在要过年时,接到顾闻悉的电话她就火大,"所以,说吧,找我干吗?"

顾闻悉沉默了一下,说:"也没什么,就是问问你什么时候回家。还有之前你在公司的烦恼,现在怎么样了?"

墨甜自动忽略了前面的问题。

"烦恼一大堆,最近还添了个新的。"她坐起来说,"顾大教授我问你,如果我是老板,我的助理最近很忙,于是我在几个办公室里突然挑了你帮我跑腿,但我没对包括你在内的任何人说我为什么只找你跑腿,你觉得我是怎么想的?"

顾闻悉长长"呃"了一声:"你觉得我好欺负?"

"啊?"

"你应该知道那个吧?"顾闻悉问,"你在小学里受到了同学欺负,去告诉老师,老师却反问,他为什么没欺负别人。"

墨甜被他的问题噎住了。

顾闻悉:"你先别管老师的毛病,就说这件事情。现实生活里你被莫名地针对了,极有可能是对方觉得你好欺负。"

墨甜过了半天才开口道:"他应该……不是想欺负我吧。"

顾闻悉沉默了一下,问:"甜甜,你上司是个男的?"

"是啊!"

"那就还有一种可能,是他看上你了。"

墨甜:"什么……"

顾闻悉自己先憋不住地笑了起来:"行了,我逗你的,其实职场里新人被使唤打杂跑腿是普遍现象,你不用多想。当然,对方是异性的话,难免会有一些同事往不好的方向揣测你们,不过这件事上你只要自己问心无愧就行了,他们再揣测也是他们的事,你的任务还是好好工作。"

墨甜想了想,顾闻悉说得好像有点道理。于是她心情舒畅了些,长长地"嗯"了一声:"好吧,我明白了,多谢!还有,你什么时候回家?"

"我啊……"顾闻悉说,"我大概提前半个月回去收拾行李,然后陪我爸妈出国玩到正月十五。"

"那么久？"

"多国旅游。"顾闻悉无奈，"反正别给我安排相亲就谢天谢地了。小甜甜你呢？"

"我可能提前十天？一周？放假到初九……不过要提前回学校，反正没你时间多。"

"嗯，没事。我就知道见不到了，但是年后有好消息。"

"怎么，你结婚啊？"

顾闻悉在电话那头笑了一通："反正是好消息。"

故作神秘最为可耻！墨甜冷哼几声，敷衍着挂了电话。

在那之后，墨甜还是忍不住好好地反思了一番，她是不是真的很好欺负？洗漱时她特意观察了镜子里的自己，嗯，眼睛圆圆的，轮廓有点婴儿肥，及肩的卷发蓬松又柔软，身高只有一米五几……好像确实是很好欺负的样子。

墨甜泄气了。

不过她是对自己没有信心，可她对白应辰有信心啊！虽然一开始很害怕，但她现在完全不觉得他是一个多危险的人物。

干脆就随他去，墨甜继续维持着一边工作一边跑腿的生活，内心渐渐释然了。

除了某一次，她在复印东西的时候，不小心听见了转角的屋子里有人讨论："策划组那个新人，是不是要上位了？"

身为今年策划组唯一的新人，墨甜轻轻提了口气，一边复印着东西，一边听着里面继续讨论："要是别人还有可能，白总的话……"

"白总再厉害也是个男人嘛，男人最吃傻白甜那一套了，何况还是个有些姿色的傻白甜！让人很有保护欲的哦！"

"措辞粗俗，哪个组的？"墨甜不满地嘀咕，走过去想要看门牌，看完她又心情复杂地退了回来。

转角里面是洗手间，这边她不常来，附近也不熟悉。她本想在原地多等一会儿，欣赏一下洗手间里两人出来看到八卦当事人的表情，可当最后一张复印纸出来后，她又觉得没什么意思。

甜蜜制作人

公司里的员工都是白应辰一个个筛选出来的,哪怕人品方面有问题,但在工作上肯定足够优秀。而她只是个新人,却受到了特别的待遇,遭人非议也是理所当然呢?反正她的经历是他们永远猜不到的,既然他们想猜,就让他们猜去吧。

押押胳膊抱着厚厚一沓复印件回了办公室,墨甜挨个分发给同事:"喏,白总说填好了就交上去。"

大部分同事都默默接过就开始填了起来,也有和她经常搭话的比如阿瓜、鸽子会道声辛苦。墨甜今年刚来,还不需要填年度总结表,便乖巧地坐回了电脑前。

"哦,小墨,有个新活你做不做?"砖师父忽然从显示屏前抬起头问。

"什么活?"墨甜正愁自己这会儿没什么事做。

砖师父:"新图片完成了,需要打包。你想试试的话,我教你用打包程序。"

打包这种事情,墨甜记得好像蛮枯燥的。虽然她现在没什么工作安排,完全可以多歇一会儿,但想到自己刚听到的话,她有点不甘心呢。

一下子顾虑全部打消了,墨甜做出"OK"的手势,笑着说道:"就交给我吧!"

她一定要掌握更多本领,在公司里待得更有底气。

不过打包的事情只是一个小插曲,真正的风波是从那个下午,陆续有人被点名到三楼白总办公室报到开始。

"我们仍不知道那天被白总点名的人都经历了什么。"这句话一时间成了N市星罗科技里大家互相调侃的语句。

墨甜没被点名,自然也不知道那些被白应辰叫去谈话之后,回来多半一脸菜色的人到底有着怎样的遭遇。反正问了他们,他们也只说自己是有些地方没做好,当然也有被委以重任的。

渐渐地,有人恍然发现,白总不再叫墨甜跑腿了,所有人的东西都改为自取。

过年之前又是最忙碌的时候,可想而知这个改变有多么的不可思议。终于,阿瓜受不了了,专门抓着墨甜问:"小墨,你是不是哪里惹到白总了?他怎么不叫你去了？"

墨甜无辜极了："我本来就不是白总的助理啊！"

阿瓜沉默了一会儿，随后才开口问："那小墨，晚点我的东西能不能拜托你送上去一下？"

墨甜无语，她发现阿瓜好像彻底把她当成替他给白总说好话的人了……

阿瓜看出她不乐意，唉声叹气地解释："小墨你不知道，年末的白总可是最恐怖的，除了老牛他们几个跟了白总几年的，还有你，根本没几个人受得住！"

墨甜狐疑地看着他："有这么夸张吗？"

"有！"阿瓜猛点头。

墨甜回忆起白应辰最恐怖的时候，也就是他们的第一次见面，现在想想，好像也没多恐怖了。所以她对于阿瓜的绝望完全无法感同身受。

再说她已经很久没有见过白应辰了，或许白总他忽然露出了青面獠牙？因为白总没说要见她，她就不敢主动送上门去，所以，阿瓜还是被她婉言拒绝了。

直到元旦后的第三个工作日，午休期间，墨甜忽然被带着诡异笑容的阿瓜和鸽子包围住。

"商量个事吧，小墨，你看你要不要和你师父请示一下，再让你师父向白总请示一下，以后咱们策划组有什么事还是让你们师徒来解决吧？"

墨甜当时是很有骨气地拒绝了的。但是她没想到，在她拒绝之后，牛哥竟然亲自去和白应辰谈了一下这件事。

所以当她不得不再次敲开白应辰办公室的门时……

"白总……"看着和平时也没什么两样的老板，屈服于好奇心的墨甜放下东西，委婉地问道，"您是对他们做了什么吗？"

白应辰反倒问起她："你觉得我能做什么？"

怎么听他的语气，好像有点无辜？墨甜心说：您能做的事情太多了吧，我根本想不到啊……

但她面上还是换上了平和的笑："其实我只是很好奇，您之前叫我过来的次数很多，之后突然不叫我了，现在却故态复萌……"

白应辰垂下眼帘沉默了一会儿，随后才开口道："我可能没你想的那么厉害。"

墨甜微怔。

白应辰重新抬起眼，从办公桌后走出来，随意地靠坐在桌边，双臂环胸看着墨甜。

"应酬这方面，我只会和可以与我进行完美商谈的人往来。那些需要交涉且我认为我搞不定的人，都推给了一罗他们。"

看着墨甜似不解又似明白了什么的模样，他勾了勾唇，道："也就是说，在技术领域，我可以靠着理解和学习来不断获得突破，但在与人交流方面，我其实一点都不擅长。虽说保持笑容是与人来往的必要条件，但有时候似乎会起到反作用。"

比如传说中他笑着炒人鱿鱼的事？

抿着的嘴唇抖了抖，墨甜忍俊不禁地问他："您这是在承认自己情商低吗？"

白应辰竟然真的认真思考了一下才开口："很多我认为再正常不过的事情，却能被人别有用心地加以揣测。这是代表我情商过低无法融入这个星球，还是这里的人人心太复杂、险恶？"

"呃……"墨甜竟无言以对。

白应辰并不像在抱怨，而是在认真地叙述："人类的情绪波动与思想演变或许有迹可循，但这需要庞大的数据整理分析。虽然在我来到地球之前，母星已经储存了大量的资料，但是那些收集成绩显著的同事，几乎都没能再回到母星。"

"没能回去？他们……暴露了？"

白应辰摇了摇头："应该不是。"

"总之，他们把大量的数据留给了我们，却不愿意说出永别的原因。这导致我们空有数据记录，却无法深度探讨，研究还是进展得十分缓慢。"

顿了顿，他轻轻呼了口气，看着墨甜问："这个相对和平的星球，却成了我们损失同伴最严重的地方，是不是很可疑？"

墨甜抓抓脖颈，有些苦恼地点头："嗯，是很……"

"咚咚咚。"

敲门声蓦然打断了墨甜的话，从门外传来的是砖师父询问的声音："白总在吗？"

墨甜看看白应辰，赶紧反身去开门，小声："师父？"

砖师父对她点了下头，接着便去和白应辰讲起公事："白总，这边年前旅游都已经安排好了，各组的提案请您先过目，没问题的话最好在周末前审批好。"

"嗯。"白应辰在墨甜开门时，已经回到了办公桌后，接着他点了点桌上的东西，"有点多，你帮小墨拿下去吧。"

"好。"砖师父立刻抱起厚厚的报告。

墨甜当然不好意思，好说歹说从砖师父手里分担走了一些。师徒俩人走出办公室，砖师父立刻小声问道："小墨，白总没为难你吧？"

墨甜一呆，忙摇头："没有啊！"

"那就好。"砖师父松了口气，"他们看你进去那么久都没出来，都很担心白总是不是在对你发火。"

墨甜听得嘴角抽了抽："怎么可能。"

不仅没有，他们似乎还聊得很开心呢。

在这之前，墨甜当然是有一点点怨怼的，毕竟是突然被使唤跑腿，又突然被"解雇"，其间"雇佣方"一点提示都没有。哪怕她对自己解释她是策划组的新人，哪怕她也知道白应辰的思想可能和常人有些差异，可该有的怨气她还是有的。

但通过刚刚的对话，她已经完全不怨怪白应辰了。果然人与人之间最重要的是沟通，以后她有什么想法，还是要主动和白应辰说啊！

误会解开，乌云散去，天边露出皎洁的月亮，墨甜沐浴在月光下，高兴地哼了一晚上的歌。

萌萌也没学习，一晚上都在激动地浏览着微博，和人讨论《当我入梦》，讨论到激动处，她一推凳子，回身问墨甜："甜甜，你知不知道什么内幕啊？"

"什么内幕？"墨甜不解。

"Mr.陈的彩蛋啊！现在大家都要找乏了，天天去官博下面嚷嚷退坑，官方才说有一部分玩家已经拿到了彩蛋的钥匙，可那个钥匙只有在B市的星罗年展会上才能用！"

萌萌越说越着急："我妈肯定不放我去B市，也不知道官方的葫芦里在卖什么药，甜甜你知道什么消息吗？"

墨甜无辜地耸肩："完全不知道啊！我这边是主打《时光》的嘛，《当我入梦》在B市那边，和我们这边都没什么联系。"

说话间，手机振动，墨甜看着上面的内容，忍不住牵起嘴角。

"哼！"萌萌不悦地坐在她床边，嗔怪道，"和哪个小哥哥聊得这么开心呢？"

"没有啦。"墨甜飞快回复着消息说，"萌啊，我们公司下周末集体出去旅游，好像要去好几天。"

"哦，你去你的。"萌萌听见微博私信提示音，飞快地回到了电脑前。

墨甜无奈地撑起下巴，不禁感叹萌萌可真是《当我入梦》的死忠粉。她最近忙来忙去，都没怎么玩游戏，偶尔上去一次，邮箱里全是萌萌给她送的体力。

突地，手机又振动了，墨甜赶紧点开消息。

Chen：我认为每个公司里，多少都会有些不切实际的传闻，这些传闻除了可以满足一些人变态的心理需求，并没有更多的意义。只要不给其他人带来危害，就不需要去理睬。

墨甜抿抿唇，认真地回复：嗯，您说得对。我也只是有点担心……只要您不在意就好了。

今天她到底没忍住，以传授"以后使唤女下属可以编个合适的理由"的经验为由，和白应辰说了她听到的一些杂言。结果如她所料，外星先生并不会在意这种事情，还身正不怕影子斜，给她灌了一碗鸡汤。

虽然在慢慢了解外星先生后，他灌的鸡汤她都能大致猜出味道，但就这么和他交谈着，她还是开心得不得了。

白应辰继续说道：如果你在意的话，之后我可以让各组组长处理自己组内事务，《时光》项目设立初期，公司就是这么安排的。

墨甜大惊失色，赶紧回他：没事的！还是不要麻烦组长他们了！

发完又觉得自己的态度有点古怪，墨甜心情复杂地敲敲额头，补充说：反正我年间很闲啦，不如就替师父跑跑腿，就当多熟悉熟悉公司吧！

Chen：嗯，有道理。其实你不在意那些传闻就好，我只是担心它会影响你的工作心情。

墨甜看着白应辰的回复，松了口气，微微一笑，在输入完的内容旁边点了发送：没事的，反正我也身正不怕影子斜。

深夜，宿舍熄灯，墨甜躺在床上望了会儿天，接着拿脚尖顶了顶上面的床板。

"怎么啦？"上铺萌萌收到信号，从被窝里探出头来。手机上，《当我入梦》玩家群还在不断地收着消息。

墨甜鼓了鼓腮，最后长长吐出一口气。

"萌萌……"她看着窗外的月光，轻轻地说，"之前那个外套，是我老板的。"

一阵沉寂之后，萌萌一下扒住床沿，垂下头来一脸坏笑地问她："还真是你老板的？"

接着不等墨甜回她，萌萌追问道："快说快说！是你用美色迷惑的他，还是他用美色迷惑的你？你们俩进展到哪一步了？"

"什么进展到哪一步，你别瞎猜。"墨甜白她一眼，解释道，"我们只是单纯的上下属关系。"

"单纯？就凭你那次夜不归宿，你俩在我眼里就已经不单纯了好吧？"萌萌认准了墨甜在瞒着她，"所以快说你俩到底进展到哪一步了？我是不是又有机会去你公司玩了？"

"真没有！我老板是个很正直的人好不好？！"墨甜毫不闪躲地和萌萌对视，微微羞恼地说，"那天老板把我送到公司的休息室就走了，我们什么都没发生。"

萌萌的表情变了："公司休息室？那么容易发生故事的地方，你们却什么都没发生？"

"……"墨甜给她一个"不想理你了"的眼神，接着直接翻了个身，选择面壁。

萌萌盯了她一会儿，估计她不会再转回来，便回到了自己的被窝里。和群友聊了两句，她还是没忍住开口问："那甜甜，你们俩要发展吗？"

墨甜半天没出声，萌萌以为她就这么睡着了，刚打算关手机睡觉，却听见一个细细的声音传来："不可能的啦，我对他单纯是一时见色起意，他对我更不会有那方面的心思。"

"嗯?难道他有女朋友了?"萌萌瞬间联想到了无数爱恨纠葛,最后化为一声长叹,"那还是算了,反正你这性子,也未必适合和那些食物链顶端的人谈恋爱。大灰狼都喜欢把小白兔压得死死的,可你只是看着软,实际上骨头硬着呢,一点也不好压,估计他们试过就会放弃了。与其这样,不如从一开始就不掺和。"

墨甜内心表示折服,闷闷地"嗯嗯"两声,算是回答了。不过,她也只是折服于萌萌对她的分析。

毕竟呢,白总他也算不得站在食物链顶端吧?且不说星罗目前还不是上市公司,就算星罗已经强大到在业内一手遮天了,站在食物链顶端的也该是已为人夫的廖老板才对。

虽然对她而言,外星先生是很强大,但是人家也很温和、很低调啊!他才不是喜欢把小白兔压得死死的大灰狼,他是……

循着白应辰的形象冥思了一下,墨甜握拳,嗯,外星先生应该是只温柔的大金毛!

突然来了灵感,墨甜兴奋地把"勇猛大白兔和温柔大金毛"记入了手机记事簿里,继而就着这个题材,迅速地构造了一个简短的小故事。

"亲亲表姐,等我把剧情完善完善,后续就拜托你了啊!"

把故事架构的截图一起发给了自己在星罗总部那边工作的表姐,墨甜心满意足地伸了个懒腰,扯着被子进入了梦乡。

隔天下午,墨甜突然收到了表姐丘雨的消息轰炸,十句话里九句都在关心她的工作与生活,只有最后一句才是回复她的小故事:你这次写的是两个动物的感情故事?

墨甜腹诽:不愧为总部的剩女佼佼者,程序开发部一把手,情商真的让人担忧。

她对表姐甘拜下风,在回答了丘雨的大部分提问后,才在后面加上一句:对,就是单纯的两个动物的感情故事。

直到第二天,墨甜都没收到丘雨的消息回复。这点她完全可以设想到,她这位每天忙到飞起的表姐,大概又在看到消息后,只是在心里回复了。

"因为各个部门需求不同,所以去的地方也会不同,咱们公司福利还是很好的。"在砖师父去拿结果的时候,阿瓜兴奋地给墨甜介绍,"去年我们策划组集体去加拿大玩了好几天!"

乍听是国外,墨甜还没有什么真实感,但听完阿瓜之后的描述,墨甜才是真的羡慕了。想象一下白应辰走在枫叶之国的模样,她就无比后悔自己为什么要晚到公司一年!

"所以今年会去哪儿呢?"听过阿瓜的介绍,墨甜已经陷入了前所未有的期待。

阿瓜作为一名老员工,一脸骄傲地说:"反正公司的安排绝对不会让你失望的。"

墨甜忙点头,满心期待地打开了工作群。没过多久,群里各部门的消息便满屏飞了起来。

"Yeah!我们去悉尼!"

这是音乐组。

"我们敲定了日本,有没有人需要代购?"

这是美术组。

其他组也开始讨论起来,最近的目的地也是海南。墨甜盯着消息一条一条地看,阿瓜在对面说:"别急,策划组向来都是最晚接到通知的。"

"好。"墨甜点点头,继续关注着群内动态,直到策划A组的组长发了个"……",没过多久,B组的组长也发了个"……"。

在一片询问声中,砖师父推开办公室门,神色平静地把单子给了老牛。在大家热切的眼神注视下,老牛看了一眼单子,神情毫不意外地说:"今年咱们这边白总带队,去B市总部观摩。"

一阵安静过后,鸽子表示难以置信,问道:"B市?"

老牛当即沉了脸色:"咋的,去总部观摩还委屈你啦?"

鸽子立刻不作声了。

这俩人都算公司老员工,平时关系比较密切,谁也没担心他们会闹出不愉快。不过今年的旅游目的地是B市这件事情,确实让大家都比较意外。一时间,办公室的气氛沉了下来。

老牛看大家情绪都不高涨,到底没绷住站了起来,敲了敲桌子:"我说你们别跟去奔丧似的行不行?公司还能亏着你们吗?出国哪年出不一样啊?我跟你们说,今年没去总部的人,到时候都得后悔!"

鸽子:"今年总部发黄金啊?"

老牛猛一抬手,鸽子瞬间老实了。办公室的气氛又被炒热起来,不少人都好奇地问老牛内幕。偏偏老牛一脸高深莫测的表情,只字不提。无奈,大家只好把矛头转向砖师父,砖师父却被叫到了三楼。

一片猜测声中,墨甜问阿瓜:"其实去B市也不错吧?我长这么大,都还没去过B市呢。"

阿瓜耸肩:"对咱们来说是挺好的,但是鸽子他们几个老员工已经去过不止一次了。不过今年有白总带头,咱们的行程肯定不会差。"

墨甜跟着点头,末了突然抓住重点:"去年不是白总领队吗?"

"没啊,白总每年得在总部忙正事,我们去年不是飞的加拿大嘛。"

原来枫叶之国的街头没有外星先生啊……墨甜的内心忽然平衡了。三天后的清晨,墨甜准时坐上公司的大巴,兴冲冲地开启了B市之旅。

在坐车之初,墨甜异常兴奋。因为她的身边有一个空位,而且是全车的最后一个空位。她环顾一圈,外星先生不在车上,这样他上车时,就会理所当然地坐在她身边,和她共度为期九个小时的长途之旅。

然而很遗憾,最后上车的竟然是最近存在感极高的阿瓜。阿瓜从坐在她身边开始,就叽里呱啦地和周围的人聊个不停,还时不时问她吃不吃东西、玩不玩狼人杀……

墨甜欲哭无泪,只问了一句:"白总在哪辆车上?"

"白总在第一辆车。"阿瓜误会了她的表情,安慰说,"没事小墨,这都放假了,我不会麻烦你帮忙说好话了。哎,你吃甜瓜吗?"

"……谢谢,我不吃。"墨甜倒在椅背上。

好气!要不是萌萌大早上拽住她,临时委派了一个艰巨的任务,她才不会赶不上第一班车。

墨甜气了一路。

长途汽车这东西,开始坐着还好,时间一长就受不住了。走了一半车程时,墨甜放眼望去,发现大半个车的人都睡着了,旁边聒噪了几个小时的阿瓜也不例外。墨甜坐立难安地动了动身子,最后掏出了手机。

插上耳机,墨甜靠在车座上轻声唤道:"外星先生。"

声音刚落下,手机铃声就响了。墨甜手忙脚乱地接通,耳机里瞬间传来了熟悉的声音:"嗯,怎么了?"

墨甜缓了缓才说:"没,我就是有点无聊,想说说话……您不是可以接受留言的吗,怎么……"怎么他这么快就听到了?她现在很心虚,周围还有同事呢。

通过声音,白应辰都能想象出墨甜此刻紧张的样子,不觉间,他的唇畔抿出了一抹轻笑:"可能是我也无聊吧。所以,你想说点什么?"

"我……"墨甜不安地看看四周,发现前排有人在向后张望,估计是发现了她紧张的模样,对方还多看了两眼。

墨甜心累,一头磕在了身旁的车玻璃上,"咚"的一声十分明显,连电话那头的白应辰都听得清清楚楚。

"我还是老实睡觉吧,免得吵着别人,您也好好休息。"她沮丧地说。

"……嗯,好吧。"白应辰挂断了电话。

这速度之快,完全让墨甜措手不及。看着短暂的通话时间,墨甜揉揉刚才磕疼的头,有点后悔自己的行为。

"不会是惹他不开心了吧?"她没事瞎说什么话,好好睡觉不好吗?

她无精打采地缩在椅子上,就连听到消息提示音,都觉得十分烦躁。想着大概是萌萌又嘱咐她一定要完成任务,她都不想看了。

但是消息竟然一连来了好几条,墨甜到底还是没忍住看了。

Chen:我没有不开心。

Chen:就按照你喜欢的来吧,我先睡一会儿,你想说什么尽管说。

Chen:对了,下车记得紧跟公司安排,好好休息,养足精神参加明晚公司的酒会。

后面又意简言赅地说明了些个人安全注意事项,白应辰的消息才停止。墨甜锁上屏幕,看看头顶的空调,忽然有种把它关掉的冲动。

怎么办?她快热疯了!

甜蜜制作人

她都不用照镜子，摸一摸就能猜到自己的脸有多红。墨甜像条不安分的大虫子在椅子里拱了几下，最后身心俱疲地回了白应辰一条消息：

"谢谢，您还是先把留言也切断吧。"

墨甜觉得，她就是在不断给自己挖坑，现在她已经步入了说完话后悔、发完消息也后悔的程度。消息刚送出去，她就后悔了，可还没来得及撤销，白应辰已经回了她一个"好"。

好什么啊？一点也不好！外星先生怎么接收消息这么迅速？这样会让她忍不住多想的，比如，外星先生不会是一直在盯着手机屏幕，等她主动和他联络吧？不会吧？怎么可能啊？

再这么疑神疑鬼下去，墨甜怀疑自己会疯掉。屏息凝神告诫自己不能再自恋了，她一把搂起衣服盖在身上，倒头就睡。

但在前面的那辆大巴士，老牛刚睡醒，看到身旁白应辰的脸色，老牛最后一点困意也消失殆尽，立刻紧张了起来，问道："白总，出什么事了吗？"

"嗯？"白应辰顿了顿，舒展开紧锁的眉头后靠上了椅背，略带自嘲地勾起嘴角，"可能是累了吧。"

他刚刚好像又做了不该做的事，惹得墨甜为难了。

果然就如母星的前辈们所说，地球人的心思难猜，地球女人的心思更是难猜。

墨甜一觉醒来，下午阳光正好。跟着大部队下了大巴车，远远看到前面车旁身姿挺拔的白应辰，墨甜感觉自己简直大逆不道。

晃掉了脑内不切实际的想法，墨甜一路都表现得格外规矩。等躺在酒店的床上，她百无聊赖地看了看电视，干脆拿出笔记本电脑，打开文档写起自己之前敲定的关于白兔和金毛的小段子。

正写到兴头上，邮箱忽然传来了"叮"的一声，墨甜咬着牛奶吸管打开邮件，接着一口奶呛进了气管里。

墨甜咳嗽了半天，恢复后，眼睛立刻盯上了屏幕。

自从她知道了外星先生的评定价值功能，应她的要求，白应辰每隔一段时间就会给她发一封记录了评定价值的邮件。

前阵子她的价值明明还涨了不少,结果今天的小红条突然短了一毫米!墨甜捏着量尺比对了半天,在确定自己没眼花后,难以置信地盯着屏幕问:"外星先生,为什么我的价值下降了?"

外星先生真是太过分了,表面上是绅士的好好先生,暗地里却给她降了好感。

这样的话她当然只敢在自己的脑袋里想想,不过有些话她还是要说出口的:"我不是说过吗?如果我哪里做错了,让您不满意了,您一定要提出来,我会改的!有话好好说,别减小条条啊!"

这价值数值突如其来一降,让她都没心情写段子了。

不多时,白应辰又发来了一封邮件:"声音很有元气,看来休息得不错?想把降下去的数值涨回来,就继续保持,明晚酒会时多穿一些。"

墨甜盯着邮件看了一会儿,接着去自己的行李箱里翻了翻,为难地问:"要穿几件?"

此时,酒店的另一层,修长的手指在键盘上顿住,接着缓缓抬起,捏了捏鼻梁。

白应辰啼笑皆非,摇了摇头,继续编辑邮件:保暖就好,明晚有大幅度降温。

啊……

墨甜内心一直在叫嚣着"这是在关心我吗?这不会是在关心我吧?"却不敢问出口,纠结了一会儿,她小声地问:"明天不是公司派车接送吗?"

很快她就又收到了邮件回复,这次的小红条竟然又短了一毫米!

"我……"她又哪里惹到他啦?

这次墨甜说话都不敢硬气了,干脆合上电脑,明确摆出了一副拒绝接收邮件的态度,躺到了床上。

"那……那我先睡了。"她委屈巴巴地看着天花板,说道,"不打扰您了。"说着墨甜抬起手,郁闷地说道,"我真睡啦,麻烦帮我把灯关一下,谢谢。"

其实床头就有电灯开关,她的意思只是切断联络,哪想到话音落下,房间里的灯真就灭了。挺身关灯的动作进行到一半,她又重重地摔回床上,心情无比复杂:"谢谢。"

"不客气。"轻描淡写地将一条语音消息发送到墨甜的微信,白应辰也合上电脑,从桌前走到落地窗前,俯瞰着都市夜景,淡然一笑。

如果此刻有人问他怎么了,他一定会破例分享出自己此刻的情绪:很开心。因为,他似乎掌握了一个有趣的新技能。

第九章

我动心了

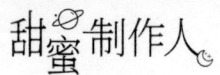

墨甜第二天才听到白应辰的语音消息。他那带着淡淡笑意的声音,在墨甜听来,总觉得像是带了一丝挑衅的意味。

墨甜一个白天都没过好,哪怕上一秒她刚被星罗科技总部大楼的装修闪花眼,下一秒她又开始担心,自己这没见过世面的模样会不会被举报给外星先生,导致她的价值数值再度下降……

这种得知个人价值下降给她带来的心灵冲击,不亚于被扣工资。过分的是,一般老板说扣工资就是吓唬吓唬人,她这边却是说降就降,一点商量的余地都没有!

"你们都给我长长脸。"老牛领队时说,"项目做好了,以后分部也能这样!"

大家纷纷给出"OK"手势,墨甜也赶紧挺直小身板,不能给外星先生降她红条条的机会!

因为总部和两个分部的假期规划基本一致,在他们来总部的时候,总部也有不少员工都出去旅游了,只留下了一部分人加班。比如墨甜的表姐就去了俄罗斯。所以晚上的酒会除了他们和一些从S市分部来的同事,余下几乎都是总部的"留守儿童",在场最高职位的只是几个主管,三个大老板一个都不会来。

所有人都知道这场酒会更像一次联谊,于是墨甜也就没了参与的兴趣。反正在这种聚会里,她向来都是默默做背景的,全程坐在角落,一边吃水果一边看着其他人玩闹,一样的开心。

"Hi!"墨甜吃着吃着,竟然有人坐在了她旁边,手里还捏着一罐没打开的菠萝啤,"小姐姐一个人坐在这儿不无聊吗?"

墨甜正在往嘴里塞车厘子,听到有人来跟她搭讪,惊得她把整个车厘子直接吞了下去。接着在对方毫不掩饰的笑声里,她勉强地摇头:"不无聊,水果挺好吃的。"

对方笑得更欢快了,问道:"小姐姐是哪个分公司的?我是总部的,程序部门。"

"噢,我是N市的。"墨甜粗略打量了对方一番,接着问,"你是今年刚入职的吧?"

对方很惊奇:"小姐姐这都看出来了?"

墨甜笑而不语,心想:看你的发际线也不像资深程序员啊!

话说,程序员不是大部分都属于闷骚宅男吗?面前这位可真自来熟。墨甜一向不是很会应付这种过分热情的人,你来我往两句,对方竟然打开了一瓶菠萝啤劝她喝,她立刻警惕起来,连忙礼貌地拒绝道:"不好意思,我不喝酒的。"

"哦,你别多想啊,我不强行劝酒的。"对方被她的拘谨弄得也有些不好意思,"我今年刚入职,年前又转了部门,现在看谁都眼生,就随便找人聊两句。"委婉地解释了一下,他继续说,"不过这东西就和饮料差不多,不会喝醉的,再说酒会结束之后,你们有专门的人送回去,出不了事。"

说完他又把菠萝啤往前递:"喏。"

墨甜默默擦汗,浑身细胞都在抗拒着面前的菠萝啤。就在她绞尽脑汁想着怎么和气地拒绝对方时,她旁边的沙发突然陷下去一块。

又来人了?墨甜身上起了一层鸡皮疙瘩,紧张地祈祷着旁边坐下的这个人和自己无关,同时转身看过去……一只好看的手率先映入她的眼帘,拿过了她面前的菠萝啤。

"白……"再看那只手的主人,墨甜舌头都打结了。

"要不要和我出去走走?"白应辰喝了一口菠萝啤,唇畔噙着笑容问。

墨甜半天都不知道怎么发声,最后干脆使劲儿点了两下头。

眼里蔓延开笑意,白应辰从容起身。有他驻足的这一片区域里,似乎都没那么喧闹了。

有认识的人在身边，墨甜也放松了些许，跟着白应辰站起来，对一旁的程序员笑了笑，客套地说："抱歉，有事先走了。"

外面的空气明显清新很多。虽然降温了，但墨甜穿了她最厚的衣服，还披着兔毛小披肩，走在街上一点都不觉得冷。

难得再次和白应辰并肩走在一起，墨甜总想说点什么。可她不大会找话题，想了半天，脱口而出的竟然是："我一个人出来，会不会不大好？"

白应辰步子一顿，侧身看她，表情带着几分玩味："没关系，你身边有监护人的。"

墨甜愣了一会儿才反应过来，嘴角抖了抖，她佯装怕冷，抬手遮住脸，只剩一双亮晶晶的大眼睛在外面到处乱看。

"可是一会儿散场时，老牛要点人头的，我要是走远了……"她小声提醒道。

"我和老牛打过招呼，晚点我会送你回去。"白应辰轻松地打消了墨甜的"顾虑"。

墨甜看了看他，收回目光，抿唇"嗯"了一声。

在大巴车上，她以为这阵子她和白应辰都不会有什么交集了，却没想到，他竟然会主动来找她。

虽然不知道其中原因，但是，他来找她，这件事已经让她很开心。

身旁是一条宽广的江河，隔岸有数不尽的花灯。江河与花灯一起延绵着，圈起了一座繁华的城市。相比之下，这一侧的岸边却格外的宁静，静得仿佛能听到每一个脚步声。而两个人的心跳声，也那么清晰。

"明天，你有安排吗？"在不知道走了多久之后，白应辰毫无预兆地问了一句。

他的步子停了下来，墨甜也就跟着停了下来。两人几乎是同时站住脚，可当白应辰转身，两人之间明显隔了很远一段距离。

墨甜也发现了。她低头看看自己小巧的脚尖，有些沮丧地笑笑："有的，公司带我们体验年展会嘛。"

"你要去？"

本来是要去的，可被白应辰一问，墨甜忽然有点不确定了："嗯……我……"

白应辰看了她一会儿，才缓缓开口道："其实明天的年展会，晚场要比日场有趣许多。"

"啊，是吗？"

"嗯。"面对墨甜的迟疑，白应辰要笃定许多，他将双手插进口袋，语气自然地说，"一罗特意让你们去日场，就是为了先让你们把部分玩法率先检……体验一遍。之后他会发放观影券和电玩券支开工作人员，以保证晚场里正常游客的比例。"

廖老板你知不知道你兄弟在一本正经地拆你的台啊？

而且这台颇有没拆完的架势，白应辰稍加思索之后，继续说道："以一罗的为人，我不建议你落入他的圈套。"

墨甜一个没忍住，笑出了声，大胆地问："白总你这么说廖总真的好吗？"

白应辰一脸坦然："据实说话，并无不妥。"但在这话说完之后，两人对视两秒，就连他也跟着笑了起来。

气氛一下子就轻松了不少，墨甜背着手，继续之前的话题："那您对于明天，是有其他建议吗？"

插在口袋里的双手不自觉地握成了拳，白应辰咳了咳，说道："我的建议是，明天白天你要不要考虑和我去天文馆？作为回礼，我带你去年展会的晚场。"

回礼？墨甜似懂非懂地挑了挑眉，按照她自己的理解方式想了想，说："只要廖总不会怪我破坏了游客比例，我个人当然愿意。"

双拳渐渐舒展开，白应辰轻笑，意简言赅地说："他没这个资格。"

墨甜瞬间懂了同事们进老板办公室的感受。

这样平静地说出"没资格"，果然要比用严厉的表情说出时给人的冲击大得多……要不是她相对了解这位外星先生，恐怕脑内早已把他定义成了危险分子吧……虽然一开始她就是这么定义他的。

想到之前那些乌龙，墨甜莫名又有些想笑，嘴角弯了弯，她问："那明天几点，在哪儿见面？"

白应辰："上午十点，我在酒店大厅等你。"

"好，那就这么定了吧。"墨甜说完，当场在手机里定了个闹钟，"十点走，我就多睡会儿。"

白应辰没有异议。

再往前走没多久，就是一条宽敞的马路。可能是因为这块比较偏僻，来回的车辆并不多，白应辰站在路边说："一起坐车回去吧，现在走能赶在老牛他们之前回去。"

顿了顿，他补充："还有，当时光线昏暗，那个人并没认出我，老牛也不会把事情说出去，所以你回去之后，可以用个合适的理由盖过这件事。"

墨甜愣了一会儿，才想起之前的小插曲。他们两个悄无声息地离开酒会后，那个人几乎都被她忘了。现在被白应辰提起，墨甜才想起他们这样贸然出来肯定是要做一番解释的。

"那我就说身体不舒服，先回酒店了嘛，这个理由还可以用到明天。"墨甜毫无压力地说。

白应辰点点头："可以。"

冷风刮过，将他大衣的衣摆吹得猎猎作响。白应辰向前一步，准备拦下即将驶来的出租车。墨甜在他后面，看着他挺拔的身姿，抿了抿唇。

"外星先生……"她轻声说，"你一定是因为一个人太无聊所以才叫上我的吧？"

声音顷刻被风吹散，一辆出租车停在了白应辰面前。白应辰回过身做出"请"的姿势："上车吧。"

墨甜莞尔，回答："好。"

一路再也无言，抵达酒店门口，墨甜争着付了车费。

白应辰没有阻止，目送她上了楼，才从口袋里掏出手机。

看着十几个未接电话以及一条写着"说好的来喝酒呢"的消息，后面还接着一个火冒三丈的表情，白应辰轻轻一叹，然后戴上蓝牙耳机拨通了对方的电话。

在廖一罗狂风暴雨的责问到来之前，他轻描淡写地先开了口："以后无用的聚会，就不用叫我了。"

电话里静了好一会儿，才传来廖一罗轻微颤抖的声音："这么早就开始了？"

"不早了，先给你时间慢慢适应。"白应辰说，"还剩八个月，我也有些自己的事情要处理。"

"嘁，你个冷血的人！"廖一罗佯怒，"有什么事情能比陪你唯一的兄弟喝酒更重要啊？！"

"嗯……"白应辰沉思了片刻，才给出答案，"可能是一场突如其来的重色轻友?"

廖一罗:"……"

才小酌一口的廖老板拿起酒瓶认真看了看度数,一阵沉默后,他开口问道:"墨小姐?"

"是。"白应辰没打算隐瞒。

"可以呀你……"廖一罗一连哼笑几声,"你已经表白了?"

"还没有。"

廖太太从厨房走出来,手里端着一盘炸虾。随手把盘子放在桌上,她问:"老白接电话了?"

"是啊,一会儿老孙他们过来,只能我一个人应付了。"廖一罗幽怨地拿起打火机,走到阳台点燃了一支烟。

"老白……"他狠狠吸了口烟,皱眉吐出烟圈,"你玩真的?"

冬夜的风越发凛冽,白应辰站在酒店楼外的雕花铁门旁,仰头看着墨甜的屋子亮起了灯。有人拉起厚重的门帘,透过落地窗往下望,又在看到他时,缓缓抬起手晃了晃。

女生淡粉的唇瓣紧紧绷着,似乎带着即将收不住的笑意。

白应辰垂下眼帘,转身走出大门,孤身漫步在清冷的甬路上。

"虽然很迷茫,但我知道我不是在玩。我不知道这种感情是不是所谓的喜欢。但是,你能理解吗?那种不知道是从哪个午后、傍晚或者清晨开始,我突然期待着见到她的心情。不知道从哪天开始,猛然发现,她在我眼里,已经和别人不一样了。"

"……"

廖一罗的语气从未如此语重心长:"老白,我和你分析过的,你那些同胞最后没有回到你母星的原因,你还记得吧?"

"我记得。"

"那你还记得Mr.陈的死因吗?"

"记得。"白应辰冷了声音,"你说怕我铸成大错,就给他安排了个牡丹花下死。"

"哈哈哈……"廖一罗的笑声回荡在阳台,随即笑声一收,他的表情也严肃起来,"但是老白,你不是笔下虚构的人物,他死了我能给他机会,你……"

声音蓦然顿住，廖一罗长长叹出一口气："你自己好好把握吧。"

白应辰轻笑："我不是他，我比他理智。墨甜也不是她，墨甜比她勇猛。"

廖一罗被呛到了。迎着自家老婆不悦的拍门声，他掐掉烟，对着客厅里的人笑了笑，转头难以置信地问："什么勇猛？老白你们咋回事？不是，你们不是还没确定关系吗？"

虽然"勇敢""坚强"等词形容起来可能更恰当，但是白应辰莫名就觉得，"勇猛"这个词更合适墨甜。可能是恶趣味吧，他连解释都不想解释："总之这段时间，公司有什么变动你及时通知我。在我离开之前，我能做的都会尽量做好。另外，Hear U转到你名下后，记得对墨甜免费开放。"

廖一罗皱眉："你这就开始交代遗产了？"

白应辰没有否认："我的资产不多，当然早交代早省心。"

这语气听起来一点都不心疼，难为了Hear U运营那么久，店员都不知道老板就是他这个经常带人去谈生意的客人，从头到尾他都表现得像个普通客人一样。

廖一罗气结，奈何吐槽的话还憋在喉咙里，白应辰就借由忙碌把电话挂断了。

"这是怎么了？"看着自家老公憋屈的模样，廖太太担忧地问，"你和老白在电话里吵架了？"

"没吵，我一个人生闷气！"廖一罗有苦说不出，想想更气了，"我还没来得及跟他说公司的事，他就把我电话挂了！"

廖太太察觉出不对劲，问道："你们都聊什么了，说了这么久都没聊公司的事？"

生怕太太误会，廖一罗纠结了一下，接着重重叹了口气："老白他……打算明年辞职，准备出国了。"

B市的一月要比N市稍稍冷上一些，但好在近来都是晴天，微风也不算刺骨。墨甜在窗帘的缝隙里目送同事们出了酒店大门，立刻翻开行李箱子倒腾起来。

倒腾到一半，她忽然想起来，又跑去把手机的闹钟关了。

本来计划是多睡一会儿的，可是想到今天的行程，她就再也没有睡觉的心思了。翻出化妆包看了看，墨甜给萌萌发了个视频邀请。

"怎么啦小甜甜？"萌萌显然早就起了，正蓬头垢面地捧着一本书嚼牛肉干。

墨甜端着脸问她:"你看我今天适合化什么妆?"

"怎么,你今天出去玩啊?"

墨甜沉默了一下,而后郑重地说:"我今天去星罗年展会。"

"哇!"萌萌猛一拍桌,比她还要郑重,"马上给你安排!"

墨甜对妆容没什么研究,但好在会有样学样。萌萌给她发了例图,她就照着化,全程还能听见萌萌在旁边唠叨:"甜甜你千万别给老娘丢脸,你可是拿着老娘的账号去的,中奖了你想吃啥老娘请啥,再不济也给我掏一袋子周边回来知道吗?"

"知道啦,你都要成复读机了。"墨甜对着镜子检查了几遍,回到镜头前问,"你快回家了吧?"

"明天早上的车。"萌萌叉腰,"记得周边一定要给我带到啊!"

"行行行,拿到就寄你家去。"墨甜连连点头,"那我准备出发了!"说罢挂断了视频。

没有了杂声的世界尤为安静,墨甜关掉房间灯,拉开窗帘,阳光透过厚重的玻璃洒在她身上,温暖得让她禁不住背靠玻璃坐在了木质地板上。

手机显示现在时间为九点三十分,墨甜打开手机相册,在成堆的照片里翻找起来,最后落在其中一张上,点开,放大。

白应辰的身姿赫然出现在眼前。纵使站在一众领导者的群体里,所有人都西装笔挺,他仍让她眼前一亮。

有人说,星罗的两位青年才俊中,廖一罗锋芒毕露、光辉耀眼,有如一把锋锐的利刃;而白应辰给人的感觉完全不同,他如一块温润的玉石,一看便知其温和内敛、儒雅博学。

幕后运筹帷幄的策士,往往更加令人不敢小觑。

"星罗有这两位在,未来不可限量啊!"昨天一同参观星罗总部的一位业内人士这样感慨。

墨甜对这个观点同意至极,现在又有点后悔,当时怎么不多拍几张领导路过时的照片。白应辰一向低调,这样被人簇拥着如众星捧月一样走来的画面实在不多见。

"醒了?"

忽然收到白应辰的消息,墨甜一个激灵,回复问他:你怎么知道?

"向后看。"

墨甜随着白应辰的指示向后转身，果然一眼就看到白应辰如昨夜那般站在楼下，手里还提着一个食物袋子。

他低头给她发消息：要下来吃早饭吗？

"要！"

说完才想起他已经不会听到，墨甜猛地点了两下头，转身往楼下跑。

过了早饭时间，饭厅里空荡荡的，只有墨甜和白应辰两个人。白应辰展开包装袋，先取出了两罐热牛奶，说："为了避免选择困难症，主食我只买了奶黄包。按照食量，我比你多两个。"说完他又把其中一个独立纸袋放在了墨甜眼前。

墨甜不可思议地看着里面三个不大不小的奶黄包："您连我能吃几个都看得出来？"

白应辰淡淡一笑："趁热吃。"

墨甜赶紧照做，咬口奶黄包又看向身后的饭厅大门问："被同事看到会不会不大好？"

"不会，如果附近有他们的声音，我会注意到。"

墨甜沉默了一下，在默默吞掉了一个包子后，幽幽低语："白总，我的意思是……我们这样，会不会有些奇怪？"

老板和小员工如此和谐地一起吃早餐……真是太不正常了。

说完没听到白应辰的回答，墨甜也不敢看他的表情，干脆豁出去了，低下头说："其实，其实我是真的觉得奇怪，我们俩……我和您怎么突然就……"突然就可以一起吃早餐，突然就可以一起走在夜晚的江边，突然还要去看天文馆和年展会……

白应辰沉默片刻，问她："你讨厌这样？"

墨甜心里一突，连忙否认："不讨厌啊！"

白应辰看了看墨甜，接着低低地笑起来："既然是你情我愿，一起吃个早餐怎么了？"

对哦，不就是一起吃个早餐嘛，好歹也一起工作那么久了，她在瞎想什么……墨甜被那笑声惹得耳尖滚烫，埋头猛吃，试图压下自己快要蹦出来的心脏。

一定是她做贼心虚！外星先生只是在抓壮丁而已吧！除了已婚的廖老板，他就只剩她这个对他有一定了解的人，他一个人无聊想找她陪着去天文馆，还要回礼带她去年展会的晚场，人家外星先生孤身一人在地球也很不容易的。

再说，这不正好随了她的心意吗？能在外星先生离开之前，和他多创造出一些回忆，这就是她一直想要的啊！她怎么还过惯了苦日子，忽然不习惯幸福新生活了？

"墨甜……墨小姐？"

猛地被唤回意识，墨甜抬脸："啊？"

已经用完早餐的白先生看了眼腕表，带着笑容轻声催促："我们得在五分钟内，B组组长回来取东西之前出发。所以，请快点吃掉你的奶黄饼。"

奶黄……饼？这才发觉手里的奶黄包在不经意间被她按成了饼，她蓦地狼吞虎咽起来。

"好啦，我吃完了。"不过十秒钟，墨甜便一只手拎起包包，一只手攥着牛奶瓶，"我们走吧！"

白应辰却没有动："你先把牛奶喝完。"

墨甜担心："可是我们出去等车还要时间。"

"时间够的。"白应辰突然有点后悔刚才的催促，"其实被看到也没什么，反正都是你情我愿的。"

墨甜正咕嘟咕嘟地吞着牛奶，结果猛地听见一些暧昧的字眼，差点呛到："您刚说什么？"

白应辰抽出一张纸巾递上去，淡然一笑："没什么。"

一刻钟后，地铁站里，墨甜终于放弃纠结她刚是不是听错了这件事。她现在更在意，白应辰竟然会带着她坐地铁去天文馆。

倒不是她自己如何，而是她之前一直想象不到，白应辰这样的人，也会站在拥挤的地铁车厢里，抬头看着站牌上的红灯亮起又熄灭，并且时不时看她一眼，好像是在确认她有没有被人群挤到哪里去。

墨甜有点后悔，今天应该穿双小高跟出门的，免得她被淹没在人群时，白应辰连她的头顶都看不到。

"白……"人潮拥挤的地铁里，"总"字实在叫不出口，墨甜干脆伸手拉了拉旁边白应辰的衣袖。

"你那边，也有地铁吗？"她好奇地问。

白应辰将目光收回，落在她脸上："没有。"

顿了顿，他俯下身，在她耳畔轻声说："那边的地底并不适合穿行，最常见的技术类似这里的磁悬浮。"

温热的呼吸擦着耳尖拂过,墨甜顿时紧张地往后靠了靠。

"……噢。"声线微微颤抖的回答钻出齿缝,墨甜转身想要扶住后面的栏杆,然而因为她的小步后退,导致后面背对她的人被轻轻撞了一下。

那人不满地用胳膊向后顶了一下,导致墨甜刚回头,一个壮硕的手肘就笔直地冲她撞了过来!

电光石火之间,一只大手圈住她的肩膀,有人将她往后一带,按在自己的身上。

那个手肘离她只有一寸的距离,大汉没碰到人,还疑惑地回头看了一眼,结果看到一个海拔不到他肩膀的小姑娘被人牢牢箍在怀里,一脸惊到了的模样,而她身后还站着一个眼神漠然的男人。

大汉暗暗嘟囔了一句什么,接着转回了头。

"小心点。"白应辰低语。

墨甜轻轻点点头。然后有如挂件一样,就这么被他按在怀里,一直等到人群陆陆续续下车。座位空出来,墨甜就被放开了,她脚步虚浮地走去坐在长椅上时,后背已经起了一层汗。

"很热?"白应辰坐在她身边问。

墨甜向他的反方向移了移:"……是很热。"

白应辰说:"还有一站就出去了。"

墨甜早就口干舌燥,干脆只点头,连话都不说了。

白应辰倒是神色如常。不过他瞄一眼墨甜,还是松了松自己的领口,稍稍坐远了些:"确实很热。"

墨甜还是点头,目光移到他松领口的动作上,立刻像被烫到一样转去了反方向,她还不自然地动了动身子。

白应辰也是这时才淡淡舒出一口气,微拢成拳的手移至心口,又飞快放在了膝盖上。好在墨甜刚刚足够紧张,才没发觉他异于以往的心跳。

不过,她会不会讨厌他刚才那样,似乎有点逾矩的动作?有些苦恼地皱了眉,白应辰侧头向墨甜:"刚才人多的时候……"

墨甜已经连吞了几下口水,险些被口水呛着,她急忙接话:"刚才真是谢谢您,不然我差点就被打到了。"

白应辰:"……"

墨甜见他表情渐渐凝固，生怕自己道谢还不到位，赶紧又虔诚地双手合十道："一会儿到饮品店里您随便点！"

白应辰无奈地收回视线："客气了。"

气氛完全僵住。

墨甜满意了。她将双手攥在一起，深吸一口气再缓缓吐出，看着对面车窗倒映出的脸色红红的自己。

恍惚间，她发现自己和白应辰好像也认识蛮久了，久到他刚刚开口的时候，她莫名地生出了一种冲动，一种想要对他说"外星先生，我喜欢上你了"的冲动。

可他是外星先生啊，他们两个来自不同的星球，他们之间的距离，她根本无法想象。

低迷的气氛最终被留在了地铁里。

毕竟是第一次约……咳咳，是第一次一起出来玩，当然要好好玩一场。墨甜走出地铁站，重新振作了起来。白应辰则是微笑着随她来去，先被她拉到了奶茶店。

他们好像是赶上了某个学校举办活动，天文馆异常热闹，中学生们三五成群地在门外等着，其中不乏单独的男女一起。

墨甜等奶茶时，身边就有一个穿着厚厚羽绒服的小女生指着立牌对身边的男生说："我要喝这个。"

"凉的？"男生的脸板了起来，"喝什么凉的，喝热的！"

女生不情愿地哼唧："天文馆里有空调！"

男生磨不过她，连着说了几个"行"，点了女生想要的，接着自己点了一杯热饮："觉得冷跟我说，我跟你换。"

墨甜弯了弯嘴角，向侧方挪了一步，离白应辰近了点，小声说："年轻真好。"

"你也想这样？"白应辰很直接地敲了敲窗口，"麻烦我那杯加冰。"

墨甜："你干什么？"

白应辰："热了和我换。"

墨甜："……"

白应辰笑得温和极了，他解释道："鉴于墨小姐也很年轻，我认为该有的待遇还是要有。"

墨甜默默捂住了脸:"谢谢……"

直到两人各捧一杯奶茶离开,墨甜还能听到女生艳羡的声音:"刚刚那个大叔太好看了吧!"

她身边的男生就很不开心了:"好看有什么用,一看就是被富婆包养的小白脸。"

感觉到身边的人脚步顿了一下,墨甜心里一阵发毛,指着天文馆说:"我们先进去吧,这些学生好像要去检票了。"

白应辰拿出皮夹:"好。"

墨甜看了眼他的皮夹,以为他要买票,赶紧自己也打开包包。结果他拿出的竟然是两张入场券!他还似笑非笑地说:"票是公司发的,你不用每次消费都想着包养我。"

墨甜捂脸:"……哦。"

咱能别提包养了吗……

墨甜的老家离N市有近十二个小时的车程,比N市到B市还要远。虽然那是个不大出名的小地方,但是每次从家到学校,她都能路过很多名山大川或者繁华瑰丽的都市,只是从来都没停下脚去看一看。

她活这二十几年,也只逛过老家那里的省会,以及N市的一小部分。

来到B市,她不禁感叹B市的发达。进入天文馆,她又感叹宇宙的浩渺。

但是只有看着身边的人,她才发自内心地觉得悲哀,自己的眼界竟那么狭隘。

"按照这些模型的距离来计算,大概……"

应墨甜的要求,白应辰正在暂时无人的太阳系展区描绘他的故乡。视线在模型之间来回,他让墨甜站在了地球的位置。

"地球姑娘在这里的时候,"他刻意压低声音,转身向墨甜的斜前方大步迈进,将到窗边才停下,回身微笑,"我在这里。"

在他们之间,可以衔接无数个太阳系。

在他们之后进入展馆的中学生们,正被老师领着一项项参观,时不时发出各种提问和惊叹。而墨甜就像白应辰的学生一样,听他讲述着这个场馆里没有的东西。

"B市的天文馆,我很久前和一罗以及他的家人来过一次。"白应辰和她并肩走在一起,有意避着周围的人说,"在国外的时候,我也经常去天文馆,不过还是没有看到自己想看的东西。"

顿了顿,他微笑着说:"毕竟这个宇宙里,每个星球都有自己独特的发展路线和存在价值。比如来到这里之前,我认为探索宇宙是我的责任。但是来到这里之后,我发现,探索其实是我的兴趣。地球赋予了我情感,使我更像一个高等生物。"

人都是护短的,在外省听不得自己家乡不好,在外国听不得自己国家不好。原本听到白应辰说地球对宇宙的探索不够远,墨甜还有那么一点点失落。但在听到后面的内容时,墨甜释然了。

"所以你们都在忙着搞科研,那,繁衍后代又是怎么样的呢?"墨同学臊着脸提问。

白老师一脸"就知道你会问这个"的表情看着她,她更害臊了。她敢肯定廖老板也问过这个问题,而且一定是很早就问过!

白应辰瞧着她不好意思的模样,随手把空掉的奶茶杯丢进垃圾桶,又向墨甜伸出手。

"什么?"

"手给我。"

墨甜迟疑了下,接着缓缓伸出手,搭在白应辰的手掌上。有些泛凉的手被宽厚温热的大掌轻轻包裹住,墨甜克制着自己的呼吸,稍一抬眼便与白应辰四目相对。

过了须臾,白应辰松开手说:"已经可以了,不过繁衍周期稍长,大概要三千星时。"

墨甜茫然地眨了眨眼,接着回味过来他话里的内容,她的表情变了。

白应辰蓦地笑了出来,解释道:"这只是在演示,没有实际效果的,不用担心。"

"你……"墨甜生无可恋地举起包包砸在白应辰胸膛上,耳垂红得似要滴血。

她好后悔问了这个问题!尤其是在得知,外星先生的母星的确是用类似握手的方式传递基因后,她甚至不能指责对方是在骚扰。

自找的,都是她自找的!果然生物学的知识不能随便问!

尽管出发点很正经，但善良的外星先生还是对这次略微不适当的讲解表达了歉意，具体表现为，墨甜的午饭有着落了。

直到在料理店落座，墨甜还是没能从羞臊里走出来，点菜都是用指头示意的，再由外星先生确认后报出。

正值午餐时间，整个商场都十分热闹且哄乱，只有他们所在的这一处角落格外安静。

"墨甜。"

墨甜已经默默地往嘴里塞了不少东西，心情也缓和了不少。听到白应辰的声音，墨甜安静地抬起头，只是想到刚才的状况，下意识会目光闪躲。

白应辰把墨甜的一切反应都收在了眼底。

"对不起……"他说，"我刚刚，可能该用更含蓄的方法把事情讲给你听。"

墨甜张了张嘴，过了半晌才清了一下嗓，微笑着道："其实也不是什么大事。"

白应辰放在桌面的手轻轻握成拳："那你记住，不开心了要和我说。"

其实道歉的话，白应辰在天文馆就已经说过了，墨甜在心底也没有责怪他，更多还是怪自己既敏感又不争气，怪自己把所有的懦弱和胆怯都用在了他身上，平白无故给了他很多压力。

为什么会变成这样呢？这明明不是她想要的结果。

"其实……"

胸腔躁动着，透着剧烈的不安，有些情绪在她的努力遮掩下，仍在汹涌地向外四溢着。

墨甜放下筷子，双手在身前交叉握紧，有点不好意思地笑了笑："其实我有一点在意，外星先生，你在你的家乡，有没有细胞融合者？"

第十章

年终展会

甜蜜制作人

・★*

"细胞融合者"是白应辰所能描述的最贴切的词,也足够正经了。奈何墨甜不争气,问出口时还是心虚得像做贼,接连喝了几口果汁还要硬撑着补充:"你也不要误会,我就是随便问问,你可以选择不回答。"

在这喧闹的商场,没人会注意到这个不打眼的角落里,有人在讨论着和这个星球完全无关的话题。

而对白应辰而言,原本十分普通的话题,却让他下意识地绷直了背脊。

"没有。"他严肃认真地解答,"细胞融合是我们一部分同胞独有的工作,就像这边工厂的统一生产,然后根据特性发往各处。我只是负责探索的科研人员,并不负责其他工作。"

"……"还真是个没有感情的星球啊!墨甜默默吸果汁,回想白应辰刚才的话,很不厚道地勾起了嘴角。

白应辰注意到,不解地挑眉:"我这些话有笑点吗?"

"啊,没有,不是!"墨甜赶紧摇头否认,"我就是想到您似乎很喜欢说些您家乡的事情,恰好我也很喜欢听,所以,可以的话,在您离开之前,您要是还有什么事情想要分享的,都可以说给我听!"

"你喜欢听?"

"是啊!很喜欢!"

白应辰笑了,刚欲开口,却被一阵电话铃声打断。他看一眼来电显示,立刻收敛笑意接了电话。不知听到了什么，白应辰脸色蓦然一沉。

"怎么会这样……嗯，我之前确实没有料到。前天的资料我看了……那还好，麻烦你了……好的，我知道，我这边会尽快安排。"

墨甜恍惚记得，白应辰上次脸色这么难看，好像还是被她发现秘密的时候。电话挂断，她忍不住问："公司的事情？"

"嗯。"白应辰在手机屏幕上敲起来，像是发送了一个消息出去，接着他立刻结了账，转而带着墨甜进了一家安静的咖啡厅。

"公司有点事情，我得先处理一下。"

墨甜心里一跳："你去哪里？"说完立刻察觉出自己的态度有点激动，墨甜不好意思地松开手，改口道，"你……什么时候回来？"

"我不走。"白应辰笑笑，坐在沙发上，略微神秘地指了指自己的头部，"远程操控一下家里的电脑。"

墨甜瞬间了悟。

关于外星先生的意念操控，她已经有了一定理解。比如外星先生的意念是可以在无形中分离出一部分的，分离出的那一部分虽然体积很小，但是力量很强大，只是在分离时，他的注意力不能被打断。

既然状况紧急，他为什么不先回总部那边，或者先回酒店呢？墨甜坐在白应辰对面，见他双手交叉抵着额头，正在闭目凝神，不禁胡乱猜测起来，他是来不及回去，还是不想让她扫兴呢？

嗯……应该是来不及吧。

虽然没谈过恋爱，但是墨甜有过暗恋人的经历。初中毕业之前，她曾经很喜欢邻家的哥哥，也就是小区里无人不知、无人不晓的"别人家的孩子"，年纪轻轻就做了教授的顾闻悉。

顾闻悉大她六岁，她念初中的时候，他已经考上大学，要去很远的地方，很久才会回家一次。那时的她对距离没什么概念，但是想到会很久见不到之前一直陪着自己的人，就难过地拉着他，不想让他提前走。

"你就不会想我吗？能不能晚一天出发？晚一天就好，一天就好！"她那时那么地想让他再陪她一天，让她把心里的好多话一口气说完。

可是她的话才说了一点点，他们身边就出现了一个和顾闻悉年纪差不多大的女生，看着她笑着说道："闻悉，这就是你说的邻居家的孩子？她好像很舍不得你呢。"

那时的顾闻悉一把就拉开了她揪着他衣角的手,接着走到女生身边,和她讨论起隔天一起坐车的事情。

后来想想,那时候她天真地以为顾闻悉也会喜欢自己,可事实上,在对方眼里,灰头土脸哭号的她一定很讨厌。

在那之后,她开始认真学习,考上了离顾闻悉远远的大学,去了和他完全不搭边的专业,听着他换了女朋友、被家人逼着相亲的事情,内心也不会有什么悸动。可能因为她清楚地知道,她自作多情的表现破坏了她曾经想要维护的关系。

所以,她还是不要太高估自己了。

等到墨甜睁开眼,时间已经是六点过五分。白应辰在看咖啡厅里的书,墨甜揉着眼问:"你忙好了?"

"嗯。"白应辰把一个小袋子推到她眼前,"我看你头发有些长了,就买了这个,年展会需要佩戴AR眼镜,不要被头发阻碍视线。"

墨甜愣了一下,打开袋子才发现,里面是一个发圈。发圈整体的发绳与流苏都是黑色,四颗小草莓长短不一地垂坠在四根流苏的末尾,显得简单又可爱。

睡前的低落情绪顷刻消散,墨甜感到不可思议:"这是您刚买的?"

"刚才出去打电话,看到旁边有饰品店,顺便。"白应辰有些不自然地咳了一声,"该去年展会了。"

"哦,好。"墨甜赶紧收拾好东西跟着他出去,出门时她有意无意地扫了一眼旁边的饰品店。饰品店里,唯一的店员正在收银台前追剧,门口监控显示着店里正有两个女孩在挑选东西。

幻想到白应辰在里面给她买东西的画面,她不争气地害羞了。

年展会晚场早就已经开场,此时排在门口的人已经不多,很快就轮到了墨甜和白应辰。两个穿着星罗旗下游戏服饰的接待员一起凑上来,男对男,女对女,很快就扫好了两人的手机。通行证是星罗旗下任意手游达到满级,扫完还有礼包自动发放。

墨甜登录的是萌萌的账号。进入会场后,她小声对白应辰说:"我以为您会刷工作证呢,没想到您还有满级的游戏账号?"

白应辰:"借来的号。"

那不巧了?墨甜心虚地笑笑:"我也是。"

白应辰一顿,顺着入场指示带领墨甜去拿好AR眼镜才问:"你的《当我入梦》还没满级吗?"

"没有啊……"墨甜不好意思地抓抓头,"我做到第二十七章就没怎么玩了,嗯,主要是前阵子没什么时间,大概等过年放假我会继续玩吧。"

"那有点可惜。"

"什么?"墨甜没听明白。

白应辰却把目光投向了一楼巨大的会场中央:一个展台。只是那个展台上面光秃秃的,除了四角摆放着四个不掺杂质的透明玻璃柱,其他几乎什么也没有。

"那是什么?"墨甜跟随他的视线努力看了看那个展台,在什么都没看到后,戴上了AR眼镜,结果还是什么都没有。

"如果玩到了第三十六章,今天的体验大概会完全不同吧。"白应辰低低地说着,自己也戴上了AR眼镜,接着他情绪不太好地把视线转向了别处,"不过也和个人喜好有关。"

墨甜似懂非懂地跟着他,不知道两人之间的氛围怎么忽然就不好了。

星罗年展会分三层,入口却在二层。从二层进来,往前走一段距离,就可以将一楼的情况尽收眼底。星罗科技目前在运行的共有大大小小十几款游戏,《当我入梦》无疑最火。一楼的《当我入梦》展区里全是女孩子,《当我入梦》七个男主的立牌上面印满了肉眼可见的口红印。

墨甜看得暗暗惊奇,转头问:"怎么没有Mr.陈?"

白应辰给出官方回答:"他死了。"

墨甜惆怅。

"要下楼吗?"白应辰问,"《时光》也在一楼,不过目前只有一些原画和原声。二楼和三楼的游戏比较多,给予的沉浸感也比较足。"

"沉浸感?"墨甜下意识摸了摸自己的AR眼镜,回头时果然发现有被头发挡住视野,干脆取下眼镜,把小草莓发圈拿出来绑头发。

"怎么样?"墨甜左右转了转,"有没有哪里不合适?"

白应辰微笑:"很适合你。"

墨甜:"……我是问有没有不对称。"

"已经很可爱了。"白应辰把AR眼镜还给她,"戴好吧。"

尽管默认了白姓外星人在敷衍,墨甜还是止不住脸上火烧的感觉。趁着白应辰扫视会场,她悄悄掏出镜子照了照。

哇!脸怎么红成这个样子?墨甜在心里哀号,结果跟着白应辰过去,她忽然发现，白应辰的耳朵竟然也红红的！

不……不会吧？

"热就脱掉外套……"白应辰在她捂脸的时候脱下了大衣，搭在胳膊上，"只有二楼有储物柜，要存就现在存好。"

"哦，好。"墨甜这才发现会场确实温度惊人，想必外星先生也是因为会场热量比较足才会红了耳尖吧，一定是这样！

好在AR眼镜够大，戴上去半张脸都能被遮起来。加上脱掉大衣后，浑身都轻松了不少，墨甜脸上的温度也慢慢降了下去。

"三楼都是什么游戏？"墨甜问。

白应辰随口说了几个游戏名字，总结为："三楼是男性向，你应该没玩过。"

她确实没玩过，要不是在星罗工作，估计听都没听过。墨甜抓头："那二楼呢？"

白应辰又说了几个名称，接着走到展示牌前，提示道："这上面有详细的描述。"

顺应市场的趋势，手游投资小、来钱快，星罗科技前期着实开发了不少款枪战、竞技、策略以及RPG手游。不过星罗最终还是想要打造一款大型客户端游戏，所以才有了《时光》。

只是，想要生产一款实现多平台、高度自由玩法的游戏，需要花费的时间和精力远远超过制造一款手游。老牛也说，现在的市场，做端游的基本都是靠情怀。但是廖老板不仅把情怀赌在了《时光》上，他还想在里面加入目前最先进的VR技术，让许多小说里才有的游戏玩法变成现实。

墨甜的指尖在展示牌上滑来滑去，最后还是停在了一楼的《时光》区域。

她笑了笑，说："果然我还是对它最感兴趣。"

白应辰并不意外，带她转身下楼，又问："真的不玩游戏吗？AR的沉浸感虽然比不上VR，但目前市场上，能做到星罗这种程度的公司很少。错过了这次，下一次可能就要等很久。"

"嗯？"墨甜倒是更好奇，"为什么要等很久？"

"为了保密。"白应辰淡淡地说，"关于日常商用的人工智能，星罗算是处在开发前沿。虽然AR和VR都已不是只存在于人类幻想里的东西，但是，这个技术也分等级。这次的年展会对星罗来说，更像是一次展现实力的盛会。一罗想把评判权交给玩家，让他们用感受说话，把星罗的实力传播开……说曹操曹操就到。"

"啊？"

前面还听得津津有味，后面却发现跑题了，墨甜一头雾水，只见廖太太正挽着一个面具男向他们走来，同时对她招了招手："墨小姐好久不见！"

"好久不见……"墨甜挥手回应，与两人擦肩而过，接着难以置信地问身旁的人，"那是廖总和廖太太？"

"小声。"白应辰将手放在她的头顶，稍稍用力把她转了个向，"他是偷偷来玩的。"

会场的新闻板里流动展示着公司高层的一些照片，廖一罗绝对是辨识度最高的几人之一。戴着面具虽然不会被认出来，却也太引人注目了吧……

"说起来，您也算主要人物吧？"墨甜擦着汗浏览新闻板，"怎么没看到您呢？明明S市孙总都有。"

白应辰轻描淡写地解释："我该淡出大家的视野了。"

心跳猛地漏了一拍，墨甜点头："也是。"

今天好像反复提了很多次他很快就会离开这件事，一开始她认为现实就该是这个样子，可刚刚听见时，她胸腔里竟然猛地震颤了一下，还泛着隐隐的痛楚。

默默跟着白应辰到了《时光》展区，墨甜总算直观地接触到了目前市面上顶尖的虚拟现实技术。

透过AR眼镜，隔壁美术组大大们做出的场景和人物原画都以3D模式呈现在了她的眼前。此时，展台上虚拟的异域城堡骤然碎裂成无数光斑，又迅速组合成了一座红砖金瓦的巍峨宫殿，宫殿的镜头在一点点地向外推移，穿过长廊，迈出宫门，引导她一览千年前的繁华盛世。

"戴好耳机。"白应辰在一旁提醒，"这张图的背景音乐是懒羊的得意之作。"

"啊？"墨甜赶紧戴上他递来的蓝牙耳机，不过几秒钟，就对懒羊由衷多了几分敬畏。

懒羊不愧是音乐组长，她什么时候也能变得这么厉害，在自己的领域能有一份令人骄傲的成绩啊……不过就算她有那么一天，白应辰应该也看不到了吧。

想到这儿，墨甜心里便酸酸的，干脆不再去想，努力把自己的注意力转回了正在做的事情上。

《时光》展区共有五个体验台,周围大多数是男生。不过因为没有玩法体验,很多人都是"到此一游",惊叹过就遗憾地去了别处。此时展区刚好静了下来,墨甜轻轻舒了一口气,听着耳机里激荡人心的纯音乐,看着面前不断变化的绚丽场景,从古至今再到未来……慢慢地,她好像真的成了《时光》的主人公,穿梭在时光里。

"先生,您女朋友的最佳体验时间到了,深度体验过久会有眩晕感。"鉴于墨甜是和异性一起来的,工作人员没有贸然上去和墨甜搭话,而是选择了向和她同行的异性请示。

不过令他意外的是,作为主攻男性玩家的《时光》展区,他这一天都没见过哪个女孩子看得这么激动,反倒是和她一起来的男士,全程目光都定在体验台中央的女生身上。

就算是在外面旁观,也能看到画面的,发觉眼前的这位男士一点都没被游戏设定所吸引,他还有点担忧是不是《时光》的吸引力还不够。

白应辰则在认真地打量墨甜,一脸淡定地回答:"没事,问题不大。"

问题是不大,但公司既然有规定,如果真出了事,他可担不起责任。工作人员皱眉,开始危言耸听:"您要为您女朋友的身……"

他的话没说完,白应辰便掏出了工作牌。看清上面的内容,工作人员被吓得脸都要绿了:"白……"

白应辰忽然抬了一下手,接着收起了工作牌。工作人员愣了愣,立刻识趣地退回了操作台旁。

仗着背后有微服私访的分公司总经理兼公司CTO撑腰,墨甜破例一次浏览完了《时光》的全部展示内容。

只是在摘下眼镜的一瞬间,墨甜的双腿直接软成了面条。

"要休息一下吗?"白应辰托住她的肩膀问。

"啊,不行,我得歇会儿。"估计是体验得太投入了,墨甜现在只觉得天旋地转。

在长椅上坐了半天才缓过来,墨甜作为公司员工兼体验者忍不住提出建议:"这个体验时间太久了,虽然体验的时候没感觉,但是之后会晕,是不是该控制一下观赏时间?"

白应辰买了两瓶水,回来替她拧开一瓶:"观赏时间是五分钟。"

"不会吧？！"墨甜呛了一口，难以置信，"刚刚我只看了五分钟？"

白应辰捏着自己那瓶水摊手："你看了十五分钟。"

墨甜不理解："为什么我看的时间会这么长？"

白应辰装模作样分析了一下，随后说："大概因为你比较可爱吧。"

墨甜："……"

她该吐槽工作人员不敬业呢，还是吐槽一本正经说出这种话的老板？

冬至已经过了一段时间，但在北方，昼短夜长还是十分明显。不过玩了半个小时，放眼望去，窗外的天空已然布满了繁星。

"我难得运气好了一次。"扒在窗边吹着风，总算赶走了最后一丝眩晕感，墨甜抬头眺望星空，"一直听说B市雾霾严重，没想到在这儿还能看见星星。"

"这里的环境比市区要好，市区也不是每天都有雾霾。"白应辰靠着玻璃窗，旁观着会场里涌动的人潮，突然问，"你觉得总部这边怎么样？"

"啊？"墨甜转过身来和他一起靠在了玻璃窗上，静静地打量年展会的会场。

虽然场地是租来的，但里面的东西基本都是出自星罗总部，从游戏体验设施到等身模型雕塑，就连会场里的自动贩卖机，都是总部员工自制的，简直刷新了她对一个游戏公司的认知。

分公司只需要把游戏做好，但是总部这边还负责宣传，以及多元化、多样化的收益拓展……听说这一系列的举动，都只是为了做好一个《时光》。

"总部，还不错啊！"墨甜莞尔，"就是太厉害了，感觉离我好遥远，远到让我产生'我真的可以为这个公司做些什么吗'这样的怀疑。"

白应辰微哂，忽然就来了兴致，带着墨甜上了三楼。

这座楼坐落在一片空旷的地区，所以即使三楼的瞭望塔不高，也能看得很远。

"我好像没和你说过，我们虽然适应能力很强，但是身体可供改变的机会也只有一次。也就是说，我来到地球，地球就是我唯一能生存的'外星'。一旦我选择了地球，从此我的生命就只能在地球与母星得以延续。"

月色之下，墨甜的眼睛亮晶晶的，充满了探究，她问："你的意思是，就算你回了母星，以后也不能去别的星球了。如果再出来的话，还是得选择地球吗？"

"是的。"

短促的叹息之后，白应辰抬手指了一个方向，说："我的家乡在那边，是一个耀眼的星球。只是因为太远了，在地球上可能永远都看不到它发出的光亮。所以我在地球看不到家乡时，时常也会陷入沉思，比如我真的能为家乡带回什么成果吗？比如我到这里来，真的有意义吗？"

顿了顿，白应辰轻笑："这种情绪是我在母星时不会有的。"

墨甜撑着下巴歪了歪头，眼睛对着白应辰指过的方向眨啊眨，最后慢慢垂下眼帘。

"外星先生，你后悔来到地球了吗？"

白应辰认真想了想："不觉得后悔。"

墨甜咬了咬唇。

"那你为什么，这么早就准备走了？"

"你觉得早？"

墨甜疑惑地反问他："不早吗？"他才在地球待了二十五年，这一走，往后的那么多时间不都浪费了？

白应辰看着突然抬眼的墨甜，嘴角勾了勾："一罗告诉我你在听到他说我会离开时，你激动地重复问了一遍，就像知道自己被赦免死刑一样。"

墨甜回忆起当时的情况，心虚地移开了眼："呃，往事不堪回首，我们还是忘了它吧。"

现在的她，想法已经和那时候的不一样了。这种话说出来不知道会不会有点暧昧？

忽然，会场里响起了浑厚的钟声，一下一下像是撞击着人心。伴随着第七声钟响，夜幕下的会场蓦地陷入了黑暗。

"啊……"

人数最多的一楼和二楼几乎同时传来了惊慌的呼喊声。墨甜也站了起来："怎么停电了？！"

一下子从灯火通明转到漆黑一片，墨甜有些不适应。正当心里忐忑时，她瞥见一楼似乎隐约有火光。

"着火了？"墨甜更惊。

楼下的人也乱成一团，不断有人问着"怎么了"，也有工作人员高声喊"大家冷静"。墨甜摸黑到了瞭望塔的门口，回头对白应辰说："下去看看吧！"下一秒,却被对方抓住了手腕。

哪怕隔着厚厚的毛衣袖,墨甜也能感受到从对方手掌传来的温度。

白应辰从容地说:"注意脚下,跟我来。"

当她跟随白应辰下到第二层的时候,已经能清晰地看到一楼的情况。看到后,她也没那么慌了,原来火光只是灯光效果。

由四面八方射来的暖光并不明亮,但是刚好可以照清《当我入梦》场地里唯一空着的展台。此时那个只由四个玻璃柱围起来的展台中央站着一个满脸疑惑的年轻女性。

在场所有人的目光都聚集在她身上。

"眼镜戴好。"白应辰低低地说。

墨甜愣了愣,赶紧听话照做。但她戴上眼镜时,看到的景象和没戴时并没有什么不同,只有视野里的年轻女性惊疑不定地后退了一步,接着四个玻璃柱里突然跳动起温和的火花,与折射而来的光芒一起跃动着,直到光芒停住,火花仍在舞动。

"呲呲……"

随着电流的声音发出,展台中央有个影子晃动了一下,又飞快地消失。

"呲……咔嚓……"

破碎的声音随着电流一起断断续续地响起。

"什么啊?"

"不会吧?"

人群里的声音各不相同,但在展台中间完全显现人影的那一刻,一阵尖叫声划破了天际:"啊……是Mr.陈!"

被这一声所牵引,场内所有人都朝着展台看了过去。女生们的惊呼几乎盖过了巨大的电流声,她们共同呼唤着一个名字。

Mr.陈,一个被她们由衷喜欢着的虚拟外星人。

墨甜同样被震惊得猛吸了一口气。她微微向前探着身子,双眼紧盯着展台,情绪完全被会场内的气氛所感染,心情澎湃得无以复加。

展台中央的女生则是完全惊呆了,台下的吵闹好像已经和她无关。保安极力阻拦着想要冲上台的人群,给了她时间,让她终于从失神里缓过来,对上面前的人的双眼。

甜蜜制作人

对方一动也不动,她难以置信,伸出手想要探究……但是她的手穿过了他的肩膀。

是虚拟的影像。

女生有点失望,会场内也一下子安静了不少,人群转为了低声讨论。墨甜刚想问白应辰这是怎么回事,就又听见了一阵短促剧烈的电流声。展台后面一直黑着的巨大荧屏亮了起来,把展台上的虚拟影像特写给了人群。

这时候,虚拟的Mr.陈眨了眨眼,好似花了些时间在寻找焦距,几秒钟后他才看清在他面前的女生。

那虽说是虚拟影像,却和真的一般。从荧屏特写上,大家甚至能看见他眼中情绪的变化:他从震惊到欣喜若狂,最后又怕吓到对方一样,慢慢露出了他惯有的温柔笑容。

空灵的声音由墙壁上的音响传达到每个人的耳中,Mr.陈的嘴型与声音丝毫没有错位。

他说:"对不起,让你久等了。"

大概是公司提前准备过,关于"Mr.陈复活"的消息很快就被传得沸沸扬扬,迅速登上了各大热搜榜首。

虽然目前的手机录不下AR效果,但可以录下后面荧屏上Mr.陈与幸运出演"女主"的女生的互动。许多人迫不及待地将这一场见闻分享到了各个社交媒体,再次给这场展会添了一波热度。

不过这场AI和人的现场表演并没有持续很久,Mr.陈与女生讲述了他在死前曾与一个科学家有过接触,被制成AI在他意料之内等情况后,就因"信号不好"不得不再次离开。而在他离开前,他还伸出双臂拥住了那个女生。

他温柔地说:"我很开心,终于能在现实世界见到你。再等一等好不好?下一次,我争取在现实世界也能保护你。"

"咻……"

影像蓦地消失,在台上的女生愣了两秒,无措地看看四周,捂住嘴哽咽起来。

"我等你……"她蹲在地上直掉眼泪,"我等你回来,我等你!"

声音与影像都消失了,灯光重新亮起来,场内气氛反而被推入了高潮。像是刚刚看完一场电影,还有人带头鼓起掌来,惊叹和讨论充满整个会场,还有人猜测起"在现实世界也能保护"是怎么回事。

这一点，在离开会场后，白应辰给了墨甜解释："公司有团队在研发一款用于保障人身安全的智能手环，其中限定款的语音向导已经定了，是给Mr.陈配音的那个人，扮演的也是Mr.陈的身份。"

"哇……"墨甜咋舌，"公司也太不务正业了吧，说好的用心做好游戏呢？"

白应辰笑："游戏用没用心做，难道你不知道？"

墨甜一顿，自豪感油然而生，消失了很久的狗腿谄媚模样登时回来了几分："也是，有您带头冲锋陷阵，我们哪好意思不用心。"

八点没到，墨甜就回到了酒店。天色已经黑透，墨甜却没有开灯，而是一气呵成地放下包包、脱下大衣、打开空调，之后扑在了柔软的大床上。

"外星先生，我到房间了。"她闭着眼呢喃。

手机亮起，Chen说：好。

脑子里乱糟糟的，墨甜打了个滚，躺在床上，本来还想再感慨两句，可是带她看完最精彩的表演后，白应辰便把她送上了出租车，自己则往总部奔去。

可能是公司出了什么事？她这样猜测。可公司都出事了，他还要立即回她消息吗？之前说好的他听见她的声音后，有空才回话。

她心里觉得古怪，却不敢去问，最后深深吸了一口气，干脆继续浏览网上的消息。

《当我入梦》火速地攻占了各个版面的头条，星罗突然将最先进的AR技术成果公布给玩家，而不是先在各大企业面前展现一下的做法，不知让多少人跌破眼镜。

果然第二天一早，墨甜就被萌萌的电话吵得睁开了眼。电话一接通，墨甜的鼓膜更是险些被萌萌的声音震破："疯了啊，我的甜甜！你们公司简直逆天了！"

墨甜把电话拿得远了些："你起这么早……"

"我昨天七点就被我妈强迫着睡了，现在坐车赶着去登山呢！"萌萌的声音活力惊人，"怎么？你几点睡的？"

"……早上六点。"

"哇，你不要命了？"

甜蜜制作人

"失眠嘛……"墨甜打了个哈欠,昏昏沉沉地看一眼手机上的时间,过了半天才反应过来现在是上午九点,她又疲惫地闭上眼,"没事的话我接着睡了哦。"

"啊,没什么事,就是感叹下你公司真厉害,竟然把Mr.陈做成了AI!我真服了这个彩蛋,你们公司也太会玩了吧!而且你知道吗,你公司给男主原型们安排可对外公布的私人微博啦!他们还各自发了背影照,我激动得都要哭了!"

萌萌噼里啪啦倒豆子似的说完,最后兴奋地说:"甜甜你一定记得给我寄周边啊!地址我发你信息了,记得看!"

"好……"挂掉电话,世界归于安静,墨甜丢掉手机,陷入深深的睡眠。

下午两点,她才猛地从床上坐起来,拿起手机查看通话记录。

"不是做梦……"墨甜按着额头倒回床上。她昨天玩得太开心,完全忘了还要带周边!要是萌萌知道了这件事,不得把她大卸八块?

外星先生大概在忙公司的事,还是不要打扰他了。墨甜思量半天,最后决定求助一下久违的砖师父。

第十一章

我必须走

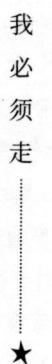

甜蜜制作人

·★*

砖师父也来了B市,只是他似乎很忙,这几天墨甜只见过他一面。

好在消息发送出去的傍晚,砖师父就亲自把周边送了过来。墨甜见他眼底的青黑色十分明显,不由有些担心:"师父,公司是出什么事了吗?"

"是有点事要处理。"砖师父说,"后天一早出发回N市,休息一晚,隔天照常上班,不出意外的话要加班到年前回家。"

具体是出了什么事,砖师父显然没想透露。见他不想说,墨甜也就没追着问,只是默默地打消了原本想和白应辰聊聊天的想法,选择了让他安心忙工作。

然而这个想法刚持续一刻钟,寂静的房间里竟然突然传出了"咚"的一声,墨甜一愣,看向发出响声的窗户,登时有些害怕。

这时候,窗子的玻璃又"咚咚"连着响了两声,声音不大,像是有人在伸手敲打。墨甜瞪着拉起的窗帘,心里直发毛,下意识就开了口:"外星先生,我听到了奇怪的声音。"

两分钟过去,手机没来消息,那敲打声却又传来了。墨甜意识到什么,终于鼓起勇气去拉窗帘。

随着"哗啦"一声,酒店前院里斑斓的灯光映入了她的眼。墨甜看了看干干净净的玻璃,再往更远的地方眺望,果然见到白应辰就站在外面的雕花铁门前。他的身边还站着一个身材高挑、打扮得十分"冻人"的女人。

两个人好像在聊着什么，墨甜只能看见白应辰的背影，却能瞧见女人的表情开心极了，好像在热情地邀请白应辰去哪里。

胸口猛地被撞了一下，墨甜贴住了窗玻璃，死死地盯着那两个人影，酸涩又焦急的情绪蔓延开来。

不对！墨甜猛地惊醒，如果这敲击声是外星先生传达给她的，那他会这样恶趣味地专门叫她看自己和别的女生聊天吗？当然不可能！墨甜赶紧披上衣服、穿上鞋子就往下跑，一直跑到两人身前："白总！白总！"

白应辰还没开口，他身边的女人先皱了眉："这是？"

白应辰有些意外地看了墨甜一眼，接着介绍道："这是我公司的同事，小墨。"

"噢，是吗？"女人的态度有了些变化，她撩了一下头发，微笑着问，"你们是有什么事吗？"

她明显是在问白应辰。但白应辰眼神晦暗不明地看了墨甜一会儿，开了口："你找我，是有什么事吗？"

"啊？"墨甜愣住。

白应辰一度欲言又止，片刻后才重新问："是策划组有什么事？"

墨甜张了张嘴："啊，呃……"迎着白应辰不同于以往的焦急目光，她有些不确定地开口，"那个，白总，老牛正找您呢，您要是方便的话，您看一下……"

"我知道了。"白应辰果断打断了她的话，转身说，"抱歉赵小姐，我公司应该是有些紧急的事要我处理，先失陪了。"

说完，他冲墨甜点了一下头："辛苦了小墨，外面冷，回去吧。"

他叫墨甜先回去，自己则要先替那位赵小姐叫一辆车。墨甜清楚他的品行，但孤身回到酒店时，还是不免有些闷闷不乐。

刚走到一楼，她身子像是被什么拖住了似的，步伐缓慢起来，仿佛有一股温柔却坚决的力量在将她向后带。想到外星先生刚刚还能用意识敲窗户，墨甜便没有抗拒这股力量，随着它走到了酒店后门。

果然没让她等太久，白应辰便也来到了后门，微笑着说："辛苦你了，亲自过来拯救我。"

甜蜜制作人

"说拯救就太夸张了吧?"墨甜踮了踮脚,开心地说,"我猜对了,敲窗子的声音,果然是你给的信号!"

白应辰点头,听得笑意更深,"所以既然都下楼了,要出去转转吗?"

"啊?"墨甜吃惊,"你不忙啦?"

白应辰挑眉,一本正经地说:"墨小姐,就算是外星先生,也要劳逸结合的。"

既然有时间出去走,那为什么要拒绝刚才的赵小姐,却把她叫出去呢?墨甜悄悄瞄了白应辰一眼,压制着心里古怪的情绪,说:"好,那看在老板旅游期间还要辛苦忙碌的分上,无所事事的小员工我就陪你出去转转。"

"感谢。"白应辰心情轻松地说完,又不经意似的道,"那位赵小姐,是一罗太太的朋友,之前和我有过两次交集,呃,就是曾经拉黑我的四位之一。她听说我来了B市,又把我加了回来,不过我对她并没有什么想法。"

"那你最好和她说明白哦。"

忽然脱口而出的话,让墨甜自己都吓了一跳。她赶紧扭头解释:"我的意思是,如果你想拒绝人家的话,就不要模棱两可,否则……对谁都不好的。"她的声音越来越小。

而白应辰的眼里,笑意却越发浓厚。他欣然点头道:"我一直在担心自己拒绝人的态度过于强硬直接,有时会伤害到一些不必老死不相往来的人,不过刚才送赵小姐的时候,我已经和她讲清楚了。"

"咦,是吗?"墨甜看着他眨眨眼,了然地点头,"那就好。"

她安静地跟着他的步子往前走,没再多说也没再多问。

白应辰瞄了一眼她红红的耳尖,嘴角无法抑制地上扬着,努力克制着才没有笑出声,只是呼出了一团白色的雾气。

他这个人,做事一向果决。至少在不久之前,他的字典里还只有"可以或者不可以、有必要或者没必要"这样二选一的说法。就像公司里的人,令他不满意、没必要留下的人,他就会毫不犹豫地辞退,也从来都不会有心理负担。

可因为遇见了墨甜,他才开始思考,有些事他是否应该不留余地地处理。也是因为看见了墨甜,他才笃定了想法,果断地在刚刚谢绝了赵小姐邀请他出去的好意。

今天他原本想的是，想办法提醒墨甜给他打一个电话，好让他有机会脱开身。可他没想到，墨甜直接跑了下来，粗心大意地忘了这个酒店里住着多少同事。

不过也没关系了，就在刚刚墨甜迟疑地盯着他的眼睛，试图说出他想听到的内容时，他的脑内就已经冒出了一句话。

那句话便是他对赵小姐说的："很抱歉，我已经有心上人了。"

大冬天的，长时间待在室外显然不是一个明智的决定。于是经过外星先生的探听，两人最终去了附近一个大学的篮球馆。

时间还不算晚，篮球馆里大有人在，根本没人注意到这两个人不属于这个学校。白应辰带着墨甜在人少的边角坐下时，场上刚有一方进了球，欢呼声响彻全场，就连刚刚入馆的人听了，都情不自禁被吸引了目光。

进球的人是个看着十分干净、乖巧的男生，却有着与相貌不符的敏锐和攻击力，他的每一个进攻动作，都能带出全场的呐喊声。

墨甜开心地观看了一会儿，回头却发觉白应辰的笑容不知何时已经消失了，而且脸上似乎多了几分不悦。她紧张地问："白总，你是听见什么不好的事了吗？"

"没有。"白应辰果断否定后，意味深长地问，"你喜欢篮球？"

墨甜想了下，答道："还好吧。"

那是喜欢年纪小一点的异性？环绕在白应辰周身的气压登时低了几分。

墨甜摸不清状况，也没了看球的心思。这时手机忽然振动了一下，是工作群里的一条全体消息，墨甜赶紧点开看，发现上面写着：公司之前定好的宣传视频，忽然因为上头的旨意更改，过不了审了，我们现在需要再做一个新的。

消息是老牛发的，没过半分钟，工作群就沸腾了起来。尤其是美术组组长，直接发出了几百个问号，后面接着一句：感情那半个月老娘带人熬夜画了改、改了画，都是白忙活了？

音乐组也在后面啜泣：是不是曲子也要重新来？

老牛：首先我们需要一个能过审的剧本。

大家一阵沉默，墨甜也慌得不行，转头问白应辰："这就是昨天你说要处理的事？"

白应辰点头："既然老牛发了消息，就是一罗那边已经敲定了，宣传片要重新做。"

重新做一个宣传片！墨甜完全能想象到前辈们的绝望。关于内测宣传片，她有着一定的了解，深知这不是从游戏里剪辑出一些画面做成视频就能完事的，而是需要剧本、导演甚至是真人演员进行一系列的配合才能做好。而且根据星罗如今的要求，还要把宣传片分别做出AR和VR两个版本，可想而知其中需要多少技术和人力的支持。

原本已经过审的宣传片忽然被告知不能用，这无疑是个惊人噩耗，整个公司群的气氛都沉重了起来。墨甜不安地看着白应辰问："重新做，公司损失会不会很大？"

她现在已经完全没有心情看球了。

白应辰看了她两眼，眉宇间的阴郁少了些。

"还好。"他淡然说，"《时光》的投资人很大方，我们只要把下一个宣传片做得更好，对方会理解。"

做得更好啊……墨甜想到上一个宣传片的产出流程，顿时不寒而栗。

虽然那一次她没有参与，但她看过与之有关的工作总结，从采景、完善3D模型到后期的拍摄制作，公司的前辈们遇到了数不清的突发状况，被折磨得快脱一层皮才做出最终的宣传片。现在，这个宣传片不能用了。墨甜看着群聊里大家的哭诉，也跟着难过起来。

"别慌，问题不大的。"在她旁边的白应辰忽然开口说。

墨甜呆呆地看向他，见他拿出手机，滑开屏幕飞快地打起了字，再看工作群，果然，很少在群里发言的白总在这时站了出来。

他打字说：重做也有好处，我们可以拿新引擎来练手。前天的年展会效果你们也看到了，Mr.陈的影响力有多惊人。如此一来，我们可以在《时光》里也设计一个专门的AI，为之后的游戏发布会做引导者。

群里有人提问：我们不是有智能语音向导吗？

白应辰：还不够。我们不仅要做VR游戏大规模普及的领头人，还要开拓AR的显示技术，让它被更多人所接纳。我们有着这样的技术，还拘泥于语音向导，未免太过大材小用。

看白总的意思,难道是新的3D引擎要开发完了?还是已经开发完了?

对于上面的话,白应辰竟然出乎意料地发了一个熊猫头表情,上面写着:我觉得我挺厉害的。

死气沉沉的气氛被带活了,白应辰的表情后面不仅跟着往日在工作群里难以见到的各种表情,还有一片"哈哈哈"。墨甜跟着弯了弯嘴角,再看身旁坐着的白应辰,他眼里正闪着胜券在握的光芒。这份光芒,足以驱散她心里的所有不安。

星罗科技在人工智能开发方面有多强大,墨甜早在各大科技报道上领略过了。而她身边的这个人,就是星罗科技在人工智能开发上的领军者。

不得不说外星先生对地球技术的发掘以及大脑的开发真是尽心尽力了。眼前群里刷着"技术帝666""老板带队冲锋辛苦了"等消息,墨甜也开心地跟着刷了起来:666666!

笑着笑着,她隐约发觉自己被注视了,悄悄转头与白应辰对视上,随即她脸颊一热,稍稍垂了眼帘。

"外星先生……"她愉悦地小声说,"你很厉害哦,加油!"

至于一个属于地球的技术,却在由外星人领军开发这点,墨甜在之后还特意问过外星先生,这样会不会打破他星球的条约。

外星先生的回答是:"母星并没有所谓的虚拟现实技术,我也是到了地球一点点学的。只不过,有些地球上认为难以突破的鸿沟,我可以换一种方式理解,然后跨越它。严格来讲,我只是把这项已经在地球成立的技术完善了一下。"

接着,外星先生还添了一些令墨甜感慨万千的话。

他说:"之所以选择开发这些,是我曾经看过一篇报道,那篇报道在劝人放弃虚拟现实这种技术。"

他说:"我承认这个很难,但这种饱含着人文情感的扩展技术,在我的母星是不会出现的。这是独属于地球的魅力,我希望这种魅力能在地球上永远地传播下去。能朝着梦想不断努力的星球,最值得尊敬。"

后来,这句话被墨甜工整地写在了《时光》第一本设定集上,每当她在工作上遇到挫折就会翻来看一看。甚至在更远的后来,这本装订结实的设定集,还被她翻掉页了……

不过目前不要说设定集,就连宣传片都还处在被打回原形、不得不重新制作的阶段。公司旅游结束,各部门员工纷纷从世界各地赶回了N市老家。刚回归就是一份"大礼包",全体加班到过年回家。这也算是墨甜加入星罗后,第一次真正感受到紧张的工作气氛。

第一天加班,策划组全体先把椅子都搬到了A组,开讨论会。

搬椅子时,老牛就抱怨了一遍:"咱也够倒霉的,赶上八十年没一次的国外格局大变动。现在游戏还没上线,宣传片也没放出去,咱们就只能顺着他们的变动改,把不该出现的地方都改掉。"

A组组长木桩点点头,开启投影仪看看上面满屏飘红的瑰丽景色,又生无可恋地把头转了回来:"至于剧本……原本我们打算在原剧本上把不该出现的地方换掉,然而拜剧情环环相扣所赐,咱们还是写一个新故事吧。"

策划组一片哀号,就连之前没有参与进去的墨甜,看着大屏幕都觉得眼睛疼。

"事情出来后,我们已经跟上头老板讨论了一下。"牛哥拍拍手,木桩立刻把投影翻页,接着牛哥的话说:"大家清楚,《时光》是个多元化的游戏,但我们没办法把游戏全部的亮点都展现给玩家,只能从中挑选两个最博人眼球的特点来重点宣传。之前的宣传片,我们主抓与现实链接的点,现在这个基本可以pass掉了,之后我们可以在虚拟框架这块下功夫……"

墨甜挤在人群里默默做着笔记,等到散会,竟然记了满满三页。

按照组长们说的,他们必须快速敲出剧本以便后续拍摄。至于剧本,当然不可能只交给一个人写,接下来的几天,众人必须集思广益,寻找灵感,在假期结束之前把剧本整合出来。

也就是说,放假回家也得写,写完赶紧交给自己的组长,组长们还得额外加班提取出最终作品。

墨甜激动不已,难得还在午休时间大着胆子给白应辰发了一条消息:白总白总,我也可以登录《时光》了!

以前她虽然也操作过《时光》，但和现在完全不一样，如今她终于在公司内部服务器里注册了自己的账号和角色！墨甜激动得吃完午饭就回到了电脑前，登录了游戏。

不多时，白应辰的消息传来：嗯，你的ID？

"兔几！"

墨甜欢快地回答，继续操作着自己的角色在广阔的地图上跑跳，不停转动视角看着周围逼真的景色，像是小孩子有了新玩具一样完全沉浸在里面。只是换了两幅地图观赏之后，她总觉得有些牵挂似的看了一眼手机。

白应辰没有再发来消息。

心里蓦然沉闷了些，墨甜打开大地图看了看，最后选择传送到未来主城：游戏里科技最发达的地方。

白应辰私下对她透露过，这个主城有一部分是他设计的，设计的框架参考了他的母星。

"是哪一部分呢……"

墨甜的人物已经入乡随俗换上一身十分具有未来科技感的装扮。茫茫未来城，建筑层次感十分明显，她在古旧的断壁残垣和繁华都市之间跃来跃去，又在类似磁悬浮的交通工具旁边站了一会儿，最后把视线定在了城内最高的一座塔上。

那真的是好高的一座塔，要不是她以前玩过太空类游戏，估计从驾驶飞行舱开始就要被劝退了。

好在费了九牛二虎之力后，墨甜的人物总算稳稳落脚在塔顶的小机场上。接着从螺旋梯一圈一圈往上，她顺利攀上了顶端。

入眼一片璀璨，银河和城市的灯光衔接在一起，如梦似幻。

如果不是用电脑，而是用设备，那得多震撼啊……墨甜盯了很久的屏幕，才意犹未尽地转动视角去看另一边。

虽然是塔尖，场地却很宽敞，中间还立着一座充满神秘感的雕塑。墨甜绕过雕塑来到另一面，一路向前走到看台边缘，而后把目光定在了塔顶支出去的尖端上。

一个类似机翼但不知道用途的扁平尖端上面，正坐着一个姿态洒脱的男性角色。黄昏景象里，他目视着远方星际，稍长的银色发丝被风吹动。

应辰。

此去应是星辰大海，归来仍是翩翩少年。

看着他的ID，墨甜脑袋里蓦地浮现了这句不知在哪儿看到的话。此时万千星辉失色，眼中只剩眼前人，墨甜低头拿起手机，在消息栏里输入一段话：白总白总，我好像看到你在挂机？

想了想又删掉，她重新输入：是你吗？

删改几次都觉得不合适，墨甜最后断定，她应该是觉得自己不该打扰外星先生。她能想出无数自己不该打扰他的理由。

墨甜讪讪地把手机扣回桌面，抬眼看向屏幕，才惊觉，原本坐在前面看星星的人怎么在看她了？

明明只是游戏人物，她却好像被紧紧地盯住了。明明她只是路过，却好像尾随者，在偷窥时被抓了个现行……

远方的黄昏景象渐渐转为星空，夜晚的风好似也更强烈了些。

"哎，之前的宣传片真是白费了那么多心思。"有人毫无预兆地推门而入，身后还跟着一大帮参与讨论的同事。

墨甜脑袋一热，看着眼前男性角色明显的ID，猛地操作鼠标一个翻越，令自己的人物从高塔上跳了下去！

"嗬，小墨大中午的体验跳楼啊？"有人路过随口吐槽。

"要是重心不能放在局势随时可能改变的现代，着重突出未来幻想这部分也不错。"有人立刻提出建议。

"既然是未来城的最高建筑……"墨甜给自己重伤的角色选了回复活点后，赶紧拉了椅子过去，佯装没事人一样加入了讨论，"那这个建筑能不能加入点特殊的设定？比如在中间设置一个上升气流缓冲效果……嗯，就像蹦极一样。"

她一边说着，脑子里迅速地闪过了一个灵感。墨甜转身就回到电脑前，连椅子都没拖，就那么半蹲在屏幕前头飞快地敲出了一行行字。同事们见状，很配合地没有打扰她，全都压低声音就着墨甜的提议继续探讨起未来城的可行性与延伸发展。

另一头，白应辰从螺旋梯下到二楼，入眼就是墨甜记着灵感神采飞扬的模样。他皱了皱眉，不由得思索，得是什么灵感，让墨甜激动得为了不被耽误时间，直接从塔上跳了下去？

"哎，是白总！"讨论工作的几人里有一人看见了白应辰，悄悄示意。

一般白应辰从里面来二楼，都是拿资料或者找人的。众人以为白应辰要从二楼出来，相继坐得端正了些，结果等了半天，却看到老板两手空空地转身回了三楼。

那么老板是来干什么的？

实在是因为白应辰刚刚的视线里只有一个人，几个宅男情商再低，根据老板刚刚深沉的凝视，他们也悟懂了。

"啊，我记好了，你们刚刚讨论到哪里了？"墨甜重新回到椅子上。

同事们互相警告对方收起八卦的眼神，有人咳了一声："就……从头讨论一下吧。"

加班这三天，墨甜过得不要太快乐。

同事们起早贪黑一脸菜色，她也起早贪黑，但是每天在《时光》里遨游体验，加上找到了许多灵感，让她获得了无比多的成就感。虽然偶尔也有苦恼，但是看看之前废掉的那个宣传片，以及听一听音乐组新出的曲子，墨甜总能重新燃起斗志来。

"小墨挺积极啊，有几个点子她跟我讲过，确实很有意思。我让她把大致想表达的东西写出来，说不定她的想法会更好。"

刚在白应辰的办公室开完小会，老牛随口说了这么一句。

砖师父在一旁安排着行程，忍不住插嘴一句："小墨确实比较有自己的想法，咱们今年招的两个实习生都没白招。"

老牛哼笑："还不是白总眼光好，等项目基本稳定，咱们明年可以多招几个了。"

砖师父想说如果有好苗子，当然欢迎扩招，结果埋头在电脑前工作的白应辰突然抬起了头，淡然说："嗯，明年多招几个，我来把关。"

其实每年招新，白应辰都会在笔试时路过一次，给出些意见。不过他是头一次说出这种话。

甜蜜制作人

老牛笑笑，忽然来了调侃的兴致："白总你对公司这么认真负责，啥时候对自己的人生也负责一下？"

白应辰挑眉："我对自己的人生不负责吗？"

"廖总都要当爸了啊，像您这么大的时候，他也对廖夫人奋起直追了……"老牛一脸揶揄，"所以说白总您修身立业没啥问题了，啥时候齐个家给我们看看？"

白应辰沉默须臾，掩饰着眼里遗憾的情绪，淡然一笑道："暂时没这个打算。"

此时公司的所有项目已经接近收尾关头了，假期越来越近，公司的气氛也放松下来。墨甜收拾了些东西，看着桌上的钥匙发了一会儿呆。

没过多久，下班铃声响起，躁动不安的同事们几乎同时站了起来，相互击掌或是招手。

"回家回家！"

"各位明年见！"

老牛和砖师父从三楼回来时，公司里的人都走得差不多了，墨甜却还在办公室。两人惊讶道："小墨还不走吗？"

"啊，我想再待一会儿。"墨甜说完看向砖师父，"师父……"

老牛去他的办公桌收拾东西了，砖师父被她拦住了，她捏着包包支吾了一会儿，小声问："师父你知不知道白总喜欢什么？"

顿了顿，墨甜慌忙解释起来："那个……我就是想送白总一个礼物，谢谢他……"

半天也没解释好，墨甜自己急得直出汗，后悔了刚刚不经考虑地开口。倒是砖师父听了一会儿，了然地笑了下："小墨你不如直接问白总。"

"啊？"墨甜表情略呆滞。

砖师父说："白总很少表露喜好，我只知道他喜欢工作，但你总不能就陪他一起加班，所以你不如自己去问，就像……"

"像什么？"墨甜疑惑。

就像你想要周边，我就可以转达给白总，然后白总弄来送你啊……这种适合当事人沟通的话,他竟然差点说出口,真是差点铸成大错。

砖师父摇头:"没,总之小墨你还是自己问的好。"说完就以赶车为由遁走了,留下墨甜一个人在电脑前踌躇,随后她看向身后的私人办公室。

三楼还没熄灯,有微弱的光照在螺旋梯上。想了想,她最终还是拿起钥匙,拎着包包走出了办公室。

N市的冬天冷风不断,夜空很黑,没什么星星。墨甜一个人站在呼啸的风里,忽然觉得有点寂寞。

最近萌萌不在,她一个人在宿舍里时,也没和外星先生交流。

"外星先生,我要回去啦。"对着夜空说完,墨甜踮了踮脚,等着公交车停在她身前。

"嘟……嘟……"响亮的喇叭声在公交车后连鸣两声,墨甜正等着公交车门开,微微皱眉看过去。

"墨甜!"

公交车开门的一瞬,她已经抬了脚,却因为这个声音停住了脚步。她知道,那是外星先生的声音。

"对不起,先不坐了。"向公交车司机道过歉,墨甜转身小跑向后面。

白应辰站在车边,见她向他跑来,这才收敛起刚刚的焦急。公交车开走,夜空下就只剩他们两人和偶尔路过的车辆。他拉开车门说道:"我送你回去。"

墨甜有些不自然地抿唇。

"我今天没喝酒……"她以为他是因为这个才想要送她。

"我也没喝。"白应辰微笑,"所以不用担心。"

墨甜就这样坐上了外星先生的车。因为外星先生开的是副驾驶座的门,所以两人就这么并排坐在了一起。

不是第一次坐在他的车上了,只是这一次夜幕太深沉,人又太清醒,在连广播和音乐都没有开的空间里,墨甜一句话都说不出来。直到车子停下,她从神游中把思绪拉回来,想开门下车,却见眼前竟然是一片热闹的景色。

"一起吃个晚饭吧。"白应辰把车倒进停车位。

墨甜愣了愣,下意识想回绝,但是咬了咬唇,没能说出口。

这旁边是一条小吃街，街上搭着很多防风的棚子，各种食物物美价廉，她和室友都很喜欢来，只是离她们的学校有一点远。

"你竟然也会来这儿。"墨甜眺望她之前光顾过的小摊。

"第一次来。"白应辰说，"但之前听你说过这里不错，所以一直想着来试试。"

墨甜已经不记得她什么时候说过，但她知道自己肯定在馋嘴的时候怀念过这里的小吃。

"你就是这样收集信息，然后融入大家的生活的？"

白应辰微笑道："看情况收集，不过我对食物没有什么特别的需求。"所以最后按照墨小姐的需求，两人去吃了一顿香辣蟹。

只是很遗憾，相比快要辣出眼泪的墨小姐，外星先生吃得无比淡然，而且剥肉手法娴熟，吃着吃着竟然成了外星先生飞快地供应蟹肉，墨小姐吃得应接不暇。

小摊上还有不少人，斜对面几个女生时不时投来羡慕的目光，都被墨甜收在了眼底。墨甜猛然发觉，她好像受到了自己不该有的待遇，而她刚只顾着吃，竟然都没注意到。最后墨甜坚决请了客。一起去取车时，她好奇地问："外星先生，你就没有什么喜欢的食物，或者讨厌的食物吗？"

外星先生平静地摇头："没有。"

她正沮丧着她连一顿他喜欢的饭都请不上时，又听他说："不过你泡的咖啡还不错。"

"啊？"突如其来的夸奖让墨甜有点羞涩，她解释道，"主要是咖啡豆好，我以前总是很早就犯困，临近考试就自己磨咖啡喝，喝得久了就开始尝试各家的咖啡豆，算是一个小爱好。"

跟着白应辰一起钻进车里，墨甜笑得有点苦涩："不过今年都没机会再请你喝一次了。赶春运嘛，我的很多东西都提前寄回家了。"

白应辰淡淡地"嗯"了一声，一路平稳地把她送回校门口。但在开车门前，他忽然叫她："墨甜。"

"嗯？"墨甜已经准备出去，闻言停了下来。

白应辰迟疑了一下，然后看向她，问："你会不会觉得，我们这样相处有些不合适?"

墨甜略一沉默,笑着回他:"能被您当成朋友,我很开心啊!而且在公司里,我们也能保持正常的上下属关系。只不过有时候您的做法、您说的话,可能……稍稍会超出普通朋友的范围,不过我都能理解的。"

这些话说完,狭小空间里的两人沉默了很久。终于,墨甜推开车门出去,白应辰却又低低地唤了她一声,而后说:"叫我一声。"

迟疑了一下,墨甜唤道:"外星先生?"

"嗯。"外星先生微笑,"路上注意安全。"

墨甜心中微动,莞尔道:"你也是。"言罢,她便快步离开。

只是走到校门口,墨甜抹了一把眼睛,又忍不住狂奔着回来。她慌张地站在空荡的停车位上,举目四顾,尝试着呼唤:"外星先生,外星先生?"

"嘟嘟……"

还是两声响亮的喇叭声。在转盘的另一侧街边,白应辰下了车。

墨甜踩着斑马线跑过去,喘着粗气在他身前站定,目不转睛地看了他好一会儿。

"我……有点好奇……"她直直地看着他问,"你一定要走吗?"说完不等他回答,她又飞快地问,"或者你……还会回来吗?"

白应辰半垂眼帘,刚好能看到她紧紧攥着挎包背带的手。

心里一阵酸楚的感觉,这对于以前的他应该是很陌生的。可这一次,察觉到自己多体会了一种情绪,他却毫无收获感,反而觉得自己身上又平添了一种叫作"残忍"的形容词。

"我必须走……"他平静甚至温和地说,"即使会回来,也得是二十年以后。"

末了,他颇为惆怅地看了看自己的手掌:"所以说,我大概也没有你想象的厉害,至少还没进化到在宇宙间来去自如的程度。"而他也做不到,随时见到想见的人。

"是吗?那,还真是有些遗憾呢。"墨甜扬起笑脸,心里却充满了苦涩,"我也就是随口一问,毕竟我这辈子大概都不会遇到第二个外星先生了。不过……人生不就是这样吗,聚散是常有的事。"

甜蜜制作人

"那……"她站得笔直，认真地朝他点头，"您也是，路上注意安全，我们年后见。"

"……再见。"

在来到地球之前，白应辰从来不觉得，分别是一种痛苦的事情。哪怕是永别，他也会平静地接收同胞的遗物，按照利弊选择留下或者销毁。离开也好，消亡也罢，都是生命里必然会出现的事情，再正常不过，根本不需要为之苦恼。

直到在地球上生活了一年又一年，他才发现，原来他会那么放不下一度属于自己的群体。原来他会那么的不甘，那么不想离开一个人。

分明在不久之前，她在他眼里还是一个冒失鬼，夜里九点忽然出现在公司，撞见他的事情还大叫有鬼。要不是那天公司只有他一人，她让他怎么收场？他想想都觉得那会是一场大灾难。

可是，就是这么一个胆小的冒失鬼，却很好地守住了与他的约定，小心翼翼地努力着。

"……应该，已经关闭联系了吧？"

恍惚的声音忽然传入脑内，正在失神的人一惊，拿起手机打算告诉她还没有，他立刻断联。

可是信息刚输入一半，他听见了抑制不住的哽咽声，手指已然僵在屏幕上，无法继续下去。

半晌后，白应辰闭了闭眼，倚着车门望向天空，重重地吐出一口气。

隔天中午，墨甜坐上了回家的火车。

往年学校一放假，她就早早回了家。今年在N市工作，她才真正感受到了春运的气息，无数行人拿着大包小包，拖着疲惫的身躯在火车站里或站或坐。坐上火车，墨甜实在忍不住在朋友圈里给自己点了个赞：提前把行李寄回家真是太机智了！

然而她昨天失眠了一整晚，半夜睡不着起来写了几个白兔与金毛的小段子，写到脑子都发空了还是睡不着，现在困意突然袭来……她防备地看了看周围。

火车的过道上还有人坐着小马扎，大部分的人都在眯着眼睛补眠。

手机上有消息叮咚叮咚地发来，亲朋好友除了点赞还有人问她回家要不要出去玩，还有同事发着大哭的表情说：早知道我也寄回去点，火车上晚了都没地方放行李，东西全堆身上了！

墨甜看得笑个不停，笑着笑着打了一个重重的哈欠，又给家人打了个电话。事情交代到末尾，听筒传来有人来电的声音，墨甜匆匆挂断，看都没看就接通来电："喂，你好？"

"已经上车了？"

"……是！"蓦地紧张起来，墨甜按住话筒清了清嗓，努力使自己的声音听起来没那么疲惫。

那边白应辰问："刚刚你好像在打电话，是不是打扰到你了？"

"没有没有！"墨甜忙否认，"我刚已经打算挂电话了，就和我爸爸说了一下接我的时间。"

"那就好。"

双方都静了静，墨甜问："您……找我有什么事吗？"

"……嗯。"白应辰好像犹豫了一下，才说，"叫我一声吧。"

墨甜一惊，立刻环顾四周。

白应辰则继续道："我可以打开你周围的三米监听，如果有什么异动，就立刻打电话给你。你把铃声调到最大，振动也打开。"

墨甜："……"外星先生的功能还真是一如既往的方便又强大呢。

"呃……"墨甜撑住侧脸去看车窗外的风景，"呃……还是不了吧，我自己提高警惕就好。反正以后我都要在N市工作呢，要是这次放松了，以后没了这个待遇反而不习惯。"

"你是会放松警惕的人吗？"白应辰不相信，"十二小时车程，一直不睡身体会受不了，你还是好好睡一觉，我帮你听着。"

末了，他还补充道："反正按照正常人的想法，待遇这种东西，应该是能享受一次是一次的。"

墨甜无言以对。为了证明她是正常人，最后她趴在桌上，把脸埋在自己臂弯里叫了"外星先生"。

白应辰满意地"嗯"了一声："路还很长，好好睡。"

甜蜜制作人

"好的。"

明明电话已经挂断,墨甜还是在后面添了一句"麻烦你了"。她不禁弯起嘴角,毫无顾虑地想,反正他都听得到。

估计是太安心了,墨甜意外的一路好梦。

火车抵达时,她刚醒来十几分钟。活动了一下酸痛的身子,刚好下车换乘,她又坐上另一辆最终通往家乡的火车。

夜路漫漫,冬日的荒芜景象一览无余。墨甜靠在车窗上翻看手机,看着写了凌晨字样的时间,没敢发消息给白应辰。

他睡了吗?如果这时候跟他说不用帮忙监听了,会不会反而吵醒他?还是他一直都醒着?

墨甜苦恼许久,干脆发了个朋友圈:终于快到啦,路上做了好几个有趣的梦!

接着她又在公司群里说道:大家都到家了吗?我终于要到了……

群里热闹起来:

还没呢。

坐三天两夜的火车了解一下。

哇,心疼你们!

我记得有个航空公司春节票很便宜的……

群里聊天的人多了起来,墨甜反而开始接不上话题,于是玩起了游戏。虽然还没玩到后面的剧情,但是年展会给她带来的效果还是很震撼的。

墨甜现在不仅知道Mr.陈会"死而复生",还听总部的《当我入梦》策划透露,Mr.陈的复活是因为他成了《当我入梦》新增男主的一个梦。然后根据一系列科学(幻)手段,自称"秀某人"的不大正经的科研人员把Mr.陈制成了人工智能。

此后Mr.陈会作为留有意识的AI继续出现在游戏剧情里,只是他再也无法进入女主人公的梦,听说以后触发他出现的条件还很特殊……

倒是那个秀某人,他还真是被星罗请来探讨技术的科研人员。墨甜也在总部见过他,虽然长得是不错,却总给人一种科学怪人的感觉,不得不说《当我入梦》真是什么男主都敢写进去。

墨甜忽然假设,如果外星先生不会离开,像超人一样公开身份,然后成为一个真的可以被攻略的男主角……

呃,为什么一想后续,她想到的就是实验室和解剖台?

火车很快就停在了墨甜老家的站台,墨甜关掉稍有进展的游戏,提着自己简单的行李下了车。

"甜甜!"火车站门口,一个中年男人老远就在挥手。

墨甜拼命挤出人群,扑在男人胳膊上撒娇:"久等啦,老墨同志!"

"冷不冷?"墨爸爸接过她的行李,关切地问,"快上车回家,你妈在家给你煲汤呢。"

外出念书这几年,回家都是在凌晨,墨甜早已习惯晚上回家喝一碗热腾腾的汤,但还是故意打趣说:"你们俩竟然没斗地主忘记时间!"

"喊,前年晚来两分钟,你还想记一辈子?"墨爸爸拍她的背,"走了,回家!"

墨甜笑嘻嘻地坐在墨爸爸的摩托车后面。摩托车发动,她忽然又笑不起来了。

她最喜欢家乡的冬夜,空气清新,闻着格外舒服。一年没回来,她都好怀念家乡的一切,那么二十几年没回过母星的外星先生呢?

她之前竟然忽略了他每次讲起母星都飞扬的神采,只盼着他不要回去,这种做法真的太自私了。要是外星先生的心思再敏锐些,他对她的好感度一定又要降低了吧。

以前快要回家时都困得要死,但墨甜今年格外精神,到家之后,硬是突发奇想地先拍了一张房间外的夜空,然后和一碗妈妈煲的汤一起发在朋友圈:到家啦!

"大晚上的发那么多朋友圈干什么?"消息没发出去多久,墨妈妈直接现场回复她,"快喝完汤睡觉!"

"好,我知道了。"墨甜乖巧答完,又回了句,"有些女士也请放下手机好好休息哟!"

赶在墨妈妈的语言整理好前,墨甜飞快地就着热汤吃完馒头,然后闪身钻进

甜蜜制作人

了浴室。

没过一会儿,墨妈妈在外面大喊:"甜甜,你手机太吵了!"

墨甜才想起自己的手机音量调到了最大,便停止了哼歌,也大喊着回复:"等我洗完澡再调静音!"然后,墨甜忽然想起了什么,赶紧飞快地洗完,冲回房间里拿手机。

Chen:你到家了吧?

Chen:我刚在忙,没来得及问。

Chen:听起来你应该是到家了。那我这边先关掉了,你好好休息吧。晚安。

晚安都说了,外星先生应该休息了吧……墨甜丢掉手机,沮丧地扑在床上。墨妈妈路过门口,补上了迟来的教训:"怎么这么快就洗完了?洗干净了吗?快吹头发睡觉,别总玩你的破手机了!"

墨甜难得没有顶嘴,闷闷地应了一声之后继续躺在床上装死。

墨妈妈以为她累了,便把吹风机放在她床边说:"别磨蹭了啊!"

然而墨甜还是磨蹭到了房间安静下来,才去关上门,然后在床上来回打了好几个滚。

果然,夜里她又失眠了。之前失眠她还写了几个小段子,而这晚的失眠,她有一大半的时间都是躺在床上发呆。其实她也不想浪费时间,也去找了些事情做,可不管做什么,她的内心都无比焦灼,脑子里会反反复复出现一些不切实际的想法,那种可能会让外星先生降低对她的好感的想法。

第十二章

想见到你 ★

"所以你又给我写了这么一大堆段子?"

两天后,墨甜被亲自杀到她家的丘雨按在了电脑前:"你有这个精力还不如想想工作,《时光》的宣传片不是刚被打回来吗?"

墨甜也知道,自己最近的产量是有点多。主要她的小段子都是要交给自己这位表姐来画的,想到时光组最近加班的频率,她很不好意思地说:"工作我也在想啦。不过回家之后都不能玩《时光》了,我就没什么灵感。条漫你倒是可以慢点画,我不急的。"

"你急也急不来啊!"丘雨没有表情地笑了两声,"我那边忙得要死要活,假都要比你们少休两天。"

"这么惨?"

"呵,反正我现在是处在一片水深火热里。"丘雨跷起二郎腿抱怨,"我是真羡慕你,跟你们老板比起来,廖总简直太没人性了,天天让我们组加量不加价地上班。"

那当然啦,外星先生可是一直按照地球上最标准的作息时间要求自己的,对待同事们也都很少过分要求,是个八辈子修来的好老板。墨甜理所当然地想着。

只可惜这些话她不能说出口,说出去估计还要挨表姐毒打,于是又讨论了一番工作现状。最终,剧情策划和程序开发两个部门的两名员工发现是鸡同鸭讲,默契地结束了这个话题,一致决定还是出去逛街实在。

让墨甜吃惊的是，一来服装店，表姐竟然拉着自己进了男装区。墨甜都忍不住怀疑，自己这位剩女佼佼者表姐是不是发现自己内心深处其实是个男人了。

丘雨挑男装的目光一顿，白了墨甜一眼："我买了送人。"

"对哦！……哎，也不对，你前几年还说长大了发现送表哥礼物都是浪费呢。"墨甜不乏羡慕地捅了捅丘雨的腰，"是不是觉得有个哥哥还是挺好的？我就一直很羡慕你呢，我也想有个亲哥哥疼我。"

"呵呵，谁送他啊！"丘雨一脸嫌弃，末了有些不耐烦地别过脸，继续看衣服。

半晌后，墨甜才听见她轻飘飘地嘀咕了一句："我送别人。"

墨甜先是一愣，随后立马反应过来，小跑过去牵丘雨的袖子："表姐，表姐你谈恋爱了？"

丘雨一脸纠结，显然是默认了但并不想谈这件事情。墨甜也有暗恋的人，当然知道有些事情不适合被刨根问底，于是只是好奇地问了一下："表姐，你是认真跟他在一起的吗？跟他一起，你会设想到很远很远的未来吗？"

丘雨投来"你这是什么问题"的眼神。

墨甜心虚地笑，她也对自己问出这种事情表示很疑惑。可没想到丘雨还是认真地回答了她："在一起肯定是认真在一起的，我都老大不小的人了，哪有时间浪费在玩感情上。不过你说的未来……未来又不是我能决定的，我想那么多干吗，过好现在就行了呗。"

丘雨理直气壮地说完，立马给对方打了个电话，一边问着电话那头的人对颜色、款式的要求，一边翻看衣服，声音都比刚刚柔软了几分，虽然偶尔两句话里透着硬气，但眼里的幸福气息还是满得似要溢出来。

这样的一幕看得墨甜感慨万千。

尤其后面陪着丘雨敲定了一件款式充满朝气的大衣……墨甜更惊奇了："姐，你们该不会是姐弟恋吧？"

这次丘雨没再给她什么眼神，而是双颊泛红，侧面回答了这个问题："反正先处着嘛。"

夜晚，丘雨留在墨甜家里吃了饭。墨妈妈当然关切地问了不少事情，还让丘雨在工作上多照顾照顾墨甜……这点墨甜主动驳回了，表示总部和分部相差甚远，再者她自己也会好好努力。

甜蜜制作人

饭后墨甜把丘雨送到楼下。目送这位帅气又独立、一直被她所羡慕的表姐开车离去,她在家楼下晃了两圈,然后迅速跑到楼上,拿起钱包和手机。

"妈,我出去买个饼干!"墨甜说着飞快地往外跑。

"这么大的人了,还毛毛躁躁的。"墨妈妈不满。

墨爸笑笑:"甜甜过了年才二十三。"

"那也该稳重点了。"墨妈妈怨怪地说完,捶捶腿坐在沙发上感叹,"哎呀,女孩子不像男孩子,年纪大了也有人要,你看丘朕急得,天天找同学给小雨介绍对象,前些日子说是介绍了个比她小两三岁的,也不知道成没成,我今儿都没好意思开口问。"

"你也不用问,就丘朕那性格,小雨有了着落,他估计得拿着喇叭游街去了。"

顿了顿,夫妻两个忍俊不禁:"不知道咱家甜甜以后找个啥样的,我单位老刘天天炫耀她女儿嫁的那小子买了啥啥新车,就国企上班那个。"

"我看隔壁小顾就不错。"

"小顾年年带新女朋友回家,哪好了?你看前几天他回来刚说又分了,他妈妈又张罗给他相亲,这给女儿找对象可不能找太花心的。"

"那就让甜甜自己挑。"

……

而此时的墨甜正在拨号码。把名片塞回钱包里,她有些紧张地等着对方接通电话。

"您好,请问是?"

"廖总,我是墨甜。"

对方愣了愣,长长地"哦"了一声:"墨小姐啊!"

"哈,没打扰您吧?"墨甜站在商店对面的树下,紧张地踱了踱脚,"我就是想问一下,您知不知道白总他在这边有没有家人?他……他每年过年都是和谁一起过的?"

廖老板笑了:"他在这边哪有什么家人,过年我爸妈会让我叫上他一起。反正他们那边安排得挺好,我父母都没怀疑过,就当他是从小就一个人住我家附近。"

从小就一个人住……这都没被怀疑?墨甜咋舌。

那边廖老板竟然又问起她在公司习不习惯。这可真是来自大老板的问候,墨甜麻利地把公司能夸的都夸了一遍,接着听廖老板说廖太太很想抽空和她见面聊聊天,她赶紧又把廖太太夸了一顿,这才结束通话。

轻轻舒了一口气,墨甜有点心累,忽然特别想念外星先生的声音。她迅速地买了饼干,往家走时小声问:"外星先生,现在方便打电话吗?或者方便发消息吗?"

她都走到家了,对方还没回答,估计是转入了留言模式。墨甜有些失望地上楼,关上房门,突然手机消息提示音响起来,墨甜忙打开看,看完她就蒙了。

Chen:方便视频通话吗?

视频……脑袋里有烟花炸开了一样,墨甜赶紧跑去照镜子,理了理衣服和头发再回去拿起手机,忽然就有点怯场。

墨甜:那个……我用电脑吧。

她慢吞吞地开了笔记本电脑,白应辰那边还没有反应。她抱头坐在桌前思考了半晌的人生,锁好门后主动点开了视频邀请。

白应辰接受得很快,只是他那边的画面竟然是《时光》的画面投影。墨甜定睛一看:"你还在公司?"说好的谨遵地球完美作息呢?都要过年了,大晚上的还在公司加班?!

那边有白应辰敲键盘的声音,以及鼠标点动声,接着她听见一声淡淡的回应:"嗯。"

墨甜脑袋一热,动了动自己的耳机,有点想关掉摄像头的冲动。真是的,早知道她就不开摄像头了……

他怎么都不露脸?害她一个人紧张兮兮的。

主要是她敢这么想,却不敢说出来。正待她手足无措的时候,白应辰那边的画面动起来了,是他的游戏角色"应辰"在操纵一个天文望远镜。

"未来城的科技定位在两个世纪后,那时人类如果还存在,科技一定很发达。"白应辰平静的声音传入她的耳朵,"我按照自己已知的,模拟了母星到地球的宇宙环境。"说完他调整天文望远镜,慢慢对准一个方向,不断地调试,"不过也只是大致模拟,将一些重要的恒星具体表现了出来。在这里面我还给自己做了一个彩蛋,也就是……"

镜头终于不动了,穿过重重星际锁定在一颗暗红色的星球上。那是一颗极为美丽的星球,外面还交叉绕着两条深浅不一的蓝色行星环,墨甜觉得十分震撼。

"这就是你的母星?"

"嗯。"外星先生的手部剪影出现在投影上,"这个,是自带行星环。这个,是自造行星环,功能大概类似你们的人造卫星,但也不限于此。"

墨甜认真地听着白老师的讲解。

虽然她是很感兴趣的,但此时,她实在忍不住在心里嘀咕:你能不能露个脸?大晚上的瞒着爸妈开视频结果就是听星际讲解,这也太奇怪了吧?

估计是她焦虑的情绪有点明显,没过多久白应辰切出了观星模式:"你是不是困了?"

"啊?没有啊!"墨甜傻笑。虽然白天都没睡觉,困是肯定有点困,但是……我是想看你啊!这句话她在心里咆哮了无数次。

白应辰操纵的人物孤独地站在观星台上,他本人则沉默了很久,才开口:"你上次说的礼物……"

"礼物?"墨甜一下子抓住了话题,"啊对,砖师父应该跟你提过。"

这事她在陪着表姐买衣服时想了又想,觉得还是直接问外星先生的喜好比较好:"所以,外星先生你想要什么新年礼物吗?"

视频那头的白应辰顿了顿。安静的公司里,只有他自己。刚刚忙完工作,他是有些疲惫的,而且除了开会,他还从未和人视频过,于是才选择开了游戏。

为什么要开视频呢?他心底大概清楚,他有那么一点想见到墨甜。虽然双休日经常两天见不到,可他突然发觉现在的她离他很远了,就……一不留神发出了一句本该再斟酌一下的话。但看到墨甜出现在视频里的样子,他又安心下来,一点也不后悔刚才说的了。

"你问我要什么?"

墨甜一直看不到人,又听不见声音,正思考着自己是不是该再说点什么,听见白应辰问,她赶紧飞快地答:"啊,就是我想送你一个新年礼物。本来我想自己选的,但是又怕送的你不喜欢嘛……就只有这一年的机会,我想送你个你想要的东西。"

白应辰稍许沉默后,问她:"你不知道我想要什么吗?"

墨甜一脸茫然地问:"什么?"

白应辰回她:"先说说你想要什么新年礼物吧。"

竟然转移话题了?墨甜陷入深深的焦虑,赶紧询问:"您是不是和我说过您喜欢什么?"她试图回忆,"除了母星和科研什么的。"

白应辰又沉默。墨甜快哭了:"您别生气,我是真的一下子想不起来,我再回忆回忆。"

摄像头忽然一转,对准了白应辰,有些昏暗的办公室里,他的轮廓却很清晰,疲惫的脸庞上,是他惯有的却又有一点不同的笑意,似无奈里带着一些复杂的情绪。

"我没有生气。"他说,"你问我想要什么……一切地球上的物品,我都无法带回母星,所以我也没什么能要的。"

"这样啊……"墨甜终于了然,于是改口道,"那,我就请您吃饭?喝咖啡?现在的话,饭我只能点外卖……咖啡等假期结束,我可以请您喝到您在这儿的最后一天!"

白应辰蓦地笑了。他说:"现在我倒是还有一个想要的。"

墨甜被他温暖的笑容晃得头脑发热,忙问:"什么?"

白应辰:"你的房间没有监控吧?"

墨甜:"……怎么可能会有那种东西?"

白应辰颔首:"那你拉上窗帘。"

墨甜愣了愣,起身照做,回身时,她房间里今天刚买的金毛大玩偶竟然腾空飞了起来,停在她面前。

"这是?"墨甜一头雾水地问。

"嗯,我在地球二十五年,还没牵过女孩子的手,想试试感觉。"

墨甜:"……"心情复杂地牵住金毛玩偶的爪子,她有点疑惑,他这能感受到啥?但是,明明只是牵住了一个毛绒玩具,她却感觉格外的紧张!

"你能看到我吗?"墨甜悄悄把她的衣角都移出摄像头的范围,视频画面里只剩下墙壁和床头。耳机的线很长,即使她走到窗边,也能听见白应辰说的话:"看不到,但是感觉得到。"

外星先生的感知能力,墨甜始终不大了解,干脆就简单地问:"那你这样,能感受到我手的温度吗?"

"没有那种功能。"白应辰回答,"但我大概猜得到,温度会比平时高一点?"

"……"

金毛玩偶和她牵了牵手,便飞回了原位置。墨甜靠在冰凉的窗玻璃上缓了好久,才回到摄像头前:"你这个假期要一直工作吗?"

白应辰微微一怔,继而忍俊不禁地说:"墨小姐,就算是外星先生,也需要休假的。"

"那你怎么还在加班啊,这都几点了?"墨甜自己都没注意到,她的语气有点懊恼和抱怨。但这抱怨软绵绵的,好像带了一丝撒娇的味道,实在不难听出里面的关切。

白应辰听得心里泛着暖意,他看一眼腕表,说:"这就回去了。"

"噢……"

"不过接下来的几天,可能还是有些忙。"

墨甜瞬间无语:"……那不还是加班吗?"

白应辰挑眉,一时间无言以对。

墨甜自觉失言,发现自己好像管得多了些,便劝说白应辰回家休息,自己也打过招呼匆匆下了线。

真的,她匆忙得有点落荒而逃的感觉,后面想想又像是自己生了气,不想再和他说话。落荒而逃不重要,被误会是生气就不好了,于是睡觉之前,墨甜又给白应辰发了一条信息:我刚刚没有生气哦,只是有点累了,你也快点睡觉吧!

顿了顿,她补充上一条:既然老板都要加班,那我明天开始也要好好完成任务!

白应辰很快回复:加班可以,不要熬夜了。

墨甜发了个震惊的表情:你怎么知道我熬夜?

白应辰:你凌晨三点偷窥我的QQ空间。

说完他还发了个她进入他QQ空间的记录。

墨甜:睡觉睡觉!

白应辰发来一条三秒钟的语音,是稍微停顿之后,带着笑意的"晚安",那么温和、轻快的声音,比她之前听过的"晚安"都要温柔,听得她身子麻酥酥的,窃笑怎么也止不住。

"嗯,晚安啦,外星先生。"

把这条语音消息发送过去,墨甜故意停顿了一会儿,而后钻进被窝里,装作没注意,红着脸轻声说:"我好想早点见到你。"

这话一说出去,墨甜就开始后悔了。但好在白应辰后面都没再回复,想来他应该是没听到。

墨甜隔天便开始了愉快地写宣传片剧本的生活。

因为外星先生要忙碌,她却不知道他什么时候在忙碌什么,索性就忍着没有去打扰他,而是把自己随时发生的或者遇见的趣事都拍摄记录了下来,一天发上好几条朋友圈。偶尔收到外星先生的一个赞或评论,她都能乐个半天。

墨妈妈还有些担心地问墨爸爸:"你说这孩子大过年的加什么班?加班还开心得不得了,我咋有点害怕?!"

墨爸爸一副无所谓的模样:"小雨还总开车回B市加班呢,甜甜算好的。反正她自己开心就行,孩子都长大了,你别老管那么多。"

墨妈妈还是担心,不过想到墨甜能找到个工资高、她又喜欢的工作是好事,也就没去打扰。

就这样,墨甜愉快地度过了几天创作时光,其间还又写了两个白兔与金毛的小段子出来。

腊月二十八的晚上,她把"白兔小姐和金毛先生互相表白"的段子敲上最后一个句号,发送到了表姐的邮箱,顺手发了一条朋友圈:正事暂且告一段落,明天开始安安心心准备过年!

墨甜刚把"发表"按钮按下去,屏幕竟然闪了一下,是萌萌的电话打了过来。

"甜甜,我今天晚上才到家,才看到你给我发的快递。"电话一接通,萌萌就飞快地说起来。墨甜"嗷"了一声,不乏得意地问她:"怎么样,周边还满意吗?那可是年展会全套的!"

"满意是满意……"萌萌语气犹豫,"可是甜甜,你把这个给我是不是不大好?我虽然是想要周边,但也不至于抢你老板送你的礼物啊!"

"啊?"

"这个周边啊!"萌萌听出她的疑惑,难以置信地问道,"不是,我的傻甜甜,你不会寄给我前都没看看里面的东西吧?"

半天没听见回答,萌萌重重叹气,甩出一句石破天惊的话:"墨甜甜,你给我寄的周边,里面还夹着你老板的深情告白呢!"

墨甜足足愣了三秒钟没动,等消化了萌萌说的内容,她脑袋里轰的一声,声音都抖了:"什么告白?"

萌萌恶狠狠地批评:"你这个不让人省心的!"紧接着果断把东西拍照发了过来,说,"自己看!"

"好……"墨甜不敢还嘴。

甜蜜制作人

萌萌发来的第一张照片，是所有东西的合照，全是星罗所有游戏的周边手办，包括钥匙扣、小玩偶等。这些东西当时她拿到后粗略看了一眼，就急匆匆地拿到了快递网点。但是第二张照片，萌萌挑出了其中一本刻有"当我入梦"logo的薄薄的相簿。

"我没猜错的话，这是你和你老板在年展会的抓拍照片？还是连着的几张呢。"

萌萌把每一张都拍照发给了墨甜，在发完最后一张夹在里面、写有文字的信后，她叹了口气："我也不知道你是怎么搞的，可能出了误会？反正这周边我看也看了，摸也摸了，过过瘾就行，等年后快递通了，我再寄回给你吧。"

"嗯，我……"脑子里一片混乱，墨甜难得在萌萌这儿也语无伦次，"对不起啊萌萌，等回去上班时我再给你弄一套，这个我当时没注意……"与其说没注意，倒不如说是她根本没想到，向砖师父要来的周边，竟然是外星先生帮她准备的？

说明情况后，墨甜便挂断了电话，一张一张点开照片看。

萌萌没猜错，这些照片确实是年展会上拍的。前面三张，她和外星先生还戴着AR眼镜，她一下子就想了起来，自己和外星先生在年展会游览的时候，曾路过一个贩卖机。

那个贩卖机上写着"你的笑容是最好的宝物"，但她当时没注意，随手按了一个牛奶的按钮，按了才发现没地方投币。她疑惑地找了半天，却听见贩卖机传出"叮叮叮……咔嚓"的声音，还是连着两次。

在第三次响起之前，外星先生扭头告诉她要摘下AR眼镜。接着他自己也去旁边的贩卖机按了一下牛奶的按钮，并且摘掉眼镜，告诉她要对着贩卖机的摄像头笑一下。

这个"你对我笑，我就免费给你饮品"的贩卖机是星罗总部自制的，据说出自廖老板某个左膀右臂之手，目前只限于在总部投放使用。于是墨甜满脸无奈地又对着摄像头笑了两次……外星先生的牛奶都拿在手上了，她却没成功。

最后还是外星先生问她："要不要我把牛奶给你？这样下去贩卖机也很为难。"

当时她就被他逗笑了。大概贩卖机也是为难到了一定程度，竟然凭着一张侧脸的笑就把牛奶给了她。现在想来，墨甜也觉得当时的情况很有意思。但是她没想到，那个贩卖机的摄像头拍摄范围竟然很大，不仅把她照了进去，也把她身边的外星先生一起照了进去。

从她疑惑地摆弄到惊讶地摘下眼镜，再到尝试微笑和最后被逗笑，七张照片，每一张都拍得好看。但如果她没收到这个照片，她大概永远都不会知道，在她尝试摆出笑容的时候，外星先生看她的眼神有多么温柔。

就像初晨升起的旭日，带来的温暖刚刚好。

夹在相册最后一页的明信片上，有几行遒劲有力的字：是一罗偶然发现的记录，他擅自把照片洗出来拿给了我。我在毁尸灭迹和留它一命上斟酌了一下，最终决定将它的生杀大权交给你。

之后空了两行，他继续写道：对我而言这是一段十分难忘的经历。我很开心，也谢谢你，愿意在我的世界里留下很多美好回忆。由衷地希望你也能每一天过得开心。白应辰。

"哪里是深情告白，就知道夸大其词。"

墨甜单手托腮，指尖在"白应辰"三个字上抹了抹，随即别过头，眼泪竟然不受控制地落了下来。

"你上次说的礼物……"

"你问我要什么？"

"你不知道我想要什么吗？"

……之前她还觉得奇怪，外星先生主动向她提起礼物，却又反问她。原来，他们之前说的不是一件事情。

腊月二十九开始，墨甜就要按照家里的习惯，帮着墨妈妈打扫卫生、贴对联，再去买些饺子皮，等到年三十下午，全家一起和馅儿、包饺子。虽然看起来没多少事，但往往趁机偷个懒，墨甜就会觉得这一天过得实在是快。

距离睡觉时间还有一会儿，墨甜打开了《当我入梦》。

这几天，她断断续续又通关了几章，距离Mr.陈的死期已经近在咫尺。之前还有些犹豫和不忍，导致她放缓了进度，但是今天她忽然就想一直通关到Mr.陈消失的那一章。

她想看完以外星先生为原型塑造出的角色在这个游戏里的全部历程。

是夜，墨甜自作自受地躲在被窝里哭出了声。她好像彻底理解了，为什么Mr.陈一直只在女主的梦里出现，却有那么多人愿意相信他活在现实中。

温柔的他、冷峻的他、认真的他、调笑的他……总会在她危机时出现，却从不争功利甚至不会被她知晓,那个默默潜在梦里、不会说甜言蜜语的他……那样的他是多么让人心疼。

直到Mr.陈死去,游戏女主也没能把"喜欢"二字说出口。这样的剧情,气得墨甜直哆嗦。

剧情的最后,女主从现实世界的床上醒来,捂着脸痛哭:"难道以后,就连梦里我都见不到你了吗?"

看到这一幕的墨甜又很悲伤。

总以为时间还有很长,亦苦恼于自己只存在梦中,Mr.陈不想表露心思让女主为难,从来都是在无私奉献。两人维持着好友的关系,直到后面的舞会剧情,反派假扮女主向他索取拥抱。一瞬间,Mr.陈欣喜若狂,等到看出端倪,他竭尽全力,也只能和反派同归于尽……

直到最后,他也没能得到自己想要的拥抱。因为他没有提起过。如果不是反派会读心,玩家和女主永远也不会知道。当然,直到他死,女主也没能知道,他想要她的一个拥抱,一个拥抱就好。

"我终于理解,那天有幸被选为陈夫人的玩家为什么要扑上去抱住一个虚拟的影像,然后哭得开心又伤心。原来她做的一点也不过分。"

如果是她,她又能矜持几分呢?

抹着眼泪把感想发给了白应辰,墨甜忽然很害怕,害怕看他的回复,于是她在后面补了一句"晚安,我睡了",就把手机调成了静音。

按照外星先生的一贯风格,只要她先说了"晚安",他最多也不会回超过两句话,而且内容一定也是让她好好休息之类的,不会再聊其他。就和Mr.陈一样,从来不要求什么,也不勉强什么。

一个小时后。

"外星先生,如果你现在没事做,也可以和我说说话哦。我不会介意的。"墨甜感觉自己是真傻,明明说好了不看回复好好睡觉,结果躺在床上胡思乱想一通,她还是没忍住拿起了手机。

重点是,外星先生竟然还没给她回复!墨甜心里焦躁不安,又忍不住开了口:"外星先生,你已经睡了吗?"

对方继续杳无音信。

墨甜郁闷地翻出萌萌给她发的那几张照片,最后定格在白应辰和她离得最近、认真指导她使用贩卖机的一张照片上……她放大,再放大,最后带着莫名的情绪,亲了一下照片上白应辰的脸颊。

猛然反应过来自己做了什么,墨甜果断把手机放回桌子上,慌乱地钻回了被窝。

墨甜不知道自己是几点睡过去的,只知道最后一次看消息,是凌晨三点多,她仍然没有收到白应辰的回复。

好在等她一觉醒来时,白应辰的消息已然躺在手机屏幕中央:昨晚和几个国内外的合作人测试了一下《时光》的大型格斗场,因为是一次比较重要的全息潜入测试,所以暂且屏蔽了外界信号。

全息潜入!大型格斗场!放在以往,墨甜一定会抓着这两个关键词问东问西。可是今天,她对白应辰这阵子过分积极的工作状态感到难受。

墨甜:外星先生,说好的享受假日呢?

白应辰:今天就开始享受。

……谁知道你的享受是不是一整天都潜进《时光》搞测试?

墨甜有点气闷,想着昨天刚从萌萌那儿得知的合影的事情,一时间没想说出口。之后外星先生谈起她对《当我入梦》Mr.陈死亡的感触,她也答得兴味索然,最后只知道Mr.陈的死亡是外星先生提出,再由廖老板亲自安排……于是她更觉得胸闷气短了。

尤其这个时候,廖老板忽然也给她发了个消息,外星先生今年回绝了他一家的真挚邀请。往年他还会接受廖老板的邀请去B市,这可是过年,今年他为了安排离开后的事情连年都不过了吗?

"今天要打扫卫生,我先去忙了。"

把消息发送给白应辰,墨甜丢下手机就出了门。

今天阳光还不错,小区里面很热闹,偶尔还能看到街坊们忙着置办年货……每个人脸上都洋溢着笑容,期待新年的阖家团圆。

墨甜擦玻璃擦得咬牙切齿。越想越生气,她气鼓鼓地把抹布丢进水里,还是忍不住回去看手机,结果看完简直气到快要爆炸,外星先生竟然没回复她!

"妈,我不想擦玻璃了,你让我爸擦。"墨甜一脸委屈地去洗手。

墨妈妈从厨房探出头:"那你干吗?"

"我加班。"墨甜怏怏地钻进房间。

墨妈妈:"……这公司也太过分了,过年还天天加班!"

是老板太过分了,都不拿自己的假期当回事,那她就陪着他加班!墨甜也不

甜蜜制作人

知道自己在跟谁闹别扭,可喜可贺又可笑的是她竟然化悲愤为力量,来了灵感,一直熬到晚上,成功写完并修改了宣传片的剧情大纲,然后卡在大年三十的零点,把文档打包发给了老牛……

两分钟后,老牛竟然语重心长地回复了她:小墨,白总都休息了,你也别太拼,要记住我们公司是个很人性化的公司,年还是要过好的。

谁知道白总休没休息,是不是又去忙了……墨甜抑郁难消,转头看到工作群忽然热闹了起来,点进去看,发现老牛竟然发了一串"哼哼哼哼",后面发了她刚发的邮件的截图:渣渣们!学学我们组员的工作精神!

后面紧跟着是策划组的吐槽:谁发的?谁那么不要命?报上名来,我打死他!大过年的,我明明应该好好休假啊,竟然把我的罪恶感勾出来了!不说了,我明天就开始赶工!

以及美术组生无可恋的表情:我希望没有各种高科技……

墨甜跟在后面没敢出声,对不起,她的主题就是未来城。不过第一弹宣传视频那么重要,她能不能被选上边边角角都是两说。墨甜想想也就释然了,准备睡觉。

再收到白应辰的消息,又是在第二天她早上醒来的时候。看一眼"老牛的邮件是你发的?"以及"晚安"的时间,一个半夜两点、一个两点十分,墨甜面无表情地回了个"是",又开始了她怏怏的一天。

她心情不好,从包出的饺子就能看出来。往年她包的饺子都是鼓囊囊的,十分讨喜,今年的饺子跟饿瘦了似的,一个个干干瘪瘪地瘫在盖帘上。墨爸爸还打趣她:"平时甜甜包两个饺子就得和朋友聊会儿,今年怎么不玩手机了?"

墨甜撇嘴:"今年我弃恶从善了。"话音刚落,屋里的手机就十分不给面子地响了起来。

墨爸爸挑眉:"来消息了,不看看?"

"反正都是些群发祝福,我早上收了一堆。"墨甜态度很坚决,但就这么过了一会儿,墨爸爸又说:"甜甜你来电话了。"

墨甜赌气:"没人能阻挡我包完这批饺子!"

墨妈妈听不下去了,白了父女俩一眼,撺掇墨爸爸:"你去帮忙看一眼,别是公司的电话,甜甜工作这么忙,加班不能白加。"

于是正在偷懒的墨爸爸屁颠屁颠地跑进了墨甜的房间,接着"嘿"了一声:"白总?还真是公司打来的?加了个总,那应该是挺高的职位吧?怎么还亲自跑过来……"

电光石火之间，墨甜飞快地擦了一下手，从墨爸手里夺过手机，冲出了大门。

房门"砰"的一声被关上，墨家爸妈面面相觑："她冷不冷啊？"

墨甜出门才发现她只穿了一件毛衣。但是手机铃声响个不停，她心里就像长了草一样难以安生，看着屏幕上的来电显示，忍不住点了接通。

"这么久才接，在忙吗？"

她没开口，白应辰便先出了声。他的声音有点疲惫，听得墨甜心里又"噌"地蹿起了一束小火苗。

"嗯，挺忙的。"墨甜闷闷地说，"我在包饺子。"

"你好像生气了？"

与其说是问，白应辰的语气更像是肯定了这件事情。墨甜不想承认，便选择了避而不答，搓着手臂在楼梯口踢小石子："白总您有什么事吗？"

话音落下，又觉得自己的态度实在冷淡，墨甜调整情绪想解释，却听白应辰说："我想请你加个班，可能会暂时耽搁你包饺子。"

"什么？加班？"墨甜蹙眉，不觉间又加大了音量，"东西我已经交给老牛了。"

"我知道。"白应辰好脾气地答完，接着却轻轻一叹。在他叹完之后，他那边的风声骤然大了一些，还伴随着一些杂音。

他那边好大的风，跟她这边似的。她这个念头刚起，电话里白应辰便开了口："我是说，我在L市了，想问你愿不愿意来接我。"

墨甜脚下一滑，差点摔倒在安全门的门槛上。

好在之前有过被门槛绊倒的经历，她及时扶住了旁边的门框。在她的低呼声中，白应辰焦急地问："怎么了？"

"没……没……"墨甜稳住了自己的身体，却有点稳不住情绪，"你怎么来了？"

白应辰意简言赅地答："休假，旅游，过年。"

"可你不是要加班吗？你都把廖总的邀请给推……"

那边响起白应辰带笑的声音："嗯，加完班了，今天开始享受假期。但碍于分身乏术，只能推了他那边。所以……"

他故意没有说下去,但都说到这份上了,墨甜要是听不懂她就是傻子!

楼道里要暖和一点,可在家门口打电话,总觉得怪心虚的,墨甜干脆慢慢向上爬楼梯,指甲一寸一寸地掐在木质扶手上,紧张兮兮地问:"你……你真的来了?"

"嗯。"

"已经到了?"

"是。"

"……你怎么来的?火车不是这个点到啊!"墨甜还是难以相信,"你不会是飞过来的吧?"

"是。"白应辰耐心地答,"所以要来接我吗?"

还真是飞过来的?!墨甜脸色凝重地问:"你落哪儿了?"

"嗯?"尾音倏地扬了起来,白应辰忍俊不禁道,"据我所知,L市只有一个机场。"

"对哦……"墨甜捂住了脸,"哦,那我现在……"她转身往楼下走,越想刚才的事情越羞愤,于是又气鼓鼓地停下了,"等等,我东西都交上去了,怎么大年三十的还要加班当行政?"

白应辰被她问住了,半晌后才笑着说:"那就算正常加班,给你三倍工资吧。"

第十三章

在一起吧

甜蜜制作人

★

按照星罗的福利,三倍工资固然令人心动,不过墨甜从小生活在小康家庭,算不上大富大贵却也算富养出的女儿,最后还是很有骨气地拒绝了额外福利:"加班工资就算了,你得补偿我点别的。"

白应辰思虑片刻,假意无奈地说:"嗯,悉听尊便。"

墨甜这才满意:"那你在出口不要走动,我这就过去!"

进了门才发现外面是真的冷,墨甜因此还被爸妈训了一顿。看她回到屋里穿衣服,墨妈妈问:"你要出去?"

"嗯,公司有点事,我得出去一趟。"

墨妈妈愕然:"你现在回公司?"

墨甜哭笑不得,好说歹说地解释她只是出去有点事,不是回N市。

墨爸爸调侃她:"记得早点回来,这批饺子就等着你包完了!"

等到墨甜焦急地出了家门,墨家爸妈才又担忧地对视一眼。女儿这小脸红扑扑、眼睛亮晶晶、飞奔出去的模样,怎么看怎么可疑。后面分析一番,墨爸爸一语中地对墨妈妈说:"你以前跟我约会时也这样。"

这些事情墨甜当然不知道。她赶到机场的时候,刚好是吃午饭的时间,于是接到自己的老板大人后,她又领着他去市中心一家完全不眼熟的店里吃了顿饭。

等餐时,她打量着白应辰的小行李箱,明知故问:"您怎么想起来这边旅游?"

白应辰:"为了证明自己吧。"

"证明什么?"

"证明我有在好好休息享受假期。"

外星先生回答得很官方,但地球生物的思维发散力是不可小觑的。其实也不怪墨甜多想,毕竟她见识了太多次外星先生的神奇功能,以及前几天还在因为外星先生死命加班的事情生气。于是墨甜露出不信任的表情:"谁知道你会不会在这里决胜于千里之外啊……"

外星先生:"嗯?"

不排除外星先生一时间不能理解她这委婉说法的可能,她想了想,托腮笑了起来:"没什么,就是想说既然你是来旅游的,呃,我的东西也都交上去了,要是你不介意的话,这几天我可以做你的导游哦。"

外星先生听闻,也笑了起来:"听起来是个不错的建议。"

墨甜之前从未和人这样相处过。她从小到大接触的异性很少,认真算来可能只有顾闻悉一个。但因为和顾闻悉从小玩到大,很多时候她都不会太客气,初中之后对他更连撒娇和任性都不会有了,完全将其当作了不分性别的朋友。

墨甜感觉得出,她对外星先生始终是拘谨的、小心翼翼的;外星先生则很尊重她的意思,每一次的主动接触,都先为她找好了退路。

哪怕她敢对他发脾气了,哪怕他敢先斩后奏地来到这里,哪怕他对她好,她也会为了他着想,但是谁也不会过分地要求对方。

或许他们就这样礼尚往来地表示着友好也挺好,可是……好像每一次都是,白天时有多开心,到了夜里一个人辗转反侧着,就有多难过。

默默吃了饭,又把L市的景点简单叙述了一下,墨甜在地图APP上翻了翻,问白应辰:"你要在这儿住几天?"

白应辰挑眉:"还不知道。"

墨甜又看他的小行李箱,他解释:"我只带了换洗的衣物。"

电脑什么的,人家根本不需要带啊!墨甜突然很羡慕外星先生这便捷的功能。她想了想,问:"你对住处有要求吗?"

白应辰摇头:"干净就好。"

之后他还欲言又止,但墨甜已经双手撑着下巴沉思起来,显然没有发现。因此他选择了沉默,抬手松了松针织衫的领口。

过了一会儿,墨甜忽然直起身子,眼神有些飘忽地说:"我想到了。"不等白应辰开口问，她继续说，"我家的小区对面就有一家商务酒店，虽然我没去过，但是外面看着还挺干净。"

白应辰的手还停在领口上，他缓缓抬起眼。

明明两人是普通的上下级关系，可一男一女面对面讨论着酒店，总觉得有点奇怪。墨甜不好意思看他，有点心急地解释："毕竟今天是大年三十嘛，把你一个人放在外面，我会很内疚的，所以不如让你住得近一点。"

顿了顿，墨甜又想到了一个理由："这样晚上我还能给你送饺子……这个建议好像也不错？"

白应辰忍俊不禁："嗯，那就看在饺子的面子上，听你的。"

墨甜家这边有两个景区还算出名，所以酒店、民宿都不少，她家对面的这家刚好评价不错，外星先生住进去后也表示尚算满意。墨家爸妈没想到她这么快就回了家，见到她时表情都很微妙。墨甜则继续包完了剩下的饺子，并且发出了请求："后面包的这些晚上我自己煮！"

某些小同志看着小巧玲珑，实际食量惊人，墨家爸妈早就习以为常。不过毕竟是亲爸亲妈，墨甜回房间时，俩人还是发现了一点异常："饺子怎么变回去了？"

墨甜上午包的饺子已经进了冰箱，被冻住也是无精打采的模样。而她下午包的，明显回到了往年那种珠圆玉润的级别，皮薄馅大，一眼就能看出用心的程度。

这个时候，墨甜已经回到自己房间锁上了门。她的房间外有一条不算太宽的马路，白天有点吵，过道对面就是白应辰住的地方。

"外星先生在吗？嘿？"墨甜打开窗，在外面的阵阵车声里肆无忌惮地说，"可不可以把窗户打开一下？"

话音没落下多久，对面的楼层中便有一扇窗里出现了一个人影。白应辰将窗帘完全拉到一侧，接着打开锁、推开窗，放眼看来。忽然间四目相接，墨甜心里倏地震了一下。

她在二楼，他在三楼。一个楼层与一个过道的距离，他们俩忽然住得这么近。

"外星先生……"她喃喃地问，"你不怕吵吧？"

所幸视力算好，她能看见白应辰挑了挑眉，接着回身去拿手机，发了消息给她：你该在向我推荐这里时就问这个问题。

墨甜露出狡黠的笑，说道："现在问也不晚。"因为想吵他的人，是她啊！外星先生就住在自己的对面，多不可思议！这大概是她收到最好的新年礼物了！

墨甜一个下午都处在心潮澎湃的亢奋状态。舅舅来家里和她一家三口打牌，她的运气特别好，连连告捷。只要她打牌时看手机，墨妈妈都会批评她，今年也不例外，但是今年她特别理直气壮："我要是不三心二意，你们就一点赢的机会都没了！"

然后她不出意外地被教训了一顿。

末了，墨甜很开心地给白应辰发消息：今天我赢了好多次，简直怀疑是不是有哪个天外高人出手相助。

"天外高人大概是把运气分给了你吧。"

白姓外星先生发给她一张照片。

咦？开奖了？

墨甜赶紧把她的双色球彩票掏出来对照：哇，我中了五块钱啊！

新年前后大家都想试试运气，于是不少人会买些刮刮卡和彩票玩乐一下。每年墨甜一家三口也会一人买一张玩，今年她拉上了外星先生一起参与。

墨甜喜滋滋：这还是我第一次蒙对呢，看来你的好运我收到了。

外星先生在对面楼笑出了声：我不觉得我的好运只值五块钱。

墨甜扬眉：没事，细水长流嘛，这只是个好的开始，慢慢来，慢慢来。

外星先生佯怒：分走一些就算了，你还想吸光我的好运气？

墨甜欣然点头，并大度地表示：放心，我会给你留一点的！

一直开窗有点冷，墨甜开始了和外星先生隔窗交流的生活。晚饭她得和家人一起吃，她便要来门牌号，给外星先生点了一份自己觉得这边最好吃的外卖。到了八点，墨家爸妈照惯例在电视前头一边在家人群发祝福、抢红包一边看春晚。墨甜则把自己关进了房间里，继续和外星先生交流。

"晚饭怎么样？"

"味道不错。"

"大过年还要吃外卖，委屈你啦……"

"不委屈，至少今年不用被拉着搓麻将。"

"你总输？"

甜蜜制作人

"你觉得呢？"

墨甜假意拿东西路过窗边，看着对面的楼笑了笑："我觉得，你一定是每年都输得特别惨！"

时间一点点过去，终于春晚临近了尾声。墨甜把煮好的饺子端进屋里，用她抽空买的小保温盒装好，接着放在包包里，穿上大衣往门外走："我出门看烟花啦！"

自从禁燃烟花爆竹，市区里每年只有市中心的广场有大型烟花。墨甜家离市中心稍远，但在外面的小广场上还是能看到远方的烟花。

因为以前家里管得紧，墨甜大年一天都很少出门玩，于是每年倒计时的烟花，她都会坚持出门去看。偶尔墨家爸妈担心她，就会叫上对门的顾闻悉陪她一起。今年顾家一家都出国旅游了，墨爸爸说："这大晚上的，我陪你去吧。"

"哎呀不用啦，我都二十三了，还不知道注意安全吗？"墨甜连忙劝阻，"爸你还是好好陪我妈在家倒数，我看完烟花就回来。"

说完墨甜不给墨爸爸追上的机会，连忙跑出了门。

墨妈妈在后面撇嘴："二十三了还是毛毛躁躁的。"

这会儿毛毛躁躁的墨甜已经跑到了外面。大年夜，街上的人并不多，有也是一些年轻人，结伴在外面等烟花。其中自然不乏成双成对者，以及年轻的一家三口。

原本出门时，墨甜还有一点点心虚，但转头看到街上很多和她差不多大的男女牵手站在一起，又想到白天墨妈妈跟她说，在街上遇到她初中同学的妈妈，然后突然得知同学的孩子刚刚办了满月酒……

刚听说时她感叹初中同学速度太快，但现在，她恍然发现，自己也到了可以光明正大恋爱的年纪了，说不定过个一两年还真会被家里猛烈催婚。想到这儿，她忽然觉得有点好笑。墨甜呼吸着凛冽的空气，四下张望，终于有一个清隽挺拔的身姿进入了视野："等了很久吗？"

白应辰穿着与下午不同的灰色大衣与白色高领毛衣。或许是刚洗完头，平时翘起的刘海垂下来，竟把他衬得亲和了不少。

墨甜拎着与平时不同的大号包包，双手背在身后，踮了踮脚，笑着说："我也刚到。"

"嗯，我找路耽误了些时间。"白应辰笑着给自己辩解，"放心，绝不是刚加班出来。"

外星先生可以听见声音，但是并没有听音辨位的功能。这也是墨甜最近知道的事情。细细算来，她现在对外星先生的了解，已经不算少了吧？至少她已经大致了解了他擅长的话题，例如："外星先生的家乡有节假日吗？"

"没有，我们会在认为自己该休息时休息。"

"纪念日呢？"

"暂且没有。不过有从地球回去的前辈发起过，什么时候我们能掌控时间了，就设立一个纪念日。"

"掌控时间？"

"时间穿梭、时间暂停……这些目前还是无人攻克的难题，至少我们了解的星系里没人能做到。"

果然，说起这些话题，外星先生的话就会多起来，而且每次都是这么认真、严谨地讲解。

两个人漫无目的地走在寂静的长街上，两侧居民楼灯火通明，窗户里闪着缤纷的彩灯。

人都是独立的，却都渴望着有一个可以容纳自身的团体。今年体验了一下春运，见过无数人期待回家的模样，墨甜才懂了春节团聚对于国人的重大意义。外星先生呢？他或许知道什么是寂寞，这么多年，他是否已经习惯了孤身一人？

"外星先生。"

"嗯？"

墨甜侧头看他："我想听听，你来这边的真正原因。"

北风难得温柔，轻轻拂过寒冷的夜幕。地面稍长的影子一顿，接着慢慢向前拉长，再被下一个影子替代。白应辰双手插在大衣口袋里，半垂下眼帘："原因……有很多。"

墨甜笑了："休假、旅游，不想被拉着打麻将？"

白应辰没回答，墨甜的笑容也渐渐变得苦涩。

"外星先生，我并不觉得自己是个胆小的人，你呢？你觉得你是一个遇事踌躇不决、瞻前顾后的人吗？为什么我们明明比其他人更了解彼此，却总会把不好的一面展现给对方呢？"

这个问题曾经困扰过她一阵子，但是渐渐地，她似乎想通了。

白应辰没有一直沉默下去，路过一个街口，他的声音缓缓响起："我听见你说，想早点见到我。"

"所以你就来了？"墨甜很自然地接过话去，重新笑得开心起来，"那你会不会很忙啊？要是这个时候廖总说想你，或者牛哥、砖师父他们想你……"

白应辰忽地停住脚步，静静地看着她，眼里涌动着晦暗不明的情绪。

墨甜也停了下来，目光柔和地与他坦然相对。

她本以为白应辰要回答她的问题，接下来他却看了一眼腕表，然后说："快要倒数了。"

"嗯。"

"还有十秒。"

"外星先生！"墨甜的语气忽然变得严肃起来，她目光灼灼地看着他，开口道，"你给我的周边，我前几天才看到。"

明明是自己马虎的错误，她都不知道是怎么说得这么理直气壮的："所以我也是才猜到，你想要的礼物是什么。如果我没猜错的话……"

十秒的时间多么短暂，她的话还没说完，身后已然响起了轰鸣的烟花炸开声。白应辰错愕地对着她，眼里没有斑斓的焰火，只有路灯昏黄的光影，以及她。

就算猜错也无所谓了，墨甜笑笑，说出了自己内心的想法："就算猜错也无所谓……误会也无所谓，或者就当我自作多情……外星先生，现在，我已经理解成，你在等我主动出击了。"

"妈妈！看烟花！"被抱着路过的孩子在大人怀里欢呼。

"新年快乐！"单独路过的行人在电话里送去幸福的祝愿。

过了很久很久，无数个人有说有笑地与他们擦肩而过，但在墨甜的世界里，安静得只能听见白应辰说："对不起。"

又一个瞬间，烟花炸开的声音忽然变得那么响亮，震耳欲聋。

墨甜垂下眼，微微一笑。

"没关系。"

这个假期过得真是糟糕透了。

周一开始上班，墨甜一大早就坐上了公交车。电话里，萌萌的声音几乎要穿透她的耳膜："不是吧，你真表白啦？还被拒绝了？"

"你故意重复是怕我不够难受吗？"墨甜无力地趴在前面空座位的椅背上，翻着手机相册小声说，"再说我那也不算表白，充其量只是回应一下他的暗示。"

萌萌哼唧两声："之前是谁说的，只是一时见色起意？不过话说回来，墨甜甜你神经这么细，这种事你不得是千般推敲、万般确认了才敢开口吗？要不是对方疯狂暗示了……啧，敢情你老板还真是个渣男啊？"

墨甜听萌萌分析完，小声辩解着："他不是，我大概能理解，反正我也有错。"

萌萌在那边气得叉腰："天涯何处无芳草啊，Mr.陈死了还有新男主等着上场呢，科学怪人你喜不喜欢？这事你该听说了吧？"

说起游戏，萌萌又来了兴致。墨甜适时地回她两句，手机里的相册已经翻到白应辰之前和周边一起送给她的信。看着上面的内容，她的心蓦地又刺痛了一下。

萌萌仍然说得很欢乐："还有你给我补的周边今天就能到了，等我回学校就带你出去醉生梦死，咱们忘了那些不愉快的！"

"嗯，我快到公司了，有空再聊吧。"墨甜说完挂了电话，抓着扶手走到车门口。

公司大门已经近在咫尺，墨甜却有点不想踏进去。大年三十的那天晚上，她到底只把饭盒和一瓶她自己冲泡的咖啡给了白应辰。白应辰没有拒绝，但她那些事先在路上就找好的有趣话题，最终也没能说出口。

她隔天醒来时，窗子关着，饭盒和可爱的暖手瓶已被洗净，被静静地放置在她的书桌上。

就这样，后面的假期，她没和外星先生再见过面，甚至消息也没再发过。她不知道他是什么时候走的，只在工作群里偶然看到他的消息，得知他可能是一个人去哪儿旅游了。

他们明明一起经历了新年倒数，最后说出"新年快乐"时，她却是不快乐的。

真是不堪回首的新年啊……墨甜怅然地进了公司。

放了将近半个月的假，刚回来工作，大家都有些不适应，一个上午都在收拾东西、回忆工作以及闲扯八卦。

甜蜜制作人

C组一如既往,砖师父根本不见人影,老牛也是露了个面就不知所踪。还是B组组长石仔传来一手消息说:"白哥他们在开会说宣传片大纲的事,之后我们每个组都要负责一个新副本的剧情。听说你们组是负责未来城,A组负责史前探索。"

"你们组还是负责中世纪?"有人问。

石仔露了一副生无可恋的表情:"我是来诉苦的。"

等他离开,墨甜才从阿瓜那儿听说:"公司把在海外工作过、对国外有研究的都放在了B组,但是因为这次的宣传片反映出了目前国际局势不稳的问题,这类内容不适合出现在游戏里,所以现代的时光企划案暂且搁浅了,事关国外的一系列项目也要暂缓,于是公司把原创虚构的剧情提上了日程。"

所以当可怜的石仔组长说他要改为负责废墟世纪,立刻就收获了无数同情的目光。

废墟世纪是和未来城紧密相连的。作为一款高度自由的游戏,《时光》很注重探索和创新,其中就有很多深入的玩法,墨甜都没完全了解。

"上个被毙的宣传片,石仔师叔全程监制,头发掉得跟到了换毛季似的。"阿瓜唏嘘,"这次开会没去,他估计是怕当场崩溃。"

鸽子幽幽一叹:"风水轮流转,说不定这次就是咱牛哥秃喽。"

知秋:"要不咱们集资给他买顶假发?"

办公室里笑成一片,笑着笑着大家纷纷开始了工作。

墨甜以为这一天都不会见到白应辰,甚至连阿瓜拜托她去三楼送东西这件事,她都婉言拒绝了。但没想到,傍晚闲暇的时候,她帮忙着工作的同事和外卖小哥联络,外卖小哥为难地说他找不到大门,她便跑出去在门口等,等着等着,白应辰和老牛一行人不知道从哪儿冒了出来。

"小墨,出来透气?"老牛一身大红棉袄,脸上也写满了喜气,看上去是难题全都迎刃而解了的模样。

墨甜笑笑,晃了一下手里不属于她的手机:"我帮阿瓜他们拿外卖。"

她努力克制着自己,在礼貌地看了一眼白应辰后,便将目光转向了别处。等到白应辰带着一行主策进了公司,她才回身看了看,好奇他们是什么时候出去的。

另外,是她多心了吗?白应辰刚刚路过的时候,有一瞬间看向了她?那诧异又有些懊恼的目光……他不会是在想,她怎么还有脸来上班吧?

不对,外星先生不是那种人!而且她怎么就没脸来了,外星先生之前的举动,多么容易让人误会?那她误会一下、自作多情一下又怎么了?

再说……一定就是误会吗?

算了,她越想越郁闷。

墨甜几经波折,终于把外卖小哥带到了公司门口。外卖小哥很不好意思,不断地说着抱歉,他没怎么来过这边。墨甜怅然地看看她引以为傲的公司,回去交外卖时顺带提了一下:"给他个五星好评吧。"

话音落下,一杯奶茶被推到了她的桌上。

"过个年还把你过瘦了,请你的,请你的。"阿瓜顿了顿,又补充说,"去年你没少帮我说好话,新的一年也拜托了。"

办公室里大家都在各忙各的,没什么人注意到这边。墨甜啼笑皆非地拿起奶茶:"阿瓜同学,可以的话还是请好好工作吧,我可已经词穷了。"

旁边目睹全程的鸽子笑出声:"奶茶增肥,没毛病。"

墨甜捏了捏脸上的肉:"我没觉得我瘦了。"她还有些婴儿肥呢!

阿瓜看了她一会儿,咳了咳说:"过年没变胖,那就是瘦了!"

墨甜啼笑皆非。不过,她想她最近一定是太敏感了,总有些杯弓蛇影,也莫名没了喝奶茶的兴致。好在老牛忽然给她发了一个大纲的修改意见,让她把她的宣传片大纲再修一修。有了事做,心里就轻松了些,墨甜麻利地开电脑,开始疯狂赶工。

老牛给的修改意见不多,但是大部分都是要墨甜自己做内容填充。虽然最后不一定要添多少内容,但是综合游戏本身、市场需求等一系列条件来设计宣传片的剧情,这种事情往往费脑又费心。

从周一墨甜收到指示,直到周三,她都在绞尽脑汁地完善创意,其中甚至包含了新地图的一些元素,以及游戏本身没有但是她觉得可以加进去的……几天以来,墨甜重复地辗转于老牛、砖师父和自己的电脑之间。

其实这都还好,关键是第三天,墨甜废寝忘食地改好了内容,发出邮件,再看一眼时间,她都被吓傻了。

"十二点了?"她难以置信地看向窗外。

空中繁星满天,街上车辆稀少,昏黄的路灯竖立在路边,地上的树影随风摇动,墨甜看呆了。被公司里一起加班的几个同胞注视着回过神,她尴尬地笑了笑："没想到这么晚了啊……"

"你是忘了时间了？"阿瓜起身，"我以为你是不改完就不回去呢。"

墨甜："……"反正结果都差不多。

"这样吧……"阿瓜又坐回去，"你一个女孩子回去不安全，一会儿我叫车陪你回去，把你送到地儿再走。"

零星有目光向他们投过来，墨甜发现除了阿瓜，办公室里的其他同事她竟然都不怎么熟，虽然交流起来没什么问题，但是对方的名字她可能都会叫错……墨甜心情复杂地坐回了电脑前，说："谢谢。"

阿瓜还要忙一会儿，墨甜坐得久了有点难受，干脆把咖啡豆掏了出来。茶水间里一片漆黑，她开了灯磨咖啡豆。机器的嗡嗡声中，墨甜低头看了会儿手机，接着抬起眼……

她又被吓到了。

不过不同以往，曾经被吓到还会唤出"白总"的她这次嗓子一噎，竟然一个音都没发出来。就静静地看了白应辰两秒，接着她略一低头，改为观察已经不成豆形的咖啡豆。

"这么晚了还没回去？"白应辰打破茶水间的宁静。

"我忘看时间了，一会儿就回去。"墨甜熟练地去取杯子。

白应辰看了她一会儿，把自己的杯子放在了她手的不远处，自己则靠在桌旁双手环住了胸："太晚了，不安全。"

就在墨甜心跳加快的时候，他继续说："按照你学校的管理制度，太晚了不好回宿舍，以后你要注意些。"

心跳缓了，墨甜像是什么都没发生过一样对白应辰微笑道："公司不是有休息室吗？而且一会儿阿瓜师兄说会送我到学校……要是宿舍进不去了，我在外面睡一晚也一样，这么大的人了，总能安置好自己的。"

白应辰没回答，墨甜也没闲着，熟练地泡了两杯咖啡，而后朝着C组走去。半晌后，白应辰看看自己手边的空杯，接起一杯白水缓缓地喝起来。

对他来说，吃什么、喝什么都是一样的，一直以来都是一样的。所以，他为什么要在这种事情上有所期待？并且期待还落空了。白应辰烦躁地叹出一口气，发现墨甜走得匆忙，忘了清洗磨豆机，他便挽起毛衣的衣袖，把机器拿到水池清洗起来。

然而他忘了，墨甜之前也是一样，习惯先把咖啡端进屋子再做清洁。等到墨甜回到茶水间，发现白应辰不仅还在，还给她清洗了磨豆机……刚刚平复的心情一下激荡起来，墨甜走到他身边，佯装镇静地说："我来就好。"

"快洗完了。"白应辰说。

"怎么能麻烦老板帮我。"墨甜坚持要拿磨豆机，头脑一热竟然伸手去抓磨豆机上锋利的刀片。等到痛觉传来，她的虎口已经被刮出了一道长长的血口。

好在痛的时候她已经收手，伤口不是很深，然而还是有血珠不断地冒出来……墨甜看了看自己的手，旁边的白应辰果断地丢下了磨豆机，抓住她的手腕给伤口冲水。

冰凉的水淋在伤口上，疼得她手腕有点抖。白应辰却沉默着，坚定地抓着她，接着在她意识到什么的时候，虚掩的门逐渐被什么拉开，一卷纱布和云南白药已经飞进来落在桌上。

墨甜见状急了，忙说："公司里还有其他人！"

白应辰却一言不发，强行把她拉到桌前上药包扎。他应该是知道怎么处理伤口的，只是动作缓之又缓、轻之又轻，似乎是想以这样的方式减少包扎给她带来的痛苦。

这是她和他时间最长的一次肢体接触，竟然是在关系僵冷到极致之后。

在包扎好后，他的拇指在她掌心的绷带上轻轻摩挲过，接着一顿，又决绝地抽离。

"以后小心点。"

"嗯。"

不知道还能说些什么，墨甜在心里轻叹，起身道谢："那就麻烦您洗了，我先回去了。"

白应辰没有挽留。

窗外竟然飘起了雪花。三楼的办公室里，白应辰靠在窗口，手里捏着一罐啤酒。

明明知道喝什么都一样，但他还是想尝一尝苦涩的味道。如果一定要说喜欢或者不喜欢，那他可能不大喜欢这种味道，他更喜欢咖啡的苦。

"白总，我们组小墨的东西已经交了，木桩那儿还差一个，石仔的两个最晚后天一起交给我。"

甜蜜制作人

音响传来消息提示音,是老牛发来的。白应辰答"好",而后关掉了消息,又打算关电脑。就在鼠标移到关机键上之前,他鬼使神差地切换界面,切到了自己写的一封邮件上。那封邮件存在草稿箱里,点开就能看到,代表价值的三个条条里,最后那个红条诡异地无限延长了。

这不是他能随便画的。

乍见时他也觉得十分不可思议,为什么短短几天不见,回来时,墨甜在他眼里的价值就翻了一倍?之后那价值每天都成倍增长着,现在已经难以估量,那长长的价值条看起来像假的一样。

怎么会这样?

他一向是理智的,几乎所有事情都在他的可控范围内。就算出了意外,偶然被发现秘密,他也想过若干自保方案。之前宣传片出问题,他能当即做出最完美的规划,掐着最合适的时间回到公司处理事情。

白应辰捏捏眉心,长舒一口气,关上电脑。突然办公室的门被敲响,他立刻开口:"进来。"

C组一个跟了他几年的策划推门进来,手里拿着刚打印好的东西,放在他桌上:"白哥,东西弄好了。"

白应辰:"……好,很晚了,你先回去吧。"

策划点点头,转身欲走又忽然顿住,问:"白哥你还忙吗?二楼的电源我要不要关?"

白应辰微微蹙眉:"二楼的人走完了?"

"小墨刚刚手伤了,外面还下雪了,阿瓜要先把她送回去,不知道回不回来。"策划说。

白应辰眸光微动,接着淡然说:"先不用关。"

只有他一个人的办公室,安静到了极致,他一向享受这种宁静,现在却觉得压抑。他不由得就想到两个多月前墨甜刚来他眼皮底下工作时的样子,总是小心翼翼,生怕惹他生气。就算那样,她却还是不嫌事多地接受了同事们的请求,变着法地帮他们"美言几句"。

明明知道自己的价值在他眼里低到不能再低,明明每次帮忙说完好话,自己都会紧张地不断告诉自己下次不能这样,可到头来,她还是一如既往,还要安慰自己至少接受了同事的小小贿赂,不算一无所获……

后来他竟然不再反感墨甜那些举动,因为他发现通过这样的方式,反而有了一个新的给予公司员工建议和意见的机会。只是明明做出改变的人是他,他却一直没得到应有的回报,岂不是太亏了?

抱着这样奇怪的心态,他干脆和墨甜瓜分起水果来。至于奶茶和小蛋糕,如果还一起食用,似乎就过分亲密了。

那时候的他完全没想到,自己有朝一日会主动研究墨甜的喜好,早早去买奶黄包和牛奶,估算着她醒来的大概时间送给她。甚至,他在想,如果他拥有Mr.陈的冲动,那样他是不是就更像一个正常的地球人了?

心绪杂乱得让人有些狂躁,白应辰穿好大衣,起身关灯离开办公室,接着在门口站了好久。

开启对墨甜的全部监听。

仅在意识传达出的三秒后,白应辰就飞快地撤掉了监听。而在那三秒钟里,他什么都没听见。

白应辰默默地下楼。二楼的灯还开着,他从门口能瞥见之前那个策划已经离开了,墨甜的位置也空着。他皱了皱眉,走进C组办公室。

"白总?"

人声忽然响起,白应辰当即转身看向刚刚因为被门挡住视野而没看到的阿瓜。阿瓜被他盯得吓了一跳:"白总,来拿东西?"

C组和资料库连在一起。

白应辰反问:"你还没走?"

"啊,我晚上估计得通宵,争取把之前拖的一点东西都做完,以后好少麻烦小墨跑上跑下……"阿瓜自己说得都不好意思,模样窘迫。

"好好忙吧,早点休息。"说罢,白应辰转身离开。

墨甜不在,她去哪儿了?阿瓜不是要送她回去吗,难道只是送上车?白应辰在二楼的楼梯上,坚决地开了监听。

又是很久的安静,他有点焦急,焦急地往下走,忽然脑海中传来一声抽咽。哪怕声音是极力压制着的,他还是听得清清楚楚,接着头脑一热,快步冲出公司大门,随即脚步顿住。

外面雪花悠悠飘落,墨甜埋头坐在甬路边缘的长椅上,手里捏着荧荧发光的手机,肩膀微微颤动,小手时不时地抹一下眼睛,又抹一下屏幕,抽咽声断断续续。

紧攥的拳头缓缓松开，又重新握紧，白应辰无奈一叹，向她走去。

墨甜已经将手机的相册反复关了几次，可就像突然有了强迫症一样，每次她关掉相册，过会儿还是会不由自主地重新打开，翻到她最近反复浏览的那几张，拼命地想从那几张相片里找出白应辰对她的一点点喜欢。

他的眼神、他的笑容、他的一举一动，都折磨得她焦虑难安。

大概是太过沉浸在自己的世界里，直到有人在她身前站定，她才恍然发觉，慌乱地按灭手机。

因为动作太突然，不慎扯到伤口，她疼得"嘶"了一声，看向自己的手。接着她便被抓住了手腕，白应辰把她拉了起来："坐在这里，着凉了怎么办？"

语气带着责备，似乎还有关心？墨甜被吓得止住了眼泪，她擦擦眼角，辩解道："我穿得很厚，不觉得凉。"

白应辰皱眉："你没看到下雪了？"

墨甜眼神无辜："下雪不降温啊，化雪才降温。"

白应辰："……"

估计是他意识到了自己的态度有些失常，总之他面带恼怒，一时没说话。墨甜焦躁地猜着他刚刚有没有看到自己的手机屏幕，又观察了一下他的情绪，最后干脆从他身边走开一点，打开叫车软件。

终于有司机接单了！墨甜心里庆幸着"得救了"，开始眺望马路。

结果，白应辰走到了她身边："阿瓜不是要送你回去吗？"

"我不大好意思麻烦他，不想欠这种人情。"墨甜不带情绪地说，"我刚叫到车了，应该一会儿就来。"

"叫车软件？前阵子出了很多事，不是说不安全吗？"

"还好吧，我坐过几次，没出什么事。"墨甜说完看一眼白应辰，又把目光移回路上，"已经很晚了，您……做什么？"

"手机给我，取消订单。"白应辰抬着手说。

墨甜觉得好笑又无奈，重新看向他："我还要回学校。"

白应辰沉默。墨甜也跟着不说话，接着忽然意识到什么，果然她再看时，自己手机上的订单已经被取消了。

"你……"墨甜气得重新下单。白应辰又果断地捏住了她的手腕。墨甜想要挣脱，可两人力量悬殊，她的举动就像蚍蜉撼树。

她更恼怒，紧紧盯着白应辰质问："你这是什么意思？"

她眼里蓄着泪水，泪水里倒映着雪花，却像藏了闪亮的星星。她从未对他表现出这样强势的态度，只是声音与态度完全不符，带着浓浓的哭腔。

天色昏暗，街上很久才有一辆车默默驶过。这样一方广阔的天地里，只有两侧的路灯勉强将足下之地照亮。

蓦地，整个城市都陷入了黑暗之中！墨甜震惊地左顾右盼，忽然感受后脑传来一股力量，托着她迅速地向前，紧接着她的唇传来了湿润、温热的触感。骤然的黑暗使她一时看不清周围，唯独能看到近在咫尺的眉眼。

起初白应辰闭着眼，之后似有所觉地睁开，带着说不清的情绪看她一眼，又重新闭上，无声地蹭了两下她的唇瓣，才缓缓离开。

城市重新亮起，墨甜从震惊中缓过来，慌张地看着白应辰。

明明她之前已经被他伤透了心，明明她伤心的时候他也没出现过……此刻的她应该像电视剧里演的那样先狠狠地斥责他，然后十分有骨气地转头走掉。可事实是，她发觉她无法说出什么，也无法问出什么。

一瞬间，伤心的情绪向她席卷而来，带来钻心的痛楚，让她眼眶发热，最后她支撑不住，蹲在地上放声大哭起来。

"墨甜？"白应辰根本没料到她会是这个反应，"怎么了？哪里不舒服吗？"

墨甜的身子颤了颤，抬起哭得通红的眼睛看着白应辰，咬了咬牙，一拳捶在他的肩膀上。

"你知不知道，我攒了多少勇气、犹豫了多久才敢确定你对我有好感这件事情！你知不知道我有多伤心，有多生气！"

她气得语无伦次，不甘心地又在他肩膀打了一拳。

在这之后，白应辰便再次握住了她的手腕："你的手受伤了。"

受了伤的那只手很疼，可是，她最痛的还是心啊，她该怎么说清楚自己的委屈？墨甜欲言又止，眼泪却止不住，她甚至想掏出心给白应辰看，想让他明白自己对他的心意。

她哭得累了，白应辰叹息着把她纳入怀中。所有像烟花炸开的情绪慢慢消逝，墨甜把脸埋在他的心口。

"外星先生，我喜欢你。对不起……我真的……真的好喜欢你。"

"咯噔……"

突然剧烈的心跳声那么明显,险些打断她的话,她睁开挂着泪珠的眼睛,缓缓抬头看向白应辰。

他的眼里闪过一丝痛意,他又开始犹豫起来。鹅毛般的雪花纷纷扬扬,越下越大,落在他的发梢,很久都没有消融。

白应辰与她对视良久,眼神终于不再犹豫,坚定下来。

"太晚了,你应该回不了宿舍了。"他起身,向前伸出右手。墨甜下意识把完好的左手搭在上面,被白应辰拉起,接着蓦地双脚腾空。

"哎,你干什么?"墨甜吓得赶紧用双手圈住白应辰的脖子。

白应辰顿了顿,微微笑着说:"偶然拾取路边无助的勇猛大白兔一只,准备带回家饲养一晚,看看情况。"

墨甜呆了:"带……带什么?带回家?"

"不然呢?"白应辰看看她,又轻叹,"把你这样放在外面住一晚,我不放心。"

"我也可以在公司住的。"墨甜赶紧说,"啊,还有我在外面住怎么就不安全了?大不了你帮我听着……"

"来自地球的墨小姐,就算是外星先生,总是彻夜不眠也会很累的。"白应辰郑重地婉拒她。

地球土著墨小姐:"……"

长大后还是第一次被"公主抱",早就没了幼年积累的经验。墨甜完全不敢从他怀里跳出去,只能被一路抱到停车场,最后无计可施,跟着他上了车,还是副驾驶座。

车子开动,墨甜郁闷地靠着车门,脑子越想捋顺刚刚发生的事情,就越混乱。最后她实在想不通,干脆付诸行动,问她的外星先生:"为什么?"

"什么为什么?"白应辰专注地目视前方。

墨甜缩了缩身子,从他身上移开视线:"你都对我说对不起了……"

"……"

白应辰抿唇:"你刚刚也这样对我说了,现在我回答你,没关系。嗯,现在我们抵消了。"

墨甜呆滞了。

白应辰仍看着前方,却抬起右手,轻轻捏了一下墨甜的脸颊,说:"因为我也喜欢你。"

一阵沉默之后,墨甜小声问:"这个抵消吗?"

"你对我说了两次,就算抵消了,也还剩一次。"白应辰收回手,弯起嘴角,"有这一次就够了。我会一直记得,永远记得。"顿了顿,他又补充,"就算回去了……也会好好记得,永远都不忘。"

车子停在距离公司有点远的一个高档小区里。

墨甜还是第一次来这边。面对完全陌生的环境,墨甜神情恍惚地跟着白应辰坐电梯上了顶层时,她都有点怀疑自己是不是做了一个梦。

"好在装修的时候听了劝告,留了一间客房出来,否则睡客厅,估计有我受的了。"白应辰说着打开房门,顺手开了灯。墨甜跟着他进去,入眼就是客厅短小到最多只能坐下两人的麻布沙发,以及墙上挂着的一个尺寸普通的电视。

可能因为家具很少,所以显得客厅很大。如果不是被本人带过来,墨甜绝对不会想到外星先生的家是这样的。木质地板、米色窗帘,落地窗前的小茶几旁只有一把椅子,装修简约而不失格调……寻常得不像是外星先生住的地方。

她以为,他家就算不是未来科技风,也得是冷淡极简风呢。

"等我一下。"白应辰恍然想起来,"没有备用拖鞋,我下楼帮你买。房间有地暖,不介意的话你先踩地板。"说完他转身就关门下了楼。

墨甜一阵无语,往外星先生的鞋架上看了一眼,果然……好像全是他的鞋子,拖鞋也只有一双。

这个房间里,真是充满了"一个人住"的气息。

墨甜没脱鞋,就站在门口等着,看到匆匆离去的外星先生很快又匆匆回来了。看到她还站在门口,白应辰顿了顿,有些不自在地说:"你可以先进去的。"

说完他把手里的一大包东西放下,墨甜这才发现除了拖鞋,他还买了好多东西,牙具、毛巾、薄绒睡衣……

"楼下有二十四小时便利店?"

"隔壁楼有。"

刚刚墨甜看过时间,已经快半夜一点了。外面的雪应该还很大,外星先生的肩头和发梢都挂着水珠。

真的不是梦吗?

被外星先生带着在他的家里转了一下,墨甜被温柔地命令着洗了个澡:"刚刚身上落了雪,小心感冒,去洗个热水澡。吹风机在柜子里。还有右手不要用力,也不能沾水。"

说着他把一个裁剪好的气球套在了她的右手上,动作轻缓而又小心。

等到两人相继洗完澡,墨甜穿着外星先生给她临时洗好又用特殊能力滤掉水分的睡衣,坐在落地窗旁的小茶几前,狠狠捏了自己的大腿一把。

疼是真的疼,可她还是觉得眼前的一幕不现实啊!

厨房的灯灭了,外星先生端着两杯热牛奶,把其中一杯放在小茶几上:"暖暖身子。"

"谢谢。"墨甜碰了碰杯壁,抬眼,"你平时在家里喝牛奶?"

"喝水。不过对你来说牛奶更好。"外星先生沉默一下,客厅的一个柜子忽然打开,从中飞来一个和她坐的一样的椅子,落在桌前。他从容地坐下,落地窗的窗帘徐徐打开。在墨甜讶异的神情里,他解释道:"这边很安全,我只会在监控的死角动用能力。"

墨甜点点头,小口啜牛奶。很久之后,她想开口,但很快又懊悔地闭上嘴,捧着牛奶杯子咬唇。

白应辰看了看她,又缓缓转头,看着窗外,淡然地说了一句:"现在是二十年。"

"什么?"

"母星的技术进步不算稳定,我们不断尝试着突破和提升自己,但就我离开母星为止,母星的最长纪录是我们可以在地球上生活二十五年,之后回到母星进行二十年的身体机能恢复,才能重新来到地球。"

白应辰说完顿了顿,又思索着补充道:"根据已知的情报,一旦我离开地球,我在地球的形态便会冻结,直到我下一次归来,这边的形态才会继续发生变化。不过如果我还想继续用现在的身份生活,就要通过家乡的科技,来使自己的外貌和身体机能转变到应有的年龄。"

墨甜依稀听懂了他的意思,于是,心里的遗憾更重了。如果二十年后他还会回来,他还可以以二十五岁的年纪,继续开始在别处的生活?

似乎是看出了她的心事,白应辰笑了笑,说:"不过对我而言,我现在的一切都很重要。如果需要抛开这个身份,我想我也不会再有兴趣回到地球。"

墨甜心里一动,她问:"你们有固定回去的时间?"

白应辰点点头:"母星会在每年的固定时间派飞船接送我们,如果没能及时搭乘飞船回到母星，我们的身体机能就会飞速衰退，无法支撑到下一次飞船来接。"

墨甜吸了一口凉气。

"所以，只有最后的这几个月。"外星先生放下手里空掉的牛奶杯，看向她，"你真的确定要跟我在一起吗？"

墨甜悄悄伸手，落在他的手上："你在担心什么？"

白应辰反握住她的："分别是很痛苦的。"想到以后的离开，他尚且经常彻夜难眠、焦躁、压抑，何况是她，"所以，我不想耽误你，不想你以后因为我而感到痛苦。"

墨甜愣了愣，而后挣开他的手，把自己的椅子向他靠近了点。

"外星先生，你很自信啊！"她紧紧盯着他，用像是开玩笑般的语气说道，"你怎么知道，我会不会连最后这几个月都撑不过去，就厌倦你了？"

在白应辰微妙的表情反应下，墨甜又气鼓鼓地别开头："再说，几个月而已，有什么耽误不耽误，怎么过不是过。再说好的待遇不是能享一次是一次吗？我还年轻呢，能享受好的待遇不如就好好享受一下。"

白应辰失笑。墨甜转而却正经起来，眼睛红红地盯着他："所以……我能暂时拥有这位外星先生吗？"

白应辰抚了抚她白嫩的脸颊："都不多生一会儿气？据我所知，地球的女孩子闹别扭都要闹很久。"

"所以你看我多善解人意啊！"墨甜委屈巴巴道，"你都不知道，这些天我替你想了好多好多你会拒绝我的理由，什么样的都有，包括我真的误会了你的意思……可是每一条我都不想承认，最后能认可的，就是你是在为我着想。"

白应辰叹了口气，半晌后才问："我可以抱你一下吗？"

墨甜一愣，脸颊瞬间飞上一抹绯色：抱一下也没什么吧？反正刚才还亲过……

然而答应是这么答应了，可她没想到，在她说"好"的下一秒，自己竟然就跌坐在了白应辰的腿上。

外星先生温柔地环住她，手臂力道缓缓收紧，他喃喃道："或许我之前该收敛一些。"

"可是这样也不错啊！"墨甜把下巴搁在他的肩头，"我想过，最后我能给你的，能让你带走的东西，可能就只有回忆和感情了。反正你回去也是万年光棍，能让一个外星先生一直记住我的好，我可以骄傲一辈子。"

再说，喜欢这种东西，是藏不住的吧。

其实她看得出，外星先生已经很克制了，只是感情这东西，难免会在不经意间流露出来，就比如那几张照片……

现在外星先生"罪名坐实"，她终于可以肆无忌惮地自恋了！

墨甜窃笑，把外星先生搂得更紧了点，其中也有不想让他看到自己面红耳赤的原因。直到忽然想到一件事，她挺直身子，一本正经地说："还有啊，外星先生，你以后就算任性，也不要造成全城停电啊，会给很多人造成损失的。"

白应辰扬眉道："不是我。"

墨甜满眼探究的意味。

白应辰笑了："真的不是我，我还没无聊到研究发电站的位置。你知道，不知道大致位置的东西我是无法操控的。"

说得也有道理，她的外星先生可不是个胡来的人。墨甜信了，态度渐渐软下来。

突地，客厅的灯灭了！这次墨甜根本来不及反应，就被对方噙住了唇瓣。

"呜……"她挣扎，却听见一声轻笑，与一本正经为自己辩解的声音，"这次才是我。"

只有几个月也没关系，就这样在一起吧。与其从现在开始痛苦，到以后一直后悔，不如现在甜蜜一场，以后，互相谁也不耽误。

第十四章

体验时光

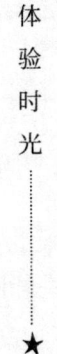

甜蜜制作人

·★*

　　不知道是这么久以来内心的纠结终于被解开，还是外星先生的牛奶起了作用，这个晚上，墨甜睡得格外踏实。
　　不过和外星先生说完话时，时间就已经接近两点了，她睡到早上七点，被外星先生叫起来喝粥、吃茶叶蛋，再被送去上班，一路迷迷糊糊的，直到看见车子驶入停车库才反应过来。
　　"等等！我们要一起进公司？"
　　"其实我也觉得，最好还是不要。"外星先生无奈地看她一眼，"但是你这一路都没什么表示，我以为你想……"
　　墨甜："没有没有……"是她最近心力交瘁，这一路都在打瞌睡！
　　看她兀自纠结，白应辰轻笑着把车倒出车库，往外开了段距离才停下："你在这儿下车吧。"
　　虽然他不在意别人的看法，但他知道墨甜多少还是有些在意的。如果被公司的人发现他们一起上班，难免会传出一些不友善的言论。何况他们还是清白的，他的兔子小姐就更不应该承受那些非议。
　　墨甜开了车门，略显羞涩地说："昨晚谢谢收留啦。"
　　白应辰回以微笑："你的东西就先放在那儿，欢迎以后也去玩。"
　　墨甜瞪他一眼，红着脸走了。等到进入公司，她才开始惆怅起来，自己现在和外星先生算是怎么回事？他们之间的关系似乎还没得到确认。

虽说公司没有规定不能办公室恋爱，但是和老板谈恋爱这种事……墨甜纠结了一个上午，终于在午休时发出了消息：可不可以确认一下，我们现在是什么关系？

半晌后，外星先生回复：你这个问题，让我一时间不知道该怎么答。

墨甜：简单点！直接点！

外星先生发了个附近的定位：下班到这儿等我，晚上一起吃饭，我送你回学校。

墨甜：……我没让你直接忽略过去！

外星先生：或者跟我回家也可以，宿舍那边现在只有你一个人，很无聊吧？

虽然很清楚外星先生的为人，墨甜还是面目狰狞地回复了他：不无聊的，我们刚开始，怎么能就这么随随便便？

外星先生：也是，那就过几天再说。

墨甜羞愤捶桌。

这一声不大不小，刚好惊到了端着餐盘回来的懒羊，以及音乐组的另一个女生。两人在她旁边坐下，好奇地问："怎么啦？火气那么大。"

自从过年回来，墨甜就应老牛的安排，开始跟着懒羊一起吃午饭，意思是让她从懒羊那里了解更多关于《时光》的情报。懒羊性格很好，结交的人也都不错，所以墨甜也很喜欢跟着这个从来不在二楼主管区吃饭的亲切组长混在一起。

墨甜闻言收起手机，提起筷子百转千回地叹了口气："不知道之前的大纲审得怎么样了，怎么一点消息都没有……我现在总觉得自己写得还不够好，还能改改，可是又不好改了。"

在座的两人都知道墨甜工作起来有多认真，完全没怀疑墨甜是在惆怅别的什么。懒羊舀起一勺汤，抬眼想了想："廖总工作效率很高的，东西已经交到他那儿，结果应该很快就能出来。反正我们和美术组是蓄势待发啦，就等着廖总请的导演给我们出难题。"

懒羊语气十分无奈，听得墨甜忍俊不禁，她又不由得跟着一起惆怅："你们说，这次廖总会请哪个导演啊？"

"肯定不是上一个，上一个已经被气死了。"懒羊耸肩，"不过廖总请的导演，还要找白总帮着把关的，小墨你可以放心这一点，只要你剧本够好，导演肯定能帮你拍出来。"

当然，前提得是她的剧本能被选上，还要看剧情能被选上多少。

甜蜜制作人

这件事情三个女生心照不宣,谁也没有说破,接着嘻嘻哈哈地吃着饭聊了一会儿,懒羊忽然透露了一件事情:"听说总部那边要过来人了。"

刚刚还在笑的音乐女生立刻严肃起来,问道:"几个?"

懒羊摇头:"不知道,可能是三五个。现在可靠的消息是,其中有一个过来就是领导层。"

两人间的气氛古怪起来,完全在状态外的墨甜忍不住问道:"什么过来人啊?"

"调职。"懒羊为新晋小员工解释。

墨甜了然地点点头,但还是不懂旁边俩人在忧心什么。不过她也没有追问,而是选择留在晚上和外星先生一起吃饭时再问。然而白应辰也不大清楚:"一罗是和我说过,这阵子会派几个总部的人过来了解我们的进度,方便以后交接。"

墨甜的心忽地揪了一下,她问:"廖总很早就知道你会走了?"

白应辰轻轻颔首:"嗯,他一开始就知道。"

墨甜登时就有些打蔫,心想有些事情、有些话题,明明你不想听见,可它就是会不知不觉地渗进你的生活。

"怎么了?"外星先生注意到她的情绪,眼里漫上担忧。

墨甜摇了摇头,过了半天才抬眼看他:"我还是想确定一下,我们现在是什么关系?"

外星先生一顿,张了张嘴,声音还没发出来,脸竟然有点红了。

他竟然脸红!墨甜瞪大眼睛看着那显而易见的红晕,登时抛开了低落的情绪,内心几乎狂啸:他还是那个趁黑耍流氓的外星先生吗?

……咦等等,趁黑?忽然想到什么,墨甜透过餐厅的玻璃窗,看着外面商场里熙熙攘攘的人群,眸光灵动起来。

她狡黠地伸出自己的小嫩爪,放在白应辰那边的桌面上:"我想牵手,可以吗?"

白应辰眉毛一挑,轻咳一声,问:"在这儿?"

墨甜也不回答,就眼巴巴地看着他,好像乞求投喂的小动物。白应辰与她对视不过两秒便败北了,紧抿着唇伸出手,轻轻盖在墨甜的小爪子上。

墨甜小手一颤,吞着口水慢慢翻过手掌。倏地,对方与她十指相扣。

白应辰的指头较细,皮肤也不像听说里男生的手那样粗糙,骨节很分明倒是真的。被温热的触感包裹着,墨甜竟然也被感染得有些害羞起来。

"他们都在牵手。"她小声解释,"这种待遇我也不能少。"

白应辰笑着轻轻捏她一下:"怎么什么都争?"

这一下子,最近情绪敏感的墨小姐又不开心了:"你不喜欢吗?"说着她想抽回手。

白应辰立刻留住她:"没有不喜欢,只是昨天……我后面想想,有点担心会不会太急了,我不想做出你讨厌的事。"

墨甜终于明白了他的想法,于是从玻璃桌上支起身子,改用双手包住外星先生的手掌。

"我们就是我们,不用和别人比较的。"她认真地说,"我们的时间啊,本来就比其他人短暂,这一点我们都很清楚嘛,所以一切顺其自然就好啦,所以……其实这样我很开心的。"

她晃了晃被自己包住的大手,心里猛地漫上一股不舍。如果现在停电就好了,她好想立刻就能抱住她的外星先生。

曾经的她以为一辈子很长,除了努力工作,其他事情都可以慢慢来,慢慢遇到对的人,慢慢表白,慢慢牵手、相拥,慢慢走在一起,完全不像现在,刚刚在一起,就要争分夺秒,预备着以后长久的分离,她越想越觉得不甘心。

是夜,外星先生开车把墨甜送到校门外。好像和以往没什么区别,墨甜并没拖拖拉拉地下车,和外星先生挥挥手,他便目送她进校门,而后开车离去。待白应辰离去后,墨甜的手上还留着他的温度,心里也像被蜜填满了一样开心。

她对他日常的问候,终于从文字变成了语音:"外星先生,晚安。"

白应辰披着寒霜到了家里,灯光亮起,他点开手机,将刚刚已经听到了的、墨甜发来的语音重新播放了几遍。那声音甜甜的,听得人即使在化雪的寒冬中,都能从心口生出无限的暖意。于是他也按下语音键,扬起嘴角温和地答:"嗯,晚安,我的地球姑娘。"

"所以你们就在一起了?这才过去几天啊,我的甜!你的进度是不是拉得有点快?"

一大早,萌萌的大嗓门再次响起。

虽然墨甜也觉得这个进展速度匪夷所思,但她更怕萌萌往不好的地方猜,于是她做出一副淡定的样子:"进度也没什么不对嘛,反正我们就在一起了。"

"也是,你们也不是刚认识。"萌萌说完话锋又是一转,"那也不对啊,你不是刚被他拒绝吗？"

墨甜一本正经地回答："这个其实之前我们之间有点误会。"

"什么误会？"

"嗯……他对我动心程度的误会吧，大概是低估了我在他心中的位置，拒绝我之后他很后悔呢。"

"喊！"萌萌酸了，"你少自恋，我才不信。你也是，他回头，你就立马答应，就不能有点骨气晾他两个月？"

墨甜一噎，苍白地为自己辩护："你不了解情况。"

她也想有骨气啊，她也想晾啊，可是现实是哪有那么多时间留给她去浪费。他们的时间，从一开始就不多。

其实她早猜到了萌萌会这么说，在向萌萌坦白她恋爱了这件事上，她也犹豫过。可她实在不想把所有情绪都憋在心里，所以，至少她可以向最好的朋友分享自己的快乐。

好在萌萌没有太打击她，只说："那你好好努力吧，你老板长得那么帅，又有才华又多金的，肯定会有不少莺莺燕燕盯着，以后你就好好和竞争对手们对抗吧。"

"你在说什么啊？"墨甜蓦地急了，"外……他才不会！"

"不会什么？不会被盯上？"

"……不和你说了！"墨甜生气道，"看你的书去吧！"

原本好好的心情又被搅乱，墨甜唉声叹气地坐着，怎么一下子又觉得这段感情不大真实了？外星先生这么多年孑然一身，她只凭着一个错误，和不断弥补错误，真的就入了他的眼吗？

外星先生对她，真的是那种想要独占彼此的喜欢吗？

自从在一起后，外星先生几乎每天下班后都会带着墨甜外出吃饭、逛街，一个人科普心理变化路程，另一个人科普广袤宇宙奥义，他俩竟然每天都聊得很有趣。

今晚白应辰倒是头一次看到墨甜心不在焉，好像她之前那满满的宣泄不完的快乐一下子就都不见了。于是他开口问道："你已经知道了？"

墨甜愣了愣才反应过来，外星先生在跟她说话。

"知道什么？"她疑惑地反问。

白应辰看了她一会儿，停下脚步说道："我以为你知道了，周五我要出差。"

在墨甜讶异的神情里，他替她理了理被风吹乱的发丝："所以你怎么忽然不开心了？"

N市的护城河水泛着粼粼的光，左右无人，墨甜干脆转身抱住了白应辰，就像抱住一棵笔直的大树一样。

"之前在我家那边，你待了几天？"她闷闷地问。

白应辰也环住她，如实回答："三天。"

"那你一个人去玩了很多地方？"

"嗯，第一天见面时你给我推荐的地方，我都去了一遍。"

墨甜把头垂得更低，侧脸用力抵在他的胸膛上："外星先生，我们抽空一起去旅游吧？"哪怕一次也好，她说，"我想和你一起去看看更多的地方。"

白应辰微微诧异："你想去哪儿？"

墨甜摇头："我不知道，不过只要是你想和我一起去的，哪都可以。"

本来她说去她老家，把他一个人走过的地方重新走一遍的，可想想那些地方她都再熟悉不过了，外星先生也未必想去再走一次。

结果白应辰忽然说："那就重新去一遍你推荐过的地方吧。"

墨甜讶然抬头。

"怎么？"白应辰垂头，含笑看着她，"你不想去？"

"也没有。"墨甜重新低下头，努力不让他看到自己的情绪，"不过我想去没去过的地方……不如五一的时候我们能去多远是多远吧！"顿了顿，她遗憾地补充，"毕竟我暂时还没有年假，想要出门就只能趁着五一了。"

她希望能和他一起走过更多更远的路。或许这样，她就会觉得他们之间的感情更真实一些了。

不过外星先生听了她的话，却考虑得更多了些。之后他说："我有一个主意。这周我需要准备一下出差的事情，周六你也要加班。那么……"白应辰揉了揉墨甜的脸颊，"今天你跟我回家一趟吧。"

墨甜一下子就松开了他，表情惊疑不定："什么？"

白应辰失笑："你跟我回去录个指纹，晚点我让一罗发些东西过来，东西就定在周日你休息的时候送到家里，你帮我收货，之后等着我回来弄。"

原来是这样？墨甜暗暗松了口气："那我周日一早就去你家？"

"嗯,到时我会发你地址,免得你记错。"白应辰说完,轻咳一声看向护城河,"东西可能到得有点晚,到时候你就住在我那里吧,我周一早上回来,顺便送你上班。"

墨甜有点不开心,问:"你刚回来就要上班,不休息吗?"

外星先生模棱两可地说:"看情况吧。"

墨甜开始遗憾:"你要是有肉体瞬移的本领就好了。"

外星先生再次失笑:"那恐怕有人从一开始就要被吓死了。"

想想也是哦,要是那天黑灯瞎火的突然瞬移出个人……墨甜打了个激灵,讪讪一笑:"好吧,那我等你回来!"

两天后,外星先生按照原定计划,带着老牛和砖师父去了B市,到总部处理新的宣传片等一系列事情。

墨甜是在他走的第二天,才从懒羊那儿听到消息:"小墨,你的班可没白加,听说最后定下的宣传片,有一半都选用了你的大纲和剧情……嗯,就是宣传片的整个故事都套在了你的框架上,我们和美术组下午就要开始忙活了。"

"是吗?"墨甜满脸惊讶,"我还不知道。"

"没事,反正功劳簿上肯定要记你一笔的,估计是老牛忙得忘了说。"懒羊说完,转而叹了口气,"那他应该也没说,下午总部来人的事吧?"

"啊?总部的人下午就来?"刚好端盘路过的鸽子一声怪叫,"不是说那位醉翁之意不在酒的大小姐也要来吗?那她赶得也太不巧了,白总不是昨天刚走?"

懒羊白他一眼,说:"白总又不是不回来了。人家这次怕是要提前做好战斗准备。"

她的话音刚落下,食堂门口就进来了一群陌生人,个个穿着精致笔挺的西装,阵势极大。墨甜也被吸引去了目光,只见这群眼生的人里,看似领头人的年轻女性环顾了食堂一圈,随后问道:"辰哥平时也在这里用餐?"

声音不大不小,但能让这一片正在吃饭的人都听见。接着带他们往前走的公司员工说:"白总一般在自己的办公室。"

女人颇为遗憾地点点头,继续往前走,被各种目光追了一路也毫不在意。

"看来这就是那位醉翁之意不在酒了。"鸽子鄙夷地看着对方背影"啧"了一声,和同伴在墨甜邻桌坐下了。

墨甜不禁又往女人走远的方向望了望:"她是谁啊?"

懒羊表情耐人寻味:"白总的追求者咯。"

墨甜原本听得心里一紧,然而能让好脾气的懒羊都这副模样,她倒是好奇起来了:"你们好像对她的敌意很重?"

隔壁桌的鸽子嗤笑道:"这位大小姐,我和牛哥之前有幸在总部见过一次,她在那边,天天就散发着一种信号:'老板,我不想努力了,快来包养我吧。'"

墨甜被他模仿撒娇的语气弄出一身鸡皮疙瘩,啼笑皆非:"那她怎么进到公司的?白总不会欢迎这样的员工吧?"

"这可不好说了。"懒羊摊手,"谁让人家是'皇亲国戚'呢?廖总的亲戚好办事,她近水楼台先得月呀。"

皇亲国戚?作为一个刚入职场的小新人,墨甜一心想要好好表现,做什么都加倍卖力,根本没想到,公司里还会有皇亲国戚这种人存在。

印象里这种情况基本只会出现在那些不入流的小公司,或者是庞大的家族企业吧……墨甜有点失落,下午闷闷不乐地想问外星先生情况,可刚摸到手机,办公室的门一下子被人推开:"谁是墨甜?"

所有人都看向门口站着的人,OL妆加上很富有攻击性的明艳五官,在他们这一群时常加班、时常不修边幅的死宅群体里,显得格外脱俗。等到所有人的目光再转了个方向……墨甜一头雾水地站起来:"我是。"

这种在学校里惹了事,要被约到教学楼后面挨打的感觉是怎么回事……

墨甜后悔了,她不应该考虑的,她应该直接去问外星先生。

小会议室里,林澜正在浏览墨甜刚刚整理出的资料。从她严峻的脸色就能看出,事情大概不怎么美妙。墨甜稍稍不安地坐在对面,手里的手机振动个不停。

鸽子和阿瓜正在窗外小心地偷窥,疯狂地发消息给她:小墨你别慌,被绑架了你就眨眨眼,我们立刻联系牛哥救你!

墨甜差点笑出来,不过她没敢回复,很快又把目光定在前方。

小会议室里也不止她和林澜两个,还有木桩组长和一个跟着林澜从总部过来的人。林澜翻了翻手里的东西,皱眉问:"这就是你的全部履历了?"

墨甜点点头:"我去年秋天刚入职。"

木桩也帮着她说:"小墨还是新人,而且当时C组出了点情况,导致小墨前期没什么进展。"

墨甜心里想说她有好好自学成才的！只是，她做出的成品确实太少了，平时到处帮帮忙、打打杂，因为前期接触不到《时光》，做测试都很少轮到她，才导致工作履历上几乎一片空白。

林澜又扫了一眼墨甜，叹了口气道："你的母校虽然不错，但你才本科学历，还没毕业，这条件放在我们公司，有点拿不出手。"

墨甜愣了愣，心里登时不大舒服。

那边林澜又问："你还有没有其他能拿出手的资料？有过什么获奖作品、成绩吗？毕竟这是要载入第一本设定集的，你不能给公司抹黑吧。"

林澜的这话令木桩皱起了眉，墨甜一时很难受。

还有什么能说的……墨甜飞快地思索起来，却因为紧张而导致脑内有些混沌。过了半天，她终于想起一个不知道算不算的小成绩，林澜却抢先一步，烦躁地说："好吧，那小墨你最近就赶赶进度。木桩，你现在就给她安排几个单子让她做。我个人是不想写出注水数据的，这样对公司没好处。"

散会后，墨甜回到办公室，立刻被鸽子等人围住安慰起来："你算上实习期刚入职半年，现在游戏还没开测呢，能有多少业绩啊？总部派来的人也太苛刻了！"

木桩也凑过来说："小墨，单子我给你挑了几个简单的，你先能做几个是几个。"

墨甜向木桩表示了感谢，接着便去桌前做木桩分配的任务，连着忙了两天，总算赶出一点业绩。

又是中午，听见懒羊吐槽林澜被派来的身份竟然是白总新助理，墨甜心里也很无奈，只能强行乐观地开导自己："至少林助理对工作还是很上心的，上面派的任务她都在严格完成。"

现在林澜每天至少会催她三次，让她赶紧交出成绩来。

懒羊看她一眼，皮笑肉不笑地小声说："我看她就是刚刚上任，急着给白总留好印象呢。小墨你不知道，林助理上学时是心仪廖总的，终于盼到廖总和女友分手，结果廖总突然重遇初恋，在一起没多久就开花结果了。接着她在婚宴上遇到了白总，就把目标转移到了咱们守身如玉的白总身上。"

墨甜嘴角抽了抽。

懒羊耸肩："这些在我们女生间都不是秘密了，现在大家都在猜，林助理是怕白总也跳出个初恋,才放弃了毕业出国深造的机会,跑到咱们这儿来,说是来分部学习,其实另有打算哦!"

顿了顿,懒羊意味深长地笑起来:"不过白总好像对她没那个意思,小墨你放心,你的机会绝对比她的大。"

"……噢。"墨甜心不在焉地点点头,过了半晌才脸一红,问道,"什么机会?"

懒羊偷笑:"没什么,你加油!"

墨甜只得跟着傻笑。她最近倒是发现了,之前学长学姐们说在游戏公司上班累是真的。这才忙碌两天,她的黑眼圈就已经很明显了。

不过也多亏了加班,她才和她不忍打扰的外星先生说上了话。有人告诉了正在出差的外星先生,她被临时安排了一堆任务,自那天起,每到晚上九点她就会收到一条来自外星先生的消息:到宿舍了吗?

如果她忙得没注意到,十分钟后外星先生还会给她打来电话,温柔地警告:"最后一班车已经出发,地球姑娘该回宿舍了。"

来自外星的老板男朋友出乎意料的很实用呢。只是,她每天藏着从心里溢出来的小欢喜,也很不容易啊!

星期日一早,墨甜掐算着时间,先去公司加了一上午的班,中午顺便在食堂吃了个饭,才按照导航到了白应辰家里,打开指纹锁。

嘿嘿,要不是外星先生早就买了这个房子,她大概会多心一下,以为外星先生是怕她忘带钥匙……

一个人待在外星先生的家里,难免有些不习惯,墨甜小心翼翼地在客厅和客房里徘徊,想着要不干脆打扫一下。结果她发现根本没有打扫的需要,外星先生家里干净得出奇。尤其厨房,简直就是空的,好像只有客厅的饮水机和水杯,是他在这里生活过的证据。哦,还有个例外是在她初次来时,他在楼下便利店买的小奶锅。

在这个装饰风格十分温馨却毫无生气的家里,外星先生独自生活了这么多年,真的不会寂寞吗?墨甜转过几圈,坐回客厅的落地窗前问:"外星先生,我可以给你的厨房里稍稍添点东西吗?"

等到白应辰打来电话,墨甜点的晚饭都到了。电话一接通,那边静悄悄的,墨甜有点担忧:"你开完会了?"

"嗯。"白应辰的声音有点疲惫,"你怎么今天还去加班?"

墨甜一愣:"谁和你说的?"

"这几天我在听着公司的情况。"

是因为总部派了他不信任的人,他不放心?可如果整个公司都在范围内,岂不是她和懒羊说的话都……

不过他没提起,墨甜便没多说。话题很快转移到了他的快递上,墨甜疑惑:"那到底是什么东西?又大又沉的,堆在客厅里,我都拿不动。"

"是你大概会喜欢的东西。"白应辰心情颇佳地说,"墨甜,我明天到家。"

"嗯?我知道啊!"墨甜的注意力转移到了墙壁上的时钟,看着上面的指针在走,她仿佛能感受到外星先生已经离她越来越近。

电话那边忽然没了声音,墨甜不安地问:"怎么,是时间推迟了吗?"

"没有。"那边声音带着些疲惫,却很温柔,"我只是想多和你说一句话,想听听你的声音。"

墨甜心弦一颤,一时间不知道该摆出什么表情,最后既惊且羞地问:"你……你是不是喝酒了?你平时都不会说出这种话……"这话说完,墨甜又发觉自己险些忘了,外星先生是不会喝醉的。

她正不知道怎么继续话题的时候,外星先生温润的声音传来:"墨甜,我想早点见到你。"

虽然打一开始就知道,这是一场注定短暂的、虚幻到像是一场梦的恋情,可是,这一刻她真的好开心。

"嗯。"墨甜歪头听着电话,笑得无比幸福,"我也想早点见到你呢。"

等她再次醒来,外星先生已经在家里了。桌上放着给她买来的早饭,他人则在客厅里装着一些机械,看着满地狼藉,不难猜出就是昨天到的快递。

"你先吃饭。"白应辰灵活地转动着扳手,回身看墨甜一眼,"等你吃完,这个也该装好了。"

"这个?"墨甜揉眼睛。

"书房里还有一个。"白应辰认真地装着机械说。

墨甜:"……我是问这个是什么。"

白应辰一顿,眼里带了笑意:"《时光》全套的VR设备。"

墨甜放下刚拿起的包子，满眼好奇地绕着才装好一半的庞大设备看了一圈，接着在白应辰身边蹲下。白应辰停下动作，她立刻就把身子一歪，靠在了他的手臂上。

白应辰看她一眼，问："怎么了？"

墨甜摇摇头，圈住他的手臂："欢迎回家啊，外星先生。"

白应辰微微一怔，笑着拿指头刮了一下她的脸颊："快去吃饭。"

"遵命！"墨甜踩着拖鞋"啪嗒啪嗒"地跑回桌边。

白应辰出差回来的第一件事，便是先否决了林澜做他助理的提议。尽管林澜强调了无数次"是廖总让我来做你的见习助理"，白应辰还是礼貌地回绝了。

为此廖老板还特意打了电话来，然后白应辰当着林澜的面，又礼貌地回绝了廖老板一次，十分符合他在工作上认真严格绝不妥协的作风，也让林澜当即没了女强人的样子，含着眼泪去了行政组。

"等等，"白应辰叫住她，"记得及时把手上的工作交接给严谨。"

林澜脸上刚燃起的希望又破灭了，怏怏地答："知道了，白总。"

事情发生在二楼的私人办公室，不用听人传，墨甜自己就看到了。总觉得某人是在故意做给他看似的，墨甜私下里说："外星先生，你有点过了哦，给人家点面子嘛。"

对此，外星先生面无表情地反问："她是有给过你面子，还是给过我面子呢？"

从一早来到公司，被林澜"辰哥辰哥"地叫着，外星先生的表情就没缓和过，这在公司算是一件很反常的事，现在外面还有同事在传："林助理真厉害，能让白总把笑容都收了。"

外星先生的话，墨甜没什么好反驳的，甚至心里还有点开心。毕竟泥人尚有三分火气，她之前被林澜说，也很不开心。

被白应辰说过后，林澜出现的次数明显少了很多。上交补充的履历在即，墨甜以为有关林澜的事情已经结束，直到她收到一条来自表姐的消息：甜甜，总部有人想挖你来B市了，你怎么看？

收到消息的时候，墨甜已经做好了木桩给她塞的所有单子，老牛也看过了，认为这些对于她一个新手来说完全足够。履历表马上就要交上去，所以墨甜看到表姐的消息后十分吃惊，当即就去问了外星先生。

白应辰也有些讶异，他问："怎么回事？"

墨甜老实巴交地背着手:"外星先生你大概不知道,我在总部做程序的表姐,副业是画漫画。我喜欢写故事嘛,从高中毕业到现在,我和表姐合作了不少漫画故事,然后表姐那边的同事朋友看到了她的漫画,很喜欢,就向表姐打听了我……"

"打听过,所以总部向分公司要人?"白应辰若有所思地问,"哪个项目组的?"

"嗯……《当我入梦》。"

白应辰一顿,垂下眼帘思量起来。

墨甜有些局促地站在他桌前,开口道:"要不,我先回二楼?一直待在你这儿好像不大好。"

"谈工作的事,有什么不好。"白应辰含笑说完,闭了闭眼,接着墨甜便被一股力量催动着,不由自主地到了他身边。

他伸手轻轻一拉,墨甜似被抽走了力气一样坐在了他腿上。

"白……"

"叫我名字……"白应辰轻声打断她,"不然我会有上班不务正业的罪恶感。"

可您就是在不务正业啊……墨甜面红耳赤,结结巴巴地开口:"白……应……应辰?"

被叫到的人十分安心地拥着她,"你想去吗?总部那边。"

"啊……"

"如果你去了总部,我们就可以对公司的人公布关系。"白应辰说,"虽然不会很正式地宣布,但至少,我不希望你因为没有名分这种事而感到委屈。"

名……名分?!

"可是我们会分开的。"墨甜小声。

白应辰颔首:"所以我想了想,觉得你可以去总部,一罗和他太太能帮助你茁壮地成长,我也会放心些。"

墨甜心里微动,缠着他的颈子说:"没关系,我……我没有那么在意名分,只要能和你在一起度过这段时光,只要这段记忆能一直在我脑海,我就知足了。"

白应辰沉默须臾,叹气说:"好吧。"

他对着她清澈的眼眸,多余的话全都哽在了喉咙,再难说出口。

其实，想要一个名分的是他啊！虽然他知道自己没资格有这种私心，但是，他是那么想要让人知道，这个可爱的小家伙曾经属于他，他也曾对这个地球姑娘不可抑制地动过心。

这个令他动心的小家伙正说着："要我离开这边，我肯定是舍不得的。我还希望等你走后，能够替你看着这个由你一手带起来的公司慢慢成长呢。"

白应辰无奈又爱惜地摩挲着她白嫩的脸颊，轻轻吻上去。

"好，听你的。"

下班跟着白应辰回家时，墨甜还帮白应辰听了廖老板的电话。电话刚接通，廖老板虚弱的声音就传了过来："老白，早上真是对不住了……"

对方的声音里夹着咳嗽声，他像生了什么大病一样。

墨甜一时不敢说话，表情疑惑地看向白应辰。白应辰专注地开着车，淡然下达指示："你跟他说，我准备退货。"

不过墨甜就坐在副驾驶座，加上正在扭身看白应辰，他的声音估计能很清晰地传到电话那头，因为那边立刻就给了回应："跟谁说？"

墨甜赶紧解释："是跟您说。"

廖老板沉默了，过了一会儿才发出疑惑的声音："墨小姐？"

墨甜看了一眼白应辰，说："是我。"

"我打错电话了？"

"……"很明显不是。

"等等，那老白呢？"

"他在开车。"

"……哦。"廖老板挂了电话。

墨甜一言难尽地看着白应辰的手机屏幕，问道："我是不是耽误你们的正事了？"

刚好遇到红灯，白应辰停下车，笑意很深地伸出一指点了点自己的头："他只是一时间接受不了现实，现在正责问我怎么不戴蓝牙耳机，害他在你面前形象受损。"

"……"

"不过没关系，他本来就没什么形象可言。"

墨甜笑得肩膀直抖，忽地瞥见红绿灯已经切换，赶紧催促："快集中注意力

甜蜜制作人

开车啦！"

　　说到底，他们的感情也不算偷偷摸摸，至少两边最重要的朋友都知道了呀。尤其到了白应辰家里，墨甜发现廖老板竟然悄悄给她发了消息，义正词严地让她劝白应辰给他留点面子，让白应辰暂时留下林澜他们，趁着最后的时间好好帮他把几人磨砺一下。

　　大老板亲自发话，墨甜没敢怠慢，立刻汇报给了外星先生。外星先生却很迟疑地反问她："我该留下他们吗？"

　　"这个您应该比我清楚吧？"墨甜跟着他到书房里，"您不是一直都有自己的处事方法吗？"

　　"有些人让我知道了，我做的也不一定都对。"白应辰思忖道，"不过我还是坚持认为，我最多可以留林澜到游戏内测。"内测开始，他离开，林澜也要被送回总部，他得让她离墨甜远点。

　　对此，墨甜没有异议。白应辰对她笑了笑，一把掀开设备上巨大的塑料罩。瞬间，与他简洁风格的书房格格不入的VR设备展现在眼前。

　　墨甜早上已经看过组装好的设备，但当白应辰开启按钮，两架设备忽然随着灯光的节奏一步步开启舱门，露出里面宽敞的沙发座舱，她还是被震撼到了。

　　设备前面，被固定在墙面的两张带鱼屏与各自的三个附属小屏几乎同时亮起，最上面的投影仪也开始工作，将屏幕的"Ready"字样投放在对面墙壁的幕布上。

　　墨甜张了半天嘴，才找回自己的声音，眨眨眼看向白应辰："不过你刚说的，有些人是谁？"

　　"……"白应辰无语地揉了揉她的头，替她戴好配套手环，"遇到bug记得用录屏记下来。"

　　这就是白应辰想出的办法，既然现实里的假期太短，无法让他们玩得尽兴，那他们就在游戏里环游世界吧。

　　白应辰先看着墨甜登录，之后说了句"原地等我"，便自己登录进去，加了墨甜的好友，并用内部指令传送到了她身边。

　　"现代地图还没做好，不过唐朝和清朝的时光线已经加进来了，清朝的NPC没布置完。"白应辰简要地介绍了一番，回头问墨甜，"你想去哪个时间线的家？"

墨甜正学着他的模样召唤地图。看了半天,她心情复杂:"不管哪个时间线,我家那里应该都是一片荒野吧?"她家那边历史上没什么名胜古迹,大家都是靠山吃山、靠水吃水。

"也不一定,或许有小村庄,或许是个城镇?"白应辰思忖了一下,"那就到清朝看看。"

《时光》的特点之一,便是它根据不同时期的地球版图,挑选了几个著名的时间线来复原了地球全貌。虽然做不到完全还原那么夸张,也可能在时间的缝隙里对不起一些不出名的小国,但是不可否认,《时光》已经做得很精细。

毕竟刚开始体验,耐心还是有的,墨甜和白应辰选择坐马车从附近的一个大城赶到L市所在的位置。沿路偶尔有两个茅屋或是一个小村庄,里面还有NPC在耕田、赶鸭子,墨甜看得嘴角就没放下去过:"我感觉好像真的来到了古代。"

白应辰笑了笑:"刚开始接触游戏,我也觉得不可思议,原来地球人这么会玩。"

墨甜略一分析:"是不是廖总拉您入坑的?"

白应辰点头:"我们不能太过影响地球原有的文明进程,经过一罗提议,我发现做游戏确实是一个不错的选择。"

"那和您一起来的同胞们呢?他们不会也都在做游戏吧……"

白应辰又摇头:"我们分散在世界各地,样貌也由自身数据的差异而变成了不同的人类模样,就算见到了,互相之间也认不出来,更无法通过任何方式联络。母星在这方面管制得十分严格。"

能遇到一个有素质的外星先生真是太好了啊!墨甜暗暗感叹,突然又感到好奇,起身坐到了外星先生身边。

"外星先生在那边是什么样的呢?"

"你是说外貌?"

"嘻嘻……"竟然被猜到了,墨甜有点不好意思,试图掩饰过去,"我是说,各方面。"

白应辰想了想,说:"外貌无法描述,但可以告诉你,我在母星是心理科研机构的副院长。"

"厉害!"墨甜震惊,"你们那也会有很多分院吗?"

"每种研究机构只有一个。"

"那你……"不会是个老头子吧？

白应辰像是猜出她的心思，淡淡一哂，继续说："年龄在母星，或许比你眼前看到的我还要年轻一点，因为两边计算时间的方法是不一样的。"

顿了顿，他补充道："其实地球的二十年，在我的母星大概只能算作三年。"

一时无声，墨甜把头靠在他的手臂上，与他十指相扣，自豪地说："真好，我的外星先生不管在哪都那么优秀。"

白应辰抬手捏了捏她的脸颊，对她说道："你也要变得很优秀，不要让我失望。"

墨甜睫毛一颤，问："你对我有期望吗？"

"当然。"外星先生微笑，"你可是让我真正融入这个星球的人。"

说得也是，最近墨甜才发现，原来外星先生的表情也可以很丰富。他是真的有着各种各样和人类一样的情绪，他也会有不舍和想念。

这一切都是因为她。

L市的大致所在地，果然还是一片荒芜的丘陵，而且荒芜得过分，简直寸草不生，看得墨甜备受打击。

"至少景色还是取材了现代的。"白应辰忍着笑安慰墨甜，"这边你比较熟悉，看看还认不认得路，带我到处走走？"

墨甜依旧一脸惆怅，有种不远万里回到家里，结果家被洪水淹了的感觉。好在很快她就从无家可归的感觉中走了出来。他们发现这边的地图竟然有漏洞！真的是漏洞！墨甜在前面带路走，走着走着整个人就掉进了地缝里，那诡异的画面就连外星先生都被惊了一下。

等到外卖送来，两人下线吃饭，外星先生忽然问："晚上要留下吗？"

墨甜差点被呛到："不……不了吧……早上总是你送我去上班，万一不小心就被公司的人撞见呢？而且萌萌快回来了，我得收拾收拾宿舍。"

其实宿舍也没什么好收拾的，主要是公司人多口杂，而外星先生又那么引人注目，她可不想每天都在众人的指指点点和流言蜚语中工作……就算有些没有恶意，她现在也不想遭受一点打击，与其一时光鲜成为他人的谈资，不如就这么悄悄地度过这段时光。

外星先生淡淡"嗯"了一声，没有坚持。墨甜也就没再多说，默默地吃饭，默默被外星先生送到学校门外,和以往一样挥手作别。走出几步,感觉周围有路过的女生在窃窃私语,墨甜回头,果然外星先生还没走,有些落寞地靠着车看手机。

线条优美的车,清俊潇洒的人,想不吸引人的注意都难。墨甜抿了抿唇,折回去,开口道:"怎么还没走?"

她踮脚去看他的手机屏幕,发现他打开的竟然是和她的消息对话。只是他没有输入内容,而是在浏览之前的记录。那一页她发了一个大大的可爱表情,下面配着一句"那我等你"。

墨甜看着这段早就忘了什么时候给他发的消息,时间仿佛有一瞬的停顿。下一刻,白应辰倾身向前,拥住了呆在那里的她。

"怎……怎么了?"他一直没开口,她有点紧张。

白应辰轻颤着吸了一口气,说:"想到回去只能一个人测bug,好像有点无聊。"

墨甜忍俊不禁,猛然从心口涌出的情绪却是酸涩的。

"好啊你……"她轻轻捶他,"留我就是想骗我一起加班?"

白应辰不再说话了,只是把她抱得紧了些。

虽然是大学,天色也很黑,但毕竟是校门口,两人又不是张扬的性格,白应辰抬手揉了揉她的后脑,很快便把她放开:"到了记得告诉我。"

"好。"墨甜走之前,飞速地还了白应辰一个抱抱,才轻盈地踮着脚跑开几步,再朝他挥挥手,"明天见!"

"明早我来接你吧。"

"嗯?"

"明早见。"外星先生果决地回到车里,扬长而去。

墨甜僵在原地。

在拒绝无效的情况下,墨甜就这么多了一个勤勤恳恳的司机先生。

所谓的怕被公司的人看到这个借口根本起不到作用,在那之后,外星先生似乎就养成了准点接送她的习惯。直到某一天,潜心看书到游戏都很少玩了的萌萌忽然把注意力从书海里拔了出来:"甜甜你要在学校里出名了。"

"怎么回事?"已经很少关注学校事宜的墨甜被吓了一跳。

萌萌转过椅子,似笑非笑地看着她:"我昨天去图书馆,有两个低年级的小姑娘说是特别羡慕一个大四的学姐,每天早晚都有一个帅哥开车接送,那说的不就是你吗?"

墨甜试图辩解:"我们很低调的……"基本都是早上见面她上车,晚上一到校门口,她就下车,真的很少停在原地说一会儿话。

"那也架不住一天两遍地增存在感啊!你数数这都几个月了,说实话我都佩服你……"萌萌话锋一转,"你老板真的还可以。我要是有个帅哥天天任劳任怨地接送,我估计要跟他一辈子。"

"哈哈哈……"墨甜面无表情地干笑几声,继续浏览景区列表。

萌萌探过头来问:"还没想好去哪儿?"

"没有呢。"墨甜很纠结,"好像有意思的地方都在游戏里见过了。"

"呵。"萌萌也面无表情起来,"天天听你说……《时光》真那么厉害?照你这么说,都能抢旅游业的饭碗了。"

"那倒不至于。"墨甜含蓄地评价,"《时光》比起现实世界,还是稍微逊色了那么一点点。官方推荐旅游还是以实物为准。"

萌萌翻白眼。

两人继续各忙各的。

不多时,墨甜收到了一个来自表姐的消息:累死了,最后一个画完了啊,这就是结局?

墨甜没有急着回复,而是先点开了丘雨发来的链接。那是一篇长长的条漫,主角是仍然身形娇小但是艺高"兔"胆大的白兔小姐,以及"狗"狠话不多、温柔又低调的金毛先生。

这个系列,她只写了五个小故事,从相识到表白,两个不同种族的小家伙顺其自然地选择了跨越种族在一起。

"暂时先不写了,至于以后写不写,还不确定。"

墨甜点击转载,仍然是什么字都没配,然后才回复表姐。

以往她和表姐业余合作条漫,转载之后作为脚本君她都会唠叨两句什么。只有这个系列的故事,她什么都没说,因为不知道该说什么。好像不管说什么,到最后她都会很难过。

不知其情的丘雨表示遗憾,发来了语音:"喜欢这俩家伙的人还挺多呢,都说我画动物比画人有天赋。可是你为什么不写这个了啊?就那个之前想挖你的小姐妹,她听说你不写这对儿了,最近看见我就在我耳边叨咕,让我问你原因。"

丘雨噼里啪啦地说了一堆,墨甜故作轻松地回复她"反正就是暂时不想写了嘛",而后直接借口洗澡下了线。

虽然她很感激那个素未谋面想要挖她过去的人,因为对方,她的资料上又多了"微博人气脚本君"的称号。可是那个小段子是根据她和外星先生改编的,而现在,她想到关于外星先生的事情,几乎就只剩下难过了。

她希望她的小段子能给人带来快乐。可惜,快乐原本就是很短暂的,她的快乐渐渐消失,她也只能遗憾地暂时退场。好像上个星期她还在风雪里悲伤着情场失意,这么快,路边的小花都开了一簇簇,她忽然发觉,她和外星先生仅有的相处时间已过去大半。

八月初他就要离开,现在,她在挑五一出去旅游的地方。

"甜甜啊……"同样不知情的萌萌趁着她去洗澡,在门外调侃她道,"要我说你,五一干脆领着你老板去见家长算了!还能弥补一下你们过年留下的缺憾。"

"已经弥补了。"墨甜无精打采的声音夹着水声传出来,"不仅补了缺憾,还补了bug……再说怎么可能见家长嘛,我们又没打算一直在一起。"

"啥?敢情你们闹着玩呢?"

"不是啊……"

没法解释清楚,墨甜很郁闷。不过鬼使神差地,她还真的在入睡前反复琢磨起了见家长的事。他们俩怎么可能一起去见家长?但是……

墨甜久违的辗转反侧。

隔天需要加班,从公司出来已经很晚了,墨甜悄悄坐上白应辰的车,直接奔往学校附近的奶茶店。

白天在公司,两个人即使见面也只能眼神交流,有时候甚至只能擦肩而过,这样想想,墨甜根本就不甘心。于是两个人忽然有了个约定,只要白天在公司没能说上话,他们晚上就要找个地方随意地逛逛,或者找个安静的小店,聊他们几个月也没聊腻的话题。

因为话题一直在增加……

之前墨甜都不知道,外星先生其实很健谈。不过后面她又私心地想,这件事只有她知道就够了。比如现在,幽静的奶茶店里,老板正在低头打着游戏,她和白应辰坐在角落,也在打游戏……

"哇,这个格斗模式……节奏太快了!"几场下来,墨甜手都按酸了,这还是在外星先生体贴地给她带了外接键盘的情况下。反观那边外星先生,用着笔记本电脑的键盘,操作亦行云流水,动作优雅得像是在弹钢琴。

"我果然是个休闲玩家。"墨甜哭丧着脸喝奶茶。

外星先生笑笑:"那就换个节奏慢一点的模式。"

于是两人又玩了几场,墨甜扶额:"要不我们去试试种地?"

外星先生忍住了笑:"好。"

话音落下,他稍稍侧了一下头。

墨甜也抬起了眼,发现奶茶店老板正一脸好奇地看着白应辰的电脑:"这啥游戏?单机联机?"

"是网游。"墨甜抢先解释,"名叫《时光》。"

奶茶店老板挠头:"没听过,我去看看。"

墨甜微笑,接着看一眼时间:"有点晚了,该回去了。"

白应辰颔首,帮她装好笔记本电脑和键鼠,两人默默离去。

奶茶店老板坐在他的电脑前直挠头:"没开测?那他俩咋玩的?"

坐进车里,墨甜直笑:"这算不算宣传了?"

"算吧。"白应辰也笑,"好在他没有拍照。"

"咦?前期不是也可以放些图片上去吗?只是不能录视频……"墨甜还记得这些规定。

白应辰轻声打断她:"我最后的界面,是刚刚和你的战绩。"

墨甜:"……"她的兔几输得好惨。这要是被人照下来传到网上,她这辈子都不会再叫这个名字了。现在她已经决定以后都不打格斗场了。

奶茶店离学校很近,想到萌萌说的,墨甜揸掇白应辰把车开远了点:"外星先生,我有件事想问你。"

"嗯?"平时如果有什么问题,墨甜都会直接问的,很少会先申请,白应辰迟疑了下,"刚好我也有事情要和你说。"

墨甜没防备,心猛然一跳:"你先说?"

白应辰:"你先说。"

墨甜抓着安全带:"呃……那我说,就是……"紧张兮兮地停顿了一下,她鼓起勇气看向白应辰,开口道,"我想问……我可不可以告诉我爸我妈,我谈恋爱了?"

沉默半晌,墨甜小声问:"不可以吗?"

时间一点点过去，外星先生表情平静地看着她，眼里却情绪翻涌："和我？"

墨甜呆了呆才明白过来，气鼓鼓地瞪他："除了你还有谁。"

她看起来气鼓鼓的，脸颊却红红的，水盈盈的眼里全是认真。墨甜解开安全带，抓住他的手："我知道，现在快五月了，但是……这段像梦一样的时光，我希望它不只是一个梦。我希望它是一件真正在我身上发生过的事情，我希望……要是有一天我妈催着我相亲了，我能理直气壮地说我不想去，我能说我旧情未了，说我忘不了我之前喜欢的人，说我……想等他回来。"

最后的几个字，好像用掉她全部的力气才说出口。墨甜抹了抹眼泪，抬起眼笑："当然，有些话只是我一时冲动说出来的，不过，半真半假，我是真的想告诉爸妈，我和一个优秀的人恋爱了。"

白应辰轻轻把她搂进怀里，闭了闭眼，如果他真是一个优秀的正常人就好了；如果他能一直活在这里，不会伤害到她就好了。

"对不起。"他说。

"嗯，对不起。"她低声回应，也伸手抱住他，很用力，像是想把自己嵌进他的胸膛一样。

两人默契地沉默了一秒，然后笑开："既然都觉得对不起了，那就没关系了。"

两人耽误了些工夫，时间确实有点晚了，萌萌已经发了消息：甜甜啊，你今天还回不回来？

墨甜咬牙切齿地回她：我哪天没回！

白应辰看她两眼，情绪已然恢复正常："四月末我要出国一趟，出差，帮一罗搞定最后一点事情。"

墨甜还在回着消息，闻言手上动作一顿，扭头看他："这不是已经快四月末了？"

"嗯。二十九号的机票，最早二号结束。"

"……"

竟然被墨甜盯得心里有点发毛，白应辰轻咳一声："我的意思是，你现在办护照还来得及。今年五一四天假，你在三十号的晚上出发，我们可以在外面玩三天。"

这个反转让人猝不及防，墨甜的眼珠总算转动了："出国，去哪里？"

白应辰答:"加拿大。"

墨甜一愣,下意识地说:"我没有护照,也没出过国,但是……"说着说着她自己就转了个弯,眼里也绽放出光彩,"但是没问题,我们就去加拿大!"

虽然她没有办护照的经验,但是她有外星先生啊!虽然是出国,但是她已经拿了好几个月的工资,感谢她没有"月光"的习惯!墨甜激动地欢呼。赶在四月的最后一个晚上,她一下班就直奔宿舍拿行李箱,之后在萌萌的嘘声里,欢快地飞到了枫叶之国。

虽然这个季节的街头看不到漂亮的红枫叶,但是她能看见枫叶之国街头帅气的外星先生了!并且她已经决定,出国回来就和爸妈说她谈恋爱了。就算这段感情很快就要无疾而终,说出来可能会有点折腾,但是在那之后,她大概很长一段时间都不会再折腾了。

最近她时常产生一种错觉,好像她计划的人生里,拥有现在这些美好已经足够了。

第十五章

我要等你

甜蜜制作人

为了八月份开放的内测,所有人从六月就开始了疯狂的加班生活,程序组那边一住公司就是一周,美术组也每天抱怨不断。至于策划组这边……大家已经集体泡枸杞喝了。就在暗无天日的繁忙之中,某天老牛忽然推开了办公室门:"集合!到大会议室!"

在他话音落下时,门外走廊里已经哄乱成了一片。公司有如遭遇丧尸袭击,所有人都乌泱泱地奔着一个目标去。

"可算出来了。"

"呜呜呜……为了这个,我画得头发都白了。"

"听说这次可是白总、廖总亲自监督全程。"

"可惜不是他们亲自演的,哈哈哈……"

这次的宣传视频作为《时光》的先行宣传片,不仅会在各大平台放出,公司还买下了电视台的广告位,虽然没请明星代言,但也是花了血本制作CG,内容精修了整整两个月,最终成片的视频有五分钟。白应辰站在巨大的屏幕前头,先打开了视频的精简版,也就是游戏开测会加进去的开场动画。

墨甜也站在人群里头,而且因为策划组的位置优势,所以她来得早,位置很靠前。白应辰开启播放后,便和人群站在了一起,左靠墙壁,右手边就是扶桌站着的墨甜。

早在他向她走来时,她就有点发慌。见他站在自己的身边,她连呼吸都小心起来,唯独爪子不怕死地捏了旁边的人一下。

"外星先生,你怎么来这儿了?"

白应辰沉默了一会儿,然后掏出手机发送消息:因为长得高,站在中间挡视线。

收到消息的墨甜回了一个"……"。

白应辰笑笑,在黑暗的空间里,不动声色地捉住了墨甜的手。身边的人都在专注地看屏幕,没人发现墨甜忽然涨红的脸。

墨甜看了看白应辰,他亦在望着前方,眼里有欣赏,也有惆怅,她不忍再看,终于把视线转回屏幕。

播放是有计时的,这会儿剧情才到第二十秒。皑皑白雪中,翻动了古书的老者听见响动,回身时,时间已转至冰河时期。传说里的怪物在空中相互争斗,画面重新锁定在一只弱小的精怪上。它受了重伤,拼命地逃脱,最后无望地向着冰海猛然扎下。

穿过黑暗的水域,它再次睁开眼,眼前竟是一片鸟语花香,镜头也随之转移到刚刚带领族群抢下领地的两栖动物上。但是很快,它便要被迸发的岩浆所吞没……

时光不断地推移,时间跨度不断缩小,镜头也很快定格在了人类身上。不同的人,在不同的境遇下穿梭着时空;不同时代、不同文明、不同种族的人们在背景音乐的带动下不断前进……

科技日新月异,机械狂潮猛然掀起。大型格斗场里,有人在殊死博弈,观众沉醉在金属的碰撞声中,疯狂欢呼。可没有什么是永恒不变的,镜头拉长,格斗场也不过是历史记录的画面之一。

画面一转,世界安静了下来,角落里穿着白大褂的男人正对一罐被保护起来的绿植做着记录。机械鸟在窗边喳喳地叫,一个身着轻型装甲的女性走到窗边,怜悯又悲伤地看着外面满是疮痍的世界。

这个画面也在不断缩小,与不同时间、不同地点的人们一起跃动在万千屏幕拼接成的神秘雕塑上。

突然,矗立在高塔顶端的雕塑闪起白光,一对身着现代服饰的年轻男女自白光中走出，茫然地落在塔顶。少女惊奇地站起来，却被飓风吹落下去，少年在仓皇中拉住了她的手……

最后，两人缓缓落在向上吹动的暖风中，难以置信地看着前方。头顶星河璀璨，远方却挂着一轮火焰般的夕阳，光辉斑驳地洒在未来城的建筑上。

天色渐渐变暗，细碎的星辰有如被风吹动，缓缓组成了游戏的名字："时光。"

视频播放结束后，大会议室里沉默了很久很久，有人甚至脱力地靠在了墙上。大会议室里充满着叽叽喳喳的讨论声："公司现在转行去做电影还来得及吗？"

"这个镜头切得太好了吧，我都形容不出来，要说观后感就只能是太好看了……"

"建议后续的宣传片可以往'热血'上靠靠，大竞技场太燃了啊！"

"好像大竞技场的已经在做了，不过比起玩法资料还是这个更贴主题，谁知道上面怎么安排呢……反正内测之前肯定还会有变动……"

众人议论不停。

不过不管好坏，对墨甜来说都无所谓了。她沉浸在刚刚的画面里，直到大会议室的灯亮起，她的手被白应辰松开，她才恍如隔世般反应过来，见白应辰上前去做后续的工作安排。

刚刚那个在台下牵着她的手的人，此时正站在台上，认真地讲述着未来的规划。虽然他的安排一如既往的缜密，言语却比平时多了一丝风趣。

只一点点改变，他便显得迥然不同起来。以至于会议结束，大家陆续离开，讨论的话题已经从宣传片变成了"白总变了"。

当然，关于白应辰的变化，感受最明显的还是墨甜。首先是，她的外星先生竟然开始变得黏人了！

比如现在，吃完晚饭已经七点半了，白应辰还是坚持把她带到了Hear U，美其名曰给她一个安静的环境准备毕业答辩。

起初墨甜是拒绝的，毕竟这里的消费太高了。没想到外星先生却对她说，他就是Hear U的老板，她无话可说了。最近她回宿舍，宿管阿姨都会念叨一句：

"你也太准时了,天天踩点回来。"

可不就是外星先生天天踩着点把她送回学校吗?!

虽然知道和外星先生的分别一定是令人难忘的,但墨甜也没想到会是这么一种难忘的方式,不仅每天忙忙碌碌让她来不及悲伤,还经常在羞愤中度过……

"今天看过宣传片感觉怎么样?"到了几乎已经成为他们专属的包厢,白应辰脱掉外套问。

天气已经开始变热,墨甜也脱掉外套放在一旁,接着从白应辰那边拿过她的笔记本电脑,转着眼珠思考了一下:"嗯,画面是真的没得说……刚开始看的时候感觉很震撼吧,不过过后冷静思考了一下,感觉剧情还可以更出色,只是我暂时还想不到怎么改合适。"

"那就先不要想了,你先准备好毕业答辩。"白应辰笑着捏她的脸颊。

墨甜趁机抓住他的手腕,小脑瓜在他的手掌上蹭了蹭:"知道啦。"

包厢里安静下来,墨甜准备论文,白应辰则坐在她的对面浏览着网页。没过多久,墨甜的目光悄悄越过笔记本电脑,投向了白应辰。

N市公司里目前只有几个主策知道白应辰八月初离职的事情,老牛为此还和他吵过一架,说他可以暂时不在公司里,好好在国外治病,但是至少留一个职务在身上。

哦,白应辰借口辞职的原因是他生了病,不得不出国进行治疗。

不过老牛的提议被他否决了,他又不是植物人,怎么可能二十年都不回国一趟,所以不如就这么在人们的视野里淡去。

二十年后啊……那么遥远的时间,每次想到这个,墨甜总会心里空落落的,忍不住再多看她的外星先生几眼。

看着看着就没了努力的兴致,墨甜合上电脑,坐到白应辰那一侧,侧着身子抱住他,整个人都贴在他身上。

白应辰身子微顿,伸出一只手揽住她:"怎么了?"

墨甜摇了摇垂着的头:"我就抱一会儿。"

墨甜平时最喜欢搂住他的胳膊,倒是很少这样直接扑上来。只是甜蜜温馨的气氛下,她的声音轻轻的,也闷闷的。白应辰沉默了一下,继而微笑着说:"那我也抱一会儿。"说完,男人却是伸手挑起了她的下巴,轻轻在她粉嫩的唇瓣上啄了一下。

一下哪里够,勇猛的白兔小姐眨巴着红红的眼睛,抓住他的领带主动凑上前。

"外星先生。"她深深地看着他。

"怎么了?"

"外星先生。"她弯起嘴角。

"我在。"

"外星先生……"

忽地天翻地覆,她轻轻眨着眼,手臂渐渐收紧,沉溺在他绵长的吻中。外星先生,她的外星先生,她想,她可能有点爱上他了。

如果这段注定无疾而终的感情能再挽救一下就好了……

自从在一起,这大概是他们之间最绵长的一个吻。直到墨甜的气息都有些不稳,压在她身上的人才退开。墨甜从冲动里清醒过来,瞬间捂住了自己通红的脸。

"你的手机在振动。"

"……啊?"

"好像是有电话,喏。"白应辰把墨甜扣在桌上的手机拿起来,轻轻放在她的手背上。

墨甜还以为是他在缓解尴尬,故意打了电话给她。反手握住手机看了一眼,她才猛地坐起来:"是我朋友。"

白应辰抬起手背碰了一下刚刚险些被她咬出血的唇,思索一下后起身:"我出去。"

"啊,不用的!"他们俩现在这面红耳赤的样子,谁出去也不合适啊!墨甜一把拉住白应辰的手。

白应辰只得又坐下,无奈地看着她,她直接接通了电话。

"小甜甜?"顾闻悉扬着尾音的声音立刻传来。

"啊?"墨甜心里发毛,看了白应辰一眼,不由沉下了声音,"噢,刚有点事,你怎么突然打电话给我?"

"突然吗?不突然啊,你忘了我面前和你说的话?说年后有好消息要和你说。"

"哦……"都过去几个月了,鬼才记得。

顾闻悉笑了几声:"好了,我就直说了甜甜,你答辩的那天,我刚好去你学校处理点事,到时候咱们一起吃个晚饭?"

墨甜气息一凛:"能不能改天?"

顾闻悉语气为难:"能不能不改?"

"呃……"墨甜把目光投向外星先生,他们约好答辩完的晚上和廖先生、廖太太一起吃饭。

"没事,我可以和他们解释。"白应辰低声说。

墨甜抿唇,这才答应:"好吧,不过我不能吃太晚。"

"我可以开车送你回学校。"

"不是,我那天晚上在时代商厦还有个聚餐。"

"和同学?"

"是和我男朋友,还有他的朋友。"

顾闻悉一顿,好像怀疑自己听错了似的,问:"男朋友?你的?"

"是啊!"

"你找了男朋友怎么不告诉我?"

"我这不是在告诉你吗?"墨甜莫名其妙,"不然你的意思是,我谈恋爱还要提前向你汇报吗?"

"……"

顾闻悉定下见面时间就挂了电话,这次通话最终不欢而散。墨甜懒得照顾他奇奇怪怪的小情绪,凑到外星先生身边时,发现外星先生已经浏览了好几页租房信息。

墨甜原本是想自己找房子的,不过她之前挑的几个地方,外星先生都指出了各种不足之处,尤其治安问题格外瘆人,于是她干脆把找房的活儿交给了他。这会儿墨甜挂掉电话,凑到白应辰电脑前:"怎么样,找到合适的了吗?"

白应辰点头:"有两个,明天我可以去见见房东。"

墨甜托腮。租房还要观其主人面相的，也是很少见了。之前白应辰也挑出过几个合适的房子，结果亲自过去看，房东和房子里总有一个让他不满意。转眼这都半个月过去了，还没有合适的，她都忍不住安慰替她跑来跑去的白应辰："好啦，不行咱们就退而求其次！世上本来也没那么多完美的东西，我虽然没你这么神通广大，但也很勇猛啊，还是能好好保护自己的。"

白应辰低叹："我当然知道。可是……"

"可是？"

墨甜呆呆的，被他抱起来放在腿上。白应辰看着她问："你知道你现在的价值吗？"

她的价值？好久远的一个词啊……墨甜回忆了一下："你好像很久没给我看了。"于是她好奇起来，问道，"我现在的价值是怎么样的？"

白应辰仍然直直地看着她，过了很久才温柔地再次轻叹："不说了，怕你骄傲。"

墨甜："……"

那是怎样一个概念？墨甜到最后也没问出来。倒是在那之后的不久，星罗分部进行了一次不大不小的装修，主要是把男休息室翻新扩建了一下，又把女休息室挪到了更大的房间，还要添很多设施，彻底改成了流动宿舍。

"这是要赌命了吧。"路过装修处的同事含泪微笑，"之前以为封测备战完能歇歇，看来白总已经准备让我们继续决战内测了。"

墨甜和几个策划组的同事刚好也跟着老牛、木桩他们路过。隔壁装修的声音叮叮当当，刚刚还有说有笑的老牛突然就沉下了脸，木桩的表情也复杂起来，完全不像其他同事那样好奇白总自掏腰包装修休息室的原因。

也是，其他人根本不会想到的，与他们并肩奋斗了那么久的白应辰马上就要抛下公司，永远地离开了。

然而老牛他们肯定也想不到吧，白应辰是多么无可奈何地交接了自己的工作，最后给员工们留下一个礼物，希望他们就算避免不了加班，也能抽空在公司里好好休息一下。

多少次墨甜在笔记本电脑前抬起头来，都能看到白应辰落寞出神的模样。多少次她悄悄过去抱住他，瞥见他的电脑屏幕上，还是关于《时光》的内容。

她看得出他的不舍，他不是绝情，只是不得不离开。可惜他的这份心情，除了她和廖总，再也没有人能理解和体谅。

六月中旬，墨甜的答辩进行得很顺利，只是租房一事还没有着落。从校门出来，萌萌还在表示遗憾："可惜老谭住得离你公司太远，还不通车，不然咱们三个住一起就好了。"

从大学毕业后，萌萌没打算继续住研究生宿舍，而是准备搬去和之前的舍友老谭合租。

"没事的，反正我们都还在N市，有空可以一起出来玩嘛。"墨甜说完又惆怅，"就是我到底能住哪儿啊……"

萌萌意味深长地哼笑："要我说你干脆住你老板家算了，上班多方便，还省得他天天绕路来接你，浪费油钱不值得。"

墨甜瞪她一眼："别想了好吗？"

"行吧。"萌萌耸肩，仍然嘀咕，"我还是觉得你得牢牢抓住他，这年头有钱有颜还能把你当个宝的男人真不多了。"

自从打听到他们在一起之后最亲密的行为就是亲吻，萌萌就开始鼓动她从了外星先生，甚至提出了"一手毕业证、一手结婚证"的建议。不过这明显不可能嘛。墨甜在校门口的树下站定："以后怎么样还说不准呢，我们在一起还不到半年。"

"那你们认识也快一年了吧。我记得你就是去年七月开始实习的，嗯，快一年了。"萌萌抬头寻思一下，拿手肘捅墨甜，"哎，你就真没想过以后的事情吗？"

墨甜睨她一眼，默默抿唇，摇了摇头。

她想过啊，可是想过又有什么用呢？

不多时，一辆SUV停在她面前。车窗打开，顾闻悉的一条胳膊撑在窗框上，露着大半张笑脸，另一只手冲她钩钩手指："好久不见啊，小甜甜。"

萌萌当即拧眉，拉着墨甜往后走了几步，小声问："这是你老家的邻居来着？我说你不会是劈腿了吧？"

"……你才劈腿了！"墨甜恨不得掐她，"他只是今天刚好来我们学校办事，顺便请我吃个饭。"

甜蜜制作人

萌萌半信半疑地打量她："那你今天这么用心打扮，我还以为你要和你的老板大人出去约会呢。"

"晚点我会和他一起啦。"墨甜简直懒得理她，"好了，我先走啦。"

"哦哦，去吧，去吧，一路顺风！"

墨甜回到车边，原本想开后车门，结果手刚伸出去，又收了回来，同时顾闻悉也替她打开了副驾驶座的门："来，坐前面吧。"

墨甜点点头，钻进副驾驶座，回头冲后座上的人微笑："阿姨好。"

"甜甜，好久不见啊！"顾妈妈笑得和蔼极了。

"其实我还得在N市待几天，不过我妈明天就要回老家了。我妈一直念叨着想你呢，就想着今天把你叫出来一起吃顿饭。"顾闻悉在一旁解释。

墨甜保持微笑，心里却不由得感叹，时光这个东西真是奇妙，有些东西真是一旦过去，就再也回不去了。

墨甜不是一个很记仇的人，但是有些事情一旦发生了，对别人来说或许不算什么，对她本人却是一辈子都不可能忘的记忆。

初中的那个夏天，她起得晚了些，拼命追到火车站想送顾闻悉一程，却听见顾妈妈对顾闻悉说："还好考上了，墨家小丫头那么闹腾，还总让你帮着补习，我都怕她耽误你成绩。"

那时的她站在人群后面，明明周围那么嘈杂，却还是把顾妈妈的话一字不落地听了进去。

其实她从顾闻悉高二开始就很少接触他了啊，他学习时她也有很注意不去打扰，他还有空谈恋爱呢……委屈的情绪涌上来，她的热忱也在顾闻悉的沉默间消失一空。火车发动了，她条件反射地向前追，然后看着人家和女朋友坐在一起有说有笑，她终于止住脚步，发现了自己有多傻。

在那之后她也忙起来，很少和顾家人接触了。顾妈妈大概也没想到她那天就在现场，哪怕知道，几年的时间也足够让她把这件小事忘了吧。此时顾妈妈正问她："甜甜工作怎么样？累吗？听你妈妈说你过年都在加班？"

"还好，是个很有意思的工作，刚融入公司嘛，我多费点心很正常，年间刚好有个重要的工作需要赶一下进度，不过在家里就可以完成……"墨甜笼统地答完,接着给白应辰发消息:我已经上车了。

白应辰很快回她:注意安全。晚点给我发地址,我接你。

"好。"墨甜轻轻吸气,紧紧攥着手机,竟然感觉无比的安心。

顾闻悉不动声色地瞥她一眼,笑着说:"我在时代商厦订了一家店,看评价还不错。"

"噢……嗯?"墨甜抬眼,"时代商厦?"

"你晚点还有聚会,我就选了附近的店。"顾闻悉说。

顾妈妈在后面柔声说:"闻悉难得细心一次,我来这边办事的时候,让他给我提前订一家旅店,他都给忘了。"

"妈。"顾闻悉提高声音。

顾妈妈笑笑,又开始问起墨甜的学业和工作。到了店里,墨甜才知道后座上顾妈妈身旁的礼物盒竟然是顾闻悉给她的礼物,说是他在国外旅游时给她带的,是她喜欢的东西,他想着当面交给她。

墨甜道谢后收下,吃饭的全程却一直觉得奇怪。趁着顾妈妈去洗手间,她严肃地问道:"这是怎么回事?"

"什么怎么回事?"顾闻悉悠闲地吃着菜。

墨甜抿唇,有些话题她实在不想开启。但是……顾妈妈就一直问她的事情,还说几年没见,她长成了个好姑娘,说是俩孩子一晃都这么大了,甚至还提到了顾闻悉现在还单着……

最后墨甜摇摇头,叹了一口气:"没什么。"

顾闻悉点点头,挑眉问:"小甜甜,你男朋友怎么样?"

"……啊?"墨甜蹙眉,"你最近没回过家?我爸妈没说过吗?"

"你已经告诉家里了?"顾闻悉诧异道,"我没回过家,不过我爸妈好像也不知道这事。要不是你前几天在电话里说,我都不知道你竟然谈恋爱了。"

谈个恋爱而已,有多新鲜?墨甜耸肩:"那你现在知道了。"

"嗯,知道了,所以他怎么样?做什么的?"

"……"墨甜扶额。

她觉得有点奇怪,爸妈竟然没把她谈恋爱的事情告诉邻里。但这事可能也不奇怪,毕竟爸妈听见她和自己的老板谈恋爱,可是大大吃了一惊,还向她要了照片,生怕她被什么老头子给欺负了。

等她发了照片,爸妈就更担心了,怕她被玩弄感情,说:"这么好看的男孩子,身边怎么可能缺异性。"

外星先生身边当然不缺异性啊,但是……好在她足够勇猛又可爱,闯进他的世界里,成功让他产生了好感。

长久的停顿之后,墨甜微微一笑:"他很优秀,是我的骄傲。"

顾闻悉呛了一下,皱眉擦嘴:"我是有点担心你会不会被骗了。"

墨甜不想跟他解释这些,转身拆他给她的礼物。不大不小的包装盒子里,竟然是vintage confections的星空棒棒糖。

很多年前的她偶然看到这家的棒棒糖,一度心动得不行。只是当时的她就连国内的仿品都买不起,每次看到都渴望不已,又遗憾自己囊中羞涩。大概是自己和顾闻悉提起过,没想到他竟然还记得,在她都不在意这件事了的时候。

"谢谢啊!"墨甜有点惆怅,这么多糖她得吃多久?倒是可以给同事分几个。

顾闻悉注视着她,有些遗憾:"你不喜欢了?"

"没有啊,怎么会不喜欢?"墨甜收好盒子,"只是我现在很少吃糖。"也不是很憧憬这盒子里的星空了。

因为她已经见过更美的星辰,了解了更广阔的宇宙,知道了人总是要鼓起勇气不断向前的。对于结束了的过去,她不会抗拒,也不会留恋。至于未来……墨甜看了眼时间,刚好在这时,白应辰的消息发了过来:怎么样了?

墨甜咬唇:在吃饭呢。等急了?要不我现在就过去吧。

白应辰这次竟然没跟她客气:位置发我,我接你。

墨甜:我也在时代商厦。

白应辰:几楼?

墨甜:五楼。

顾妈妈刚好从洗手间回来,笑着问他们聊什么聊得这么开心。但墨甜其实只是对着手机开心,然后刚好抬眼了而已……墨甜含蓄地站起身:"阿姨、闻悉哥,我有些事情得先走了。"

"这刚坐下多久,不多吃点吗?"顾妈妈挽留道。

墨甜看了一眼默不作声的顾闻悉，笑着说："不了，我不是有聚会吗，人已经在等我了。"

"哎。"顾妈妈有点遗憾，"那闻悉你送一下甜甜。"

墨甜还没收到回信，本来打算打个电话问一下位置的，可顾闻悉跟着她出了店门，她反而不好打电话了。墨甜在门口无措地站了一会儿，想说不用送她了，结果视线无意扫过广场对面，她的眼睛唰地亮了起来。

她的视线定在那人身上，就再难移开。

"外星先生，我在对面。"

"你说什么？"顾闻悉没听清她的话。

但见她目光直直地追随着一个方向，他也看过去，只见一个英挺、俊逸的身影正从侧面的天桥徐徐走来。

"是……你男朋友？"顾闻悉语气疑惑。

墨甜点了一下头，小步奔跑上去，转身简单地做了介绍。

"这是我朋友，顾闻悉。"

"这是我的男朋友，白应辰。"

顾闻悉的表情有点僵硬。白应辰没说什么，只淡淡地"嗯"了一声，稍微颔首，算是打过招呼。

两人相携而去，墨甜原本有点担心白应辰生她的气，结果看一眼他，发现他的心情……似乎很好的样子？

墨甜觉得奇怪："发生什么开心的事了吗？"

"嗯。"白应辰眼角都是藏不住的笑意，"能被你介绍给你的朋友，我当然很开心。"尤其对方是叫她"小甜甜"的人。

墨甜仿佛被他的话戳中了心里的柔软处，不由得抱住了他的手臂，拿小脑瓜在上面悄悄蹭了两下。

"还有……"白应辰接着说，"以后在外面，你也不用太客气地称呼我。"

墨甜眨眼看了看身旁的人，脸色微红地问："那我叫你……应辰？"

白应辰弯起嘴角，道："别再让我出了门还感觉自己是你领导就行。"

"哦……"想到在外面时经常会下意识地称呼他"白总"，墨甜不好意思地咧了咧嘴，小声说，"不过我更喜欢叫你外星先生呀。"

"那个可以在家里叫。"

"啊？"

"到了。"

一刹那，墨甜好像察觉了哪里不对，不过她的注意力很快就被转移到了面前的餐桌上。廖老板正和挺着七个月肚子的廖太太谈论着什么，她走近发现，廖太太竟然正在速写本上设计着《当我入梦》的新男主角的人设。看见他们走近，两人都放下了正在讨论的话题，招呼道："老白，墨小姐。"

白应辰颔首，让墨甜坐去了里面，自己则坐在她旁边。

饭菜很快就端上来，餐桌上的讨论也越发热烈，话题从《当我入梦》到《时光》，墨甜也很快融入了里面。等到酒足饭饱，廖老板和白应辰开始谈论公司大事，墨甜便坐去了廖太太旁边，看她画设计图。

墨甜对美术了解不多，不过知道这是一个很费心思、很需要集中注意力的事情，所以她只是在看手机的间隙偶尔看两眼，没说话。

但没想到廖太太才画一半，却停住了笔，把目光投向她，笑着问："墨小姐方不方便留一个联系方式？"

"啊？"墨甜眨了眨眼，慌忙点头，"好……好的！"

墨甜有点顾虑，她和廖太太见面次数不多，也没有格外聊得来，这样突然被要联系方式好像有点奇怪。不过她们毕竟同属一个公司，廖先生和白应辰的关系也那么好，墨甜想了想，最后只当是自己多心了。

外星先生从时代商厦出来后就有些寡言，情绪比起以往稍显低沉。墨甜起初并没注意到，不过当她被放在校门口，她看一眼时间，立刻就发觉了不对："怎么才七点半？"

"一会儿我要去办点事情，明天可能也不能陪你。"白应辰说完，摸了摸她的脸颊，"你今天早点回去吧。"

"噢。"墨甜遗憾地下车，"那你晚上到家给我发消息？"

"好。"

一直都是相处到很晚才分开，忽然有一天提早分开了，墨甜的心里空落落的。等她回到宿舍，萌萌也很不习惯："哟，你这么早就回来了？"

"是啊！"墨甜倒在床上。

"哦，对了，这个给你。"萌萌把一个盒子放在她床上。

墨甜缓缓撑起身子，看见床上的盒子愣了一下。

见状，萌萌解释："是你那个邻居家的哥，托人查名字把东西送到宿舍的。好像是你的东西忘拿走了？"

"还真是。"墨甜依稀记得她是把盒子放在了沙发里面，走的时候就忘记了。

萌萌若有所思地看着她，她也回看过去，然后默默从里面拿出几支棒棒糖："喏，给你的，一会儿我再找小盒子装几个，你带给老谭。"

"你自己不留着吃？"萌萌一边问，一边不客气地把东西接到手里。

墨甜耸肩："晚上吃了两顿饭，现在没食欲。"

虽然晚上是吃了两顿饭，但其实她也没吃多少，主要是她在掏钥匙时，忽然想起白应辰要去忙的事情，应该是转交Hear U之类的，所以她才没有胃口。

白应辰个人拥有不少资产，虽然没有很夸张，存款却也是很可观的。之前他对她说Hear U会交给廖老板来运作，并且还给她绑了卡，意思是以后随时去都可以免费，消费再多都没关系。这个她是收下了的，但是紧接着，他又提到要把他的存款转到她名下。

"就当是给你的礼物。"他当时是这么说的，一脸不在意的样子。

然而她听得毛骨悚然，以前听说别人突然继承远房亲戚留下的巨额遗产就觉得很不可思议了，这继承男朋友的财产算是怎么回事？

事情实在让人难以接受，所以很快墨甜就选择性地忘了这件事。而今天重新被记起，她才发现，不管她再怎么抗拒，事情还是在朝着它应有的方向发展。

最近，公司正在筹备着《时光》的发布会，而白应辰的离开就定在发布会隔天。

她的美梦，终将迎来终结。

墨甜倒是没有想到，隔天一早，她收到了廖太太的邀请。

在去Hear U的路上，她总算想到了前一天的违和感。那就是廖太太似乎一点也没有问起她和白应辰的状况，一点也没表示对他们在一起的好奇。

虽说有些人的性格就是对别人的事情提不起兴趣，可她总觉得廖太太的表现有些奇怪。

一大早的咖啡厅十分冷清，廖太太坐在靠里的窗边，看到她在外面走过时招了招手。墨甜进去，店员很热情地跟她打招呼："小姐姐，今天也是坐包厢吗？"

墨甜看向廖太太："今天就在楼下吧。"

"两位是一起的？"

"对。"

最近天气忽冷忽热，这天又赶上了阴风阵阵，凉飕飕的。墨甜要了杯热牛奶，在廖太太的对面坐了下来。

"要点什么早点吗？"墨甜礼貌地问。

"我吃过了。"廖太太说完，环顾了一下咖啡厅，"墨小姐应该知道，这里很快就是一罗的了吧？"

"我知道。"墨甜尽量平静地回答，心里却有点乱。

廖太太握着热牛奶，应该是思考了一下才说："墨小姐大概不了解，我的老家就在N市。"

"嗯？"墨甜抬眼，她还真不知道。

"不过这也不重要。"廖太太笑笑，"其实我想说的是，一罗和老白的关系真的很好。星罗选择第二个分部的位置时，他们两个是考虑了很久的，但是最后一罗有点私心，为了我把分部设在了N市。也因为这样，老白原本是想在一个更繁华的城市开一家咖啡厅的，最后却只能开在N市。不过他好像没什么怨言。"

墨甜："……"

廖太太说得自己也有些不好意思，立刻解释："我不是在炫耀。"

"我知道。"墨甜微微攥拳，"但是……"她感到不安。

她的热牛奶很快被端了上来，但是她连喝牛奶的兴致都没有了："廖太太……"

"墨小姐……"廖太太的声音盖过了她，且没有一丝犹豫，"我知道这样的要求对你来说或许很为难，但是，你能不能劝老白一下？"

"劝？劝什么……"墨甜茫然道。

廖太太却坚定得出奇，一字一句地说："当然是劝他留下来。"

天边开始有乌云聚集，天气沉闷，不禁让墨甜想到上一次她和廖老板在这家咖啡厅的谈话。

廖太太的声音很清晰，每一句话都说得格外认真，恐怕之前反复思虑过很久。

"墨小姐你大概不知道，老白平时在公司很随和，但其实他很固执，甚至有点孤僻。因为一罗的关系，我和老白也认识好几年了。这些年里，他身边能称为朋友的人，好像只有一罗一个。"

"当然，他们从小一起长大，兴趣相投，合开公司，人的一生能拥有一个这样的朋友就足够了吧。"廖太太轻呷一口热奶，表情有点古怪，"但你能理解吗？作为一罗的恋人，我一直都有一点担忧，一罗和老白的关系会不会太好了？"

墨甜嘴角微微抽搐："大概……能理解？"

廖太太闻言却笑得自然了点："说出来你可能会不开心，我曾经给老白介绍过不少女孩子，包括我结婚时，婚礼上的四个伴娘都看中了老白。不过呢，你也可以骄傲一下，老白虽然答应了和她们四个分别相亲，但是……他很委婉地连着发了四张好人卡。"

墨甜回忆起自己和他去买口红的画面，捏紧牛奶杯笑了笑："我知道这件事。知道他拿同样的礼物送四个人，我还被震惊到了。"

"对啊，他一直以来就是这样，对所有异性都不走心。所以当那天晚上他要送墨小姐你回家，我立刻就察觉到了你们之间一定有什么。"廖太太挑眉，"虽然他当时否认了，但是嘛……"

她没有说完，但是这个语气，女孩子都懂，事实也在眼前摆着。

谈到恋爱，分明该是很轻松的气氛，但是墨甜怎么也忘不了前面暗示了风雨即来的内容，实在难以展现出轻松的笑容。

廖太太也很快发现，低头看了看杯里的牛奶，沉下了声音："墨小姐，听到老白和你在一起的时候，我是很开心的，也衷心祝福你们。"

"……谢谢。"

"但是墨小姐……"廖太太话锋一转，直直地盯住墨甜，"既然是公司促成了你们在一起,你真的忍心和老白一起辞掉这里的工作吗?"

"……啊?"墨甜愣了。

廖太太叹息:"听见老白要辞职,我实在无法理解。我知道公司放出的消息是假的,他根本不是出国去治病,只是想转行到其他职业……但是我不能想象,虽然做游戏很累,但是哪一行不累呢?老白本事是大,离开这个行业可能赚得更多,但我们的行业如今也是前景一片大好啊!"

"或许,你们是要跳槽?我不知道究竟是哪家公司,拿出了什么条件,以至于能把老白都挖走……但是墨小姐你真的一点都不在意星罗吗?老白也是,一罗可是他最好的朋友,他怎么能在这个时候甩手。"

激烈的言语猛然一顿,廖太太又软了语气:"虽然一罗没有阻止,但我看得出他心里也是很难受的。所以我才想,能不能跟墨小姐你沟通一下,我希望你们两个能留下来。只要肯留下来,你们可以开条件。"

墨甜也很难受。廖太太虽然口口声声说的"你们",但其实主要还是希望白应辰能留下来吧。毕竟她只是无足轻重的小员工,留下能有多大用?最大的作用还是她和白应辰的关系。可是啊,她真的很无奈:"廖太太您误会了,走的只有应辰,我会继续留在公司。"

一句话直接让廖太太愣住:"老白是要出国。"

"对。"

"难道你不跟着?"

"不啊,我会继续留在公司。"

两两对视,气氛尴尬至极。廖太太觉得很是不可思议:"你们还是热恋期吧,就要异国,就不会想念吗?"

"当然会啊!"墨甜微笑道,"但是我想让他过得更好。"

廖太太焦急地道:"他在国内,在星罗,未必就不会更好!"

墨甜的眸光动了动,最后缓缓垂下:"嗯……或许吧。"

墨甜的回答令廖太太一时有点想笑,觉得荒唐。她怀抱最后一丝希望,说:"墨小姐,你问过他吗?你难道就没挽留过,没问过他愿不愿意为你留下来?"

短暂的沉默后,墨甜轻声开口:"我不愿意。"

回答声几不可闻,一瞬间廖太太以为自己出现了幻听。只是,之后墨甜便更加认真地重复了一遍:"我不愿意问他,也不想他为了我留下。"

乌云已经完全覆盖了天空,咖啡厅里阴森、沉闷。廖太太看了墨甜好久,最终无声地叹气,提起身侧的包。

"既然这样,我也只能尊重你们的选择了。虽然……原谅我不是很懂。"廖太太提着包去结账,店员立刻说不需要付,但她还是坚持付了自己的那一杯才离开。

"小姐姐,这个……"

服务生为难地捏着钱来到角落,刚开口就又住嘴,默默退了回去。

角落里,墨甜静静地捂着脸。很快她的电话响了起来,刚接听,白应辰急切的声音便传来:"你先待在Hear U别走,我很快就到。"

话音落下,电话随之挂断。墨甜在原地愣了好一会儿,才恍然反应过来,赶紧使劲儿抹脸,但是抹了半天,湿漉漉的痕迹还是在,通红的眼睛甚至更红了。墨甜深吸一口气,干脆起身往外跑。

"墨甜!"

没跑出多远就被一个声音叫住,墨甜向前的步子微微一顿,随即却跑得更疾。直到手腕被牢牢抓住,她才不得不停下。

"跑什么?"

很久没听到白应辰带着怒气的声音了,竟叫她心头一颤。他不再是那个见她转身逃跑,就以为她是有什么急事的人。他已经懂得了她的习惯,但是,他并不想纵容她遇事就逃的小毛病。

至少他们两个,有什么事都应该坦然面对吧。

墨甜覆上他的手,想把他的手指扳开。可他握得越发的紧,甚至让她感觉到了痛楚。白应辰知道力道重了,可他没有罢休。

"墨甜……"他再次开口唤她。只是接下来,他却也不知道该说些什么。

"别哭了。"他只能说出一句毫无用处的话,"别哭了。"

繁华的地段,身边的行人来来往往,墨甜喉咙一哽:"你听到了。"

"我不是……"一向条理清晰的人忽然也乱了分寸,过了很久才叹了口气,"是我不好,没经过允许就听了你们的谈话。但一罗今天突然提到纪初凉约你出来,我就有点担心……"

墨甜沉默着，慢慢地转过身，一脸悲伤地看着他。

她不是不想问，有一句话已经在她的脑海里徘徊了很久很久，可她一直冷静地考虑到，那种话对谁都是负担，实在不应该被问出口，可是……

天边忽然传来轰鸣的雷声，墨甜默默垂下了眼："外星先生，二十年后，你还会选择回来吗？"

抓着她的手骤然松开，白应辰惊愕地问她："你知不知道你在说什么？"

墨甜微微弯起嘴角："知道啊，二十年啊，我说我可以等，所以二十年后，你愿意为了我回来吗？"

胸口猛烈一撼，白应辰紧紧攥住了拳，问："你知不知道，二十年对你来说意味着什么？"

墨甜面对着白应辰，红红的眼睛里含着明快的笑意，好像终于想通了一些事情，所有烦恼都迎刃而解。

"我知道二十年很久，我也不确定我能不能做到，也许一年、几年、十几年之后我忽然觉得这样做很傻，或者我对别人心动了，最终嫁给别人，过着和预计完全不一样的生活……可未来充满了不确定，谁能保证我和你分开后就能一直无忧无虑呢。"

"我可能遇到了一个渣男，刚结婚就离婚了，然后只能嫁一个再婚带孩子的老男人。或者我难产的时候丈夫选择了保孩子，或者承受着家暴，在绝望里过一辈子……"说着说着，墨甜笑了，"你看，就算我不等你，以后也不见得就会过得很快乐呀。"

白应辰被她说得无奈地笑起来："你怎么不想点好的。"

"你就是最好的了。"墨甜坚定地说，"我以后肯定遇不到比你对我更好的人了。"

顿了顿，墨甜沉吟："或者，你能看到这个概率吗？"

白应辰："……"他怎么可能看得到这种东西？

见他答不上来，墨甜不由分说地抱住他："那你就是最好的！"

白应辰深感无奈。可是，他也感受到了自己被深深地在乎着。他不讨厌这种感觉，甚至发觉自己又体会到了某种心情。

他心中感动，也想不管不顾地冲动一次。

他的地球姑娘都这么勇敢了,他何必还在瞻前顾后。墨甜说得对,就算他们从此各不相干,谁又能保证他们以后的生活就会很好呢?在其他人都是不定数的时候,至少他清楚自己对墨甜的心意。

"那你学车吧。"

"噢。"墨甜下意识答完,疑惑地抬起头,"你刚说什么?"他们的话题怎么扯到学车上了?

白应辰看着她半天没反应过来的样子,不禁轻笑:"我说,我答应你会回来。所以你去学车吧。"

她没听错?墨甜更蒙了,被白应辰拽着跟在咖啡厅里看戏看了很久的廖老板打了声招呼,又被拽着坐上白应辰的车,回了他的家。白应辰回到家里,立刻打了一通电话,接着拉着墨甜一脸郑重地坐在沙发上。

"我会尽快办妥,把我名下的房、车转赠给你。税务我来承担,你也尽快把相关证件准备好。"

"……"

"Hear U已经转到了一罗名下,我原本还有些担心这个房子怎么处置,这附近有派出所,社区安保也很完善,算是我最满意的住处,所以转赠给你也好。"

"……"

墨甜终于忍不住问:"哪里好了?你把这么贵重的东西给我……万一我守不住承诺,你岂不是太亏了?"

白应辰忍不住笑了:"你难道还不清楚,我们永远存在的思想差异?"

"啊?"

"之前我说的,你的价值。"白应辰拉过墨甜的手,在她手心画下一个"∞"。

"这就是答案。"

∞,是无穷大的意思。

"从很久之前,你的价值就成了我的一个难题,每天成倍地增长,我根本标不出来。"白应辰将她的手掌合起,拢住她的小拳头,"所以说,你才是我无价的珍宝。其他的财产,对我而言都不是很重要。"

"但如果,这些不重要的东西能在这二十年里稍稍给我的宝贝一点等我的保障,我也会安心一些。"

外星先生声音温柔,真的像是在哄着自己的宝贝。他很少强势,很少主动,但每做一个决定,都会承担起相应的那一份责任。

墨甜懂的,她早就懂了。但她从来没想过,曾经提升半点价值都能乐半天的她,有一天竟然能在这件事上骄傲得想翘尾巴。

她才是他最宝贵的珍宝。

墨甜几乎想把这段话录下来,做成闹钟以后每天催她起床、催她睡觉,让她也把自己当个宝,好好地生活,然后等着和外星先生的下一次相遇。

"那好吧。"墨甜也郑重地坐好,"话说到这个份上,你的好意我就收下了。不过你之前说的存款什么的……"

她顿了一下,才说:"这个我真不能要。房子和车我可以替你保管,别的不行。毕竟你以后回来也要用钱吧,虽然货币会贬值……"

"那就先把这个家交给你照顾。"白应辰不在意地笑笑,"这样我也不用担心你的住处不安全了。"

墨甜惊了:"等等,你的意思不会是,以后我就要住在这儿吧?我能不能偶尔过来打扫一下,平时就住租的地方?"

白应辰完全不赞同她的想法:"浪费可耻。自己有房子,没必要再出去租房。"

"那我还要想办法应付爸妈过来看我啊……"

"没事,我的大白兔勇猛无比,一定能妥善解决。"

"不……我觉得不妥!"

"你要相信自己。"

"我不……"

"还有,墨甜。"白应辰不给她多说的机会,含笑捏住她的脸颊,"在毕业之前,你挑个时间搬到我这里吧。"

他一本正经地解释:"一个人在家加班,真的很无聊。"

完整的VR设备目前属于贵重物品,而且配套《时光》的数量还是极少数,倒是便携设备已经开始大批量生产。

在公司里并不适合使用完整的设备,所以关于完整设备测试,星罗都是交给核心技术人员进行的。墨甜作为核心人员的家属,且同样为《时光》做出过功劳,才有幸参与了完整设备测试。

最近她已经陪同白应辰完成了若干项测试,眼下正准备去测试一个中等难度的副本。等到副本门口,白应辰忽然低语:"老牛也在附近。"

果然话音刚落,老牛的角色就出现在他们的视野里。老牛也看见了他们,走过来问候:"白总。"

再看墨甜,老牛觉得眼生:"白总这是准备和总部的人测试副本?"

墨甜在用设备时是换了一个角色的,还是个男性角色。角色样貌是系统原始的,声音则是系统男音,甚至角色名都是随机的。

白应辰只回答他:"做一下设备部分的测试,有备无患。"

接着他给墨甜发私信:调换设备。

游戏是有掉线保护的,在掉线保护时间内,墨甜莫名其妙地顺着白应辰的意思和他换了设备。因为面部扫描是有登录资格的,所以她直接接手了白应辰的账号。

两人连接好时,老牛已经在他们的队伍里。白应辰又发私信:带队进本吧。记住全程不用说话,正常发挥打怪就好。

墨甜:……哦。

老牛象征性地提醒了两句副本里Boss的技能,接着在队伍其他两人的沉默中,自己也安静了下来。

打完副本,老牛说:"……白总你身体不好就休息吧,测试交给我们就够了。"

墨甜心里流泪,再次调换了设备。更换时,白应辰还趁机亲了她的脸颊一下,表扬道:"比我预计表现得好。"

简直不知道他是在夸人还是在损人。

副本是要反复测试的,由于刚刚"应辰"表现得过分业余,完全没有一个专业人员该有的技术水平,老牛很快就叫了另外一个工作人员来,自己则打招呼退了队伍。

他们两个人去刷副本了,墨甜跟着白应辰站在副本门外,问了问:"我们还打吗?"

"你想打吗?"

"……呃。"

"那就不打了,我带你去你以后的主场,这些副本我暂时交给开发人员测试。"

白应辰也是开发人员之一,但他已经递交了辞呈,手头的工作也在逐步交接,其实他根本没必要再为《时光》费心。至于他为什么还在参加测试,墨甜觉得,他是想要为这个倾注了他无数心血的世界再做些什么。

而实际上,她只猜出了原因之一。

她在刚入职时落下过不少工作进度,这件事情白应辰一直没有忘记,他想在别的方面帮她补回一些工作经验……这算是他能给她的最后的赠礼。

曾经说着不愿在墨甜身上浪费时间的人,最近帮她搬好了家,还把客房改成了独属于她的卧室。

眨眼已经十一点,白应辰摘下设备,说:"今天就下线吧,你明天要参加毕业典礼。"

"好。"墨甜看一眼时间,简直被吓到,"哇,我明天绝对不能迟到的!"

因为是应届毕业生,这段时间她有一点假期准备毕业,不过她也没闲着,还是跟着白老师学了不少理论知识,也更加了解《时光》了。至于严谨,因为白应辰和廖老板已经在挑选人来接任他的职位,所以以后严助理也要完全成为砖师父了。

好像一切事情都在他的计划中。很多夜晚,墨甜都在默默地想,为了好好地离开,外星先生是从什么时候开始准备的?不知道他是不是也有准备着回来……

二十年,她真的不确定自己能不能等下去。就连外星先生也不确定,在这段时间里,他那里又会不会有什么变动。

不过也无所谓了,既然已经决定,他们就尝试一下,总好过从一开始就认命,再后悔一辈子。

她这个人向来是行动派。

第十六章

我不后悔

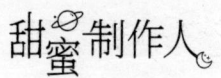

· ★ ˙

隔天一早，白应辰送墨甜去参加毕业典礼。

很多同学和舍友都已经很久没见了，萌萌也已经搬到老谭的家里。这一次，墨甜终于向自己身边的朋友们介绍了自己的男朋友。寝室的四个女生，老谭和思瑶也带了家室，到头来竟然只有刚进大学就说自己要第一个结婚的萌萌还单着。

"这有什么的……"萌萌对此毫不在意，"老娘现在看上了秀某人，老娘新养的猫都叫秀秀。"

谈到这个，萌萌又扯着墨甜问："哎，你见没见过那个秀某人？人设好对我胃口啊，他真人怎么样？"

"呃，和游戏里……差不多吧？"墨甜抓头，说道，"我见过，但是没大注意。"

萌萌不满："你的注意力都放哪儿去了？"

墨甜笑而不语。萌萌看得打了个哆嗦，搓着手臂走了："哼，到处都是恋爱的恶臭味。"

墨甜并没有说明白应辰的职位，只说他是自己的同事。毕业典礼结束，他们顺便在学校附近请大家吃了个饭。

等到天色接近黄昏，把曾经的室友都送上车，墨甜在路边的报亭旁站了一会儿，牵住白应辰："陪我逛逛学校吧。"

墨甜的母校也算名牌大学了，虽然比不上外星先生念过的，但拿还是拿得出手的。

学校里,很多毕业生都成群结队在操场上拍照留念。墨甜带着外星先生去了自己大一时最喜欢的社团,那里已经成了储物室,门板上都积了一层灰,但是隐约还能看见他们曾经刻在上面的社团标志。

空旷的走廊里,墨甜轻轻的声音在回荡:"以后你也要带我去看,你以前生活和学习过的地方哦。"

"好。"

墨甜笑笑:"那我们来拍个合照吧!我要庆祝一下!"

"庆祝?"

"对啊!"墨甜掏出纸巾擦掉社团门上的灰,"庆祝我为社团争光了!虽然没能攻略宇宙,但我攻略了一位宇宙另一头的外星先生!"

最后四个字,她悄悄地、小声地说完,门板的灰也被擦得差不多了,几个字清晰地露出来:我们要攻略宇宙!

虽然现在看起来很傻,也不知道曾经天文学系的社团朋友们如今如何,但是她这个非专业的人已经成功了一小步。

嗯,能有这么一小步,她了无遗憾啦!

八月。

没有辜负大家的付出,《时光》最终没有跳票,如期完成了最初版本的制作。

公司的安排是头一天进行游戏发布会,第二天开始发放内测的第一批激活码。至于时间,是领导层一早就定好了的。

应廖老板所托,白应辰会和他一起主持这场发布会。虽然白应辰在发布会当天半夜一点就会离开,但是他为公司付出的一切,都会记录在即将出版的《时光》第一本设定集上。

为了保持员工积极的状态,他们甚至把他要走的消息瞒到了发布会的当天。

然而谁也没料到的是,从发布会前一天晚上开始的全国大范围降雨,竟然有愈演愈烈的趋势。雷雨交加,无数飞机航班被取消,就连要参加发布会的星罗科技幕后大老板都无法赶到。

公司群里炸锅了:

怎么会这样?新闻说降雨要持续到明天凌晨啊!

我的天，明天凌晨？我家外面现在都有人在划橡皮艇了，这是要发洪水了吗？

应该不至于，但是发布会……别说去机场了，我现在连家门都不好出。

……

墨甜扒在窗台上，正在往下探头，接着被白应辰一把拽回了房间里："别淋湿了。"

淋湿倒是不会，上面有顶棚的，但是从顶楼都能清晰看见下面路面被水淹没的迹象，墨甜头疼地呻吟："怎么办，这雨看起来真没停下的趋势。"

她在这头焦急不已，身边的外星先生却淡定地关好窗子，去沙发上拿起了手机，表情格外沉稳从容。墨甜不禁坐过去问："还是你有什么法子？"

外星先生摇头："还没有，但是现在急也没用。"

墨甜："……"

这话倒也没错。她看一眼手机，时间已经是早上五点了。原本公司下了大手笔，包了去参加发布会的员工机票，预备七点赶往B市，哪想到突如其来一场暴雨，公司有一大半的人都一夜没睡，她和白应辰也是。

忽然电话的铃声响了，墨甜赶紧凑过去看："是廖总？"

"嗯。"白应辰接通电话，从沙发前站起来，慢慢地在客厅里踱步。

"是，我这里也一样。对，没关系，发布会延后吧，可以延到明天和发放激活码一起……我不参加也没关系，可以找人代替我的。我这里有合适的人选。对，我手下一个主策。"

过了许久，白应辰挂断了电话，转过头，看到墨甜正缩在沙发上出神。听见他走过来的响动，墨甜抬起头来问："你决定好了？"

"一会儿我把备稿发给老牛，明天他来替我主持发布会。至于现场要抽选的激活码，就麻烦你帮我带到了。"白应辰平静地揉揉墨甜的头，转身回书房取东西。

墨甜跟过去的时候，他已经把发布会现场抽送激活卡的礼盒找出来，然后打开电脑，准备和老牛联络。

游戏内测的激活码是少而贵重，尤其对于这些大型游戏来说，第一批测试的账号激活资格都会掌握在核心的人员手里。《时光》的实体激活卡目前就在白应辰手里，剩下的一批则不是实体，要在网上抢购。

"老牛他们几个参加发布会的人已经在订火车票了。"一边和老牛沟通，白应辰一边冷静地对墨甜说,"去把身份证件拿来,我在网上给你订个同班次的票,发车时间是半夜……零点五十五。"

顿了顿,白应辰揉了揉墨甜苍白的脸颊:"没事的,我会提前送你到火车站。"

"我……"墨甜一时间不知道说什么。原本她是不在前往发布会的名单里的,不过因为外星先生到了时间就会离去,发布会又是下午开始,会开到很晚,他根本来不及回到N市见她,所以她不惜不要全勤奖,请假跟过去。

外星先生是不可能凭空消失在火车里的,他得在一个外人看不见他的地方消失。

所以怎么就成了她一个人去B市?

看出了她的慌张,外星先生把她揽到怀里。墨甜蹭了蹭他的胸膛,带着鼻音问:"不能在车站把东西给老牛吗?把东西给他,我陪你到最后一刻不好吗?"

白应辰轻轻摇头:"我说了谎。"

"什么?"

"你知道我一直对外隐瞒着自己要走的原因。《时光》对我很重要,我不希望它出任何意外。"白应辰说,"如果提前告诉了老牛我不会到,以他的脾气,不知道会发生多少变动。"

"一罗出了个主意,他让我对老牛说他太太刚被送进了产房,情况不容乐观,他很有可能缺席发布会。所以我把我所有主持的备稿都发给了老牛,让他把两边的大致内容都记住……这样临时告诉他我这边突发了一些状况,无法赶到,他就能顺利替我主持。"

"我避开他们的硬座区给你订了软卧,到时候你神不知鬼不觉地潜入发布会,替我完成这个重要的使命吧。"把激活卡礼盒放在墨甜腿上,白应辰莞尔,"拿出你的勇猛让我看一看好不好?"

墨甜一哽,不住地摇头:"可你看不到了。"

"我能听到。"白应辰笃定地说,"飞船大概在发布会进行一半的时候彻底离开地球领域,在那之前,你想说什么都可以说,我听得到。"

"那你能给我发消息吗?"

"飞船里会屏蔽信号。"

墨甜继续哽咽。

白应辰百般无奈,像是拥着珍宝一样拥住她,他在她耳边说道:"对不起,让你为难了。"

"是很为难啊！"墨甜抽咽着揪住他的袖子，"我只是一个小员工啊，我正要和男朋友分开呢，我怎么就要承受这些啊……我……"

沉默了一下，墨甜抬头看看他，环住他的脖颈，闭上了眼呢喃："好嘛，我就是发发牢骚，我答应你就是了，你不要这样。"

白应辰声音低沉地问她："我怎样了？"

墨甜小声说："你都快哭了。"

白应辰立刻否认："我没有。"

是啊，没有，只是眼眶红了，他却还故作镇定。她知道他一直很温柔的，希望把她好好护在身后，不想她受到一点伤害。所以墨甜也明白，这个时候，她不能退缩。

时间一点点流逝，深夜，雨势终于变小了，城市也因紧急疏水而慢慢恢复了些交通。半夜十二点，房间的灯全部熄灭，墨甜与白应辰牵手下了楼。

之前白应辰尝试过，他的车还能开动。

异常寂静的城市，几乎只剩轮胎碾过路面积水的声音。墨甜抱着怀里的旅行包，久久地低着头没有出声。直到车在火车站外停住，她解开了安全带。

"墨甜。"

"嗯？"

"其实过年的时候，我给你准备了新年礼物。"在墨甜的愣怔中，白应辰从口袋里掏出了一个小盒子。

"那时我很犹豫，不知道该不该给你，后面事情超出我的预料，就真的没能送到你手上。"白应辰继续说，"我一直想再找个机会给你，没想到拖到今天。"

他打开小盒子，里面是一枚小小的吊坠，鲜艳如血的球形宝石外，交错着一深一浅两条蓝色的细环。

"这是……"

"是我曾经最珍贵的东西。"白应辰摘出吊坠探身过去，绕过墨甜白皙的脖颈，"现在，交给我以后最珍重的人。"

他将细链仔细扣上，缓缓起身，却略一停顿，然后扶着墨甜的细腰重新凑上去。车玻璃渐渐覆上一层雾气，里面有人呢喃的声音："你从那个时候，就很在意我了？"

"嗯。"

"那你还故作矜持。"

"是我高估了自己，又低估了你。"

墨甜拧眉，报复性地在他唇上重重咬了一下。直到他吃痛闷哼，她尝到一丝血腥味才罢休。

"这是惩罚，以后不许低估我了，我很厉害的！"墨甜拎好包包，拿起雨伞，"好啦，去取票吧！"

外星先生把她送去了候车厅。或许是因为飞机航班取消，火车站里等车的人竟然多得像是春运。

就在快检票的时候，白应辰神情倏然一沉，想要拉着墨甜走开。可是已经来不及，不远处刚拿着票问工作人员的林澜已经朝他们看过来。

"她怎么也……"墨甜震惊。

白应辰很快就收回了目光："没事，你们不在一个车厢。"

"噢。"墨甜垂眸。

开始检票了，墨甜看向白应辰，发现他也在看她。

"放心吧……"墨甜拍胸脯，"所有事情我都会办好的。"

白应辰忍俊不禁："那你照顾好自己。"

"嗯！我会的！"

得到元气满满的保证，白应辰微微一笑，目送墨甜一步三回头地渐渐走远。

墨甜冲他双手比心："爱你哦，外星先生，我在未来等你！"

白应辰也缓缓抬起手，对她挥了挥。

我们未来见。

这场强降雨已经逐渐到了尾声。白应辰在飞船的隔离仓里静静等待着，一个个星时过去，脑内终于层层叠叠地收纳了各种关于"雨停了"的消息，甚至还有一些人在遗憾地表示为什么不下得久一些。

"副院长。"相同机构的工作人员推开隔离仓的门，手里提着一个透明的置物箱，"请将所有地球物品放在里面，准备接受扫描。"

"好。"白应辰按照要求从口袋里掏出随身物品，接着开始从外衣脱起，"和我一起来的同事都回来了吗？"

"有一位彻底失去联络。"

白应辰不意外地点点头,不一会儿,他穿着属于母星材质的科研服饰来到飞船的休息舱,里面已经陆续坐着若干同胞。不同的肤色、不同的身高,是他们在降落地球时就根据自身数据改变的模样,彼此还真认不出谁是谁了,大概只能从服饰上看出对方身份。

他一出现,众人纷纷友善地问候:"副院长。"

白应辰点点头:"看来大家过得都不错。"至少不像当初刚到地球时那样冷漠,谁也不会过问谁的情况。

所有人坐在一起,都七嘴八舌地讲起了自己在地球的经历,一时间,休息舱里竟然很热闹。

直到一扇大门开启,有个看不出具体年纪的中年人走出来,休息舱里的人都惊讶起来:"院长?"

院长绷着脸:"怎么,遗憾上了?不满意是我来接你们?"

众人忙说不敢不敢,不过佩服还是有的。面前这位心理科研院的院长,是母星仅有的两次往返地球之后还平安返回母星的几人之一。在他们面前,他是一个真正的老前辈,只是脾气有些古怪。曾经的他们根本不懂他在科研院时的一些态度和做法,不过,现在倒是理解一点了。

院长抽出一张椅子坐下:"你们发现什么不对了吗?"

刚从地球回来的人们互相对视,很多人都满头雾水。白应辰笑笑,端坐在院长旁边:"声音接收系统已经关闭了?"

因为从地球传来的声音并不会第一时间干扰到他们的意识,只要不在听到的时候提取出来思考,他们是不会立刻注意到声音已经消失的,尤其是在刚回到久违的飞船上时。

众人恍然大悟,院长则意味深长地看了一眼白应辰,接着声音洪亮地说:"现在按照地球上的时间来算,你们离开地球已经过了十二个小时。那么,考验也要开始了。"

大家还没来得及震惊,竟然这就已经过去了十二个小时,疑惑的声音便纷纷响了起来:

"什么考验?"

"我没听过回母星还要接受考验。"

所有人都带着疑虑,被分别带回了飞船的隔离舱。白应辰也被带回了一开始的隔离舱，只是跟着他一起进入的还有院长。

他在地球上的衣物已经被封好，所有东西依次排列开来，放置在墙壁的置物格上。

"这些就是你带回来的所有东西了？"院长说。

白应辰点了一下头。他没想到，东西会被分得这么细致，就连他钱包里的东西都被一一分了出来，身份证件、驾照、会员卡，还有一些零钱，依次列成了一排。院长浏览一圈，笑了："看来地球也变化得很快，东西的材质和样式变化很大嘛。"

说完他又看向手机："最新的通信设备？"

"是。"

"那应该是比我那时候方便。"院长嘀咕。

白应辰由着他把所有东西都看了一遍，才问："院长，考验是什么？"

院长挑眉，背着手，绕着白应辰走了一圈，说道："你还记得我当初对你选择来地球体验的态度吗？"

"记得，您说做这份研究，地球是最危险的地方，我可以选择相对无害的其他星球。"白应辰回应道。

院长微哂："我啊，一直想让你接我的班，你悟性很高，但是历练不够，所以我想让你出来磨炼一下。"

"说真的，你要来地球，我就后悔了。不仅因为地球是最难的课题，还因为……这里太过神奇，蕴含的感情温柔又激烈，只要你陷进去了，就很难挣脱出来。"

说到这里，院长重叹一口气："没经历过的人根本无法理解，很多来地球体验的人，其实根本不想再回到母星。"

"如果不回到母星，我们很快就会死去。"白应辰不能理解，"与其很快地消亡，二十年后再回来才是最好的选择。"

"当年我也是这么想的。"院长忽然发出一声古怪的笑，走到门口招手，"来，你听听。"

白应辰疑惑，刚走过去就听见一声嘶吼："我要回去，放我回去，该死，我的孩子应该两个月后出生才对……"

与这个声音一同响起的，还有来自不同人的低泣和询问："我能不能回去看一眼？就一眼，飞船能不能等等我？"

外面已经乱成一团。

白应辰皱起了眉，问："怎么会这样？"

院长："还记得昨晚的雨吧？"

白应辰闻言皱紧了眉头："我当时是察觉到不对。"

"是母星总部的意思。"院长说，"我们母星的人，总是在尝试着不断完善自己，文明发展迅速，只有感情这一方面，始终有些缺陷。我们不够团结，也不够强大，所以才有了这个心理科研机构。"

"但是，我们渴望从研究中汲取出对母星有利的数据，却也不希望族人被其他星球彻底同化，失去对母星的忠诚，所以在离开之前，你们都要经历一次考验。"

白应辰隐约懂了，不禁发笑："这是不是不大公平？"

院长挑眉："谁知道呢？这是议院给我们的指示。如果通过考验，母星幸甚有你；假如通不过考验……"

"怎么样算是通不过考验？"

"你应该听到了。"

被禁锢的声音如开闸般倾泻出，涌入他的脑内。就像受到了心理暗示，白应辰很快就在声音里寻到了星罗科技的《时光》发布会现场，又在哄乱的声音里捕捉到一些带着一丝慌乱的声音：

"白总和小墨一起来的？"

"不是，那他们两个人呢？"

"电话都打不通，一个不在服务区，一个关机。"

"老牛你演讲稿背得怎么样？"

"可是现场抽奖的激活卡还在白总那儿……"

"快开场了！不管了，先暖场，你们快补个妆，别急，我接着联络。"

"怎么回事？电话还是打不通！快查沿路有没有交通事故发生……"

无数熟悉的音色，却捕捉不到墨甜的声音！白应辰的表情沉重起来，他一只手按在了隔离舱的墙壁上，接着拿起了手机，但看到没信号，又放了回去。

接着，他竟然听见廖一罗问起："老白，你已经走了吗？你把东西给墨小姐了？你还能不能听见……"

白应辰难以置信地看着院长："这是……"

"是你们一定要经历的。"院长揣着手，没什么表情地说，"我也经历过类似的事情。"

更多的，他却没再说。

"老白？老白？已经走了？"廖一罗的声音还在继续，"……不行再临时想个办法，继续想办法联系墨小姐。"

哪怕是天气原因，发布会突然延期也会给公司带来影响，如今发布会和内测改在同一天进行，已经避免不了会被同行诟病，要是手里捏着激活卡的墨甜也没能赶到现场，必然会让公司信誉严重受损，公司也不会再有墨甜的容身之地。

白应辰心有不甘，他们这几年来付出的心血，难道都要功亏一篑吗？他想方设法保护的人，最终还要被他拖累吗？

院长说："如果你能舍弃掉在地球上的这些感情，单纯地把信息带回母星，以后的你会像我一样，成为一个顶尖的研究者。在地球过去二十年后，你还是可以回去再生活二十五年，继续在地球体验生活，那时你的感悟会有所不同。"

白应辰面色铁青，却忽地低笑出来："我想听听院长你的心得。"

院长："这要等到你做了选择之后。"

"是吗？"白应辰拿起他在地球上的衣物，"这段时间在地球的体验很精彩。"他一边系纽扣一边说，"我会把所有收集的资料和记录传输给你。"

院长沉下脸："你这就想好了？"

"我想，就算以后留在母星，我也不会为母星做出什么贡献了。"白应辰淡淡一笑，"虽然很残酷，但是我忽然想起，放在二十五年前，如果母星做出拒绝心在异星的族人回去的决定，我也一定会站在赞同的那一面。研究的路，果然是漫长又布满荆棘的，只是我没想到，最后对我最残酷的，是母星。"

院长说："曾经的你才不懂什么叫残酷。"

"说得也是。"白应辰把所有东西一样样收好，推开隔离舱的门，说道，"我走了。"

"不后悔？"

"……我只想知道，我还能活多久？"

"一天还是有的吧。"

"那就好。"

白应辰没想到自己这么快就重新坐上了用于降落地球的轻型降落舱，原本准备的若干降落舱已经少了两个，还有一个同胞正在原地犹豫不决……白应辰淡然看了他一眼，一言不发，只点了一下头，随即毅然离开回母星的飞船。

降落舱拥有极高的伪装效果，可以在不引起任何人注意的情况下降落在B市某个不起眼的大楼顶端。落地便有了信号，白应辰拨了墨甜的号码，对方果然是关机状态，也不知道是不是母星的手段。他捏了捏拳，打车去发布会，路上拨通了廖一罗的电话。

"老白？"

"是我。"白应辰冷静地说，"我稍后回去主持发布会，你现在想办法联络到墨甜。"

廖一罗刚刚都没慌，这时候却慌了起来："老白你不是走了吗？"

"我没走，现在在路上，很快就过去。"

没有激活卡的问题，他能想办法解决，可是墨甜去哪儿了？挂断电话，白应辰止不住地觉得焦躁，干脆屏蔽了所有声音，独留下对墨甜的追踪。

忽然他想到，他可以先追踪墨甜附近的声音！然而范围一点点扩大，竟然还是一片寂静，只偶尔有一些无关的言语，根本无法判断位置。

白应辰揉了揉眉心，再抬眼时，他已经抵达发布会现场。

空气里全是雨后清新的味道，却很难冲刷掉他内心的烦躁。

《时光》游戏发布会现场人山人海，门口不少玩家正和率先COS了原画角色的工作人员有说有笑地合着影，气氛被炒得火热，只是比预期要来的人还是少了一些。

好在原定在官网和官博抢激活码的时间在晚上，开服的时间也在晚上。

"白总！"老牛在后台看到他过来，简直喜出望外，"快快快，我正愁我这形象不好上台主持，廖总他们已经在台上暖场了，你快换衣服。"

他们显然都得到了消息，见他赶到都松了一口气。气氛如此，白应辰没有多言，换好之前就为他定制的西服，预备脱稿上台。

廖一罗早就调整好情绪，在得到耳麦里的提示后，与身边的特邀女主持一同请上了姗姗来迟的"本公司最为勤恳的技术人员白先生"。

专业的主持人早就准备了无数段子随机应变，一些曾经不是很能理解的调侃话语，白应辰现在也能完全理解了。只是，他发觉他很难放松心态，完全没办法全身心地融入舞台氛围。

好在他提前做过准备，待他讲解完技术开发历程，廖一罗立刻接过了话筒，继续讲起其他方面的话题。

发布会按照计划进行,白应辰退到舞台外侧,预备通知稍后的现场抽取激活卡环节改为舞台灯光随机定格抽取幸运观众模式。

"这方法太古老了,仪式感也不够。"有人持反对意见。

一直在后台默不作声的林澜却忽然问:"白总不是和小墨一起来B市的吗,为什么大家都到了,小墨却不见了?"

气氛一时间尴尬不已。

林澜继续嘟囔道:"那么重要的东西,怎么可以随便给个小员工。"

"行了,别说了,那就官博抽。"老牛出来打圆场,"没事没事,问题不大!"

自从老牛得知白应辰虽然还是会走,但会挂一个主策的身份在公司,他对白应辰的态度就好转了一些。

这时,白应辰脑海里忽然响起一个声音,声音几乎带着哭腔,"××会场是在那边吗?哦,好,谢谢!"

是墨甜!

"告诉廖总我出去一趟,官博不用准备了,十分钟内我带着激活卡回来。"白应辰穿过人群,避开设施,刚打算向外飞奔,步子却猛地顿住。

他看着喘着粗气小跑而来,在看到他后一脸震惊的墨甜。

"外星先生?"

"是我。"

墨甜一身狼狈,头发被汗水打湿沾在脸上,小脸儿也因为剧烈运动而红透了。她上车时穿的外套已经不见了,只剩下里面的长袖T恤,鞋子和裤脚也都沾满了泥泞。

她使劲儿地晃了两下头,再看,白应辰仍旧站在她面前。

"不管了。"墨甜赶紧拉开背包拉链,从里面拿出礼盒,塞进白应辰的手里,"给,应该还来得及吧?"

"来得及。"白应辰轻轻地说。

墨甜紧盯着他,张了张嘴,最后表情古怪地说:"我等着你的解释。"

"好。"白应辰摸了摸她滚烫的脸颊,不禁感叹他果真舍不得这温热、柔软的触感。

墨甜身子一震,把刚抽出来的纸巾也塞给他:"快去吧,应该已经开场了吧。"

已经开场很久了……白应辰颔首,把自己的手机给她:"打电话给严谨,让他带你找个地方休息。"

"好。"墨甜接过手机,嘀咕道,"我手机不知道怎么就没电了……明明带了移动电源,竟然也是没电的。"

他猜到了原因,带着歉意看她一眼,说:"好好休息,等我去找你。"

从中午开始,墨甜经历了她有生以来最强烈的绝望。

原本为了避开和同事碰面穿帮,她刻意在火车站周围的西餐店里先吃了个饭,哪想到结账出来,她的手机和移动电源突然都罢工了,身上的现金也所剩不多。会场的地址存在手机里,她只依稀记得名字,结果给出租司机说了会场名字,她还被送到了名字相似、方向却相反的地方。

生怕被外星先生听见她的遭遇受到影响,她一路都是拿笔写字问路的。好在身上有些零钱,后面又问到了有公交车通往会场,她一路问、一路跑,最后总算没有耽误事情。

发布会持续到了下午六点。

墨甜被砖师父带到附近的酒店休息,也换上了干净的衣服。她在直播平台看完了发布会,手机也已经充好电,一下子,好像之前的绝望已经消散。

可她心里的不安难以消除,外星先生不是走了吗?怎么又出现在了她的面前?

没过多久,白应辰循着她的语言指示来到酒店,她迫不及待地扑过去问:"外星先生,你怎么回来了?"

白应辰接住飞扑过来的她,轻声叹息:"我还没走。"

"啊?"

"对不起。"白应辰揉着她柔软的发丝,把她抱到床边坐下,"其实我一直有些放心不下,所以故意把离开的时间提早说了一天。但我没想到,发布会竟然会延期。"

"……"墨甜干瞪着眼,说不出话来。和白应辰互瞪了半天,她才艰难地问:"那我今天遇到的事情,该不会是你给我的考验吧?"

"怎么可能?"白应辰立刻否认,"忽然联系不到你,我也很心急。"

墨甜又瞪了他一会儿,默默垂下头,然后问:"所以你怕我赶不到,就出来主持局面了？"

这次白应辰不否认："是。"

感觉到墨甜在生气，他自知理亏，赶紧道歉："对不起，不要生气好不好？现在我承认，勇猛大白兔诚不我欺。"

墨甜刚还在生闷气，被他逗得一秒破功，于是更气了，抬手捶他："你是信不过我还是信不过公司？！"

"我都信得过，所以才更担心。"白应辰接住她的小拳头，拉到嘴边轻轻落下一吻，"所以我希望，你们都能好好的。"

墨甜不服气地嘟嘴："我还可以更勇猛的，你不用担心！"

赌气地说了两句，她又不舍地贴到了他身上，感受那强劲的心跳："你要相信我哦，就像我相信你这样。嗯，不过刚刚，你在我这儿的信誉度降低了，这里要敲黑板划重点！"

"好，那我以后想办法补回来。"

墨甜满意了："那我期待你的表现！"

突然多出来了几个小时啊，做点什么好呢？简直像是偷来了时间，墨甜很兴奋，在酒店里转了一圈，想着要不要趁机再和外星先生逛逛B市，然而外星先生想起的第一件事，竟然是打电话……

他分别给几个人打了电话，安排好之后的事宜，其中自然包括把今天的事情圆过去，免去她的罪责。

只是等电话打完，时间也接近游戏内测，开始发放激活码了……晚上七点半的官博抽取幸运玩家加上官网售卖，玩家抢激活码抢得如火如荼，就连星罗引以为傲的服务器都崩溃了好几次，外星先生还帮着修复了一次。

忙来忙去，两个人最终只得窝在酒店里边吃着外卖围观开服盛况。

八点整，服务器准时开放，各大直播平台几乎被《时光》刷爆。还有没抢到激活码的人悻悻展示他提前买好的VR设备，喊着要去官博问下次发售时间。

跨越历史长河的《时光》终于被展现在世人面前，对它来说，一切刚刚开始。而此时的墨甜捧着果汁坐在白应辰身边，正激动地看着直播。看着看着，她放下果汁，接着侧倒在他身上，一双嫩白的手臂紧紧搂住他，自豪地说："真好啊，一切都顺利进行着，外星先生，你现在可以放心啦。"

对他来说，这就是最好的结束了吧。

"停在火车站的车,严谨会帮你开回车库。"
"好。"
"如果实在对开车没把握,不要为难自己。"
"好。"
"虽然家附近很安全,但还是要注意不要被坏人盯上。"
"好。"
"要是遇到难题,严谨、老牛、一罗他们都会帮你。"
"好。"
"加班也要注意身体,记得按时吃饭,不舒服了一定要去检查,不要让自己生病。"
"好。"
"如果有一天觉得累了,就不要再等,我只要你过得开心就好,知道吗?"
"我知道的。"

"那,外星先生你这么厉害,我好像不用嘱咐什么,所以就说一点。"
"嗯?"
"你呢,一定要记得回来啊!"
"好。"
"一定要回来哦。"
"好。"
"你要平平安安、健健康康、开开心心地回来。"
"……好。"

能遇到你,真是太好了。

番外一

被跟踪了 ★

"我做了一个梦。我梦见他对我笑,把我拥进怀里,说他回来了。可就算是在梦里,我也清楚地知道,那不是他,他再也不会回来了……"

墨甜一头砸在办公桌上,狠心把自己刚刚写下的东西删了个干净。

"这个剧情,臣妾真的做不到啊!啊啊啊啊!"

同样的哀号在办公室里并不少见,可以说从两天前,关于游戏周年庆的指示下达,整个星罗科技就已经陷入一片绝望之中。

"为什么就咱们俩写悲剧?周年庆欢乐一点不好吗?"阿瓜崩溃。

"你们以为欢乐的好写?你看看我掉的一地头发!"鸽子悲号。

"有问题跟萧总提啊,反正都是萧总的意思。"老牛甩锅。

"不写了!走走,去天台抽根烟。"知秋自暴自弃。

刚来两个月、还在实习期的小天推了推眼镜:"做称号的师姐都在天台蹲两天了,师兄你确定要去?"

"……"

办公室里安静了一阵子,有人摆摆手:"大家都不容易。"

"都不容易,都不容易。"鸽子也坐下了,"行吧,继续,今天赶不出来,我直播吃鼠标!"

"来啊,谁怕谁,今天赶不出来,我鼠标给你吃!"

众人啼笑皆非，墨甜也从电脑前抬起头，看着自己面前空空的文档，支起了下巴。

生离死别的剧情啊……她真的不是很想写呢。

距离外星先生离开已经整整过去了一年。

这一年里，游戏测试得很顺利，公司发展得也很稳定。分公司这边来了新的老板，新老板和上一个老板的性格完全不同，不过同事们适应了一阵子，发现新来的萧总还是很有意思的。

唯一的可怕之处，就是他对工作上的要求比白应辰还要严格，而且思维格外活跃，点子特别多，慢慢同事之间开始流传起一句"萧总笑了，大家快做好战斗准备"。

这不，萧沉刚笑眯眯地给出周年庆策划案，大家就已经马不停蹄地劳动起来了。

鸽子敲了一会儿键盘，也开始烦躁地按删除键："我这阑尾晚点出毛病多好，穿孔疼得我死去活来，出院还赶上周年庆加班。"

闻言，墨甜看向他："其实还好啦，你想想萧总的处事风格，你敢在周年庆的时候住院，他大概会塞给你个笔记本电脑，让你劳逸结合，有助于身体恢复。"

鸽子想了想，不寒而栗，道："那还是算了，感觉萧总像是干得出这种事的人。"

墨甜失笑，继续冥思。这会儿砖师父从别的组回来，拿了个东西又出门去，跟着砖师父进来的懒羊却坐在了他的位置上，满脸幸福地递给了墨甜一张喜帖。

"哇，喜帖这么美的吗？果然是美术组大佬做出来的！"墨甜看着上面的烫金字样，开心地说，"恭喜你啦，懒羊！"

"谢谢，到时候你一定记得来。"懒羊笑着说完，又夸张地叹了口气，"我这个老阿姨呀，终于把自己嫁出去了！"

懒羊经常对外称自己是嫁不出去的老阿姨，结果竟和一个野生画手大大看对了眼，经过半年的热恋，不仅把画手大大拉进了公司美术组，还筹备起了婚礼，一帆风顺得让人忍不住羡慕。

"时间过得真快呀。"墨甜不禁感叹。

"是啊,我都感觉像梦一样。"懒羊笑着说完,又把椅子往墨甜身边挪了挪,"所以,你和白总就一直没再联系吗?"

墨甜一怔,摇头笑道:"没有啊!"

一年前她和白应辰一起等车被林澜看到,后来哪怕白应辰尽量控制了消息传播,公司里还是有很大一部分人知道了,她和白应辰之间有点什么。不过一切八卦都在白应辰的彻底离开后平息了下来。时至今日,虽然白总偶尔还会被人提起,同事们却也渐渐习惯了新的萧总。

她也不再是那个可以帮着大家说好话的人,而是做起了策划组里最普通的一名策划。

懒羊有点担忧:"白总出国之后音信全无,我们谁都联系不上,唯一可能知情的廖总也只字不提……"

接着看一眼墨甜,她忙说:"哎,不过没有消息也算是好消息的一种嘛。白总现在一定在积极地接受治疗呢,我相信只要一有机会,他就会主动联系你的!"

墨甜托着下巴笑了笑,说:"嗯,我也相信是这样。"

公司里把她和白应辰的事情传出了很多种版本,她一个也没有回应,但是也没有逃避。

她在等,光明正大、无所畏惧地等。

懒羊不知道事情原委,但是女人敏锐的直觉还是让她能把事情猜个七七八八。之前自己努力撮合着墨甜和白总,结果俩人刚传出一点消息,白总就消失了,留下墨甜一个人在这里等待……这一点,懒羊一直挺后悔。

眼见墨甜的笑容苦涩起来,懒羊自觉愧疚,立刻说:"小墨,下班我请你吃饭吧!我们都好久没有一起出去吃饭了。"

"啊?不用……"墨甜摆摆手,"我晚上要早点回家。"

"你家里不是没有别人吗?怎么还急着回去?"懒羊想了想,惊道,"难道你约了别人?你找新的男朋友了?"

"没有啊,怎么可能!"墨甜哭笑不得,"其实我是有点害怕。"

"害怕?"

"对。"墨甜刻意压低声音,小声说,"其实我之前就注意到了,当时没怎么在意,可是最近有点频繁,我就忍不住多想。"

懒羊被勾起了好奇心:"到底是什么事?"

墨甜吞了吞口水,故作轻松地说:"就是,我好像被人跟踪了。"

外星先生离开的第四个月,墨甜就拿到了驾照。因为从外星先生家到公司没有直达车,又听说车子太久不开容易坏,她看着白应辰的爱车落了一层灰,最终还是屈服于现实,过起了每天开车到距离公司有一点距离的位置,然后再走路去上班的日子。

只是最近,她发现有一辆车经常会停在她的车附近,如果只是公司附近就好了,问题是,那辆车不仅出现在公司附近,偶尔还会出现在她家附近,甚至有时候她去哪里逛街,都会看到那辆眼熟的车停在自己周围。

"这也太可怕了吧!"懒羊听得胆战心惊,"跟踪狂?"

"不知道。"墨甜边摇头边说,"每次我看的时候车里面都没有人,特别可疑!"

"那你拍了车牌没有?好像能从车牌查出车主的。"

"拍了。"墨甜忙掏出手机给她看。

"哇!这车是刚出大半年的新款!我记得要上百万呢!"

"……"

这简约的款式,她还真没看出来是辆上百万的车。不过这不是重点啊!墨甜扶额:"我能拿着这个就去报警说我被跟踪了吗?"

"不知道哎,我还没遇到过这种事。"懒羊皱眉,"要不你查一下遇到这种事该怎么办?就算是被豪车跟踪了也不能放松警惕!"

墨甜眨眼道:"有道理!"她立刻打开浏览器,打算吸取一下前人的经验。毕竟那辆车在自己身边出现的频率似乎越来越高了,她可不想外星先生刚离开一年,自己就出点什么事。

然而查了半天,墨甜也不清楚自己该不该报警。懒羊爱莫能助,只能提议:"你不如多拍几张这辆车的照片,再攒攒证据。"

"嗯,也有道理。"墨甜听着下班铃声,很是怅然,"不过可以的话,我还是希望别再遇到它。"

"那倒也是。"

这一年里，墨甜在工作上渐渐游刃有余，已经很少自主加班了。毕竟回家也有两台高配的电脑和设备，于是和同事们打了声招呼，她很快就离开了公司，步行前往停车场。出乎意料的是，平时那辆总是停在自己附近的车，今天竟然毫不避讳地停在了她旁边的车位！

墨甜心下一凛，赶紧掏出手机拍照，拍完又觉得不够，倒退几步，打算把自己的车和那辆车一起拍进去。

忽地，一只手自她身后伸出来，要夺她的手机！她心里本就紧张得不行，见状尖叫一声，抓紧手机，回身就往对方身上拍。

"砰！"

似曾相识的场景，以及她无数个日夜思念的声音似乎一点没变："怎么还是老样子？"

墨甜一惊，另一只手举起的防狼喷雾已经按下一半……她强行收了手。

对方愣了愣，不禁笑开："看来还是有进步。"

墨甜却是难以置信地缓缓抬眼，把视线定格在他的脸上。

"你……"

同样被对方注视着，她半天都没能再说出一个字。然后她缓缓地用她没被抓着的那只手狠狠掐了自己一把。

"嗯！"墨甜疼得猛吸气，接着又伸出手扯了扯对方的脸。

不是面具！那……她忽然用力挣开了对方，赶紧向后跑，跑开二十几步才回过身。那个人仍然在原地，像是知道她要做什么，宠溺地笑了笑，而后掏出自己的手机。

墨甜蓦地眼眶一酸，松了一口气似的咧开嘴。

"外星先生？"她想要确认。

铃声忽然响起，已然停机一年的号码向她拨来电话，她颤抖着接听。

"我回来了，地球姑娘。"

温润的声音那么清晰。

滚烫的泪珠这时才冲出眼眶，墨甜愣怔了好一会儿才垂下头深深吸气，再抬眼时，已然挂着最灿烂的笑容："欢迎回来……"

笑容蓦地一僵，她不禁又皱起眉头："不对，你怎么回来得这么早？"

如果旁边那辆车是他的，那么……难道他从来就没离开过？

赶在墨甜动怒之前，白应辰赶紧主动迎上去说："有些事情，我慢慢讲给你听好不好？"

好像已经印证了她的猜想，她一时无语，不知道是生气多一点还是伤心多一点，但更多的，还是怕这只是一个梦。

回去的一路，她都牵着白应辰的衣角。上楼的时候，她就紧紧抓着他的手臂，比起以前十指相扣的悠闲，这会儿她倒像是在紧紧抓着重要的东西，怕他跑了。

等到白应辰打开家门，墨甜忽地一个转身，把他按在刚刚关好的房门上，恶狠狠地说："快给我解释清楚！"

兔子急了也咬人啊……瞧着身前的人仰着小脸儿、双眼泛红的模样，白应辰深深一笑。

"稍等一下。"

刚被开启的灯忽然灭了，厚厚的窗帘几乎阻隔了所有光线。

他附在她耳边说："先让我告诉你，我很想你。"

番外二

要个名分

甜蜜制作人

・★ ˙

是夜，墨甜已经熟睡。白应辰坐在落地窗前，对着挥开的蓝色屏幕沉默很久。最后，他给院长发送了一条消息，内容只有两个字：谢谢。

他曾经从不认为自己的母星是一个有感情的星球，所以他从未想过会在母星上获得什么感性的收获。所以这一年来，他过得很痛苦，却也在最后的时候，觉得无比庆幸。

大概没几个人能理解他这一年的胆战心惊：不知道什么时候会死，不知道明天之后是怎么样，心里有着挂念的人，却只能跟在一旁悄悄地看着，甚至很多时候他觉得亏欠，不敢去听对方的情况。

只有她提及他时，他才敢借着"关键词"的名头，从声音里得知她的情绪，再一次让自己卷入无尽的消极情绪中。

之后他渐渐麻木，开始尝试继续生活，做有意义的事情，在墨甜的附近住下，无声无息地守在她身边……一直到一年后母星的人再度过来接送同胞。

"为什么我还活着？"他去飞船上见院长。

院长见到他，没有表现出一点意外，甚至板着脸反问道："你怎么就不能活着了？"

"如果没能及时搭乘飞船回到母星，接下来，我们的身体机能就会飞速衰退，完全无法支撑到下一次飞船来接。这是您曾经告诉我的，现在您可不可以解释一下？"

"哦，这个啊，这个是我骗你的。"

"……您之前说，我们在地球待二十五年之后，要回母星花上二十年时间来休养身体。"

"不这么说你们谁还回母星，都在地球玩疯了！你看我都这么说了，每次还是有几个不要命的禁不起诱惑！"院长很生气。

"……"他无言以对。

没过多久，院长连接了视频。他正背着手站在飞船里："不用谢，你和他们一样被母星放逐了，以后也不用联络了。"

白应辰站起来："我会坚持做报告发给您，希望能对母星的发展有一丝帮助。"

院长一脸嫌弃："去去去，谁愿意看你们秀恩爱！"

"……不是私人感情方面。"

"那也不看，你被放逐了，滚吧，滚吧，以私人理由强行留在母星之外，以后你都别想回来！"

白应辰一阵无言，最终低下头道："抱歉，愧对了您的提拔。"

院长意味深长地看他一眼，说："好好活吧。"说罢便切断了联络，甚至还开启了拒接一切消息的模式。

被拉黑了……白应辰揉了揉眉心，无奈地笑着摇摇头。

这一年的煎熬，就是对他的惩罚吧。

不过他一点也不后悔，尤其在每一个早晨、每一个夜晚，他听见那个声音带着各种情绪呼唤他"外星先生"，听她自言自语着各种各样的事情……他这么快就能再次拥抱到她，再次亲吻到她，真的太好了。以后他会好好弥补他在这一年里给她造成的伤害，用他剩下的全部时间。

隔天一早墨甜起床，客厅里已经摆上了外星先生亲手做的早餐。

昨夜已经听外星先生讲完他这一年里都做了什么，于是她一点也不怀疑桌上饭菜的口味会不合适,摩拳擦掌地坐在桌前:"你吃过了吗?"

"在等你一起。"白应辰把她最喜欢的热牛奶端过来,"一会儿我送你上班。"

昨天他们只开了他新买不久的车回来,如果要安心吃完早饭,他不送她,她肯定来不及打卡。

墨甜心安理得地做他的小公主:"那你之后的工作?"

昨晚她了解到他已经不能再为母星效力,现在他正一边做着投资,一边找他喜欢的课题做科研,她简直惊呆了,果然她的外星先生到哪里都可以风光无限。

不过他本人还是很低调。

白应辰替她剥好蛋壳,不假思索地说:"我和一罗联系过了,萧沉说他比起做管理,还是更喜欢做总部的主策,所以一罗现在给萧沉一些准备交接的时间,明年年初我再回公司。"

"在那之前,我也好再做一点自己喜欢的事。"

墨甜眨眼:"你喜欢做投资?"

很快她就自主否决:"不对,你是想做科研……哎,可你不是不能用你母星的想法来影响地球发展吗?"

"嗯,所以科研只是随便做一下,满足自己的兴趣。"白应辰低笑,"我现在最想做的,还是慢慢拿回自己的名分。所以墨小姐什么时候方便重新给我一个名分?"

所有人都以为他们已经分开了,包括她的爸妈,在听见白应辰出国后,还对她说,果然那是个不靠谱的人。毕竟他们一开始就觉得他不靠谱,都没好意思对邻里说她谈恋爱的事。

那时候她是很难过的,却没有底气反驳,也无法说出他对她的好,毕竟因为他的离开,所有的好在旁人眼里都会变成居心叵测。

好在,他们现在有机会为自己的感情正名了。

"名分……暂时是口头的可以吗?"墨甜小心地问。

白应辰挑眉:"我不介意慢慢来。"

"那,公司的人可以知道吗?"

"只要你不介意。"

"不要说我，说你！"

"嗯，我当然很乐意，毕竟现在要求名分的是我。"

"……"过分！他怎么可以一本正经地说出这种话？！

"那你以后不许再有事瞒着我，不许再骗我，尤其像之前那种大事，就算是善意的谎言也不行，知道吗？"

"好。"

"以后有什么事要直接跟我说，不用怕伤害我，我很勇猛、很坚强的，知道吗？"

"好。"

"你怎么一直都心不在焉的……"

"嗯，我只是在想，你可能要来不及打卡了。"

墨甜一愣，随即就抓狂了，迅速往房间跑去，嚷嚷着："啊啊啊，我现在换衣服！"

白应辰忍着笑："其实我在附近有辆摩托车，你要不要试试？"

抓狂的某人根本没听清他的话，仓鼠一样在房间里转圈："啊啊啊，我袜子哪儿去了？！"

笑容洋溢在他眼底，他掏出摩托车钥匙往门口走去。

这世上竟然有一个人，能让他思念到无法自持，能让他在乎她胜过一切。大概，这就是独属于地球的魅力。

几年之后，人气漫画家丘雨的微博上面忽然发表了一张贺图，主角赫然出自她这些年不定期连载的"白兔小姐和金毛先生的日常二三事"。

这个以一些简短小段子组成的漫画已经连载了几十话，中间还曾断更过很长一段时间，惹得粉丝们怨声载道，隔三岔五就去丘雨和她的脚本君"兔几小姐"的微博留言，问是不是再也不更新了。

也有粉丝机智猜测，脚本君叫兔几小姐，难道白兔小姐就是以脚本君为原型创作的？那……脚本君不会是和她的金毛先生分手了吧？

对此，丘雨和脚本君均没有做出回应。

好在赶在粉丝们还没有遗忘这两个可爱的动物主角时，小段子再次更新了。

剧情仍旧甜得齁人,看得大家欲罢不能,纷纷评论"我怎么活得还不如兔子和狗"。

尤其这一次,贺图刚发出来,丘雨的微博粉丝就炸了锅,被评论、转发的速度堪称丘雨微博历史之最。

"看看!这是什么?从第一次看到这个漫画,我就期待着自己能脱单,结果到现在我还是一个人!让不让人活了?"

"我现在正哭着问我男朋友能不能来个白兔小姐的婚纱同款?"

"金毛先生穿着白西服也太帅了吧!我也想要一个金毛先生,呜呜呜……"

"这是终于修成正果了?恭喜恭喜……话说这个白兔小姐果然就是脚本君本人吧?"

这条最新的评论下面,很快就追加了一条回复:不知道,关于这个系列的漫画,脚本君不是从来都只转载、不评论吗?

确实,关于这个系列的漫画,兔几小姐一句话都没多说过。但是她又时常会说一些自己其他作品的创作历程和感触。

几分钟后,脚本君果然转发丘雨的贺图,照例一句话也没说。粉丝们好奇地追过去问,也并没有得到解释,大家纷纷表示失望,会不会是自己想多了。

结果又过了几分钟,有人不甘心地刷新着微博,突然刷出了兔几小姐更新的微博!

更新的是一张照片,照片上有两个侧影:身材娇小的新娘穿着蓬松的婚纱,将一束娇艳欲滴的红玫瑰藏在身后,正开心地迈着步子;新郎则身穿白色西服,倚着教堂大门,向她伸出一只手以示邀请。

上面配着"爱你"的表情与一小行文字:是的,我们终于不负众望,结婚了!

番外三

多年以后

甜蜜制作人

· ★ ˙

就在墨甜婚礼的这一天,也是外星先生母星派飞船接送科研者的日子,某驻地球Z国科研人员圆满上交了一份他已准备多时的调查报告:毕业顺利潜入Z国N市星罗科技,已按副院长要求接触到目标墨甜,下附目标人员后续发展信息【附件】。

没过多久,代号"小天"的新手科研人员就收到了任务评定,对他的任务完成情况予以肯定,并且附带了所有赏金。

小天惊疑不定,赶紧联络机构:我的任务完成程度应该不够获得全部赏金吧?

机构联络人员竟然把消息转给了科研机构院长。

院长亲自发来消息:这个任务取消了,这个人你也别再研究了,最好离她远点。

小天:为什么?

院长:为了你的生命安全考虑。

这条消息刚发出去就被院长撤回,不过小天还是看到了。作为一名新手科研人员,母星底层工作者,他根本不敢多问,只能在心里回复了个"……"。

没想到接着院长又发来一条消息:她已经是地球上最幸福的人之一了。

小天:嗯?

院长:没什么,你的路还很长,慢慢来吧。

虽然他们的身体还没进化到在每个星球都可以来去自如,但是,在两个星球之间切换还是游刃有余的。

这一年,院长先生接送好手下的科研人员,并没有急着回归母星。他借口在原地休整一阵子,实际上,亲自去了一趟地球,去往某个曾经荒凉、现在却一片繁华的地方。

他公务在身,每年都只能听一点点消息,就这样攒了许多许多年,终于寻到了这片墓园。这里有无数无名之墓,他也无法认清哪个墓里才是他要找的人,但好在,他知道她在这里。

"对不起。"这是这百年来,他一直想对她说的话。

对不起,是他太傻了。

他来的第一个二十五年,这里是充满战争的岁月。她是战地医务人员,和他在战场上相识。明明是医务人员,她却把自己搞得奄奄一息,被他抱回安全的地方,接着生命里意外的相遇就这样开始了。

那时他也傻傻地以为,二十五年之后必须回到母星。他甚至没有告诉她自己的真实身份,只在最后的岁月里尽心与她做伴。

"二十年,我等你。"那个傻姑娘说了和许多傻姑娘一样的话,在不知道他为什么要坚持离开二十年的情况下。

于是,他扛住了严厉考验,哪怕知道她即将奔赴危险的前线,也当那是母星给他展示的假象。直到二十年后,他回到那片土地,却再也听不见她的声音。

"二十年前?那场战争死了很多人,还暴发了瘟疫,战地医生没有几个活着回来。活着的也在之后几年,陆陆续续奔赴其他战区,谁知道还有没有幸存者。"

"尸体?不清楚。"

第二个二十五年,他不知道自己活成了什么样子。哪怕知道自己回去就会成为母星科研院的院长,他还是无法振作。他浑浑噩噩,煎熬度日,直到第二次回去前夕,才听说国家终于肯为当年战死沙场的烈士们立衣冠冢了。

可惜没能等到那一天的到来,他就要再一次回到母星。这一次,他仍然通过了考验,因为那些考验对他而言已经变得毫无压力。

甜蜜制作人

他被委以教育下一代的重任,却因为一个固执的后辈才知道,原来事情和他想的不一样。

原来不会死,原来只要下定决心,他就可以在地球和喜欢的人厮守一辈子。是所谓的理智,阻挡了他们的未来,也让他未来的每一天都很后悔。

他仍然做着自己该做的事情,哪怕知道分别会给人带来痛苦,可为了母星,他无法允许后辈们任性行事。但是他不会再像曾经的前辈们那样苛刻,无论如何都要把人带回母星。如果用情至深,那就留下吧。否则让那么一个有血有肉、拥有细腻感情的人等上二十年,多残忍啊!

对被欺骗的他们来说,多残忍啊!

反正母星是不允许任何同胞相残的,流放是最严厉的律法。现在想想,这律法还挺温柔。

"哎呀,今年呢,又有三个小子没能回去,估计我要挨罚了。"就地坐在墓群中,院长先生点燃一支烟,轻轻哼了一声,"但是啊,我挺羡慕,羡慕啊,你说我那时候如果选择留下,咱们俩……应该已经葬在一起了吧。"

当年的他怎么就那么傻,却又不够傻呢?

一支烟很快抽完,院长拍拍屁股站起来:"好啦,我该走了,知道你在这里,我就放心了。以后有机会,我再回来慢慢找。"

忽而一阵和煦的风吹来,总是板着的苍老的脸微微一笑。

"嗯,我也想你啊!不过现在,我得去见证后辈们的幸福了。"